Cecily Wong

Wie ein Band aus roter Seide

ROMAN

Deutsch
von Sabine Schwenk

BLOOMSBURY BERLIN

MIX
Papier aus verantwortungsvollen Quellen
FSC® C083411
FSC
www.fsc.org

Die Originalausgabe erschien unter dem Titel
Diamond Head 2015 bei Harper, New York

Umschlaggestaltung: ZERO Werbeagentur, München
Typografie: Birgit Thiel, Berlin
Gesetzt aus der Stempel Garamond von Fagott, Ffm
Druck & Bindung: GGP Media GmbH, Pößneck
Printed in Germany
ISBN 978-3-8270-1225-8

www.berlinverlag.de

WIE EIN
BAND
AUS ROTER SEIDE

EINS

November 1964
Honolulu, Hawaii

Im Auto riecht es nach Hibiskus. Eine Idee seiner Mutter; dezent, aber frisch, meinte sie. Etwas Lebendiges. Als der Fahrer aus der Einfahrt rollt, ist er seiner Mutter ausnahmsweise einmal dankbar fürs Einmischen. Er atmet tief durch. Der süße Duft wirkt schon auf seine Stimmung.

Der Fahrer schaltet das Radio ein und sofort wieder aus, ohne überhaupt zu erkennen, was gerade läuft. Er überlegt, was sie jetzt gerne hören würden, und dreht abermals am Knopf, wählt den Lokalsender, der alte hawaiianische *Mele*-Lieder spielt. Das Klimpern der Ukuleles und die warmen Klänge der Ipu-Trommeln erfüllen den Wagen, während er Gas gibt, um es gerade noch über die Ampel am Ende der Straße zu schaffen.

Inzwischen hat er sich gesammelt und ist immerhin so entspannt, dass er mit einem Finger halbwegs im Rhythmus aufs Lenkrad klopft. Der Verkehr fließt leicht dahin, und auch ihm wird leichter ums Herz. In East Honolulu gibt es in seinem Metier keinen schlimmeren Gegner als den Verkehr.

Wie im Flug rast der Mann über vier gelbe Ampeln und erreicht das Haus in Rekordzeit – eine ganze Minute schneller als beim letzten Testlauf am Abend zuvor; da hatte er kurz vor der Einfahrt gebremst und auf die Uhr geschaut: Es war fast Mitternacht. Doch an diesem Morgen fährt er zum ersten Mal weiter an der Steinwand entlang durchs offene Tor. Zum ersten Mal sieht er die ganze Fassade des grau gestrichenen Hauses, das flacher und breiter ist, als er vermutet hatte, und genauso finster wie dieser traurige Tag.

Als er aus dem Auto steigt, fallen ihm seine schmutzigen Schuhe auf. Für ein Mal Schuheputzen hätten die Einnahmen durchaus gereicht, stattdessen hat er jedoch drei weiße, quadratische Taschentücher gekauft und für alle Fälle im Handschuhfach deponiert. Er ist schließlich Taxifahrer, so seine Überlegung. Da sind prüfende Blicke aufs Schuhwerk selten, zumal nur die wenigsten es überhaupt je zu Gesicht bekommen. Und sollten die trauernden Frauen in seinem Wagen Tränen vergießen, kann er ihnen so wenigstens ein sauberes Taschentuch anbieten. Doch plötzlich überkommen den Mann Zweifel. Fluchend geht er in die Hocke und wischt sich mit den Fingerspitzen den Staub von den Schuhen.

Der Eingang liegt leicht versteckt in der Mitte des hufeisenförmigen Hauses, zurückgesetzt zwischen zwei identischen Gebäudeflügeln mit breiten Fenstern, deren weiß gestrichene Läden geschlossen sind. Auch die Tür ist weiß, mit goldener Klingel und goldenem Knauf. Als der Fahrer läutet, bleibt alles still.

Er wirft einen Blick auf die Uhr: Er ist pünktlich, fast auf die Sekunde. Er tritt zwei Schritte zurück und entspannt seine Hände, als er merkt, dass sie zu Fäusten geballt sind. Ohne Vorankündigung dreht sich der Knauf, langsam schwingt die Tür auf, und da steht sie: vornehm, elegant, ernst. Ruhig. Amy Leong sieht in etwa so aus, wie er sie sich vorgestellt hat, nur älter. Ein bisschen, jedenfalls im Vergleich zu dem Bild, das letzte Woche herauskam. Ihre Haut wirkt dünner, besonders unter den Augen, wo sie sich spannt wie feuchtes Reispapier und zarte Äderchen durchscheinen lässt.

»Guten Morgen«, sagt der Fahrer mit einem Nicken, bei dem er kurz den Blick senkt, um seinen Augen eine kleine Pause zu gönnen. »Ich bin Ihr Fahrer.«

Amy Leong lächelt. Mund- und Augenwinkel heben sich, doch sie wirkt erschöpft, fast so, als wäre schon diese Anstrengung zu groß. Sie nickt, dreht sich um und verschwindet mit raschen Schritten im Eingangsflur.

Sekunden später taucht sie wieder auf, in Begleitung ihrer Tochter. *Theresa*, erinnert sich der Fahrer, sprachlos, denn auf diesen Anblick war er nicht gefasst. Niemand hatte ihn vorgewarnt: Amy Leongs Tochter ist hochschwanger. Mit schwingenden Armen, jeder Schritt ein Balanceakt, verlagert Theresa das Gewicht ihres gewölbten Bauchs mühsam von einem Bein aufs andere.

Hübsches Mädchen, denkt er, ganz die Mutter. Das dunkle Haar hat sie straff zusammengebunden; das weiße, knielange Kleid spannt über dem Bauch. Unwillkürlich sucht der Fahrer nach einem Ehering, doch da ist keiner.

»Guten Morgen«, sagt er noch mals und tritt wieder einen Schritt zurück.

»Hallo«, sagt Theresa. Sie kann unmöglich älter als zwanzig sein.

Eilig marschiert der Fahrer zu seinem Wagen, dienstbeflissen. Schon jetzt ist ihm alles zu viel. Er will nur noch am Steuer sitzen, Blick geradeaus, immer schön auf die Straße konzentriert. Er öffnet die Tür zur Rückbank und bringt, als die Frauen einsteigen, ein dürftiges Lächeln zustande, während er sich das Hirn zermartert, was er sagen könnte, irgendwelche tröstenden Worte. Ihm fällt nichts ein.

Schweigend durchqueren sie die Talebene, allein das leise summende Radio scheint um ein bisschen Atmosphäre bemüht. Die beiden Frauen wechseln kein Wort. An der Ostküste entlang geht es Richtung Süden; über ihnen biegen sich Palmen im Pazifikwind, der Wolken über den Morgenhimmel treibt. Als sie den Country Club erreichen, weiß er dank seiner Testfahrt, dass sie die halbe Strecke hinter sich haben und der Vulkan Diamond Head nicht mehr weit ist. Er wagt einen vorsichtigen Blick in den Rückspiegel und sieht, dass Amy Leong den Kopf nach links zum Fenster gewendet hat, die dunklen Augen zusammengekniffen im Licht der aufgehenden Sonne. Wie ihre Tochter trägt auch sie heute Weiß. Ein langärmeliges Seidenkleid umhüllt ihren schmalen Körper. Es ruft dem Fahrer ein Foto ins Gedächtnis, das vor fast zwanzig Jahren veröffentlicht wurde. Eine doppelseitige Anzeige, er erinnert sich noch gut. Ein weißes Kleid. Hinter ihr ein Feuerwerk, das den Himmel durchzuckt. Früher wohnten sie im selben Viertel, er und Amy Leong: Kane'ohe, auf der Windseite der Insel. Als die Geschichte rauskam, gab es in der Nachbarschaft kein anderes Thema mehr. Amy Leongs Schwiegermutter hatte den Schulen von Kane'ohe viel Geld gespendet. Ihr und dem Lin-Leong-Stipendium war es zu verdanken, dass der Fahrer seine Tochter aufs College schicken konnte. Er hatte vorgehabt, ihr das zu sagen, sich zu bedanken, doch jetzt verwirrt ihn das Schweigen, und er spürt, dass er im Begriff ist, diese Chance zu vertun.

Amy Leong löst den Blick vom Fenster, und der Fahrer konzentriert sich rasch wieder auf die Straße.

Als sie Kahala erreichen, wo die Gegend flacher wird, ist von rostigen Wellblechdächern nichts mehr zu sehen. Mauern aus leuchtenden Terrakotta-Ziegeln, Zäune aus schokoladenbraunem Teak- und glänzendem Koa-Akazienholz umringen schützend die dahinterliegenden Häuser. Immergrüne, blühende Pflanzen wachsen in Ranken von den Bäumen herab, üppig und violett. Als Diamond Head vor ihnen auftaucht, fährt der Fahrer rechts, dicht am Vulkan entlang, und erreicht automatisch die Stelle, die er sucht: den seltsamen Einschnitt in den Krater, den einzigen, den es gibt, eine spektakuläre Besonderheit dieser Insel, auf jeder Landkarte sofort zu erkennen. Der Vulkansockel bildet ein perfektes Oval, bis auf diese eine Stelle an der Südwestseite. Eine tiefe, breite Nische im Berg, zu der ein massiver Eisenzaun den Zutritt verwehrt.

Links von ihnen bricht sich schäumend der Ozean auf dem bleichen Sand, und der Fahrer weiß, dass es zu spät ist. Was er auch sagen würde, es würde nun merkwürdig klingen. Er kann doch jetzt nicht übers Wetter reden oder sich gar nach dem Ablauf der Feierlichkeiten erkundigen. Sie sind fast da. Gern würde er das Tempo drosseln, um Zeit zu gewinnen und weiter über eine geeignete Lösung nachzudenken. Doch er tut es nicht.

Er fährt um eine Biegung, und da ist er: der riesige Zaun, eingelassen in die Kraterwand, Meter über Meter schweres, solide bearbeitetes Eisen, in der Mitte ein breites Tor. Im Schatten dieses Tores bringt der Fahrer den Wagen zum Stehen.

***

Bohai Leong
Geboren am 23. Juli 1902,
gestorben am 14. Dezember 1964
im Alter von 62 Jahren.
Geboren in Guangdong, China,
als Sohn von Frank und Lin Leong.
Bohai hinterlässt seine Mutter Lin Leong,
seine Frau Amy Leong und
seine Tochter Theresa Leong

Die Anzeige hängt am Tor. Amy liest sie, doch als sie klingeln will, fällt ihre Tochter ihr in den Arm.

»Zweiundsechzig?«, flüstert Theresa und starrt auf das flatternde Stück Papier. »Dad war doch vierundfünfzig, warum steht hier zweiundsechzig?«

»Was?«, fragt Amy, ihre Hand fest in Theresas Griff.

»Zweiundsechzig«, wiederholt Theresa und schnippt mit Daumen und Zeigefinger gegen das Papier. »Hier steht zweiundsechzig.«

»Ich weiß nicht, Theresa.« Amy stößt einen ungeduldigen Seufzer aus. »Darum hat sich Hong gekümmert – sie hat das geschrieben. Vermutlich fand sie es besser so. Keiner sollte jünger als mit sechzig sterben – oder besser gesagt: kein *Leong*. Chinesischer Aberglaube. Es würde ein schlechtes Licht auf die Familie werfen.«

»Das heißt, du hast das abgesegnet?«

»Ich habe überhaupt nichts, Theresa. Ich sage dir nur, was ich weiß.«

Theresa gibt den Arm ihrer Mutter frei und klingelt selbst. Das Tor schwingt nach innen auf, und das leise, vibrierende Summen des Motors hallt in ihrem Kopf wider und rüttelt ungut an ihren Gedanken. Plötzlich denkt Theresa an die vielen Möglichkeiten, wie sie sich gegen ihre Mutter wehren, wie sie Amy fertigmachen könnte. Es wäre so einfach, flüstert es in ihrem Kopf, nur ein kleiner Versprecher, und das wär's. Sie schließt die Augen, als das Tor einrastet und das Vibrieren abrupt aufhört. Lass es, ermahnt sie sich. Lass es einfach.

Hinter dem Tor erwartet die Frauen der Garten, der aussieht wie schon seit Jahrzehnten: Die großen Lotosblumen, die still auf den silbernen Teichen treiben, die glänzenden Steine, der rote, nun zu Ehren des Toten weiß gestrichene Pavillon – alles ist noch genau so, wie Amy es in Erinnerung hat. Erstaunlich, denkt sie, wie gut sich mit Geld die Zeit anhalten lässt, wie Geld Jahre des Wachstums, des Wandels und Verlusts ausradieren oder übertünchen kann. Familien können zugrunde gehen, doch um einem Garten die Würde und den Stolz zu bewahren, den die Familie längst verloren hat, braucht es nur einen Rasenmäher, eine Gießkanne und eine Portion Dünger.

Sie fragt sich, ob der Garten sie wiedererkannt hat – ob er weiß, dass sie Amy ist. Gern würde sie den Lotosblumen und Teichen zuflüstern, ihnen versichern, dass sie noch immer dasselbe Mädchen ist, das vor vielen Jahren in Begleitung seines Vaters mit Plastiksandalen an den Füßen hier aufgetaucht ist. Dass sie, welcher Eindruck auch entstanden sein mag – und sie weiß, welcher Eindruck entstanden ist –, alles in allem kein so schlechter Mensch ist. Kein ganz und gar egoistischer Mensch.

Amy bleibt stehen und lässt ihre Absätze langsam im Gras versinken.

Unterdessen blickt ihre Tochter Theresa zum Eingang des imposanten Hauses: Im Türrahmen steht Hong, weiße Bluse, weiße Hose, und richtet einen Korb mit Lei Si her. Für ihr Alter arbeitet sie schnell, mit flinker Hand stellt sie die kleinen Umschläge mit dem Glücksgeld in Reih und Glied. Neben den Lei Si steht ein zweiter Korb, darin die Bonbons für die Ankunft der Trauergäste. Jedem etwas Süßes gegen die Bitternis des Todes.

Während Theresa Hong bei der Arbeit zusieht, spürt sie, wie der Ärger darüber, dass sie das Alter des Vaters manipuliert hat, verfliegt. Aus Hongs behutsamen Händen schlägt Theresa die ganze Verzweiflung über den Verlust eines Menschen entgegen, dessen Leben man über zwei Kontinente hinweg begleitet hat, von der schwierigen Zeugung bis zu seinem unerwarteten Tod. Hong war die ganze Zeit dabei und hat still den Tee serviert. Außer ihr gibt es niemanden mehr, der sich an die wahre Mutter des Toten erinnern kann.

Bohais wahre Mutter. Theresa sieht wieder die Todesanzeige vor sich, auf der die nächste Lüge steht, die Lüge zu Bohais leiblicher Mutter.

»Kommst du?«, fragt Amy.

Theresa merkt jetzt erst, dass ihre Beine das Gehen eingestellt haben. »Ja«, sagt sie und hält sich die Hände an den Bauch.

Sie fragt sich, ob ihre Mutter diese Lüge auch bemerkt hat, ob sie sie überhaupt kümmert. Immerhin war sie diejenige, die Theresa einen Tag nach dem Tod des Vaters von seinem komplizierten Lebensbeginn und den daraus folgenden Verwicklungen erzählt hat. Während Theresa die Eingangsstufen des großen Hauses erklimmt, wünscht sie sich, sie hätte früher davon erfahren. Es gibt vieles, was sich Theresa wünscht.

THERESA

Es ist der Morgen nach Dads Tod; eben sind wir aus dem Krankenhaus zurückgekehrt, doch wir können beide nicht mehr schlafen. Mom ist zum Steg gegangen. Sie sitzt am Rand, die Füße knapp über dem Wasser, eine Zigarette in der Hand.

Zuerst sieht sie mich nicht, weil ich von hinten komme; sie hebt die Hand zum Mund, inhaliert, bläst den Rauch Richtung Yachthafen. Der Rauch verfängt sich im Nebel, treibt mit der Strömung davon und hat sich verflüchtigt, als ich das Ende des Stegs erreiche. Ihr Schatten, klar umrissen in der frühen Morgensonne, ist lang und schmal. Senkrecht fällt er auf die Holzplanken, regungslos.

Ich sitze neben ihr; sie rührt sich nicht, und mir ist jetzt nicht mehr nach Fragen zumute. Sie zieht ein letztes Mal an der Zigarette und drückt die Kippe in ihrem Aschenbecher aus.

Dann erzählt sie. Das ist alles, was ich weiß.

***

1909
Guangdong, China

In der chinesischen Tradition ist die Namensgebung eines Kindes außerordentlich wichtig. Wenn ein Baby zur Welt kommt, erhält es als Erstes einen *Milchnamen* oder *Kleinen Namen*, der entweder aus zwei sich wiederholenden

Silben besteht, zum Beispiel LingLing, oder aus einem Kosewort wie Kleine Perle. Die Wahl des Rufnamens wird innerhalb des ersten Monats von den Eltern getroffen – mit großer Sorgfalt und in enger Abstimmung mit den Großeltern. Einfach ist das nicht. Die chinesische Namensgebung unterliegt vielen Regeln und Traditionen – Dutzende von Glücksnamen müssen erwogen und Namen, die Unheil heraufbeschwören können, vermieden werden. So gilt es als vollkommen unpassend, ein Kind nach einer berühmten Person zu benennen, und als höchst anstößig, einem Baby den Namen eines älteren Familienmitglieds oder sogar eines entfernten Verwandten zu geben. Wenn das neugeborene Kind ältere Geschwister hat, müssen die Eltern auch deren Namen berücksichtigen und für das Kind eine Wahl treffen, die damit im Einklang steht. Mein Vater Bohai oder *Großer Bruder des Meeres* war der älteste Sohn seiner Familie. Er war der erstgeborene Sohn, und sie hofften, dass er nicht der letzte sein würde. Mein Vater verkörperte diese Erwartung, die Bitte um weitere Söhne. Er selbst war nie genug; vom Tag seiner Geburt und dem Moment an, da er seinen Namen erhielt, hofften meine Großeltern auf einen anderen.

Bohai wurde 1910 in der Provinz Guangdong von der ersten Konkubine seines Vaters geboren. Das Wort Konkubine aus dem Mund meiner Mutter zu hören erstaunte mich, aber sie versicherte mir, für einen Mann wie meinen Großvater sei das damals ganz normal gewesen. So habe es ihr Bohai zumindest erzählt. Die Konkubine nahm er sich, nachdem meine Großmutter ihr zweites Baby – wieder ein Mädchen – verloren hatte und somit feststand, dass sie unfähig war, Kinder zu gebären, ganz zu schweigen von Söhnen. Nach der Geburt ist sie angeblich durchgedreht und hat die Hebamme, die schon mit der Totgeburt aus dem stickigen Zimmer gehen wollte, angefleht, noch einmal nachzusehen, *bitte, noch einmal, bitte.* Vor Verzweiflung riss sie sich büschelweise die Haare aus, enttäuscht über den Tod des Kindes, vor allem aber über sein Geschlecht. Meine Großmutter hatte geschworen, dass es ein Junge werden würde, ja, ein Junge, sie habe sein Geschlecht schon im Moment der Zeugung gespürt.

Ein Junge fühlt sich im Mutterleib kräftig an. Er sitzt tief. Er ist versessen auf Salz.

Die letzten fünf Monate ihrer Schwangerschaft hütete sie wie eine gute chinesische Ehefrau geduldig das Bett, umhegte den Samen in ihrem Schoß, beschwor ihn, stramm und männlich zu werden, und flehte in endlosen Gebeten, es möge tatsächlich ein Junge sein. Sie nannte ihn – natürlich heimlich – *Fai*, denn ein Kind, das bereits einen Namen hatte, so glaubte sie, konnte der Welt nicht mehr entrissen werden. Sie hoffte inbrünstig, dass sich ein Junge namens Fai nicht als Mädchen erweisen würde. Doch nach zwei Tagen Wehen kam ein totes Mädchen aus ihrem Schoß, und mein Großvater traf die Entscheidung, sich eine Konkubine zu nehmen.

Hailee, so ihr Name, war ein unscheinbares vierzehnjähriges Mädchen, und mein Großvater zahlte für sie nicht einmal das, was seine Frau sonntags fürs Abendessen ausgab. Es gibt ein Foto von Hailee und Bohai – er darauf einen Monat alt, sie ein Teenager –, ein einziges Foto, versteckt in den Tiefen einer Kiste in Bohais Wandschrank. Ich habe es vor Jahren entdeckt, als ich auf der Highschool war und die alte Schreibmaschine meines Vaters suchte. Damals wusste ich nicht, wer sie war, und verstand auch nicht, dass dieses Baby mein Vater war. Ich weiß nur noch, dass sie ein breites, plumpes Gesicht hatte, traurige graue Augen und pockennarbige Wangen. Sie war zu jung für so eine alte Haut.

Bohai kam ohne Komplikationen auf die Welt. Hailee hatte nach ihrer Mutter gefragt, er war schließlich ihr erstes Kind, was ihr jedoch verweigert wurde – nicht von meinem Großvater, der sich erbot, die Reisekosten der Mutter zu übernehmen, sondern von der Mutter selbst, die einen Brief schrieb, um mitzuteilen, dass Hailee nicht mehr zu ihrer Familie gehöre, und sie gleichzeitig zu ermahnen, während der Entbindung still zu sein, sonst würden böse Geister das neugeborene Kind belästigen. So kam es, dass anstelle der Mutter meine Großmutter hinter Hailee stand, als diese meinen Vater gebar, den ersten Sohn der Leongs.

Sie brachte ihn hockend zur Welt, in einem Hinterzimmer des Hauses, unterstützt von einer Hebamme und einem Arzt. Hailee beherzigte den Rat ihrer Mutter und gab während der Entbindung keinen Ton von sich, doch mit der letzten Presswehe fiel sie in Ohnmacht, kippte mit zitternden Knien rückwärts auf die Holzdielen. Der Arzt nahm Bohai hoch, wischte ihm mit einem Stück Watte das warme Blut vom Gesicht und übergab meiner Großmutter ihren Sohn. Er war gesund, geboren in einem lautlosen Zimmer, und ehe die Nabelschnur durchschnitten wurde, legte man ihm ein goldenes Kettchen um den Hals, mit der sein Leben fortan statt der Nabelschnur verknüpft war.

Der Monat der Geburt meines Vaters war eine Zeit stiller Anspannung. Dreißig Tage der Ruhe und des Gebets, dreißig Tage, in denen es vorwiegend um schützende Kleider und Kräutersäfte ging. Es war, als wäre das Haus zerbrechlich, als könnte zu viel Geschäftigkeit die goldumrandeten Fenster zerspringen lassen, als würden unter zu schweren Schritten die Marmorböden bersten. Mein Großvater, der die meiste Zeit des Jahres geschäftlich verreist war, blieb einen ganzen Monat zu Hause und rauchte in der Bibliothek bedächtig seine Zigarren, auch er durch die Präsenz des Neugeborenen verstummt. Hailee ließ man allein in einem Zimmer – demselben, in dem sie meinen Vater geboren hatte –, wo man sie mit Schweinefüßen und gekochten Eiern versorgte, um sie zu kräftigen und die Milch für das Baby anzureichern. Sie weinte jede Nacht, ein gedämpftes Wimmern unter ihrer grasgrünen Decke. Ansonsten schlief sie und schlief, verlottert und mit ungewaschenem Haar, und setzte tagelang nicht einen Fuß auf den Holzboden ihres Zimmers. Der Arzt kam täglich, um nach Mutter und Kind zu schauen. Als die dreißig Tage zur Neige gingen, war Bohai kräftig geworden – seine Haut nicht mehr rosa, sondern ein milchiges Weiß –, und Hailee bekam Fieber.

Die Ein-Monat-Festlichkeiten müssen aufsehenerregend gewesen sein. Bei Sonnenaufgang war der Himmel über dem Garten voll von roten und goldenen Luftballons, die das Ende der Wartezeit verkündeten. Der Privatjuwelier meines Großvaters kam ins Haus, um Bohai goldene Armbänder zu bringen, so schwer, dass sie ihn in der Erde hätten verankern können. Aus sechs Provinzen bis hin nach Chengdu trafen Gäste ein, um der Zeremonie beizuwohnen, und alle brachten dicke rote Umschläge mit Glücksgeld für das neugeborene Kind.

Seit Jahren hatte die große Festhalle im Haus meiner Großeltern auf eine Gelegenheit dieses Kalibers gewartet – mit Sitzplätzen für siebzig Gäste und Platz für drei Dutzend Diener, die nach jedem Gang herbeieilten, um die leeren Teller abzuräumen. Es gab Tausendjährige Eier zur Feier der Fruchtbarkeit, fangfrischen Salz-und-Pfeffer-Tintenfisch, gekühlte Ente mit mahagonifarbener Hoisin-Sauce und *yi qi tong* – Haifischflossensuppe –, ein Lieblingsgericht meines Großvaters und auch für die restliche Gesellschaft ein unvergleichlicher Genuss.

Während des Banketts ließ mein Großvater die meiste Zeit den Porzellanlöffel durch seine Haifischflossensuppe gleiten und bewunderte das weiche Knorpelgewebe, das in der nach Pilzen duftenden Brühe schwamm. Er hatte eine Schwäche für Luxus. Wie oft habe ich das schon aus Bohais Mund gehört. Mein Großvater hatte es aus eigener Kraft zum Millionär gebracht und war erst mit achtundzwanzig Jahren auf den Geschmack von Haifischflossensuppe gekommen.

Bohai und Hailee durchschliefen die Festlichkeiten getrennt, jeder für sich in einem Winkel des Hauses, wo die lärmende Gesellschaft nur ein fernes Raunen war. Zu diesem Zeitpunkt hatte mein Vater bereits ein Kindermädchen. Seine Betreuung war Hong übertragen worden. Hailee wurde nur noch fürs Stillen gebraucht, und nicht einmal dafür musste sie ihr Zimmer verlassen. Mit Ablauf des Monats kam auch der Tag, da sie endlich ihren Körper waschen, ihr Haar kämmen und sich wieder die Zähne putzen durfte. Doch Hailee tat nichts dergleichen. Sie schlief weiter, unter ihrer warmen grünen Decke, als wäre der Monat nicht längst vorbei.

***

Das Fieber, das Hailee nach Bohais Ein-Monat-Feier bekam, wollte sechs Tage nicht weichen. Der Arzt kam täglich mit immer stärkeren Heilmitteln und immer exotischeren Kräutern, die ihrem fiebernden Körper Linderung bringen sollten. Morgens waren Hailees Betttücher durchnässt, und sie erwachte in einem Durcheinander aus feuchten Laken. Erst rief sie nach ihrer Mutter und flehte sie an, sie zu befreien von ihrem Körper, ihren heißen, schmerzenden Gliedern und der Galle, die ihr fast stündlich aus dem Magen hochstieg. Dann verlangte sie nach Bohai – ihrem Sohn –, der ihr zur Seite stehen sollte bei ihrem Wechsel in die nächste Welt, mit dem Hailee fest rechnete. Sie hatte lebhafte Träume, die sie in ihrem geschwächten Zustand an ferne Orte entführten. Sie träumte von weiten Feldern, und ihr erhitzter Körper heizte ihre Visionen auf, tauchte sie in einen glutroten Schimmer. Sie träumte von Fröschen – ganze Heerscharen, die mit gestreckten Beinen durchs hohe Gras hüpften. Die Frösche trösteten sie und kühlten ihren Körper, wenn sie ins kalte Wasser sprangen. Manchmal brachen die Frösche in Schreie aus – eine ohrenbetäubende Kakophonie. Glühendes Purpur erfasste den Himmel, während Hailees Körper vor Hitze verging und es immer mehr Frösche wurden. Mit verschwitzten Händen griff sie nach ihnen, doch jedes Mal entglitten sie ihr und quälten sie mit ihren fetten, glitschigen Leibern. Sie jagte ihnen nach, und ihre Beine waren plötzlich so kräftig und stark, dass sie schneller und schneller rannte. In einer dieser Nächte rannte Hailee, bis ihr die Oberschenkel brannten und giftige Schweißperlen über ihre Schläfen rannen und die Laken bis auf die Matratze durchnässten.

Sooft Hailee auch darum bat – Bohai durfte nicht zu seiner leiblichen Mutter. In der fauligen, feuchten Luft ihres Zimmers hing schwer der Geruch des Todes. Hailee könne Bohai infizieren, erklärte der Arzt, oder ihn mit ihrem wirren Gemurmel, ihren Ausbrüchen erschrecken. Und so starb Hailee allein. Am elften Tag wurde im Haus niemand mehr durch laute Phantastereien gestört, aus denen Hailee in einer Pfütze von kaltem Schweiß erwachte. Der Arzt fand sie auf dem Boden am Fuß ihres Bettes, das Gesicht gegen die Holzdielen gepresst, mit ausgebreiteten Armen, als versuchte sie, etwas zu fangen.

***

Nach Aussage meiner Mutter dauerte es fünf Jahre, bis man erkannte, dass Bohai nicht normal war.

Anormal war er allerdings auch nicht. Ihm fehlte nichts; es gab keine Krankheit, keine Dämonen, kein konkretes Gebrechen, das man ihm hätte anlasten können. Er war einfach nur scheu, zurückhaltend. Schüchtern. Im Babyalter erfüllte die Gemütsruhe ihres Sohns meine Großeltern noch mit Stolz. Er brüllte oder weinte nicht, spuckte seinen Brei nicht aus, und von fremden Armen gehalten, quengelte er nicht. Später würde ein guter Geschäftsmann aus ihm werden, sagte mein Großvater – ein skrupelloser Kaufmann, der den Familienbetrieb in die nächste Generation führen würde. Noch nie habe sie es so leicht gehabt, scherzte Hong mit den Bediensteten. Bohai großzuziehen sei, als zöge man eine Stoffpuppe auf.

Bohai machte alles mit großer Akribie. Er krabbelte nicht wie andere Kinder. An dem Tag, an dem er beschloss, dass er nun bereit sei, stand er auf und marschierte zielstrebig wie ein Pferd direkt von seinem Bettchen zum Stillsessel. Als er zu sprechen begann, kam ihm kein Silbensalat aus dem Mund, den nur vernarrte Eltern verstehen, denen das Brabbeln ihres Babys vertraut ist, sondern kurze, klare, verständliche Worte. Er weigerte sich, etwas zu wiederholen, das er noch nicht aussprechen konnte. Auch in diesem Stadium waren meine Großeltern noch stolz.

Unser Sohn kann laufen, ohne zu krabbeln, und sprechen, ohne zu stottern. Bald wird er alles von allein wissen und aus nichts Geld machen.

So war Bohai in den ersten fünf Lebensjahren ihr Goldkind – ein ruhiger, fleißiger Junge, der ohne Murren aß, ein Kind, das nicht mit seinem Vornamen angesprochen wurde, sondern immer mit Zhangzi, erstgeborener Sohn. In diesen fünf Jahren hätten ihm meine Großeltern die ganze Welt zu Füßen gelegt: was er nur wollte, immer und zu jedem Preis. Doch natürlich bat er um nichts.

Als das fünfte Lebensjahr verstrich und Bohai zu einem Knaben heranwuchs, gab seine vielgelobte Einsilbigkeit allmählich Anlass zur Sorge. Er redete immer weniger und auch nur dann, wenn man ihn ansprach, und seine Antworten bestanden meist aus raschen, aufs Nötigste reduzierten Sätzen. Er verließ kaum noch sein Zimmer, in dem er immer wieder dieselben Bücher las, die er anschließend ordentlich ins Regal zurückstellte. Mein Großvater, dem das Interesse seines Sohnes an Geschichten nicht entgangen war, brachte ihm von seinen Reisen unzählige Kinderbücher mit, Bücher mit goldenen Einbänden, Seidenschleifen und Bildern von exotischen Orten. Bohai bedankte sich artig, aber ohne jede Begeisterung, und die teuren neuen Bücher landeten in einer Ecke seines Regals, während er weiter seine Lieblingsgeschichten las. Die Helden dieser Geschichten waren meist kuschelige Vierbeiner. Menschen spielten häufig keine Rolle darin, und schon gar nicht Schwerter, Schiffe oder gefährliche Abenteuer. Nein, es ging um Hasen, die auf der Suche nach einem neuen Zuhause eine Wiese überqueren mussten, oder um Schaffamilien, die in ihrem frischen Sommerfell die schöne Jahreszeit genossen.

Trotz aller Unterrichtsstunden und ständigen Fürsorge legte Bohai nicht wirklich die Eigenschaften an den Tag, die einen chinesischen Erstgeborenen auszeichnen sollten. Es war seltsam für meine Großeltern: Ein zu Arroganz und Überheblichkeit erzogener Knabe, dem ununterbrochen drei Dienstmädchen hinterherrannten, rückte nach dem Abendessen freiwillig seinen Stuhl an den Tisch, las in seinem Zimmer Bücher, anstatt Sport zu treiben, und saß mit offenen Augen träumend im Unterricht – wofür er sich nachher auch noch entschuldigte. Er war sehr viel sanftmütiger, als meinem Großvater lieb war, er, dessen Definition von Männlichkeit der Wildheit seiner eigenen Jugend entsprach. Mein Großvater schüttelte nur den Kopf und brummte, dass er genauso gut eine Tochter hätte haben können, und meine Großmutter teilte diese Meinung. *Was für ein seltsamer Junge.* In diesem fünften Lebensjahr begann mein Großvater, seine wochenlangen Geschäftsreisen in den Norden wieder aufzunehmen; seinen erstgeborenen Sohn ließ er zurück.

***

Schon damals galten meine Großeltern als wohlhabend, hatten sie doch im Reedereigeschäft einiges an Geld verdient und sich einen guten Namen erworben. Sie lebten in Guangdong – einer großen, dichtbesiedelten Provinz im Süden Chinas –, in der Hauptstadt Guangzhou oder Kanton, wie meine Lehrer sie nennen. Guangzhou ist einer der wichtigsten Handelshäfen von China und wurde während der alten Dynastien als »Seidenstraße auf dem Meer« bezeichnet. Unter den im Reedereigeschäft tätigen Männern genießt mein Großvater den Ruf, einen Rekord im jährlichen Warenumschlag aufgestellt zu haben, der bis heute angeblich ungebrochen ist.

Einen beträchtlichen Teil ihres Geldes hatten meine Großeltern während des Krieges verdient, als ganze Flotten mit Spielzeug, wie mein Großvater das nannte, nach Australien und Amerika gingen; ich vermute, dass es sich dabei eher um Panzer und Flakartillerie handelte. Typisch für ihn: Er fand nichts dabei, tagsüber dem Feind tonnenweise todbringendes Kriegsgerät zu schicken und abends heimzugehen, um im trauten Familienkreis fröhlich zu speisen. Er verstand es anscheinend, dubiose Geschäfte als legitim darzustellen und selbst die kriminellsten Transaktionen herunterzuspielen.

Mein Großvater habe viele deutsche Bekannte gehabt, heißt es. Er nannte sie *Freunde* – auf Deutsch, mit kaum hörbarem chinesischem Akzent. Allerdings waren es Freunde, die grundsätzlich nicht zu ihm nach Hause kamen und weder zum Tee geladen wurden noch zu Bohais Ein-Monat-Feier. Es waren Geschäftsfreunde, die häufig spätabends anriefen und in ihrer kehligen Sprache nach meinem Großvater fragten. Sein Deutsch, an dem er Abend für Abend in der Bibliothek arbeitete, war tadellos, und auch Englisch und Französisch beherrschte er perfekt. Sprachen begeisterten ihn. Syntax, Idiomatik, Verbformen – für ihn spannende Rätsel, die nur er knacken konnte und an deren Lösungen er beim Abendessen die Familie teilhaben ließ. Mein Großvater liebte es, in fremden Sprachen Witze zu reißen und eine ganze Tischgesellschaft aus europäischen Muttersprachlern mit seinem Esprit zum Lachen zu bringen. Er wusste um seine eigene Sprachgewandtheit, seinen Geschäftssinn und seinen gesellschaftlichen Rang. Gern bezeichnete er sich als Kosmopolit, dessen Loyalität irgendwo zwischen China und Spanien zu verorten war.

Zehn Jahre vor Bohais Geburt war er während des Boxeraufstands, in dem sein Volk für Freiheit kämpfte und sich gegen westliche Einflüsse, westliche Religion wie auch den wachsenden Opiumhandel wehrte, auf der Seite der Europäer. Für viele Chinesen waren die Boxer Helden, doch in den Augen meines Großvaters waren es Barbaren, Diebe und Randalierer. Er war kein Patriot, sondern ein Kapitalist, der grundsätzlich das Lager wählte, das ihm für seine Unternehmungen am vielversprechendsten erschien. Sein fünf Jahre jüngerer Bruder Shen hatte in Shandong heimlich eine Ausbildung in traditioneller Kampfkunst absolviert, um sich auf die Revolution vorzubereiten. Hin und wieder kam eine Nachricht von Shen; darin bat er meinen Großvater um Geld und beschwor ihn, die chinesischen Bestrebungen zu unterstützen; er selbst, so behauptete er, sei dank seiner Ausbildung gegen Schwerter gefeit und könne sogar Gewehrkugeln ausweichen. Mein Großvater beantwortete die leidenschaftlichen Briefe seines Bruders stets höflich. Entweder behauptete er, gerade kein Geld zur Verfügung zu haben, oder er berief sich darauf, dass es keinen sicheren Weg gebe, es Shen zukommen zu lassen, ohne selbst in Verdacht zu geraten. Anschließend ging er zu seiner Frau und beklagte sich. *Die haben meinem Bruder eine Gehirnwäsche verpasst und ihm den Kopf mit solchem Unfug vollgestopft, dass er Dämonen sieht.*

Doch mein Großvater war ein intelligenter Mann. Zynische Bevormundung, das wusste er, würde nur dazu führen, dass die Verbindung zu seinem jüngeren Bruder abbrechen und damit auch eine wichtige Informationsquelle versiegen würde. Als etwa aus dem Norden die Nachricht kam, dass die Boxer auf Peking vorrückten, wusste mein Großvater längst Bescheid. Tags zuvor hatte er ein Telegramm von Shen erhalten und von dem Plan erfahren, die ausländischen Gesandtschaften zu stürmen, um einen aggressiven chinesischen Nationalismus zu propagieren.

Sein Bruder Shen war ein Mann von geradezu krankhafter Leidenschaft. Sie machte ihn sprunghaft, unzufrieden, immer auf der Suche nach mehr. Er hatte ein so ausgeprägtes Ungerechtigkeitsempfinden, dass er nicht anders konnte; er musste etwas tun, wie belanglos oder unsinnig es auch war. Und das wusste auch mein Großvater. Er behandelte Shen wie einen chronisch Kranken, dem man mit

Nachsicht begegnen musste. Auch deshalb hörte er nicht auf, die Klagen und Schimpftiraden seines Bruders zu lesen; hörte nicht auf, ihm zu antworten. Wohl wissend, dass jeder Brief, jedes Telegramm von neuen Unternehmungen berichten würde; dass es von Mal zu Mal riskanter für Shen werden und er am Ende dabei umkommen würde. Mein Großvater wollte die letzten Worte seines Bruders hören.

Doch die Nachricht, die dann kam, brachte eine gewaltige Überraschung. Auf die gewohnten Themen ging das Telegramm mit keinem Wort ein. Von Regierungskomplotten oder übernatürlichen Kräften keine Rede, Shen appellierte nicht einmal an die gesellschaftliche Verantwortung seines älteren Bruders. Und zum ersten Mal bat er ihn nicht um Geld.

Er habe gerade geheiratet, schrieb er. Er habe ein Mädchen kennengelernt und sich verliebt.

Mein Großvater ließ die Hand mit dem Telegramm sinken und holte tief Luft. Dass ein Junggeselle den gefährlichen Weg der Revolution beschritt, war eine Sache. Dass er nun aber auch noch eine Frau mit hineinzog, damit war mein Großvater nicht einverstanden.

Mach Dir keine Sorgen, Bruder, lautete die letzte Zeile. *Wir haben hart trainiert und sind gut vorbereitet.*

***

Was dann geschah, hatte mein Großvater vorausgesehen. Willkürliche Gemetzel unter Ausländern, Hunderte von Toten unter den chinesischen Christen, Gebäude in Flammen und eine Eskalation der politischen Spannungen – alles war genau so, wie er erwartet hatte. Wenn er morgens die Zeitung aufschlug, überflog er nur die Schlagzeilen, denn was in den Artikeln stand, wusste er bereits. Und wenn seine Frau über die vielen Verluste unter den chinesischen Boxern klagte, verzog mein Großvater keine Miene. Enttäuschung sprach aus seinen Worten, wenn er sich überhaupt dazu äußerte.

Die Chinesen sind zu kurzsichtig. Sie denken nur an Krieg und Gewalt. Sie verstehen nicht, dass es gut ist, Handel zu treiben, Bündnisse zu schmieden, und dass auch die neue Religion ihr Gutes hat.

Während der achtwöchigen Besetzung von Peking durch die Boxer warteten meine Großeltern auf eine Nachricht von Shen. Sie wussten, dass er in der Stadt war, um dort an der Seite seiner sterbenden Kameraden zu kämpfen, und dass sein Bruder im fernen Süden das Letzte war, woran er jetzt dachte. Auf Flugblättern und in Zeitungen sah man Bilder von hingerichteten Revolutionären; mit einem einzigen Schuss in die Brust getötet, lagen sie auf offener Straße in ihrem Blut. »Er kann Gewehrkugeln ausweichen und ist gegen Schwerter gefeit«, mokierte sich mein Großvater, seinen Frühstückstee schlürfend, und lachte leise.

»Wie redest du über deine Familie?«, brauste meine Großmutter auf, denn sie mochte ihren Schwager. Sie schleuderte ihrem Mann die Zeitung hin. »Der hier könnte dein Bruder sein! Und darüber lachst du? Dein Bruder ist vielleicht schon längst tot, während du hier sitzt und dich über ihn lustig machst!«

Von da an hielt mein Großvater seine Zunge im Zaum, und je länger das Telefon schwieg, desto stiller wurde er. Inzwischen las er die Zeitungen, suchte in den Totenlisten nach Shens Namen, doch er fand ihn nicht.

Er hatte seinen Bruder schon lange nicht mehr gesehen. Aufgewachsen an den Ufern des Gelben Flusses, waren sie von Dorf zu Dorf gezogen, während der Vater auf den Weizen- und Maisfeldern Arbeit suchte. Ihr Vater verstand nicht viel von Landwirtschaft und war zudem alles andere als ein Arbeitstier. Wenn er wieder einmal den Aufseher einer kleinen Siedlung um Arbeit anbettelte, stellte er mit neuen Ideen zur Bewässerung der Felder eine grandiose Ernte in Aussicht und bot zudem seine Söhne als Hilfskräfte an. Mit dem Ergebnis, dass mein Urgroßvater trank und mein Großvater arbeitete: Säen, Unkraut jäten, Wasser schleppen, die Pflanzen nach Krankheiten und Pilzen absuchen, nichts war ihm fremd. Auch Shen war mit seinen zehn Jahren alt genug, um zu arbeiten, doch ihm fehlte die Zielstrebigkeit meines Großvaters, die Gier nach einem besseren Leben. Shen hielt seinem Vater verbissen die Treue und scheute sich nicht, den Aufseher zu belügen, um das Fernbleiben des Vaters von den Feldern und seine Trunkenheit zu vertuschen.

Im Herbst 1887, mein Großvater war inzwischen vierzehn Jahre alt, lebten sie seit nun schon fast sechs Monaten im Norden von Shandong, am Unterlauf des Gelben Flusses. Der Vorarbeiter, der meinen Großvater ins Herz geschlossen hatte, bat ihn, mit ins Hochland zu kommen, wo er Bergyamswurzeln zu finden hoffte. Seine Frau klagte über Nierenschmerzen, und man munkelte, dass die Heilpflanze dort wuchs. Die Reise dauerte drei Tage, immer nach Westen, hin zu den heiligen Gebirgskämmen des Tai Shan, auf dessen Gipfel sie von dem Hochwasser erfuhren. In der Provinz Henan, westlich von Shandong, waren die Dämme des Gelben Flusses gebrochen und er war mit großer Gewalt über die Ufer getreten, hatte Häuser verschlungen, ganze Siedlungen dem Erdboden gleichgemacht und alles mitgerissen, was sich ihm in den Weg stellte. Tiere und Menschen wurden fortgeschwemmt, ausgelöscht von einer gewaltigen, biblischen Flut. Geblieben sei nicht mehr viel, hieß es. Alle seien tot.

An diesem Tag glaubte mein Großvater zum ersten Mal, seinen Bruder verloren zu haben. Fast zehn Jahre lebte er in diesem Glauben, ehrte ihn bei jedem Geisterfest, verbrannte Papiergeld und kleine Geschenke, um sie ihm ins Jenseits zu schicken. Bis eines Tages – da lebte er noch in Shandong – Shen vor der Tür stand: ein ausgewachsener Mann, der in das Gesicht seines Bruders blickte wie in einen Spiegel. Wortlos umarmten sie sich, und an jenem Tag soll mein Großvater zum letzten Mal geweint haben.

Aber am nächsten Morgen, nach einem abendlichen Festmahl mit Jiaozi-Teigtaschen, Spargelbohnen und etlichen Runden Weißwein, war Shen wieder fort. Zu früher Stunde, alle schliefen noch, legte er einen Zettel auf sein Bett, das noch warm vom Schlaf war, und schlich sich aus dem Haus. *Bis zum nächsten Mal*, stand darauf, in krakeliger Kinderschrift. Mein Großvater war am Boden zerstört, wochenlang zu Tode betrübt, stumm bei Tisch und fahrig bei der Arbeit, bis Shen wiederkam und ihm bewusst wurde, dass dies die Art von Beziehung war, die sie fortan führen würden. Shen war Nomade, wie sein Vater: Er kam und ging. Blieb ein paar Tage und verschwand, um seinen revolutionären Träumen nachzujagen, China vom Übel der Verwestlichung zu befreien, die Qing-Dynastie zu stürzen, sich den Kampfkünsten zu verschreiben, das Feuerschlucken zu erlernen, das Christentum zu zerstören, sich der nächsten Männerschar anzuschließen, die mit einem Dutzend Schwerter für eine gerechte Sache kämpfte. Mein Großvater hatte im Grunde keine andere Wahl. Was sollte er tun? Er konnte nur dafür sorgen, dass die Tür seines Hauses immer offen stand, und ansonsten sein eigenes Leben weiterleben.

Regelmäßig bat er Shen, nach Guangdong zu kommen und dort bei ihm und seiner Familie zu leben. Er war sich sicher, dass Ortswechsel wahre Wunder bewirken konnten – dass schon ein warmes Bett und regelmäßige Mahlzeiten seinen Bruder vielleicht für immer vor sich selbst schützen würden. Aufzwingen wollte er ihm dieses Leben freilich nicht; er wusste, dass Shen unter Zwang dazu neigte, aufzubegehren. Er war wie ein Kind. Und doch … sein letztes Telegramm hatte anders geklungen, so als ob wirklich etwas geschehen wäre; als ob sich sein Bruder verändert hätte. Shen schrieb, er wolle seiner Frau die Familie vorstellen – nach der Besetzung von Peking werde er mit seiner Braut endlich in den Süden reisen.

ZWEI

November 1964
Honolulu, Hawaii

Hong steht im Eingang des großen Hauses, von hinten fällt Licht auf ihre massige Gestalt; mit gefalteten Händen blickt sie den Frauen entgegen.

»Sieht gesund aus«, sagt sie lächelnd und deutet auf Theresas Bauch. »Bestimmt ein Junge.«

»Sie will's mir immer noch nicht sagen«, erwidert Amy und umarmt Hong, als sie den Treppenabsatz erreicht. »Kannst du dir das vorstellen? Will's ihrer eigenen Mutter nicht sagen.«

»Es ist eine Überraschung«, erklärt Theresa. Der Satz kommt schon fast automatisch. Beinahe täglich wiederholt sie, was sie ihrer Mutter an jenem Morgen im September gesagt hat, als sie bei Dr. Ho war, dem chinesischen Spezialisten für Geburtshoroskope. Theresa hatte ihre Mutter gebeten, draußen zu bleiben, und so war Amy neben dem parkenden Auto auf und ab gegangen, während Dr. Ho seine Berechnungen anstellte, Theresas Mondalter bestimmte, es mit dem Zeitpunkt der Empfängnis verglich und ihr schließlich über den Tisch hinweg seine Vorhersage hinschob.

»Ich will, dass es eine Überraschung bleibt«, wiederholt Theresa und drückt ihre Wange an die von Hong.

»Gönn ihr doch das kleine Geheimnis«, sagt Hong mit einem Zwinkern in Theresas Richtung. »Bald werden es sowieso alle wissen.«

Die alte Frau nimmt Amys Hand, dreht sie um, streicht die Handfläche glatt und legt ein Bonbon hinein. Dann ist Theresa an der Reihe. Hongs Finger umschließen ihre Hand, in der die feine Zuckermuschel sofort zu schmelzen beginnt.

»Esst«, befiehlt Hong. »Leben ist Traumwandeln. Tod ist Heimkehr. Süß soll er sein.«

Nachdem Hong sich selbst auch eins genommen hat, legen sich die drei Frauen ihre Bonbons auf die Zunge. Das Honigaroma entfaltet sich in ihren Mündern; der Geschmack hat eine tröstliche, beruhigende Wirkung, mit der Amy nicht gerechnet hat.

»Ich kann dir gar nicht sagen, wie viel Dank ich dir schulde«, sagt sie zu Hong. Sie beißt das Bonbon in der Mitte durch, als könnte sie damit seine trostbringende Kraft steigern. »Ich weiß nicht, was ohne dich passiert wäre. Es wäre ein Alptraum gewesen. Es wäre gar nicht gegangen.«

Hong schüttelt beschwichtigend den Kopf und wedelt mit der Hand, als wollte sie Amys Worte verscheuchen.

»Ich mache das für die Familie, aber ich mache es auch für mich selbst. Es ist nicht leicht zu akzeptieren, aber der Tod ist ein Geschenk. Bohai war zu jung. Ja, er war zu jung, aber wir haben Glück.« Beim letzten Wort senkt sich ihre Stimme, und ein leiser, rauer Ton kommt über ihre schmalen Lippen. »Wir haben doch großes Glück, dass wir uns verabschieden können, findet ihr nicht? Das ist nicht selbstverständlich. Man hat nicht immer so viel Glück, man kann sich nicht immer verabschieden.«

Hong hält inne, und Theresa hört das hohle Klackern des Bonbons zwischen ihren Zähnen. Ihr Haar ist schneeweiß, was bei Hong keine Alterserscheinung zu sein scheint, sondern eine Reaktion aus ihrem tiefsten Inneren – etwas ganz und gar Gutes und Reines –, als wäre ihr Körper außerstande, einen silbernen oder grauen Haarton hervorzubringen. Hongs Gesicht ist voll, die Wangen gepolstert, was bei den meisten Frauen ihres Alters nicht mehr der Fall ist. Allein die hängenden Augenlider lassen etwas von ihrer Gebrechlichkeit erkennen, denkt Theresa, vor allem, wenn sie die Stirn runzelt wie jetzt, als sie über ihre eigenen Worte nachdenkt.

»*Er* wäre heute gern hier gewesen«, sagt Hong, und ihr Blick schweift an den Gesichtern der beiden Frauen vorbei über den Garten und das Eisentor. »Er hätte die Riten vollziehen wollen.« Ihre Stimme klingt beherrscht, jedes Wort mit Bedacht gewählt. »Wisst ihr, letzte Nacht war er hier. In meinem Schlaf. Seit Bohais Tod besucht er mich jede Nacht und sagt mir, dass er heute nicht hier sein kann, dass er aber wartet.« Sie hält inne. »Er wartet darauf, Bohai zu begrüßen, sobald er kommt.« Hong lächelt leise.

Theresa steht zwischen ihrer Mutter und Hong, und ihre Ohren beginnen plötzlich zu glühen, als hätte sich in ihrem Kopf ein Feuer entfacht. Sie ist sich nicht sicher; aufgeregt wühlt sie in ihren Erinnerungen, und zum ersten Mal in ihrem Leben – nachdem sie jahrelang von den Gesprächen dieser beiden Frauen umringt war wie von einem undurchdringlichen Nebel –, zum ersten Mal in ihrem Leben hat sie das Gefühl, dass sie vielleicht, wenn auch nur vielleicht versteht, worüber hier gesprochen wird.

Erst erschrickt sie. Sie überlegt. Das Gefühl, vom Gespräch ausgeschlossen zu sein, ist Theresa schon fast in Fleisch und Blut übergegangen, ausgeschlossen von einer Angelegenheit, die Jahrzehnte zurückliegt, ausgeschlossen, wenn von namenlosen Personen die Rede ist, von Ereignissen ohne Datum, ohne Zusammenhang, ohne klaren Inhalt. Theresa kennt es nicht anders; all diese Gespräche, die an eine längst vergangene Zeit vor ihrer Zeit erinnern, sind ein Rauschen in ihren Ohren, das sie kaum mehr zu verstehen sucht. Doch heute ist etwas geschehen. Seit dem Tod ihres Vaters, seit die Geschichten begonnen haben, ist etwas mit ihren Ohren passiert. Sie hört hin, aber anders.

Ihr Blick fällt auf Hongs Handgelenk und den weißen Verband, der die weiche Haut umspannt. Theresa weiß, was sich darunter verbirgt. Sie sieht Hong wieder vor sich, im Wohnzimmer ihrer Eltern, vor fast sechs Monaten; da hat sie ihre Hand ausgestreckt und es ihr gezeigt, das fleckige Stückchen Stoff, das an ihrem Körper haftet, seit sie siebzehn ist. *Ich war jünger als du*, hat Hong gesagt. *Kannst du dir das vorstellen?*

An jenem Nachmittag hatten ihre Eltern das Haus verlassen, um in Kaimuki die Zukunft ihrer Tochter auszuhandeln. So hatte Theresa das genannt, als die Eltern gingen, und sie hatte ihnen wütend hinterhergeschaut, während sie ins Auto stiegen und davonfuhren. Da stand sie nun, im zweiten Monat schwanger, kreuzunglücklich und um zwölf Uhr mittags noch im Schlafanzug … Und dann hatte es an der Tür geklopft.

»Was machst *du* denn hier?«, fragte Theresa.

»Ich habe den Bus genommen«, lautete Hongs Antwort. Irgendwie sah sie komisch aus, hier vor dieser Tür – fern vom Haus am Diamond Head wirkte sie wie aus der Zeit gefallen. Mit ihrem kurzen weißen Haar und dem hohen Stehkragen sah sie aus wie das Klischee einer alten Chinesin.

»Tut mir leid.« Theresa schwieg einen Moment. »Willst du reinkommen?«

»Ja.« Hong nickte. »Ja, gerne.«

Sie ging durch die Eingangstür, den Flur entlang ins Wohnzimmer. Theresa hatte überlegt, ob sie noch schnell den Schlafanzug ausziehen sollte. Hatte überlegt, ob ihre Eltern wussten, dass Hong kommen würde, doch sie schwieg, weil sie ahnte, dass sie es nicht wussten.

Sie nahm die Cornflakes-Schüssel, die noch vom Morgen auf dem Couchtisch stand, und stellte sie in der Küche ins Spülbecken. Während Hong sich setzte, ließ sie Wasser hineinlaufen.

»Möchtest du irgendwas?«, fragte Theresa, als sie zurückkam. »Wasser? Hast du Durst?«

»Nein, ist schon gut.« Hong klopfte auf die Tasche, die neben ihr lag. »Ich hab welches mit.«

»Okay.« Theresa setzte sich auf das Sofa gegenüber der alten Frau und überlegte, wie sie es anstellen sollte, sie noch einmal zu fragen, warum sie gekommen war und wie sie es geschafft hatte, eine halbe Stunde nachdem die Eltern für den restlichen Nachmittag weggefahren waren, hier aufzutauchen. Aber Hong ergriff als Erste das Wort.

»Ich bin gekommen, um dir eine Geschichte zu erzählen«, sagte sie mit ernster, undurchdringlicher Miene.

»Eine Geschichte.«

»Ja. Eine sehr alte Geschichte. Vielleicht älter als ich.« Lächelnd deutete Hong auf ihr Gesicht und berührte mit einem Finger ihre Wange. »Du kannst ruhig lachen«, ermunterte sie Theresa. »Das war ein Witz.«

Und da hatte Theresa tatsächlich gelacht, ganz unerwartet und zum ersten Mal seit vielen, vielen Tagen. Es war ein seltsames Lachen, so auf Befehl, und trotzdem aufrichtig. Sie war immer gern mit Hong zusammen gewesen, so selten es auch dazu kam, im Grunde nur einmal im Jahr, wenn sich die Leongs trafen, um gemeinsam das chinesische Neujahr zu feiern. Dann half ihr Theresa in der Küche dabei, die Süßigkeiten vorzubereiten und in kunstvolle Porzellandöschen zu füllen, während sich die Erwachsenen im großen Salon trafen. Die Sieben Süßigkeiten konnte sie im Schlaf aufsagen, sie hatte sich genau gemerkt, was sie symbolisierten, und in der sechsten Klasse ein Referat darüber gehalten: Lotoswurzel für Freundschaft, Kürbis für eine lange Linie von Nachfahren, Möhren für Wohlstand und Erfolg, Kokosnuss für eine starke Bindung zwischen Vater und Sohn, Ingwer für anhaltend gute Gesundheit, Melonenkerne für Kindersegen und Lotoskerne für den Schutz der Söhne. Wenn Theresa mit Hong zusammen war, spürte sie ihr kulturelles Erbe am stärksten – die Verbindung zu einem Land, in dem sie nie gewesen war, dessen Sprache sie nicht einmal sprach.

Ihre Mutter Amy war bei den Neujahrsfeiern nie in die Küche gekommen. Wenn sie im Hause Leong eintrafen, hatte sie Hong kurz begrüßt und war dann ihrer Schwiegermutter nicht mehr von der Seite gewichen. Sobald sie aber den Heimweg antraten, um sich vor dem Verwandtenbesuch in Kane'ohe, der für den nächsten Tag anstand, noch etwas auszuruhen, hatte Amy ihre Tochter jedes Mal regelrecht ausgefragt. Hatte Hong irgendetwas über sie gesagt? Schien sie gesund? So wie immer?

»Gut«, sagte Hong, als Theresa zu Ende gelacht hatte, und nickte. »Dann hörst du mir jetzt zu?«

»Ja«, sagte Theresa. Wie gern wäre sie jetzt in der Küche gewesen und hätte sich eine Beschäftigung für ihre Hände gesucht.

Hong räusperte sich und beugte ihren Oberkörper so weit nach vorn, dass ihre Brüste beinahe die Knie berührten. Mit gefalteten Händen streckte sie kurz die Arme aus und richtete sich wieder auf, wobei sie alle Luft aus ihrer Lunge strömen ließ. Schließlich lehnte sie sich auf dem Sofa zurück und begann mit ruhiger Stimme zu erzählen:

Eines Abends begegnet auf einer mondbeschienenen Straße ein junger Bursche einem alten Mann. Der Mann ist Yue

Xia Lao, der alte Mondgott der Ehestifter. Lao erklärt dem Jungen, dass jeder Mann durch ein Band mit seiner zukünftigen Frau verbunden sei. Ein immaterielles rotes Band, so sagt er, das die Knöchel der einander zugedachten Eheleute umschlingt und sie miteinander verbindet. Das Band verbindet die Liebenden, die füreinander bestimmt sind, unabhängig von Ort und Zeit, unabhängig von ihrer Lebenslage. Das Band kann sich dehnen, sich verknoten, nur reißen kann es nicht.

Sei jedoch gewarnt, erklärt Lao dem Jungen. Nicht jeder findet die Frau, die ihm zugedacht ist. Bleib auf dem rechten Pfad, tue Gutes, nur dann kannst du mit deiner wahren, vollkommenen Gefährtin vereint werden.

Dann zeigt ihm Lao ein junges Mädchen. Er sagt dem Knaben, dass dieses Mädchen seine wahre Liebe und die ihm zugedachte Ehefrau sei. Der Knabe ist zu jung, um sich für eine Ehefrau zu interessieren, und so nimmt er einen Stein und wirft ihn nach dem Mädchen. Er trifft sie im Gesicht. Schreiend hält sie eine Hand an ihr Auge und läuft davon. Sie biegt in eine Gasse ein und verschwindet. Yue Xia Lao schüttelt den Kopf und schimpft mit dem Jungen. Du hast die Kräfte des Schicksals aus dem Gleichgewicht gebracht, sagt er. Du wirst sehen, dass dein Vergehen nicht nur dich und deine Zukunft, sondern auch die der nachfolgenden Generationen verändern wird.

Als aus dem Knaben Jahre später ein wohlhabender, respektierter Mann geworden ist, arrangieren die Eltern eine Ehe für ihn. In der Hochzeitsnacht erwartet ihn die Braut, das Gesicht verborgen unter dem Schleier. Der Mann hebt ihn an und sieht, dass die Frau eine Schönheit aus seinem Dorf ist. Ihr Gesicht ist vollkommen. Die Haut milchweiß und glatt, die Lippen weich, in den dunklen Augen ein bläulicher Schimmer. Sie ist makellos, wie aus einem Guss – bis auf die Verzierung an der einen Augenbraue. Der Mann fragt seine Frau, was die Verzierung zu bedeuten hat, und sie erwidert, dass in jungen Jahren ein Knabe einen Stein nach ihr warf. Er traf ihr Gesicht und hinterließ eine Narbe. Sie trägt diesen Schmuck, um ihre Scham zu verbergen.

Seine Braut ist das Mädchen, das ihm Yue Xia Lao vor fünfzehn Jahren gezeigt hat. Durch ein rotes Band ist sie mit ihm verbunden und dafür bestimmt, seine Gefährtin zu sein.

Hong hatte nicht ein einziges Mal geblinzelt. Die ganze Zeit hatte sie Theresa in die Augen geblickt, als stünde ihre Geschichte darin geschrieben. Und auch Theresa hatte den Blick nicht abgewandt. Hongs Stimme war wie ein wogender Fluss, von dem sie sich willig mitreißen ließ.

»Ein rotes Band kann nicht kaputtgehen«, fuhr Hong fort. »Ein ganzes Leben kann vergehen, und du bist mit der falschen Person verheiratet und musst mit einem Knoten leben.«

Theresas Herz stockte. Konnte Hong es wissen? Jetzt schon? Sie geriet in Panik. Wie konnte das sein? »Ein Knoten?«, fragte sie und spürte, wie ihr das Blut ins Gesicht schoss. Sie rang um Fassung. »Was meinst du damit?«

»Ein Knoten«, erwiderte Hong und senkte den Kopf. »Eine Affäre. Eine erzwungene Ehe. Eine Konkubine. Eine Prostituierte. Solche Dinge sind Knoten in einem roten Band. Sie sind die Strafe für einen Fehler. Ein rotes Band, in dem keine Knoten sind, ist so glatt und fließend wie chinesische Seide. Es schlüpft durch Gebirge, schlängelt sich zwischen Autos, Bäumen und Bahngleisen hindurch. Es kann einen ganzen Ozean und drei Länder durchqueren, um die Person seiner Bestimmung zu erreichen. Ein verknotetes Band verhält sich vollkommen anders.«

Theresa schluckte. Sie fühlte einen Kloß in ihrer Kehle.

Mit einem tiefen, trockenen Atemzug würgte sie ihn herunter.

»Mit der Zeit«, fuhr Hong fort, »wird ein vernachlässigter Knoten steif. Erst wird er wie Schmirgelpapier und dann wie Holz, unelastisch und unnachgiebig. Wenn sich die Knoten häufen, ist die Chance, den Schicksalsgefährten zu finden, nur noch sehr klein, denn wer kann schon mit einem Holzklumpen am Knöchel drei Länder durchqueren? Wer kann mit so einer Last meilenweit schwimmen? Verstehst du?«

Mit zusammengepressten Lippen atmete Theresa langsam und ganz bewusst durch die Nase ein, als könnte sie das davor bewahren, in Tränen auszubrechen und sich zu verraten. Sie hatte genau verstanden, was Hong sagen wollte, und nickte.

»Gut.« Hongs Stimme war leise. »Die Geschichte ist noch nicht ganz zu Ende.« Es war, als wollte sie mit ihrer sanften Stimme den Inhalt dessen, was sie nun sagen würde, wettmachen. »Weißt du, die Knoten verschwinden nicht, wenn du diese Welt verlässt. Gerade das ist so verwirrend. Die Knoten werden weitergegeben, von der Mutter an die Tochter, vom Vater an den Sohn. Je weiter du vom Weg abkommst und je mehr Knoten sich sammeln, desto schwerer machst du es deinen Kindern und in der Folge auch deinen Enkeln, Liebe zu finden.« Hong verstummte, ihre Augen so klar wie zwei Schneekugeln, in denen die herumwirbelnden Teilchen zu Boden gesunken sind.

»Du hasst mich«, sagte Theresa und wandte sich von Hong ab, die sie aus ihren Kristallaugen weiter fixierte. »Du hasst mich auch. Ich verstehe schon. Verstehe.«

»Ganz im Gegenteil«, erwiderte Hong und richtete sich auf. »Letzte Nacht habe ich von Fischen geträumt. Ich sah dein Kind, sah dein Gesicht. Du hast Angst, Theresa, das weiß ich, aber ich bin gekommen, um dir zu sagen, dass du noch eine Chance hast. Du hast erst einen Knoten, ein einziger Moment der Schwäche, dein rotes Band hält noch. Du hast so viel, Theresa, wenn du es nur nicht verlierst. Du darfst dich nicht an ihn binden, du musst den Blick auf das richten, was dahinter liegt.«

»Aber die Hochzeit –«

»Hochzeit?« Das Wort hallte in Hongs offenem Mund nach.

»Du hast es nicht gewusst?«

Hongs Gesicht erstarrte. Nein, sie hatte es nicht gewusst.

»Hör zu«, fing Theresa an. »Ich weiß es wirklich zu schätzen, dass du gekommen bist, um mit mir zu reden. Es bedeutet mir viel, wirklich, allein schon zu wissen, dass es dir nicht egal ist. Aber ein Märchen wird mir hier nicht helfen können. Ich will dir nicht zu nahe treten, aber glaubst du wirklich, dass mich *ein immaterielles rotes Band* vor dieser Riesenscheiße bewahren kann? Es tut mir leid.« Theresa schüttelte den Kopf und hob entschuldigend die Hand. »Tut mir leid, für mich ist das einfach nur eine schöne Geschichte, und es freut mich auch, dass ich sie gehört habe, aber ganz ehrlich, wem sollte so ein rotes Band jemals wirklich geholfen haben?«

Als Hong aufblickte, war ein unmerkliches Leuchten in ihr Gesicht getreten. »Ich habe noch eine Geschichte«, sagte sie, beugte sich wieder nach vorn, und ein Lächeln breitete sich über ihre Wangen. Sie hob eine Hand. »Nur noch eine«, sagte sie. »Damit werde ich deine Frage beantworten.«

HONG

1900
Guangdong, China

Die Reise war unvorstellbar.

Alle hatten mir gesagt, dass ich es nicht schaffen würde. Dass man mich entführen, quälen und vergewaltigen würde. Keiner würde Mitleid haben mit der Tochter eines Boxers, der Ehefrau eines Boxers. Und sollte ein guter, schützender Geist auftauchen, mich hinter sich herziehen bei Sonne und Mond und mir ein Fleckchen Erde suchen, wo ich meinem Körper Ruhe schenken könnte, würde ich bestimmt verhungern – verschrumpeln wie Zitronenschale in der Augustsonne.

Sechzig Tage bin ich gereist, geleitet von Shens Stimme und gezogen von meinem roten Band. Shen hatte mir, als wüsste er, dass er bald sterben würde, den Namen seines einzigen Bruders gesagt, der in der Provinz Guangdong lebte. Von diesem Ort hatte ich noch nie gehört und er schien so jenseits meiner Möglichkeiten, dass der Name wie Hohn in meinen Ohren klang.

In der Nacht des Befreiungsangriffs, als schweres Geschütz die Mauern durchschlug und die Schreie der Männer schrill wie Feuerwerkskörper aufstiegen, bat mich Shen, mir den Namen seines Bruders einzuprägen; ich musste ihm versprechen, seine Familie im Süden ausfindig zu machen, falls irgendetwas schiefgehen sollte. Und das tat ich. Nicht um meiner selbst willen, sondern für sein Seelenheil. Ich musste Shens einzigen Verwandten die Nachricht seines Todes überbringen, damit seine Seele Frieden fand.

Sechzig Tage bin ich gelaufen, und von Woche zu Woche zeigte mir die Landschaft ein anderes Gesicht. Sechzig Tage Schweigen, das ich nur hin und wieder brach, um Menschen, die ich nicht kannte, nach dem Tag zu fragen. *Welcher Tag ist heute?* Ich sprach nur Frauen an, Mütter mit Kindern oder Mädchen, die ein Bündel auf dem Rücken trugen. Und auch die wählte ich sorgfältig aus, suchte nach Gesichtern mit Beulen, denn das war ein gutes Omen, ein Zeichen von Freundlichkeit. Dienstag, hieß es dann, Donnerstag oder Samstag, und ich wusste, wie viel Zeit seit dem letzten Mal vergangen war.

In der sechsten Woche änderte sich das Klima; jetzt kam ich noch langsamer voran. Das hitzige Temperament des Südens, das Feuerelement brach sich Bahn, und ich begann zu spüren, wovor man mich gewarnt hatte. Tagsüber regnete es, und wenn der Regen innehielt, lag Feuchtigkeit in der Luft und in meinen Kleidern, darunter der moderige Geruch meines Körpers. Die trockenen Ebenen des Nordens waren Vergangenheit; nun säumten sumpfige Reisfelder die Straßen, in denen sich zwischen hellgrünen Halmen, die mir bis über die Taille reichten, der Regen sammelte. Anfangs begeisterte mich die Schönheit, ich sah neue Farben, roch frisches Grün und fremdartigen Dung – doch als die Nacht hereinbrach, änderte sich alles. Als ich zusammengekrümmt auf matschigem Boden schlief, sehnte sich mein Körper nach dürrem Land und trockener Erde, von der Sonne hart gebrannt.

Auch die Frauen waren anders hier. Sie wirkten dunkler, kleiner, ihre Augen größer als meine. Wenn ich wieder einmal den Mut fand, nach dem Tag zu fragen, stießen meine Worte auf Ratlosigkeit, und man begegnete mir mit fremden, breiigen Lauten oder mit Schweigen. Ich lauschte der unbekannten Sprache, versuchte herauszuhören, so viel ich konnte, und je fremder mir alles wurde, desto mehr wuchs die Gewissheit, dass es nicht mehr weit war – dass es Zeit war, mich des Zettels zu bedienen, den Shen mir geschrieben hatte. Darauf in seiner ungelenken Schrift der Name seines Bruders und die Buchstaben und Ziffern einer Adresse. Ich begann, den Zettel vorzuzeigen, erst schüchtern und prompt auf Ablehnung stoßend, dann energischer, die Finger mit dem Papier klamm vor Verzweiflung.

Wer mir half, war schließlich ein Mann. Ein alter, zerzauster Mann mit einem hängenden Auge. Er blickte von Shens Zettel auf, sah mich an, und sein gesundes Auge wurde schmal, während er auf den Lippen seines fast vollständig zahnlosen Mundes kaute. Lange starrten wir uns an. Schließlich zeigte er nach rechts auf eine breite Straße, die zu einer kleinen Häusergruppe führte. Er grummelte etwas, gab mir einen Stoß, und ich lief los, um mit klopfendem Herzen nach dem Haus zu suchen, dessen drei große Messingglocken über dem hölzernen Türrahmen mir Shen so ausführlich beschrieben hatte.

Als ich es schließlich fand, zitterten meine Knie wie lose Scharniere, und ich dachte erst, der Mann hätte sich vielleicht geirrt: Es war das größte Haus, das ich je gesehen hatte, und noch schöner, als ich es mir in all meinen Phantasien vorgestellt hatte. Zwei riesige Stockwerke, die abgerundeten Fenster goldumrandet, die glänzenden Dachschindeln solide und rot lackiert, die Glocken genau so wie von Shen beschrieben. Ich wartete auf einen zweiten Passanten, diesmal eine Frau, die nickte, als sie meinen Zettel las. Ich stand also tatsächlich vor dem Haus der Leongs, dem Domizil des ehrenwerten Reedereibesitzers Leong

Fu. Die Frau sah mich an, und mit einem Mal schämte ich mich. Meine ganze Erscheinung, mein Geruch, wie ich mich grunzend wie ein Tier zu verständigen suchte – plötzlich sah ich mich durch die Augen der Frau.

Ich erinnerte mich an den Holzkamm, der irgendwo unten in meinem Rucksack vergraben war. Ich hockte mich auf die unbefestigte Straße und wäre in der Hitze vor Hunger beinahe umgekippt. Mit der rechten Hand fand ich Halt und tastete mit der Linken nach den stumpfen Zinken des Kamms. Meine Kleider waren zerrissen, und ich roch nach Schweinen und Rost, doch wenigstens die Haare kämmte ich mir.

Langsam und mit flauem Magen ging ich auf die Eingangstür zu. Mein Herz klopfte so wild, dass der Stoff über meiner Brust zu spannen schien. Sechzig Tage hatten mich meine Beine durch ein von Krieg und Gewalt zerrissenes Land getragen, doch diese letzten zehn Schritte waren die schwierigsten. Als ich gegen die schwere Holztür klopfte, wurden meine Fingerknöchel mit jedem Schlag weißer.

Ich hörte Schritte, dann das Geräusch eines sich drehenden Türknaufs. Mir stockte der Atem. Die mächtige Tür öffnete sich, und auf der breiten Schwelle stand ein junges Mädchen, den Kleidern nach eine Bedienstete. Sein Gesicht zeigte keinerlei Regung.

»Guten Tag«, presste ich auf Kantonesisch hervor und strich nervös den Stoff meiner Hose glatt. Dann stammelte ich das, was Shen mir beigebracht hatte. »Mein Name ist Hong. Ich möchte mit Leong Fu sprechen.«

Jetzt änderte sich die Miene des Mädchens. Überrascht hob es die Augenbrauen.

»Leong Fu?«, fragte es und dann noch etwas, das in meinen Ohren zu einem Wirrwarr aus Vokalen verschwamm.

»Hong«, wiederholte ich und tippte mir dabei mit dem Finger auf die Brust. Ich fing an, meinen Text zu vergessen, und war plötzlich wie benebelt. »Ehefrau. Leong Shen. Bruder Shen –« Das Mädchen unterbrach mich mit einer abrupten Handbewegung. Es war schon im Begriff, mit gesenktem Kopf die Tür zu schließen, da hörte ich eine andere Stimme.

Eine Frage, von Schritten gefolgt. Eine magere Hand verhinderte das Schließen der Tür und ließ sie wieder aufschwingen. Nun stand eine andere Frau vor mir.

Sie war entzückend, die schlanken Arme, der schmale Hals, die schönen, markanten Schlüsselbeine und Schultern in ihrem langen lavendelfarbenen Kleid. Noch dazu war sie groß – so groß wie ich, aber in jeder Hinsicht anders. Während meine Wangen prall waren, die schmalen Augen tief eingebettet in mein rundes Gesicht, hatte die Frau, die vor mir stand, feine, ebenmäßige Züge und eine Haut wie in Milch gebadet, von Perlen glatt gerieben, vom Regen des Südens weich gespült. Sie war dunkler als ich, ein Teint so rein wie die Farbe von feuchtem Sand. Ein Teint, der die Sprache des Wohlstands sprach.

Einen Moment lang vergaß ich, warum ich gekommen war.

Die Frau sagte Shens Namen. Ihre Augen waren so groß wie die eines Kindes.

»Ja«, sagte ich auf Mandarin, meiner Muttersprache, doch meine eigene Stimme war mir fremd. Schweigend blickte ich der Frau in die Augen, während alles, was ich hatte sagen wollen, meinem Kopf entschlüpfte und zu Boden fiel. Ich fühlte mich leer.

»Wer sind Sie?«, fragte die Frau leise und wiederholte es langsam auf Mandarin, die Worte unnatürlich in ihrem Mund. »Wie heißen Sie?«

»Mein Name«, versuchte ich mich zu erinnern, »ist Hong.« Der Satz quälte sich über meine Lippen. Die Frau nickte mir aufmunternd zu.

»Ich komme aus Shandong. Ich bin viele Tage gereist, ohne Wasser und ohne Rast, um Ihrer Familie Nachricht von Shen zu bringen.« Ich hielt inne. Hinter ihr sah ich einen langen, dunklen Tisch, auf dem goldgelbe Blumen standen. Ich holte entschlossen Luft.

»Shen war mein Mann. Wir haben vor der Revolution geheiratet.« Ich hielt ihr die Hand hin, zeigte ihr meinen Finger mit dem silbernen Ring. »Der Krieg hat Shen genommen«, sagte ich, jedes Wort so präzise wie die Worte eines tausend Mal aufgesagten Gedichts. Seit dem Beginn meiner Reise hatte ich sie im Geiste so oft wiederholt. Ich wollte gefasst sein, wenn es so weit wäre.

Das Gesicht der Frau war weicher geworden. Ihre Hand löste sich von der Tür.

»Ich bin Lin«, sagte sie, »die Frau von Leong Fu. Wir haben auf eine Nachricht von Shen gewartet, und nun ist sie da. Bitte.« Die Worte meiner Sprache kamen so gebrochen aus ihrem Mund, dass ich mir wünschte, sie hätte Kantonesisch gesprochen; wie gern hätte ich die Stimme gehört, die zu ihrem Gesicht passte.

Mit beiden Händen zog Lin die schwere Holztür auf. Ich trat über die Schwelle, und plötzlich schien ein Frühlingstag anzubrechen. Die Böden im Haus waren angenehm kühl, die Luft in den weiten Fluren sauber und frisch. Hinter der Eingangstür stand der lange Tisch, an dem sie mich, so sagte sie, erwarten würde, sobald ich gebadet und mich angekleidet hätte. Sie wandte sich mit ein paar raschen Anweisungen an ihr Dienstmädchen. Dann verschwand sie im Flur.

Das Mädchen führte mich durch einen anderen Flur in

ein kleines Badezimmer, in das durch das weiße Papier der Fenster ein angenehmes Licht fiel. Sie füllte die Wanne mit dampfendem, nach Rosen duftendem Wasser. Auf einem Holzstuhl legte sie ein erdfarbenes Hemd mit passender Hose zurecht, dann schnappte leise die Tür hinter ihr zu.

Die Reise und die jüngsten Aufregungen hatten mich so erschöpft, dass mich eine bleierne Müdigkeit überkam und ich mich fragte, wo ich eigentlich war und wie es mich dorthin verschlagen hatte. Rasch zog ich die Kleider aus, um mich endlich wieder sauber zu fühlen. Ich sank in die tiefe Wanne und sah zu, wie sich im warmen Wasser in einem Strudel aus Braun- und Rottönen der Dreck von meinem Körper zu lösen begann. Auf einem Ständer neben der Wanne lag ein viereckiges Stück Seife; ich nahm es und bearbeitete mit den glatten Seifenrändern meine Arme, meinen Rücken, meine Beine. Schließlich hielt ich die Luft an und tauchte unter Wasser. Ich schloss die Augen und erwog die Möglichkeit, nicht mehr aufzutauchen.

Ich dachte an die Baumwollpantoffeln, die mir das Dienstmädchen hingestellt hatte, und an die Schuhe, die ich hier vor der Haustür zurückgelassen hatte. Die letzten zweihundert Meilen hatte der rechte Schuh nur noch mit Hilfe eines Stücks Schnur am Fuß gehalten. Auf den Landstraßen hatte ich humpeln gelernt, hatte die rechte Fußsohle im Staub schleifen lassen, damit die Schnur nicht riss. Niemand hielt an, um mir zu helfen. Niemand. Und in gewisser Weise hatten sie ja auch recht: Mit einer schmutzigen Boxer-Frau hatte man kein Mitleid. Aber ich wurde weder entführt noch gequält noch vergewaltigt. Und dafür war ich dankbar. Ich tauchte wieder auf, um Luft zu holen.

Im Stehen ließ ich das Wasser von meinem nackten Körper laufen. Es war braun, und an den Wänden der Wanne klebte mein Dreck. Ich würde es später saubermachen, überlegte ich. Lin wartete sicher schon. Langsam zog ich mich an. Es war seltsam, den weichen Stoff auf meiner Haut zu spüren. Ich wollte bereits gehen, doch als mein Blick wieder auf die dreckige Wanne fiel, konnte ich nicht anders: Wenigstens die Schmutzränder musste ich entfernen. Ich nahm das alte Hemd, das ich direkt auf der Haut getragen hatte, weshalb es nicht ganz so staubig war wie die anderen Kleider, feuchtete es an und wischte damit über die Innenseiten der Wanne; immer wieder tauchte ich es in das braune Wasser und wrang den Stoff aus. Als die gröbsten Spuren beseitigt waren, hängte ich es über den Rand der Badewanne. Ich öffnete die Tür und tappte in meinen Baumwollpantoffeln, als hätte ich Mondkuchen unter den Füßen, durch den Flur hin zu dem langen, dunklen Tisch.

Als ich das Speisezimmer betrat, wäre ich vor Schreck beinahe in Ohnmacht gefallen. Auf einem Stuhl saß Lin und trank Tee, links von ihr auf dem Tisch eine dampfende Schale Suppe. Rechts von ihr, am Kopfende, saß ein Mann, der Shens Ebenbild war. Er war besser gekleidet und stämmiger, aber sein Gesicht, die schweren Augenlider, der kräftige Unterkiefer … vor mir saß mein toter Ehemann. Ich riss mich zusammen und verbeugte mich. Ich hatte nicht damit gerechnet, ihn hier anzutreffen. Lin erhob sich, das sei doch nicht nötig, sagte sie. Und ich solle doch bitte diese Knochenmark-Suppe essen, sie würde mir helfen, wieder zu Kräften zu kommen.

Ich nahm Platz und hob die heiße Suppe, auf der Fett schwamm wie Gelatine, an meine Lippen. Seit Peking war dies meine erste richtige Mahlzeit. Nachts war ich in Schweineställe eingebrochen und hatte von den Essensabfällen der Tiere gegessen. Davon hatte ich gelebt. Verfaulte Gurken, rohe Süßkartoffeln und jede Menge verdorbener Reis.

In den ersten zwei Wochen bäumte sich mein Magen gegen die Abfälle auf und spie die verdorbenen Brocken am nächsten Morgen wieder aus. Doch bald passte sich mein Körper an. Er begann, dankbar für das zu sein, was ich ihm geben konnte.

Es dauerte lange, bis ich die Schale wieder von den Lippen absetzte. Die Suppe duftete nach Zwiebeln und schmeckte nach Rind: köstliches, fettes Mark und feine Fleischstücke, stundenlang im eigenen Saft geschmort, dazwischen schmale Kohlstreifen, die ich schlürfte wie Nudeln und mir auf der Zunge zergehen ließ. Die Wärme strömte in meinen Magen, breitete sich darin aus und floss weiter in Schultern und Arme, bis in die Fingerspitzen hinein. Ich aß gierig. Als ich dem Grund der Suppenschale näher kam, wurde mein Kopf frei. Erst als Mr Leong das Wort ergriff, nahm ich die Schale vom Mund.

Er hatte Shens Stimme.

»Sie sind also die Frau meines Bruders«, sagte er in perfektem Mandarin. »Lin hat mir gesagt, dass Shen nicht mehr bei uns ist.« Er schwieg, und ich stellte die Schale auf den Tisch. Er senkte den Kopf. Endlich sprach er weiter, und seine Stimme klang nun sanfter. »Ich würde gern alles erfahren, Hong, alles, was Sie bereit sind, uns anzuvertrauen. Ich wäre Ihnen sehr dankbar dafür.«

Langsam blickte ich auf. Der letzte Schluck Suppe war noch in meinem Mund, und der Gedanke, jetzt alles wachrufen und erklären zu müssen, was Shen zugestoßen war, machte das Schlucken nicht leichter. Ich starrte in Mr Leongs Gesicht, dessen Züge ich so gut kannte. Die beiden sahen sich so ähnlich, die glatten Wangen, die breite Stirn, die schmalen Lippen. Ich stellte mir vor, er wäre Shen, mein geliebter Shen. Er hatte meinen Namen gesagt, und fast glaubte ich es schon.

»Gut«, sagte ich, schluckte die Suppe hinunter, wischte mir über den Mund. »Gut.« Ich legte die Hände an meine Stirn und massierte mir die Schläfen. Stellte mir vor, wir wären im Himmel. Er trug ein Seidenhemd, wir saßen in unserem schönen Haus an unserem Tisch, und ich erinnerte ihn an die Geschichte unserer Liebe. Ich dachte fest an ihn und wusste genau, womit ich anfangen würde. Ich holte tief Luft und nahm die Hände von den Schläfen.

»Shen und ich waren füreinander bestimmt«, fing ich an, von der Wucht meiner eigenen Worte überrascht. »Dessen bin ich mir sicher. Shen ist die Ruhestätte meines roten Bandes. Das spüre ich mit jedem Herzschlag, mein ganzer Körper sagt es mir. Ich werde keinen anderen Mann finden, nie mehr.« Entschlossen schob ich die Schale, in der nur noch Knochen lagen, zur Seite. »Vor einem Jahr haben wir uns bei einem Treffen der *Faustkämpfer für Recht und Einigkeit* kennengelernt. Mein Vater war einer der Vorsitzenden dieser Geheimgesellschaft.«

Mr Leong lehnte sich zurück und schlug die Arme übereinander. Ich wusste sofort, dass er die Sache missbilligte.

»Wir waren keine Unruhestifter«, erklärte ich. »Mein Vater war Bauer und ein guter Mann. Meine Mutter ist bei meiner Geburt gestorben, wir beide hatten nur uns.«

Er nickte.

»Vor zwei Jahren wurde das Land von einer schrecklichen Dürre heimgesucht. Nichts wollte mehr sprießen, und die wenigen Pflanzen, die sich noch aus der Erde hervorwagten, verkümmerten innerhalb weniger Tage. Wir wussten, dass wir alles verlieren würden, wenn es so weiterging, wenn kein Wasser käme. Aber dann schien es, als wären unsere Gebete erhört worden: Es begann zu regnen. Wir waren erleichtert. Der Regen, so dachten wir, würde uns retten. Unsere Böden wurden weich, und bald sahen wir die ersten Triebe.«

Der hoffnungsvolle Ausdruck in Lins Gesicht ließ mich innehalten. Sie sah mich erwartungsvoll an, mit angespannter Miene. Ich fragte mich, wie viel sie eigentlich verstand. Einen Moment lang blickte ich auf meine Hände.

»Aber dann hörte es nicht mehr auf, es war wie ein Fluch«, fuhr ich fort. »Ganze drei Monate mussten wir mit ansehen, wie unsere Pflanzen ertranken. Mein Vater saß stundenlang im Regen auf den Feldern und schluchzte, so verzweifelt hatte ich ihn noch nie gesehen. Wenn wir nicht verhungern wollten, blieb uns nichts anderes übrig, als in die Stadt zu gehen.«

Ich holte tief Luft.

»Es war die richtige Entscheidung, denn in Qufu meinte es das Schicksal besser mit uns. Mein Vater lernte einen sehr freundlichen Mann namens Wei kennen, der uns in einem Zimmer seines Hauses wohnen ließ, uns als Gegenleistung für kleinere Arbeiten Geld gab und nach und nach anfing, uns in die Sache einzuweihen, für die er kämpfte: Es ging darum, China vom Übel der Verwestlichung zu befreien, den grassierenden Opiumhandel zu stoppen und der Verbreitung des Christentums, dieser fremden Religion, ein Ende zu bereiten.«

Meine eigenen Worte waren mir zuwider. Sie klangen so dumm, nach allem, was ich verloren hatte. Die Rituale, die Ausbildung, die ganze Sache – dumm, aber damals wusste ich das noch nicht. Damals schien es unsere Rettung zu sein.

»Bald absolvierte mein Vater zusammen mit Wei ein tägliches Kampfkunst-Training. Sein Körper erstarkte und er war wie erleuchtet. In dieser Zeit habe ich ihn zum ersten Mal glücklich gesehen – richtig glücklich. Gemeinsam begannen sie in Weis Keller heimliche Treffen abzuhalten. Unter den Boxern von Qufu genossen mein Vater und Wei großes Ansehen. Und so habe ich Shen kennengelernt.«

Ich sah Mr Leong an und errötete. Die Hände vor sich auf dem Tisch, hörte er mir aufmerksam zu.

»Mein Vater führte zum ersten Mal eine Geisteranrufung durch, unterstützt von Wei. Und da ist Shen aufgetaucht. Er war damals unter den anwesenden Männern der jüngste. Trotz spärlicher Beleuchtung sah ich sofort, dass seine Haut glatter war als die der anderen. Ich war fasziniert. Es fällt mir immer noch schwer, das Gefühl zu beschreiben. Es war genau so, wie ich mir Liebe immer vorgestellt hatte, stürmisch und unausweichlich. Eine magnetische Anziehungskraft, ein brennendes Gefühl, das uns über Kontinente und Meere hinweg zusammengebracht hätte.«

Wie sollte ich Mr Leong so etwas erklären? Ich zwang mich, meine erhitzten Gedanken zu ordnen, und erzählte weiter.

»Die Männer fielen in Trance. Sie gaben ihre Körper in die Hände der Götter und bereiteten sich auf die Zeremonie vor. Ich hatte so etwas schon einige Male miterlebt, die Zuckungen, die umherirrenden Blicke, die unverständlichen Schreie. Ich durfte auf einem Stuhl in der Ecke sitzen und zusehen, aber nichts sagen. Durfte Wasser und warme Spirituosen bringen, die die Männer anschließend tranken.«

»Spirituosen? Männer?« Lin hatte bis dahin noch nichts gesagt. Ihre Stimme klang schroff, und sie beugte sich unwillkürlich nach vorn.

»Nein, nein«, sagte ich und schüttelte entschuldigend den Kopf. »Ich habe nicht mit den Männern getrunken.«

Mr Leong unterbrach mich, um Lin das Missverständnis zu erklären.

»Gleich nach unserer Hochzeit«, wandte er sich dann wieder an mich, »hat Lin Mandarinunterricht genommen, aber es hat ihr einfach keine Freude gemacht. Sie wollte lieber Englisch lernen, und das kann sie inzwischen ziemlich gut. Aber bitte, fahren Sie fort. Die Geisteranrufung. Davon habe ich gehört. Das interessiert mich.«

Ich warf Lin einen kurzen Blick zu, den sie lächelnd erwiderte; eine Brücke war zwischen uns geschlagen, und ich konnte fortfahren.

»Dabei werden Kraft und Willensstärke auf die Probe gestellt«, antwortete ich mit den Worten meines Vaters, denn wie hätte ich es sonst beschreiben sollen? »Um die Männer auf den Kampf vorzubereiten. Sie in die Lage zu versetzen, sich gegen tödliche, von Menschenhand gemachte Waffen zu verteidigen: Gewehre, Schwerter, Kanonen. Ein starker Boxer sei in der Lage, so hieß es, seinen Körper den Geistern zu übergeben. Dann würde ein Geist in seiner Seele wohnen und ihn vor all diesen Dingen schützen. An dem Abend, als Shen zum ersten Mal kam, wurde eine glühende Stange herumgereicht, die im Keller im Ofen gelegen hatte.

Die Männer standen wie immer in einer Reihe, schüttelten Arme und Beine aus, murmelten Beschwörungsformeln und warteten darauf, dass ihnen mein Vater die heiße Stange übergab. Shen war der Vierte. Ich musste ihn die ganze Zeit anschauen. Er schien so stark und entschlossen.«

In diesem Moment hatte ich gebetet. Ich hatte gebetet, dass er es schaffen würde, dass seine Hände so stark sein würden wie sein Geist. Wenn nicht – das wusste ich –, würde auch ich es spüren. Wenn Shens Hände verbrannten, würden sich auch bei mir Brandblasen bilden, davon war ich überzeugt.

»Schließlich kam er an die Reihe«, fuhr ich fort. »Die ersten drei Männer hatten zwar aufgeschrien, aber die Stange nicht fallen lassen. Shen nahm sie schweigend entgegen. Regungslos stand er da. Er hatte die Hände zu Fäusten geballt, und der Geruch von verbranntem Fleisch zog durch den Keller. Mein Vater und Wei sahen sich entsetzt an. Am liebsten hätten sie ihm die Stange abgenommen, aber sie wollten ihn keinesfalls aus seiner Trance reißen. Plötzlich taumelte Shen mit ausgestreckten Armen, wie gezogen von der glühenden Stange, durch den Keller. Er schien aufzuschreien, doch es war ein stummer Schrei, und mit einem Mal wurde er neben mir gegen die Wand geschleudert und rutschte zu Boden, die Stange immer noch fest in beiden Händen. Inzwischen waren die anderen Männer aus ihrer Trance erwacht. Aus Angst vor dem Geist, von dem er besessen war, wichen sie vor ihm zurück. Mein Vater und Wei aber rannten zu ihm, packten ihn an den Schultern und pressten ihn gegen die Wand. Er begann zu zittern. Wei ergriff einen Besen, rief eine Beschwörungsformel, holte aus und versuchte, Shen die Stange aus der Hand zu schlagen, aber Shen ließ nicht los. Wei versuchte es noch einmal mit aller Kraft, während mein Vater Shen festhielt. Es brauchte noch drei Schläge, bis die Stange endlich zu Boden fiel. Keuchend sank Shen in sich zusammen, die verkrampften Hände zu Fäusten geballt.

Ich hatte mich auf meinen Stuhl gerettet und kauerte auf der kleinen Sitzfläche. Nie werde ich den Geruch nach verbranntem Fleisch vergessen. Nie werde ich vergessen, wie ich meinem Vater und Wei sagte, dass Shen bei uns bleiben solle. Ich wollte ihn um jeden Preis wiedersehen.

Am nächsten Morgen wachte Shen in Weis Wohnzimmer auf, die Hände nach Boxerart bandagiert. Mein Vater und Wei, die es kaum erwarten konnten, ihn auszufragen, hatten ungeduldig auf diesen Moment gewartet. Was war geschehen, was hatte er gesehen? Auch ich hatte den ganzen Morgen im Nachbarzimmer die Ohren gespitzt und mich immer wieder zur Tür geschlichen, um einen Blick auf Shen zu erhaschen. Genau das tat ich auch in dem Moment, als er endlich die Augen aufschlug.

›*Ich habe Bänder gesehen*‹, brach es aus ihm hervor, während er sich aufrichtete, ›*weiche purpurrote Bänder, die ganze Luft war voll davon. Noch nie habe ich etwas so Schönes, so Schwereloses gesehen. Als ich nach einem griff, ging meine Hand einfach mittendurch. Ich griff nach dem nächsten, und es zerschmolz zu roter Farbe, die mir auf den Arm tropfte. Ich wollte diese leuchtenden Bänder haben, aber jedes Mal, wenn ich glaubte, eins erwischt zu haben, erstarrte es zu Eis, zersplitterte oder löste sich in roten Nebel auf. Plötzlich erblickte ich ein Mädchen, das ich noch nie gesehen hatte. Es saß unter einem Zitronenbaum. Es war barfuß. Ich rief ihr zu, sie solle mir helfen, doch sie antwortete nicht. Stattdessen stand sie auf, streckte mir eine Hand entgegen, und aus ihrem Ärmel glitt ein rotes Band, das zu Boden fiel und mir entgegenrollte. Mit dem Ende des Bands in der Hand rannte das Mädchen los, und ich warf mich mit einem Satz auf das andere, lose Ende und bekam es tatsächlich zu fassen. Aber das Band versuchte mit aller Kraft, mich abzuschütteln, sich meinen Händen zu entwinden, mir wie glühendes Eisen die Haut zu verbrennen und mich zum Aufgeben zu zwingen …*‹

Shens Vision war so unglaublich, dass mich meine Beine ungefragt ins Wohnzimmer getragen hatten. Ich wollte ihm nah sein. Wollte sein Gesicht wiedersehen. Mitten im Satz schaute er auf, und unsere Blicke tauchten ineinander.

›*Du bist es!*‹, entfuhr es ihm. Auf die bandagierten Hände gestützt, richtete er sich auf. ›Du bist das Mädchen!‹

Mein Vater und Wei drehten sich zu mir um.

›Hong?‹ Mein Vater sprang auf. ›Meine Tochter?‹

Erschrocken wich ich zurück. Ich fürchtete seinen Zorn. Doch Shen fiel vom Sofa auf die Knie und ergriff das Wort.

›Meister, Schamane, Boxergefährte‹, sagte er, so tief vor meinem Vater verneigt, dass sein Kopf beinahe den Boden berührte. ›Es ist Schicksal. Ich kann es nicht erklären. Das barfüßige Mädchen unter dem Zitronenbaum – es ist Ihre Tochter. Ich habe letzte Nacht über mich hinaus geblickt, und nun bitte ich Sie: Lassen Sie mich Ihre Tochter heiraten. Bitte.‹

In der darauffolgenden Woche heirateten wir. Mein Vater mochte Shen sehr, und er vertraute der Kraft seiner Vision. Manchmal glaube ich, dass ich diejenige bin, die Shen dazu gebracht hat, mich unter dem Zitronenbaum sitzen zu sehen. Meine Gefühle für ihn waren sofort so stark, dass ich in seinen Kopf hineingeschlüpft sein muss.«

Im Raum wurde es still. Lin sank gegen die Rückenlehne ihres Stuhls und sah mit zusammengepressten Lippen auf die goldgelben Blumen in der Mitte des Tisches. Sie hatte genug verstanden.

»Shen glaubte an die Revolution«, fuhr ich fort. Die Erinnerung an ihn wärmte mir das Herz. Ich spürte seine Nähe. »Er glaubte wirklich daran. Er hat mir viel über Politik beigebracht und mir aus Büchern vorgelesen. Er wollte ein anderes China. Ein China, in dem keine Familie mehr wegen einer Dürreperiode Hunger leiden musste oder wegen einer Überschwemmung ihr Zuhause verlor. Die Regierung sei auf unserer Seite, erklärte er mir, denn die Kaiserin Dowager habe sich wohlwollend über die Boxer-Bewegung geäußert. Keine Machtpositionen mehr für Europäer. Schluss mit den Gängeleien der Ausländer, die darüber bestimmten, wie wir zu leben hatten, und uns unsere kulturelle

Identität nahmen. Dank der Unterstützung durch unsere Regierung waren wir keine wilde Horde von Bauern mehr, die sich in irgendwelchen Kellern trafen. Alles war jetzt anders. Wir hatten das Recht auf unserer Seite. Wir kämpften für die Sache unseres Landes. Etwas Aufregenderes hatte ich bis dahin noch nicht erlebt.

Nachdem wir in Langfang und Beicang erste Gefechte für uns entschieden hatten, hielt Shen alles für möglich. Er und mein Vater glaubten, nun sei es so weit: In Peking würden wir die Mauern der Verbotenen Stadt stürmen und die ausländischen Gesandtschaften in unsere Gewalt bringen. Ich war so verliebt, dass ich ihm glaubte. Ich habe ihn angespornt.

Die Kaiserin wusste von unserem Plan – sie war in Peking und versprach uns Schutz. Sie glaubte an unsere Sache, und ich glaubte an Shen. Mein Vater, Wei und er bildeten ein richtiges Dreiergespann, und zu viert waren wir fast wie eine Familie. Wir planten den Sturm auf Peking wie einen Sonntagsspaziergang. Ich war einfach nur glücklich.«

Mein Blick wanderte zu Lin. Ich hatte bewusst langsam gesprochen und an ihr weibliches Mitgefühl appelliert, in der Hoffnung, dass sie ein bisschen Verständnis für meine Dummheit aufbringen würde, wenigstens ein kleines bisschen.

»Für die Kampfkünste und das Kämpfen an sich habe ich mich nie interessiert. Das sollten ruhig die Männer tun – ich würde ihre Wunden versorgen, ihre Kleider waschen und mich um ihre Kinder kümmern. Ich genoss es dazuzugehören. Ich wollte unbedingt Teil dieser Bewegung sein.

Am Tag des Marsches auf Peking waren wir, so hieß es, zwanzigtausend. In roten Turbanen und Schärpen marschierten wir im Takt der Gongschläge und Hörner gemeinsam voran. Es war ein Höllenspektakel. Unter schmetternden Rufen schwangen die Männer ihre gezückten Schwerter. Je näher wir der Hauptstadt kamen, desto lauter wurden die Schreie. Es war ein ohrenbetäubendes Gebrüll, gegen das nicht einmal die Instrumente ankamen. Um mich herum begannen die Frauen mit den Füßen zu stampfen, und ich spürte, wie der ganze Boden erbebte. Die Menge wälzte sich weiter voran, und ich mittendrin. Wir waren eins, genau so, wie Shen sich sein China gewünscht hatte, und ich weiß noch, wie stark wir uns fühlten. Wir waren so viele. Shen und ich lächelten uns an. Die ganze Zeit hielt er meine Hand. Ich schwebte im siebten Himmel.

Doch dann hörte ich plötzlich Schüsse. Gewehrschüsse, die von oben kamen, von der großen Mauer. Ich sah, wie einer unserer Männer stürzte und von der Menge niedergetrampelt wurde. Es war meine erste Begegnung mit dem Tod, und die Erinnerung an das Grauen, das mich packte, wird niemals verblassen. Ich wollte umkehren, aber es war zu spät. Ich drehte mich um: Hinter mir Tausende von Menschen, ein Meer aus roten Fahnen und Turbanen, doch jetzt waren die Gesichter wutverzerrt. Shen legte einen Arm um mich und zog mich weiter. ›Hab keine Angst‹, sagte er. ›Ich verspreche dir, ich passe auf dich auf.‹ Und so gingen wir weiter.

Der erste Abend verlief wie geplant. Wir schafften es bis in die Kaiserstadt und umstellten die ausländischen Gesandtschaften. Wir hatten den inneren Mauerring überwunden. Shen und ich hatten uns von der Menge mitziehen lassen und waren leicht durchgekommen – in dieser Nacht sah ich keine Toten mehr. Abends wurde ein riesiges Feuer entzündet, in dem wir ausländische Fahnen verbrannten. Es war ein großes Fest.

Alles schien jetzt wieder so harmlos – und es ging doch um die Sache unseres Landes! Aber drei Tage nach unserem Einmarsch setzten einige unserer Männer die britische Botschaft in Brand, dann die Hanlin-Akademie, und kurz darauf begannen wir, die französische Gesandtschaft zu bombardieren und unschuldige Gefangene zu nehmen.«

Die alptraumhaften Bilder der Gewalt hatten mich auf meiner Wanderung in den Süden unablässig verfolgt. Bilder von Ausländerinnen, die in fremden Sprachen schrien, während sie in die von uns eroberten Gebäude gezerrt wurden.

»Alles wurde viel schlimmer, viel blutiger, als wir uns vorgestellt hatten. Mein Vater und Wei waren verschwunden, man hatte sie zu Militärberatern ernannt. Die zweite Woche brach an, und ich hatte keine Ahnung, wo sie waren. Jeden Tag sah ich Menschen sterben. Nicht nur Männer; auch Kinder, die tot in den Überresten zerstörter Gebäude lagen. Von Tag zu Tag ging es mir schlechter. Ich musste raus, und auch Shen sah das ein. Aber es war gefährlich, es ging nur mit Schleusern, und auf die musste man warten.

Zu diesem Zeitpunkt glaubte ich immer noch an unser Überleben. In der Nacht, als wir uns zur Flucht entschlossen, wickelte Shen seinen Turban auf, riss einen langen Streifen heraus, schlang mir den roten Stoff ums Handgelenk und band ihn mit einem Doppelknoten fest. Die andere Hälfte des Stoffstreifens band er sich selbst ums Handgelenk. ›Ich habe den Tag unserer ersten Begegnung nicht vergessen‹, sagte er und legte seine Hand in meine. ›Ich habe meine Vision nicht vergessen. Ich werde nicht zulassen, dass du stirbst.‹

Ich schwieg und betrachtete das Band. Der Stoff war schmutzig, roch nach Nässe und endlosen, unbefestigten

Straßen. Doch ich wusste, dass ich dieses Band niemals lösen würde: Diese beiden Knoten hatte Shen für die Ewigkeit geknüpft, und es war nun an mir, sie zu bewahren.

Diese acht Wochen waren die Hölle. Ich fühlte mich wie ein Tier. Irgendwann flüchteten wir uns auf eine Zypresse an der Nordmauer, wo wir unsere Nahrungsrationen vertilgten und versuchten, unsere Blicke von den Grausamkeiten abzuwenden. Wir stellten uns vor, an einem anderen Ort zu sein. Sprachen über meinen Vater und Wei, als wüssten wir, dass sie noch lebten. Spekulierten darüber, dass sie wahrscheinlich gerade mit der Kaiserin Tee tranken und Rettungspläne schmiedeten. Erzählten uns Geschichten, dumme Phantastereien, die im Nichts endeten. Und wir legten die Namen unserer Kinder fest: drei Jungen und ein Mädchen. Es klingt vielleicht komisch …«

Ich sah Mr Leong direkt in die Augen.

»Aber auf diesem Baum, inmitten von Gewehrschüssen und Geschrei, habe ich mich noch mehr in Sie … in Ihren Bruder verliebt.«

Erschrocken schlug ich mir die Hand vor den Mund. Ich hatte so fest an Shen gedacht, dass ich vergaß, wer da eigentlich vor mir saß. Mr Leong schmunzelte.

»Wir sehen uns wirklich sehr ähnlich«, sagte er. »Schon immer, schon als Kinder.«

»Bitte entschuldigen Sie.« Meine Wangen glühten vor Scham. Mr Leong winkte ab.

»Ich bitte Sie«, sagte er, immer noch lächelnd. »Ich nehme es als Kompliment. Shen war immer der attraktivere von uns beiden …«

Ich wusste nicht, wie lange ich schon gesprochen hatte, aber die Teekanne war längst leer, und allmählich schien die Sonne unterzugehen. Das Mädchen, das mir die Wanne bereitgestellt hatte, kam mit einer vollen Kanne und einem

Teller Gebäck aus der Küche. Ich war dankbar für alle Speisen, die man mir anbot, und Gebäck hatte ich seit meiner Hochzeit nicht mehr gegessen. Doch als ich erwartungsvoll innehielt, bat mich Mr Leong weiterzusprechen.

»Der Baum«, sagte er. »Die Zypresse.«

Ich nickte. Die Erinnerung an den Baum war lebendig, und doch kam mir alles wie ein Märchen vor, eine Legende; nicht wie die Geschichte von Shens Tod. Vom Tod seines Bruders, meines Mannes. Ich nickte abermals und fuhr fort:

»Als wir uns eines Abends wie immer in den Zweigen der Zypresse versteckt hatten, hörten wir einen Kanonenschlag, der anscheinend die Außenmauer getroffen hatte. Ob das die ersehnte Befreiung war?«

Ich schluckte.

»Wissen Sie, dort oben auf dem Baum habe ich mir Ihren Namen eingeprägt. Mir gemerkt, wo Sie leben. Shen ließ mich alles ständig wiederholen. Der Plan war, die Reise gemeinsam anzutreten, aber Shen wollte sicher sein, dass ich auch allein gehen würde, falls irgendetwas schiefging.«

An diesem Punkt versagte meine Stimme und ich schloss die Augen, sprach ein stummes Gebet. Ich wusste, wie sehr sich Shen gefreut hätte, dass ich es geschafft hatte. Wie erleichtert er gewesen wäre.

»Nachmittags schliefen wir beide ein wenig«, nahm ich den Faden wieder auf. »Wir hatten gelernt, was man tun musste, um nicht herunterzufallen. Wenn man die dicken Äste mit den Beinen umklammerte, konnte man im Sitzen ein bisschen schlafen. Dieses Mal wurden wir von einem Schuss aufgeschreckt. Zweige fielen zu Boden, und jemand brüllte auf Englisch: ›*Wer ist da oben im Baum? Wenn ihr euch nicht sofort ergebt, schießen wir weiter!*‹«

Die Worte, die Shens Ende bedeuten sollten, hallten dumpf in meinem Kopf wider. Die Stimme dieses Soldaten hat sich für immer in mein Gedächtnis eingebrannt.

»Shens Schwert war aus der Schärpe gerutscht und heruntergefallen. Damit hatten wir unser Versteck verraten.«

Das Weitersprechen fiel mir schwer. Es war das erste Mal, dass ich überhaupt darüber sprach. Das erste Mal, dass ich Worte finden musste, um zu beschreiben, was Shen zugestoßen war. Das alles schien so sinnlos. Die Worte wurden meinen Gefühlen nicht gerecht, klangen leer. Das war nicht Shens Leben. Hohle Phrasen, die nur die halbe Geschichte und einen Bruchteil meines Kummers wiedergaben.

Lin beugte sich leicht nach vorn. Die Hände vor dem Mund gefaltet, wartete sie darauf, dass ich fortfuhr. Was sollte ich ihr sagen? Dass ich am Ende war? Dass ich nicht mehr konnte? Ich schüttelte den Kopf und gab mir einen Ruck. Diese Geschichte war der Zweck meiner Reise, ich musste sie zu Ende erzählen.

»Shen war außer sich. Er wusste, dass sie weiterschießen würden. Sie würden schießen, bis sie uns beide erwischt hätten. Verzweifelt klammerte ich mich an meinen Ast. Er packte mich an der Schulter, zwang mich, ihm in die Augen zu sehen. ›Wie heißt mein Bruder?‹, fragte er, doch ich wollte ihm nicht antworten. Ich schüttelte den Kopf und begann zu weinen. Er wiederholte die Frage, und seine Finger gruben sich tief in meine Haut. Schließlich gab ich ihm die Antwort. Er küsste mich auf die Stirn. Und dann sprang er. ›Nicht schießen!‹, rief er noch in seinem besten Englisch, aber sie hörten oder verstanden es nicht. Sie hielten ihn für einen Scharfschützen. Er war schon tot, als er auf dem Boden aufschlug.«

In meinen Augen hatten sich Tränen gesammelt. Das Wort Hass drückt nicht annähernd aus, was ich für diesen

Soldaten empfand: seine Stimme, sein Gewehr, seine vorschnelle Tat. Genauso wenig drückte es aus, was ich über den Krieg dachte und das, wofür er stand. Dieser Krieg war ein schrecklicher, sinnloser Fehler.

»Ich wollte schreien, aber aus meiner Kehle kam kein Laut. Ich wusste, Shen sorgte dafür, dass ich schwieg. Shen passte auf mich auf. Mit aller Kraft klammerte ich mich an den Ast, und mein Körper begann zu zittern. Tränen fielen von meinen Wangen auf die Blätter des Baums, die genauso zitterten wie ich. An die Zypresse geklammert, flehte ich meine Arme und Beine an, doch bitte stillzuhalten, und beschwor meine Augen, sich von Shens totem Körper abzuwenden. Aber er lag genau unter mir, und ich konnte nicht wegschauen. Stundenlang starrte ich in seine leblosen Augen, flüsterte ihm von meinem Ast aus leise Worte zu. Erst als die Sonne unterging, begann ich im Schutz der schwarzen Nacht zu schreien. Ich schrie, so laut ich konnte.«

Stille senkte sich über den Tisch. In der Küche hörte ich Geschirr klappern. Das Mädchen brachte Kerzenleuchter. Zündete sie an. Ging.

»Shen war ein guter Mensch«, sagte Mr Leong schließlich. »Hätte ich doch etwas unternommen.«

Lin berührte die Hand ihres Mannes.

Im Zuge der Befreiung strömten Männer aus acht Nationen ins Gesandtschaftsviertel, um ihren Botschaften zu Hilfe zu eilen. Mit ihrer Ankunft verschlimmerte sich die Lage, und die Gewalt wurde noch barbarischer als in den vergangenen acht Wochen.

Die Stadt, berühmt für ihre Seide, für Edelsteine, Porzellan und Gold, verwandelte sich in ein Paradies der Diebe – einen teuflischen Ort für gottlose Menschen. Polizisten gab es nicht, also machte sich jeder zum Dieb. Die Briten verwüsteten die Häuser reicher chinesischer Familien und stahlen alles, was von Wert war, um es vor ihrer zerstörten Botschaft zu versteigern. Russische Soldaten zogen mit Schubkarren voller Pelze und Porzellanvasen durch die Straßen. Ich sah einen amerikanischen Diplomaten im Anzug, der einen schmutzigen, mit Gold und klirrenden Juwelen gefüllten Reissack davonschleppte. Und es waren nicht nur die Ausländer. Auch unsere Leute stahlen, und weil wir die Stadt so gut kannten, waren wir vielleicht sogar noch besser darin. Es fehlte an allem, Nahrung, Trinkwasser, Kleidung; Diebstahl und Tauschhandel schienen die einzige Überlebenschance zu sein.

Ich erzählte den Leongs, wie ich durch den Entwässerungskanal, der unter der Mauer herführte, aus der Stadt entkam. Die Flucht war jetzt einfacher geworden. Alle Soldaten waren damit beschäftigt zu plündern. Einen Tag lang suchte ich nach meinem Vater und Wei, doch es war aussichtslos. Peking war ein schmutziges Pflaster geworden, in dem Chaos und Verbrechen regierten. Ich musste mich in Sicherheit bringen. Sogar die Kaiserin war eine Woche zuvor heimlich aus der Stadt gebracht worden; sogar sie hatte uns verlassen.

Ich erzählte den beiden von meiner sechzigtägigen Wanderung. Von den zahllosen Menschen, die achtlos an mir vorübergingen, ohne irgendeine Form von Hilfe anzubieten. Doch ich hatte überlebt, und ich wusste, dass Shen seine schützende Hand über mich gehalten hatte.

Die Sonne war seit Stunden untergegangen. Drei Mal hatte das Mädchen die Teekanne aufgefüllt. Ich war erschöpft, aber eine Sache blieb mir noch zu tun.

»Ich scheue keine Arbeit«, erklärte ich unvermittelt und schlug verlegen die Augen nieder. »Ich lerne schnell und klage nicht. Bitte.« Ich zwang mich, Mr Leong anzusehen. »Ich sehe, dass Sie wenig Hilfe haben, und weiß, dass Ihre

Familie wachsen wird. Ich könnte Ihnen, Lin und den anderen zur Hand gehen. Ich habe kein Zuhause mehr. Ich bitte nicht um ein Almosen, sondern um eine Stellung in Ihrem Haus. Ich verspreche, dass ich Ihnen nicht zur Last fallen werde.«

»Es wäre uns eine Ehre, wenn Sie bleiben würden«, erwiderte Mr Leong prompt. »Es stimmt, Lin und ich sind bisher allein, aber bestimmt werden Kinder kommen.«

Lin, in deren feuchten Augen sich das Kerzenlicht spiegelte, lächelte leise. Ohne auf ihren Mann zu schauen, nahm sie meine Hand und berührte das rote Band. »Bitte«, sagte sie. »Bitte bleib.«

DREI

November 1964
Honolulu, Hawaii

Es ist fast zehn. Noch steht die Sonne unterhalb der Baumwipfel, doch wie jeden Morgen um diese Zeit fallen schon die ersten Strahlen schräg durch die hohen, zweigeschossigen Fenster in die Räume des großen Hauses, wärmen die ledernen Sitzmöbel, brechen sich im Glas der Tische. An Licht fehlt es heute nicht in diesem Haus. Heute muss die am Himmel erstrahlende Sonne gegen unzählige Glühbirnen anleuchten, die im großen Salon verteilt gemeinsam ihr gleißendes Licht verbreiten. Heute ist es, als wollte das Haus durch die Fenster den Tag erleuchten.

Am Ende des großen Salons steht ein glänzender Mahagonitisch. Auf dem Tisch ruht ein Sarg aus Koaholz, und in dem Sarg ruht der Tote. Noch ist der Deckel geschlossen, doch Amy weiß, dass sie ihren Mann bald sehen wird. Die Körperflüssigkeit wird nicht mehr zu ihm gehören, und auch die Hautfarbe wird irgendwie falsch sein. Seine Augen werden geschlossen sein; er wird sie nicht sehen. Solche Dinge gehen Amy durch den Kopf, als sie den Raum betritt.

In der Mitte hat man zwischen den einheitlichen Stuhlreihen Platz für einen Gang gelassen, als würde keine Beerdigung, sondern eine Hochzeit gefeiert. Nach kurzem Zögern beschließt Amy, außen um die leeren Stuhlreihen herumzugehen.

»Komm hier lang«, sagt sie zu ihrer Tochter Theresa. Dann winkt sie einem Mann zu, der rechts neben dem Sarg sitzt. Ein sonderbares Winken. Ein kurzes Heben und Senken der Hand, als hätte sie die richtige Antwort gewusst und plötzlich vergessen.

Während Theresa ihrer Mutter folgt, wandert ihr Blick über die Wände des großen Salons. Die gerahmten, fast lebensgroßen Fotos der Familienmitglieder sind nicht abgehängt, wie immer findet sich eins an jeder Wand, heute jedoch in dickes weißes, an den Ecken zerknittertes Papier gehüllt, wie riesenhafte Geschenke. Die Gesichter und die Erinnerungen, die sie wachrufen, sind an diesem Tag nicht willkommen. Sie stören die Trauer, sind zu geschwätzig für eine Beerdigung.

Theresa betrachtet die größte der Fotografien, die über dem Sarg ihres Vaters hängt, und versucht stirnrunzelnd, sich zu erinnern. Ihr Großvater in Schwarzweiß – mit einem Mal sieht sie das Bild wieder vor sich. Ja, hinter dem weißen Papier sitzt er Zeitung lesend am Esstisch, die Hand locker um eine Kaffeetasse gelegt. Amys Vater hat das Foto gemacht; zum ersten Mal stellt Theresa diese Verbindung her. Als sie merkt, wie ihre Gedanken abschweifen, hin zu etwas, an das sie nicht denken will, schließt sie die Augen. Einen Moment lang versucht sie, an gar nichts zu denken, ihren Kopf leer zu machen. So schnell wird sie sich nicht geschlagen geben, beschließt Theresa und macht die Augen wieder auf.

Sie schaut sich um. Die restlichen Wandflächen sind von Schriftbändern bedeckt, einige davon meterlang. Kräftige schwarze Schriftzüge, mit schwungvollem Pinselstrich aufgetragen, heben sich dekorativ von den schmalen farblosen Papierstreifen ab. Das Weiß in dem hell erleuchteten Raum ist so blendend, dass Theresa Mühe hat, sich zu konzentrieren. Sie fragt sich, ob es gerade darum geht – ob das Licht den Toten ausbleichen, ihn reinigen, läutern und alles Dunkle ausmerzen soll. Vorsichtig berührt sie eins der Papierbänder, zeichnet mit dem Finger gedankenverloren die verschlungene Linie eines Schriftzeichens nach.

»Kaipo«, sagt Amy, als der Mann neben dem Sarg aufsteht. Er beugt sich zu ihr hin, um sie auf die Wange zu küssen. Dann legt er ihr eine Hand auf die Schulter und drückt sie so fest, dass der Stoff unter seinen Fingern zerknittert.

»Du siehst toll aus«, sagt er.

»Ich sehe schlimm aus. Aber trotzdem danke.«

»Die Priester sind schon da. Beide. Und meine Mutter auch. Hallo, Theresa.« Mit sonderbar steifer Geste tätschelt er ihre Schulter. »Du wirst immer runder.«

»Ja.« Mehr sagt Theresa nicht.

»Kommt dein … äh … Verlobter auch?«, fragt er und schaut dabei eher Amy an.

»Theresa hat ihn eingeladen«, antwortet Amy. »Sozusagen, um eine Waffenruhe anzubieten.«

»Ja, ja, ich kann's kaum erwarten«, erwidert Theresa, fixiert einen Punkt in der Ecke des Raums und versucht, gleichmäßig zu atmen; bloß nicht aufregen. Allein der Blick ihres Onkels und wie er sie begrüßt hat, mit ausgestrecktem Arm, wie eine Aussätzige – so schlimm hatte sie es sich nicht vorgestellt. Richtig wohl hat sich Theresa in Gegenwart ihres Onkels Kaipo noch nie gefühlt. Kaipo, dieser attraktive, unwiderstehliche Mann, der mitten in seiner zweiten Scheidung steckt. Wieder eine Frau, die den chinesisch-hawaiianischen Schönheitswettbewerb gewonnen hat und von einer so lässigen Selbstsicherheit ist, dass Theresa damit nicht zurechtkommt. Sie selbst hätte sich jetzt am liebsten unsichtbar gemacht. In ihrem derzeitigen Zustand kommt sie sich älter vor als ihr eigener Onkel, hässlicher, chaotischer. Erst recht in diesem blendend weißen Salon.

»Wie geht es deiner Mutter?«, fragt Amy, die Stimme leise und angespannt.

»Oh.« Kaipo zögert. »So weit ist alles in Ordnung. Ich habe sie heute Morgen abgeholt, obwohl ich sie eigentlich davon abbringen wollte, zu kommen. Ich wollte so tun, als hätte ich mich im Datum geirrt, ich dachte mir, vielleicht hat sie es ja vergessen. Aber sie hat auf mich gewartet. Ich konnte es ihr nicht ausreden.«

»Und Hong? Glaubst du, sie hat sich geärgert?«

»Ich habe mit ihr gesprochen. Ich glaube, sie kann es verstehen. Natürlich ist ihr auch nicht wohl dabei, dass Mom ihn so zu Gesicht bekommt, aber ich glaube, sie kann es verstehen.«

»Wo ist deine Mutter jetzt?«

Kaipo seufzt. Er fährt sich mit der Hand durchs Haar, das immer noch dicht ist und schwarz. Sein Jackenschoß hebt sich mit dem Arm. »Ganz ehrlich, ich weiß es nicht. Ich glaube, sie war schon überall. Seit heute Morgen ist sie im ganzen Haus unterwegs. Klappert alle Zimmer ab, berührt Gegenstände, sitzt auf Stühlen herum. Aber reden tut sie nicht. Zumindest nicht mit mir.«

Kaipos Blick wandert zwischen Amy und Theresa hin und her. »Hört zu, würde es euch etwas ausmachen, mal einen Blick auf ihre Kleidung zu werfen? Und mir zu sagen, ob das so geht? Die werden natürlich Fotos machen, und ich will, dass sie … na ja, dass sie gesund aussieht … du weißt schon, normal. Ich habe keine Lust, später irgendwelchen Mist in der Zeitung zu lesen. Die Presse hat sie seit zwanzig Jahren nicht mehr gesehen, und ich weiß, wie gern die Jungs sich auf alles stürzen.«

»Oh Gott.« Amy hält sich die Finger an die Schläfen.

»Daran habe ich überhaupt nicht gedacht. Ich hätte sie fragen sollen. Ich hätte etwas für sie anfertigen lassen sollen. Unglaublich, dass ich daran nicht gedacht habe.«

»Es ist nicht deine Schuld, Amy.« Kaipos geschlossener Mund deutet ein Lächeln an. Ruhig blickt er ihr ins Gesicht.

»Gut.« Sie nickt. »Gut, dann sehen wir uns gleich. Mach dir keine Sorgen, wir kümmern uns darum.«

»Ich danke dir«, sagte Kaipo mit einem Nicken und geht.

»Was für ein Arschloch!«, schnaubt Theresa, während sie dem Sarg den Rücken kehren.

»Er ist kein *Arschloch*, Theresa. Er ist einfach nur altmodisch. Er kommt nicht damit klar, dich in diesem Zustand zu sehen.«

»Altmodisch?«, wiederholt Theresa. »Zwei Scheidungen in sechs Jahren – gilt das heutzutage als altmodisch? Er scheint zu glauben, dass Dad *deshalb* gestorben ist. Weil ich schwanger geworden bin und –«

»Hör auf damit!«, fällt ihr Amy ins Wort. »Bitte. Lass mich nachdenken.«

Das Erste, was ihr in den Sinn kommt, ist Bohais altes Zimmer im Obergeschoss. Vielleicht steht seine Mutter ja dort am Fenster, stumm und gedankenverloren?

»Was meinst du?« Am Treppenaufgang wirft Amy ihrer Tochter einen fragenden Blick zu.

»Warum nicht?« Theresa zuckt die Achseln. »Irgendwo müssen wir ja anfangen.«

Sie steigen die breite Holztreppe hoch, die in weitem Schwung in den ersten Stock führt. Stufe für Stufe zieht sich Theresa am Geländer hoch. Oben angelangt, gehen sie links durch den Flur an einem halben Dutzend Türen vorbei, die alle gleich aussehen und alle geschlossen sind. Aus Theresas Sicht könnte jede dieser Türen zum früheren Kinderzimmer ihres Vaters führen. Sie müsste alle aufmachen und nachsehen. Aber Amy kennt den Flur und seine Türen, an denen sich seit der Zeit vor ihrer Hochzeit nichts verändert hat. Zielstrebig steuert sie das vorletzte Zimmer auf der linken Seite an.

Sie klopft.

»Lin?«, fragt sie behutsam. »Bist du hier?«

Als niemand antwortet, dreht sie den Knauf und öffnet langsam die Tür.

Die Luft im Zimmer ist abgestanden, verbraucht – als wäre sie darin konserviert worden. Das säuberlich gemachte Doppelbett sieht aus, als hätte seit Jahren niemand mehr darin geschlafen. Die Laken steif, die Bügelfalten in den Kissenbezügen so endgültig, als könnte keine Wäsche, kein Bügeleisen sie je daraus entfernen. Das ganze Bett wie eingekeilt zwischen zwei riesigen Bücherregalen, in denen sich bunte Buchrücken in geordneten Reihen aneinanderdrängen. An ihnen erkennt Theresa, dass dieses Zimmer tatsächlich einmal ihrem Vater gehört hat.

Niemand steht am Fenster, doch am Fußende des Bettes bemerkt Amy eine leichte, runde Vertiefung in der blauen Steppdecke.

»Ich glaube, sie war hier«, greift Theresa, mit zwei Fingern auf die Delle tippend, den Gedanken ihrer Mutter auf. »Irgendjemand war jedenfalls hier.«

Seit sie in dem Zimmer sind, spürt Amy, dass ihre Körper die Luft in Schwingungen versetzen und kleine Partikel aufwirbeln, die den Raum stören. Winzige Teile ihrer selbst schlagen sich in der Stille nieder: Haut, Geruch, Atem – es gibt so vieles, das sie zurücklassen. Sie sind im Begriff, denkt Amy, das bisschen, das von ihrem Mann geblieben ist, zu verscheuchen. Unwillkürlich hält sie den Atem an, ihre Muskeln spannen sich, ihr ganzer Körper zieht sich in sich zurück. Langsam dreht sie sich um und geht, immer noch mit angehaltenem Atem, aus dem Zimmer. Theresa folgt ihr, und erst als die Tür mit leisem Klicken einrastet, atmet Amy wieder aus.

»Hat sich hier eigentlich irgendetwas verändert?«, fragt Theresa. »Ich meine, seit ihr hier gewohnt habt, Dad und du. Hat es damals genauso ausgesehen?«

»Ich …« Amy zögert. Ihre Hand liegt noch auf dem Türknauf. »Ja, es ist wirklich noch genauso wie in meiner Erinnerung.«

»Komische Vorstellung, ihr beide, hier.« Theresa zieht mit einem Finger die senkrechten Rillen im Türrahmen nach.

»Es war ja nur sehr kurz. Ein Monat, dann sind wir nach Hawaii Kai gezogen.«

»Ich weiß.«

Amy nickt mit zusammengepressten Lippen.

»Komm«, sagt sie. »Lass uns in den anderen Zimmern nachsehen.«

Sie gehen zurück durch den Flur, klopfen unterwegs an alle Türen und werfen, wenn die Antwort ausbleibt, trotzdem einen kurzen Blick hinein, und als sie schließlich wieder an der Treppe stehen, hat sich Amys Verdacht bestätigt: Alle Zimmer sind leer.

Mutter und Tochter beschließen, im Erdgeschoss weiterzusuchen, in der Küche, auf der Glasveranda und draußen am Wasserfall. Unten angelangt, blickt Amy jedoch zögernd in die andere Richtung, in den dunklen holzverkleideten Flur.

»Es ist unwahrscheinlich«, sagt sie. »Als dein Großvater gestorben ist, hat mir Kaipo gesagt, dass sie da nie hingeht, aber ich weiß nicht. Vielleicht lohnt es sich doch, mal nachzuschauen.«

Theresa nickt. Hintereinander gehen sie durch den Flur, der links in einen offenen Torbogen mündet und rechts vor einer Doppeltür endet. Amy will sie öffnen, doch sie ist abgeschlossen.

»Ist ja jetzt auch Kaipos Zimmer«, sagt sie geistesabwesend. »Da kann sie eigentlich nicht drin sein. Sie hat ja keinen Schlüssel.«

»Mom«, flüstert Theresa. Sie schaut längst in die andere Richtung und hat den Arm nach ihrer Mutter ausgestreckt. »Mom«, wiederholt sie.

Amy fährt herum, und da, hinter dem Torbogen, sieht sie Lin Leong.

Im Arbeitszimmer sind alle Lichter an. Die Schreibtischlampe, der Kronleuchter und die in regelmäßigen Abständen in die Kirschholzvertäfelung eingelassenen Wandlampen – all diese Lichter scheinen auf das hinzuweisen, was sich auf dem Boden abspielt.

Eine Spur aus weißem Papier führt vom Regal hinter dem Schreibtisch zu der Stelle, wo Lin Leong mit an die Brust gezogenen Knien auf dem Boden sitzt. Es sind Papierstücke unterschiedlicher Größe, kleine Schnipsel, zerknüllte Blätter, ein wüstes, absurdes Konfetti. Wie eingestreut in das Chaos liegen Bilderrahmen mit Fotos auf dem Boden. Auf dem Regal ein umgekippter Rahmen, dessen Bild nach unten zeigt, auf dem Schreibtisch ein anderer, der noch steht. Je länger sich Amy das Ganze anschaut, desto mehr Rahmen sieht sie, Silberrahmen, im ganzen Zimmer verstreut.

Mitten in diesem hell erleuchteten Durcheinander sitzt Lin Leong und hält sich mit beiden Händen ein Foto vors Gesicht. Mit leerem Blick starrt sie darauf.

»Lin«, sagt Amy leise und klopft an die offene Tür. Nur drei Meter trennen sie noch von der Frau, doch die blickt nicht auf. »Lin«, sagt Amy noch einmal. Sie ist jetzt so nah, dass sie nur eine Hand ausstrecken müsste, um sie zu berühren. »Ich bin's, Amy.«

»Ob sie uns hört?«, flüstert Theresa hinter dem Rücken ihrer Mutter.

Amy bedeutet ihr, still zu sein. Sie geht in die Knie und stützt die Hände auf den Boden.

»Lin, ich bin hier, um dich abzuholen. Ich bin gekommen, um dich zur Beerdigung zu bringen. Möchtest du mitkommen?«

Lins Hände umklammern den Rahmen. Amy sieht, wie die Fingerspitzen weiß werden und leicht zu zittern beginnen. Die alte Frau hat immer noch nicht aufgeblickt.

»Was hast du da? Darf ich mal sehen? Ist es in Ordnung, wenn ich's mir ansehe?«

Sie zieht die Schuhe aus und setzt sich auf den Boden. Ein Papierfetzen bleibt an ihrem Knöchel hängen. Amy beugt sich zu der Frau hin, betrachtet ihr Gesicht. Eine Erinnerung wird wach, fern, aber lebendig, die Erinnerung an das letzte Mal, als sie so beieinandersaßen. Sie schaut auf das Foto in den Händen der Frau: Es ist ein Bild von Amys Mann, aufgenommen am Nachmittag ihrer ersten Begegnung.

Bohai, lesend auf einem Stuhl. Der Stuhl ist aus Holz und Bohai ein wenig in sich zusammengesackt. Er ist vollkommen in die Seiten vertieft, die Wangen gerötet, der Mund leicht geöffnet.

»Hier«, sagt Lin unvermittelt und hält Amy das Bild hin. Sie drückt ihr den Rahmen an die Brust und räuspert sich. »Hier«, sagt sie wieder. »Sieh dir meinen Sohn an.«

LIN

1914
Guangdong, China

Franks Entscheidung, mit der Familie auf eine Insel zu ziehen, deren Namen ich kaum aussprechen konnte, fiel ohne jede Vorwarnung gegen Ende des Jahres 1914, und meine erste Reaktion war Panik. Nach seiner Rückkehr von einer sechswöchigen Geschäftsreise in den Norden rief er mich in seine Bibliothek. Auf der Weltkarte, die wir zur Hochzeit geschenkt bekommen hatten, war eine kleine Inselgruppe eingekreist. Langsam zeichnete Frank mit dem Finger die Route nach, auf der wir den Pazifischen Ozean überqueren würden.

Ich wollte etwas erwidern. Wollte ihm sagen, dass es für mich überhaupt nicht in Frage kam, China zu verlassen. Doch mir fehlte die Kraft. Jedes Mal, wenn ich in Gedanken einen Satz formulierte und mir dann die Worte auf der Zunge zurechtlegte, zog sich meine Brust zusammen und in meinem Mund wurde alles so eng, dass nichts mehr herauskam. So war das immer in letzter Zeit. Bohai war gerade fünf geworden, und sein Schweigen schien allmählich auf mich überzugreifen. Ich konnte meinen Sohn nicht ändern – ich hatte alles Erdenkliche versucht und war in jeder erdenklichen Weise gescheitert –, vielleicht war also gar nicht Bohai derjenige, der sich ändern musste. Der Gedanke ließ mich nicht los. Vielleicht war *ich* die Unfähige, vielleicht war *ich* außerstande, ein Kind so zu umsorgen, wie es sich für eine Mutter gehörte. Mit jedem Tag, der verstrich, ohne dass sich am Verhalten meines Sohnes etwas änderte, wuchs mein Gefühl, versagt zu haben. Eine Stimme, die ich jahrelang zum Schweigen gebracht hatte, flüsterte mir nun unablässig ins Ohr, dass ich dieses Leben nicht verdient hatte. Es war alles ein Versehen.

Frank und ich sprachen längst nicht mehr über Bohai. Wir sprachen überhaupt sehr wenig. Frank hatte wieder zu reisen begonnen und war die meiste Zeit fort, weit weg von diesem stillen Haus, an dessen Wänden der bittere Geruch unserer Enttäuschung haftete. Wenn er heimkam, konnten zwei oder drei Tage vergehen, bis ich überhaupt davon erfuhr. Er schlief in seiner Bibliothek und brach morgens in aller Frühe auf. Mitunter zeugte nur ein herumstehender Koffer oder eine Teetasse im Spülbecken von der Heimkehr meines Mannes. Hong fand den Koffer, verstaute ihn in einem Wandschrank, spülte die Tasse und schwieg. Sie war der einzige Mensch auf der Welt, der wusste, wie zerbrechlich ich war, der die Besonderheit unserer Situation verstand. Sie wusste, wie leicht ich in einer Teetasse ertrinken oder in einem Koffer ersticken konnte.

Doch in dieser Nacht hatte mich Frank geweckt. Er hatte meine Hand genommen, und ich war ihm, im Dunkel des Flurs errötend, in sein Arbeitszimmer gefolgt, wo er mir von Oahu und seinem Plan erzählte, mit uns dorthin zu ziehen.

»Vor Jahren habe ich eine Schiffsladung nach Oahu begleitet und immer vorgehabt, eines Tages dorthin zurückzukehren. Es gibt dort einen uralten Vulkan, so etwas hast du in deinem ganzen Leben noch nicht gesehen. Sie nennen ihn Diamond Head. Er ist überwältigend. Schon immer haben dort die Götter Hawaiis gelebt, und bald wird er auch unser Zuhause sein.«

Während ich auf die Karte schaute und hörte, was er sagte, waren meine Gedanken noch in dem dunklen Flur, wo ich geglaubt hatte, dass unsere Begegnung anderer Natur sein würde, wo ich das Drängen in seinem Blick für Begehren gehalten hatte. Erst als Frank von *sofortigem Umzug* sprach, wurde mir klar, was eigentlich los war, und die Hitze, die nun meinen Körper durchströmte, war drückend und zäh. Matt sank ich auf einen Stuhl; es gab nur einen Gedanken, der in meinem Kopf kreiste: Wie hatte ich so töricht sein können?

»Es war keine einfache Entscheidung.« Frank hatte ebenfalls Platz genommen. »Aber mit der Zeit wirst du die Gründe verstehen.«

»Und jetzt kann ich sie nicht verstehen?« Es waren die ersten Worte, die mir in dieser Nacht über die Lippen kamen. Ich war ein mutloses Häufchen Elend. Mein ganzes Leben hing von diesem Mann ab, und ich brachte nur mit äußerster Mühe die Kraft auf, ihn nach dem Grund zu fragen. *Unwissenheit*, klang mir die Stimme meines Vaters im Ohr, wenn er seinen Lieblingsspruch von sich gab, *ist die Tugend der Frau.*

»Es ist kompliziert.« Franks Blick wanderte über die Weltkarte.

»Gut«, flüsterte ich. »Aber dann sag mir wenigstens eins …« Unaufhaltsam zwängten sich die Worte durch den schmalen Spalt in meiner Kehle. »Werde ich damit bestraft?«

Ich presste die Lippen zusammen und bereute es schon. Bereute meine Waghalsigkeit. Ich konnte ihm nicht in die Augen sehen, spürte seine körperliche Präsenz, während ich mir schweigend und voller Scham ausmalte, wie er, über meine Frage erzürnt, die Hand heben und mir einen Schlag ins Gesicht versetzen würde; genauso wie mein Vater es immer mit meiner Mutter tat. Ein Umzug nach Hawaii, das war keine Bestrafung. Ein geschwollenes Auge, ein gebrochener Arm, kein Arzt im Dorf – das war eine Bestrafung. Eine Mutter, die Geschirr spülte, Wäsche wusch und Mahlzeiten auftrug, während ihr Arm dicker und dicker wurde – das war eine Bestrafung. Aber nicht so etwas.

Im Kerzenlicht in Schweigen gehüllt, saßen wir da, und ich wartete darauf, dass sich mein Mann in meinen Vater verwandeln würde. Doch er tat es nicht.

»Erinnerst du dich an das Jahr unserer Hochzeit?«, fragte er, die Stimme sanfter, als ich erwartet hatte. Ich nickte überrascht, aber immer noch etwas verstört, und hielt den Blick gesenkt.

»Im selben Jahr«, fuhr Frank fort, »kurz vor Shens Tod, sind im Norden zwei deutsche Missionare umgebracht worden. In Shandong.« Er hielt inne, und ich sah aus den Augenwinkeln, wie er eine Ecke der Weltkarte glattstrich, die auf dem Schreibtisch lag. »Es waren brutale Morde, und die Deutschen reagierten erbost. Sie verlangten von der chinesischen Regierung Reparationszahlungen.«

Ich verstand kein Wort. Warum erzählte er mir das? Was hatte das alles mit Hawaii zu tun? Ich weiß noch, dass ich auf der Karte Deutschland suchte und tatsächlich fand: In der Nähe der Inseln, die Frank umkreist hatte, lag dieses Land beileibe nicht. Sei leise, ermahnte ich mich, und hör zu.

»Die Reparationszahlungen erfolgten in Form von Land«, fuhr Frank fort. »Für neunundneunzig Jahre bekamen die Deutschen Kiautschou in Shandong auf Pacht. Und bauten dort sofort einen riesigen Handelshafen. Den Hafen von Tsingtau.«

Frank hielt einen kurzen Moment inne, und ich traute mich, langsam den Blick zu heben. Er sah so konzentriert auf die Karte, dass seine dicken Augenbrauen nur noch ein breiter Strich waren.

»Lin«, sagte er, und sein ernster Blick traf mich direkt. »Die Deutschen sind unsere Freunde, sie waren sehr großzügig zu uns. Unsere ganzen Geschäfte, unser ganzes Geld haben wir drei Häfen zu verdanken.« Als er drei Finger seiner rechten Hand hob, fiel mir auf, wie geschwollen die Knöchel waren. »Der deutsche Hafen in Tsingtau, der Hafen hier in Guangzhou … und dann gibt es noch einen dritten.«

Der lange Schatten, den sein Zeigefinger im schwachen Kerzenlicht auf die Karte warf, schien zu zittern.

»Als die Deutschen Tsingtau bekamen, haben auch die Briten bald einen Hafen gepachtet, ebenfalls in Shandong, auf der Nordseite der Halbinsel. Die Deutschen hatten angefangen, einen Marinestützpunkt zu bauen, Arbeitskräfte einzustellen, Soldaten aus ihrem Land zu holen – das alles war den Briten ein Dorn im Auge. Deshalb wollten sie einen eigenen Hafen haben. Monatelang gab es Kriegsgerüchte, Lin, es hieß, die Deutschen würden einmarschieren. Darauf wollten die Briten und ihre japanischen Verbündeten vorbereitet sein.«

Franks Blick ging mir durch Mark und Bein.

»Einige fanden es damals richtig, sich für eine Seite zu entscheiden, sich mit einem Land zu verbünden. Ich habe nie verstanden, warum man solche Bündnisse eingehen sollte. Es gibt zu viele Unwägbarkeiten. Ich habe immer selbst entschieden, mit wem ich befreundet sein will. Die Briten und Japaner hatten mich genauso gut behandelt wie die Deutschen – warum sollte ich mich an ihren internen Querelen beteiligen? Warum meine Geschäfte darunter leiden lassen?«

Frank sah mich unverwandt an. Ein feines Netz roter Äderchen zog sich über das Weiß seiner Augen, die erschöpft waren, sein Blick dennoch entschlossen. Er wollte, dass ich ihn verstand. Oahu war keine Bestrafung, und er wollte, dass ich das wusste. Ohne auch nur einmal zu blinzeln, fuhr er fort, und da spürte ich, wie das frühere Vertrauen zu ihm in mir erwachte.

»Letzte Woche ist etwas geschehen. Es gab einen Überraschungsangriff. Die Japaner und Briten haben den deutschen Hafen überfallen und Tsingtau eingenommen. Ich wusste von nichts. Ich war schon auf hoher See, deshalb hat mich die Neuigkeit nicht erreicht.« Mit jedem Wort wurde seine Stimme heiserer. Er musste innehalten, um Luft zu holen.

»Ich hatte vor, meine Schiffe wie immer erst nach Tsingtau und dann weiter nach Weihaiwei zu begleiten, um auch die Briten zu beliefern, aber als ich in Tsingtau eintraf, hatten sie den Hafen unter ihre Kontrolle gebracht. Gemeinsam mit den Japanern. Als sie meine Schiffe sahen, wurden sie sehr, sehr wütend, Lin. Sie drohten mir. Mir und meiner Familie.«

Meine Finger umklammerten den Saum meines Nachthemds, und mir stand Schweiß im Nacken. Eigentlich hatte ich nie verstanden, womit mein Mann sein Geld verdiente. Ich wusste, dass es etwas mit Schiffen zu tun hatte, mit Dutzenden von Schiffen, und dass er Dinge zwischen Ländern hin und her transportierte. Aber von finanziellen Dingen verstand ich so gut wie nichts. Im Restaurant meiner Eltern, wo ich als Kind gearbeitet hatte, war die Sache einfach: Ein Teller Essen für einen Yuan. Eine Portion Reis, ein Stück Fisch – auf solche Dinge beschränkte sich das Geschäftemachen. Was mein Mann konkret tat, seine Reisen, seine Verhandlungen, die Erschöpfung, die er mit nach Hause brachte – das alles war mir ein Rätsel. Frank kochte weder, noch stellte er Waren her, um sie zu verkaufen. Stattdessen besaß er eine Aktentasche. Brütete über Papieren. Zu Beginn unserer Ehe war ich ein paar Mal versucht, ihn danach zu fragen, aber wie? Wie sollte ich meine Frage formulieren, ohne durchblicken zu lassen, dass ich nicht die leiseste Ahnung hatte, wie ihn dieser Papierkram reich machen konnte? Als ich dann meine beiden Mädchen verlor, hörte ich einfach auf, mir Gedanken zu machen. Wer war ich, meinen Mann mit solchen Fragen zu behelligen! Wo ich es doch nicht mal schaffte, uns das Einzige zu schenken, was uns wirklich fehlte.

»Lin«, sagte Frank. »Ich fürchte, dass uns ein Krieg bevorsteht. Ich fürchte um unsere Sicherheit, und ich weiß, dass wir unseren Umzug nicht länger aufschieben dürfen, weil wir sonst möglicherweise keinen Handlungsspielraum mehr haben.«

Ich blickte meinem Ehemann ins Gesicht, und zum ersten Mal, seit wir verheiratet waren, sah ich eine Nervosität, die mich beunruhigte. Plötzlich begriff ich, dass es nichts mit mir oder Bohai oder einer Ehe zu tun hatte, die keine Söhne hervorbrachte. Was hier geschah, ging weit über meine Alltagssorgen hinaus. Und als mein Mann meine Hand nahm, die Kerze ausblies und mich wieder ins Schlafzimmer führte, da war mir klar, dass ich ihm auf die Insel mit dem alten Vulkan folgen würde, geborgen in dem Geheimnis, das er mir anvertraut hatte. In dieser Nacht glaubte ich fest daran, dass das rote Band unser Schicksal lenkte.

***

Am nächsten Morgen ging ich sofort zu Hong. Behutsam machte ich sie mit unseren Umzugsplänen vertraut und zeigte ihr das Foto von Oahu, das Frank mir gegeben hatte.

»Ich werde nicht ohne dich gehen«, betonte ich, während sie das Bild betrachtete, ein nachdenklicher Zug um ihren geschlossenen Mund. »Siehst du das Meer? Das Wasser ist dort so klar, dass man bis auf den Grund blicken kann! Stell dir vor, dort zu leben – so nah am Meer.«

»Es ist ein Foto«, sagte sie schließlich und gab es mir zurück. »Ein schönes Foto.«

Ich konnte nicht glauben, dass dies ihr einziger Kommentar war. Seit dem Aufstand glaubte Hong nicht mehr an China. Sie fand keine guten Worte für unser Land, nannte es einen Blutsauger, der sich an den eigenen Kindern vergriff, eine Nation von Sklaven. Zu meiner Überraschung zeigte sie Interesse am Englischen, dieser westlichen Sprache, die früher das Böse verkörpert hatte. Sie nahm an meinen Englischstunden teil und hatte mit rachsüchtiger Entschlossenheit begonnen, die Sprache zu lernen. Sie sagte es nie, aber ich wusste, dass sie die englische Sprache als Verbindung zwischen Shens Leben und seinem Tod betrachtete. Wenn einer von ihnen Englisch gesprochen hätte, nur ein kleines bisschen, nur so viel, dass die Worte ihren Weg durch die Zweige des Baums gefunden und den Schuss des Soldaten verzögert hätten, wäre Shen jetzt vielleicht noch am Leben.

Deshalb rechnete ich damit, dass Hong zustimmen würde. Ich musste sie nur vorsichtig an den Gedanken heranführen. Vielleicht würde sie sich sogar freuen. Was ich indes nicht bedacht hatte, war Shen. In Chinas Erde lag Shens Körper begraben. Aus China wegzugehen bedeutete auch, die Geister der Verstorbenen im Stich zu lassen, und sosehr Hong das Leid spürte, das China ihr zugefügt hatte – so einem Schritt würde sie niemals zustimmen. Für ein Haus am Meer würde sie ihre Heimat nicht verlassen. Sie würde die Loyalität zu Shen nicht für ein paar idyllische Zuckerrohrhalme eintauschen.

Doch ein Leben ohne Hong war nur ein halbes Leben. Ich hatte es mir schon oft vorgestellt, und jedes Mal war ein bitterer Nachgeschmack geblieben. Seit dem Tag, an dem Hong an die Tür meines Mannes geklopft hatte, wusste ich, dass sie zu mir geschickt worden war und ich zu ihr, damit wir uns gegenseitig die Reise ins Unbekannte erleichterten. Als ich meine Töchter verlor, war Hong da, sie linderte meinen rasenden Schmerz und versicherte mir, dass hier das Schicksal seine Hand im Spiel gehabt und nicht ich versagt habe. Sie verbot mir, das Wort Unfruchtbarkeit auch nur in den Mund zu nehmen, und ermahnte mich, auf mein Äußeres achtzugeben und nie zu vergessen, dass es ohne körperliches Verlangen auch keine Söhne gab. Als ich mich später mit ganzer Inbrunst Bohai hingab, führte Hong mit großem Geschick den Haushalt, und nach Hailees Tod konnte ich dank ihrer Gelassenheit ein bisschen zur Ruhe kommen. Sie war die Mutter, die ich nicht sein konnte, es ging ihr leicht von der Hand, Bohai zu lieben, ohne wie ich unaufhörlich nach Bestätigung zu hungern; ohne die Schwierigkeiten, die meine Mutterschaft stets begleiteten und alles in einen durchsichtigen schwarzen Schleier hüllten.

Ich brauchte sie; wir alle brauchten sie. Es war unvorstellbar, Hong zurückzulassen. Ich durfte ihr keine andere Wahl lassen. Und so sagte ich ihr das, was sie mehr fürchtete als alles auf der Welt. Es würde Krieg geben, sagte ich. Es würde Krieg geben, und wir alle seien in Gefahr.

»Ist das wahr?« Ich wusste, dass ihr breites Gesicht nur einen Teil dessen verriet, was sie wirklich fühlte.

»Frank hat es mir gesagt.« Und das hatte er wirklich, tröstete ich mich.

»Ich brauche Zeit«, sagte Hong, in ihren Gedanken schon ganz weit weg. »Es ist spät geworden, ich muss mich ums Gemüse kümmern.«

Womit sie mich stehen ließ, um ihren gewohnten Aufgaben nachzugehen, Gemüse fürs Abendessen besorgen, Bettwäsche abziehen, Zimmerpflanzen gießen. Doch am Nachmittag schloss sie sich wortlos im Gebetsraum am Ende des Flurs ein. Bald verriet mir der Geruch, dass sie für ihre geliebten Verstorbenen Weihrauch und Räucherstäbchen entzündet hatte. Für Shen, ihre Mutter, ihren Vater. Durch die Tür hörte ich sie beten, hörte sie Worte der Trauer und Vergebung sagen. Bis weit in den Abend hinein blieb Hong im Gebetsraum, schnitt Häuser, Kleidung und Schmuck aus Papier, hielt Streichhölzer daran und schickte sie ihren Lieben ins Jenseits. Nach dem Abendessen klopfte ich an die Tür und ging hinein. Ich kniete neben ihr im Sandelholzrauch und hielt ihr die Hand. Ich brachte ihr eine gebratene Ente und eine Pyramide aus süßem Gebäck für den Altar. Um Mitternacht ließ ich sie wieder allein, und da wusste ich, dass sie mit ihrer Familie Frieden geschlossen hatte. Ich wusste, dass Hong entschieden hatte, mit uns zu gehen.

Sechs Tage später brachen wir mit all unseren Habseligkeiten auf einem der riesigen Frachtschiffe, die Frank besaß, nach Oahu auf. Für geordnetes, methodisches Packen blieb keine Zeit. Alles wurde hastig in irgendwelchen Containern deponiert und umgehend zum Schiff gebracht. Achtzehn Tage fuhren wir über den Pazifik und folgten mit Franks gesamter Handelsflotte im Schlepptau der Route, die er mir eine Woche zuvor mit dem Finger gezeigt hatte.

Wir erreichten den Küstenstreifen am frühen Morgen, als die Sonne erst halb am Horizont stand. Ihr Licht war warm und weich, als hätte sie auf unsere Ankunft gewartet, um dann erst ihre Strahlen über den Ozean zu breiten. Ein kobaltblauer silbriger Schimmer lag auf der Oberfläche des Wassers, funkelnd wie die Facetten eines Saphirs. Das

Licht war überwältigend, aber noch atemberaubender war die Silhouette: Vor uns überragte dunkel und imposant ein riesiger Krater die Küste. Über dem wuchtigen Sockel, der in den Ozean hineinschnitt, streckten sich die Kämme des Vulkans ins Morgenlicht, funkelnd und glitzernd wie die Zacken einer mit Juwelen besetzten Krone.

Hinter mir hörte ich Franks Stimme und spürte die Wärme seiner Hand auf meinem Rücken.

»Sieht täuschend echt aus, oder? Wie aus Diamanten. Als die Briten hier ankamen, dachten sie, sie hätten das große Los gezogen. Sie merkten zwar bald, dass dem nicht so war, aber der Name blieb. Phantastisch, oder? Wie er ins Meer hineinragt!«

Er blinzelte in die niedrig stehende Sonne und deutete mit ausgestrecktem Arm auf die Umrisse des Vulkans. In meinem Genick spürte ich den Atem, der seinen Worten eine Wärme verlieh, eine Energie, die mir vollkommen neu war. Wann hatte mein Mann zum letzten Mal so mit mir gesprochen? Zu Beginn unserer Ehe, ja, in der Anfangszeit, da war seine Zuwendung grenzenlos, da konnte er mit einem einzigen Wort, einer einzigen Berührung Lust in mir wecken. Nun strich sein Atem, der nur eine Spur wärmer und feuchter als die morgendliche Brise war, über meine Haut, die sofort in Flammen stand.

Dicke milchige Wolken zogen über den Vulkan. Sie zogen sich zu einem großen V, hinter dem wie in einem Traum lodernd und aprikosenfarben die Sonne durchbrach.

»Es gibt nicht viele Dinge im Leben, die so schön sind wie ein Neuanfang«, flüsterte Frank. Er legte mir den Arm um die Taille und zog mich an sein erwartungsvoll klopfendes Herz, wo ich geschützt war vor dem Wind des Meeres. »Das hier wird uns gehören.«

Und als ich hinter den Kämmen von Diamond Head

die Glut der aufgehenden Sonne sah, spürte ich, dass auch in meinem Körper etwas aufging, dasselbe Feuer, fremd und fern. Wir wollten dasselbe, Frank und ich. Ohne dass wir je über uns gesprochen hatten, unsere Versäumnisse, unsere Ängste, unsere Hoffnungen, wusste Frank Bescheid. Er hatte eine Insel für uns gefunden; er hatte einen Ausweg gefunden. Mir war klar, dass er sich an alles erinnerte, was wir einmal geteilt hatten, und nun darum kämpfte, es wiederzugewinnen. Er hatte nicht aufgegeben, noch nicht. An den kristallenen Hängen von Diamond Head, geborgen im Schatten des Vulkans, sah auch ich unsere Chance. Ich schloss die Augen, schlug sie wieder auf und sah mich darin bestätigt, dass der Zauber, der mich erfasst hatte, Realität war.

Unser Schiff legte im Hafen von Honolulu an, und ich ließ wie in Trance die Holzplanken hinter mir. Kein Foto dieser Welt konnte die leichte Brise einfangen, diesen warmen, betörenden Wind. Und schon gar nicht die Gerüche: eine würzige Mischung aus Blumen und Früchten, Sand und Salzwasser. Jeder Zentimeter dieser Insel war der Inbegriff von Harmonie: die dicken, wogenden Palmenblätter und der Sand, so weich und weiß wie frisch gemahlenes Mehl. Ich konnte kaum glauben, dass ein Ort wie dieser existierte, und auch Hong teilte mein Gefühl. Als sie die Kaimauer betrat, lächelte sie so überschwänglich, dass ihre Zähne blitzten. Das hatte ich lange nicht mehr bei ihr erlebt; ihre Überraschung war unübersehbar.

***

Frank brauchte nur drei Tage, um das zu finden, wonach er gesucht hatte. Mit Cowboyhut kam er auf einem schlanken schwarzen Pferd zum Hotel geritten, um mich abzuholen; aus dem Sattel ragte eine Papierrolle. Er zog mich hinter sich aufs Pferd und gab auch mir einen breitkrempigen Hut mit blauem Satinband. »Du wirst begeistert sein«, sagte er, und dann trieb er auch schon sein Pferd an. Als wir übers flache Land galoppierten, wurde das Lächeln in meinem Gesicht so breit, dass Frank es hinter sich gespürt haben muss.

Mein Hut hüpfte im Rhythmus des Galopps, während ich die Fersen in den Lederbügel stemmte und mir voller Neid wünschte, ich könnte einfach das rechte Bein über den Sattel schwingen und reiten wie ein Mann. Ich hätte besseren Halt gehabt, hätte mich umdrehen und mir alles, woran wir vorbeiritten, genau ansehen können, ohne das Gleichgewicht zu verlieren. Alles war neu, wild und unerwartet. Ich fühlte mich wie die Heldin aus einem von Bohais Büchern, eine Frau zu Pferd in einem neuen Grenzgebiet: ein weißes Kleid, ein attraktiver Mann, der Auftrag, Land zu finden. Nie hätte ich mir vorstellen können, dass sich Sonne auf Haut so anfühlen konnte, so frisch, so trocken, so wohltuend. Im Süden Chinas flohen die Menschen vor der feuchten Hitze, die ihnen die Haare und Kleider durchnässte, in ihre Häuser. Hier wirbelte das Salz des Ozeans durch die Luft, und wenn ich mir mit der Zunge über die Lippen fuhr, schmeckte ich nur das. Die Arme um Frank geschlungen, schloss ich die Augen, um mich einen Moment lang nur aufs Atmen zu konzentrieren. Ich wollte die wechselnden Landschaften riechen, sie einatmen und alle anderen Sinne ausschalten.

Als wir den Vulkan erreichten, kamen wir an einigen wenigen Häusern vorbei, die dort bereits gebaut worden waren. Die meisten von weißen Familien, erklärte mir Frank, auf großen Grundstücken direkt am Meer. Frank zeigte mir alles, erzählte mir von George Macfarlane, einem Geschäftsmann mit engen Beziehungen zum Königshaus, dem ein riesiges Anwesen am Fuß des Westhangs von Diamond Head gehörte, oder James Campbell, der mit Zucker reich geworden war, Besitzer des doppelgeschossigen »viktorianischen« Hauses, wie Frank es nannte, dessen Veranda auf Pfählen in den Ozean ragte. Diese Villen waren so ungewohnt, so weiß und symmetrisch, vollkommen anders als die Häuser in Guangdong. Hier gab es kein Gold und Rot, keine Statuen und Teiche, ja nicht einmal schützende Tore. Westliche Häuser wurden nicht geschützt. Ihre Eingangstüren gingen zur Straße hin.

Wir ritten in südlicher Richtung durch einen Park, den Kapiolani Park, wo die Landschaft trockener wurde. An den breiten, gewundenen Wasserläufen nahe Waikiki blieb unser Pferd stehen, um zu trinken, und trabte dann weiter zum östlichen Ende des Parks, wo früher einmal, wie Frank mir erzählte, eine Pferderennbahn gestanden hatte. Die weiten, baumbestandenen Flächen begeisterten ihn. Er fühlte sich an die großen, aufwendig angelegten Parks in Europa erinnert, die er mir während unseres Ritts beschrieb, die einzigartigen Blumen, die Obstgärten, die mit Marmorstatuen dekorierten Brunnen. Das alles gab es hier nicht, noch nicht, aber das sei bloß eine Frage der Zeit, meinte Frank. Man habe schon mit dem Bau eines Zoos und eines Aquariums begonnen und würde das weitläufige Gelände in Zukunft für Baseball- und Poloveranstaltungen nutzen oder für öffentliche Konzerte. Ich würde sehen, noch vor Bohais zehntem Geburtstag würden wir hier unter Sonnenschirmen durch wunderbare Gärten flanieren.

Die Sonne stand schon deutlich tiefer, es war Nachmittag geworden, und ich hatte vor Begeisterung über unseren Ritt den eigentlichen Zweck dieses Ausflugs vergessen. Wir erreichten ein großes Grundstück, das in den Sockel von

Diamond Head hineinragte. Zum Ozean hin geöffnet, wurde das leicht ansteigende Gelände an drei Seiten von den Hängen des Vulkans flankiert, als hätte er schützend seine Arme darum gelegt. Frank ritt langsamer und brachte das Pferd schließlich ganz zum Stehen.

Er stieg ab, fasste mich an der Taille und hob mich auf den unebenen Boden. Wortlos zog er die Papierrolle aus dem Sattel, breitete sie auf der Flanke seines Pferdes aus und strich sie glatt. Ihre Größe überraschte mich.

Die Skizze eines riesigen Hauses, das im Verhältnis zu seiner Breite erstaunlich hoch war, bedeckte das beigefarbene Papier. Die Seiten des Gebäudes waren mit kleinen Pfeilen und Buchstaben beschriftet. Seine Wände, offenbar zu großen Teilen aus Glas, schienen genau da, wo wir standen, an den Kraterwänden emporzuragen. *Dreigeschossig*, sagte Frank und zeichnete mit einem Finger die Linien des Gebäudes auf dem Papier nach. Höher als jedes andere Haus auf der Insel. Ein großer Zaun samt Tor würde die Öffnung zum Meer hin schließen, würde den Teich und den Lotosgarten abschirmen, welche im Geist meines Mannes bereits konkrete Form angenommen hatten. Wir würden im Schutz von Diamond Head leben und keinerlei Nachbarn haben, erklärte mir Frank mit so triumphierender Miene, dass ich mich lachend umsah: Von einem Haus war weit und breit nichts zu sehen. Er sah mich durchdringend an.

»Und du?«, fragte er.

»Was?«

»Du brauchst etwas, das dir gehört. Was es auch ist, ich baue es dir.«

»Ist das Haus nicht ein bisschen groß für uns beide?«, fragte ich scherzhaft. Dass sich mein Mann so verschwenderisch zeigte, amüsierte mich.

»Wirklich, Lin«, beharrte er. »Etwas Leichtsinniges. Ein begehbarer Schrank mit einem Dutzend Spiegeln. Eine Badewanne in Form eines Halbmonds. Ein Königinnenthron. Ein Wasserfall.«

»Ein Wasserfall!«, plapperte ich ihm nach, um ihn mit seinen lächerlichen Vorschlägen ein bisschen aufzuziehen. »Ich hätte gern einen Wasserfall.«

Wir sahen uns an, beide bemüht, keine Miene zu verziehen, jeder auf die Reaktion des anderen wartend. Aber keiner machte einen Rückzieher.

»Sag einfach nichts mehr«, konterte Frank schließlich lächelnd und tippte an seinen Hut. »Und die Badewanne besorge ich dir auch.«

Schon am nächsten Nachmittag begannen die Bauarbeiten. Frank ließ die Besatzungen seiner Schiffe kommen – Männer, die er eigens dafür mitgenommen hatte –, und man machte sich daran, die ebenfalls dafür mitgeführten Werkzeuge und Materialien auszuladen. Während das Fundament gelegt wurde, verbrachten Bohai, Hong und ich unsere Zeit in Waikiki im Moana Hotel, wo wir im Schatten gestreifter Umkleidehäuschen die Ruhe genossen und im eleganten Speisesaal unsere Mahlzeiten einnahmen. Im Hotel wohnten Paare und Familien aus Kalifornien, die auf den Passagierschiffen der Matson-Reederei angereist waren, Menschen, die ihre bleiche Haut in roten Bikinis und ungeniert aufgeknöpften Hawaiihemden zur Schau stellten. Diese ersten Wochen waren unkompliziert und sehr komfortabel. Hong und ich meldeten Bohai auf dem Oahu College an, der besten Schule der Insel, pflegten im Gespräch mit den anderen Müttern unsere Englischkenntnisse und gingen einkaufen, um die gleichen Kleider zu haben wie sie, aus karierten, gepunkteten oder mit prallen Blüten bedruckten Stoffen.

Da Frank fast den ganzen Tag unterwegs war und es keinen Haushalt gab, der geführt werden musste, richtete sich meine Aufmerksamkeit bald ganz auf Bohai. Wenn es überhaupt noch etwas gab, das meinen Sohn ändern konnte, so meine Überlegung, dann vielleicht die Ruhe und Beschaulichkeit dieser Insel. Vielleicht reizte es ihn ja jetzt, in die freie Natur zu gehen und unbeobachtet von neugierigen Nachbarn sein neues Zuhause zu erkunden. Er könnte in den warmen Wellen, die vor seiner Tür nur auf ihn zu warten schienen, schwimmen lernen. Er könnte mit dem Fahrrad die leeren Landstraßen erobern, er würde so stark und wild werden wie die Insel, auf der er nun lebte. Seit jener Nacht in der Bibliothek mit Frank, seit unserem Zusammensein auf dem Deck seines Schiffes, war eine neue Entschlossenheit in mir erwacht. Alles war noch nicht verloren; es gab noch Hoffnung, wir hatten noch Zeit, und ich weigerte mich, jetzt schon aufzugeben. Gemeinsam mitzuerleben, wie Bohai größer wurde – das hatte Frank und mir in den ersten Jahren innige Momente geschenkt, und dieses Gefühl wollte ich meinem Mann wiedergeben: den Stolz auf ein neues Leben, ein Kind, das in seine großen Fußstapfen treten und sich entfalten würde.

Ich fing an, morgens mit Bohai zum Strand zu gehen. Ich weckte ihn bei Sonnenaufgang, ehe die Schule begann, und zog ihn an. Ich beschwatzte ihn, die Füße in den Sand zu setzen, ließ ihn mit vorsichtigen Schritten durch die leichte Brandung tappen. In Sekundenschnelle warf eine Welle seinen zarten silberhellen Körper um. *Steh auf!*, schrie ich, wild entschlossen, meinen Sohn wieder aufzurichten, *du schaffst das!* Doch auch nach einigen Wochen schaffte es Bohai nicht. Tag für Tag hielt ich ihn an der Hand, wenn er im Wasser in Panik geriet und in den Sand fiel, schwer atmend unter den vorstehenden Rippen. Trotz allen Übens machte er keinerlei Fortschritte, doch ich trieb ihn trotzdem weiter an. Schickte ich ihn wieder und wieder in die Wellen, bis er mit hochrotem Kopf zu keuchen begann. Auf dem Rückweg ins Hotel erklärte ich ihm, was er besser machen könne beim nächsten Mal, und er nickte schüchtern und stumm.

Wenn Frank abends nach einem langen Arbeitstag heimkam, erkundigte er sich nach seinem Sohn, worauf ich ihn ohne Zögern belog. Ich erzählte meinem Mann, dass Bohai im Wasser ein Naturtalent sei – genauso furchtlos wie sein Vater. Es wurde meine zweite Natur, Lügenmärchen über meinen Sohn zu erfinden und mit seinen angeblichen Fortschritten zu prahlen. Ich fing an, das genaue Gegenteil von dem zu berichten, was tatsächlich geschehen war. Wenn Bohai vor einem Seestern davonlief, erzählte ich, er habe ihn aufgehoben und in den Ozean geworfen. An dem Morgen, an dem er zu viel Wasser geschluckt hatte und nicht in die Schule gehen konnte, erklärte ich, wir hätten die Zeit vergessen, weil er so fröhlich in den Wellen gespielt habe.

Frank und ich sahen uns wenig, und die Baustelle nahm ihn derart in Anspruch, dass ich ihm nicht die Stimmung verderben wollte mit der ewigen Sorge um unseren Sohn. Das Haus sei beinahe fertig, nur noch ein paar Wochen, meinte Frank, und ich redete mir ein, dass ich mich in unserem neuen Heim, unserem neuen Leben einfach noch mehr anstrengen würde. Frank würde seinen Sohn kriegen, koste es, was es wolle.

Die frohe Botschaft kam an einem Mittwoch. Frank traf im Hotel ein, verfrachtete uns umgehend in eine Kutsche, und wir wussten – auch ohne Erklärung –, dass das Haus fertig war. Hong und ich hatten drei Monate lang wild spekuliert, hatten auf dem Briefpapier des Hotels Zeichnungen der Zimmer angefertigt und Frank angebettelt, uns wenigstens ein paar Hinweise zu geben. Drei Monate ließ er uns nicht zum Haus und hielt alles, so gut es ging, unter Verschluss, um die Überraschung perfekt zu machen. In der Kutsche verband er uns tatsächlich die Augen, so dass wir blind den Fuß auf unbekannten Boden setzen mussten.

»Nehmt die Binden ab«, befahl er, und hinterher hieß es, wir hätten alle vollkommen gleich reagiert: mit sprachlos geöffneten Mündern, die Köpfe in den Nacken gelegt, staunendes Blinzeln im Sonnenlicht, das von den riesigen, meterhohen Fenstern reflektiert wurde. Dieses Haus war genau so, wie ich gehofft hatte, und anders als alles, was ich je gesehen hatte, sogar anders als das, was ich aus Franks Zeichnung herausgelesen hatte. Die außergewöhnliche Größe, die eigentümliche Form und die Eleganz dieser Villa waren überwältigend. Ich trat ein paar Schritte zurück und wäre fast gestolpert, als ich das Rauschen hörte, ein Geräusch wie von herabstürzendem Wasser: mein Wasserfall.

»Gefällt es dir?«, fragte Frank mit einem Lächeln, hinter dem sein ganzes Gesicht zu verschwinden schien, und ich schlug zitternd die Hände vor den Mund. Ich nickte wie von Sinnen, und mir liefen Tränen über die Wangen.

***

Wir zogen in das Haus am Diamond Head, und Hong blühte innerhalb kürzester Zeit auf, als hätte die Nähe zum Ozean eine magische Wirkung auf sie.

Als der Frühling begann, hatte sie sich bereits mit allen Chinesen, die auf dem Markt ihre Waren verkauften, angefreundet und gab den Gerichten, die sie von zu Hause kannte, mit dem, was ihr diese Insel nun bot, eine ungewöhnliche Note. In ihrer nagelneuen Küche bereitete sie das Hühnchen zwar so zu wie immer, in Sojasauce mit Ingwer, Knoblauch und Zucker geschmort, aber jetzt nahm sie den Rohrzucker einer nahegelegenen Plantage. Shoyu-Hühnchen nannte sie es von nun an. In ihrer Fleischbrühe, die wir alle so liebten, schwammen plötzlich Seealgen, die sich auch in ihre Eiernudeln einschlichen, deren Teig sie auf dem Verandatisch ausrollte, sitzend, mit Blick auf den Ozean. Anstelle von Seebrassen dünstete Hong jetzt Goldmakrelen und garnierte ihre Speisen mit Frühlingszwiebeln anstelle von gebratenen Schalotten. Auf dem Markt hörte sie bei den Japanern, Filipinos und Portugiesen von neuen Rezepten und kochte nun seltsame Gerichte wie grünen Curry mit Garnelen oder Schweine-Adobo mit Kartoffeln und Erbsen. Sonntags gab es Haupia-Pudding aus frischen Kokosnüssen: Dann rieb Hong Berge von Kokosfleisch, presste die Milch aus den Raspeln, röstete sie und verwahrte die braunen Flocken in hohen Glasgefäßen. Der süße, cremige Pudding war unsere Lieblingsspeise und überdauerte den Sonntag nie.

Frank bestand darauf, dass wir immer, sogar zu Hause, Englisch sprachen, es sei denn, Chinesisch war unumgänglich wie auf dem Markt oder bei geschäftlichen Verhandlungen. Hong und ich hielten uns daran; wir jammerten, doch im Grunde gefiel es uns. Es war das erste Mal, dass wir beide eine Sprache benutzten, an die unsere Zungen nicht gewöhnt waren. Hong gegenüber war das nur gerecht. Plötzlich standen wir auf einer Stufe. Wenigstens das war ich ihr in diesem neuen Land schuldig. In dieser ersten Zeit überraschte sie mich. Ich war diejenige, die über die seltsamen Insulaner schimpfte, während Hong seelenruhig ihre Englischverben aufsagte und dabei aus Hala-Blättern Körbe flocht, um ihre Mangos und Lilikoi-Früchte darin reifen zu lassen. Fu wurde jetzt zu Frank: Erst hier auf Hawaii entledigte er sich seines chinesischen Vornamens, um einen amerikanischen Namen anzunehmen.

Bohai wurde im Frühling sechs Jahre alt, und Frank und ich kauften ihm ein Fahrrad. Ermuntert durch Bohais vermeintliche Fortschritte, war Frank auf die Idee gekommen. Wir entschieden uns für ein rotes Rädchen, von dem wir hofften, dass es ihm Glück bringen würde. Wir scherzten, dass es ihm vielleicht Feuer unter dem Hintern machen würde. So kauften wir am Tag seines Geburtstags das teuerste Fahrrad im ganzen Laden, banden zu Hause eine goldene Schleife an den Lenker und stellten es, während er noch in der Schule war, in sein Zimmer. Als Bohai nachmittags nach Hause kam, war Frank im Arbeitszimmer. Zuerst wollte ich ihn holen, um Bohai das Geschenk gemeinsam zu übergeben. Doch dann überlegte ich es mir anders. Ich dachte an die Lügen, die ich meinem Mann Tag für Tag aufgetischt hatte. Bohai war noch der gleiche Junge, der er immer gewesen war; ich ahnte, wie er auf sein Geschenk reagieren würde.

Und so kam es dann auch: Als Bohai in seinem Zimmer das Fahrrad sah, erstarrte er. Langsam näherte er sich ihm und tippte vorsichtig mit einem Finger daran. Er drehte sich zu mir um, bedankte sich artig und ging in einem großen Bogen um das Geschenk herum zu seinem Schreibtisch. Irgendwie schien er sich durch die Präsenz des Fahrrads bedroht zu fühlen. Drei Tage blieb die Schleife am Lenker, dann nahm ich sie weg.

Es ist schwer zu sagen, ob wir in diesem Jahr Fortschritte machten. Ich hatte es satt, meinem Sohn Dinge aufzuzwingen, die ihm keine Freude bereiteten, um dann seinen Vater anzulügen und das Gegenteil zu behaupten. Es war ein mühseliges Geschäft, das im Übrigen zu nichts führte: Bohai änderte sich nicht. Wohl wissend, dass Frank mich längst durchschaut hatte, fürchtete ich, das alte Schweigen würde schleichend wieder Einzug halten; ängstlich lauernd witterte ich Gefahr für unser neues Zuhause.

Doch dann geschah ein Wunder.

Eines Morgens Mitte November wachte ich auf, weil mir übel war. Ich tappte zum Bad, um nach den Kräutersäften zu suchen, mit denen Hong solche Unpässlichkeiten behandelte. Schon im Flur spürte ich ein mattes, seltsam vertrautes Pochen in den Schläfen und erreichte stolpernd, eine Hand an der Stirn, den kühlen Kachelboden. Während ich den Medizinschrank öffnete, um die kleinen Gläschen durchzusehen, begann es in meinem Bauch zu rumoren. Ich krümmte mich und übergab mich mit zitternden Lippen in die Toilettenschüssel, die Hände krampfhaft in die Seiten gestemmt. Was war das? Diese Übelkeit kannte ich und wollte erst nicht glauben, dass es wirklich wieder passiert war. Ich stieß einen leisen Schrei aus, der in der Toilettenschüssel verhallte; das Herz klopfte mir bis in den Hals. Ich wusste, dass es ein Junge war. Ich wusste es einfach. Auf Hawaii waren meine Nächte mit Frank anders geworden, sein Verlangen nach mir unbändig und neu. Er nahm sich kaum noch Zeit, mich zu entkleiden, fing mich ab, wenn ich morgens nach dem Duschen das Bad verließ, oder rief mich ins Arbeitszimmer und verschloss die Tür; in seinem neuen Heim genoss er diese Momente mit mir, sooft er konnte. In Guangdong hatte mir Franks schwindendes Verlangen Sorgen bereitet. Ich hatte eine zweite Konkubine befürchtet, eine andere Frau, doch auf Hawaii schwanden all diese Zeifel. Nein, es war unmöglich; nicht einmal mein potenter Mann wäre zu so etwas imstande gewesen. Und die Art, wie er mich berührte, wie er meinen Körper elektrisierte, räumte auch den nächsten Zweifel aus: In mir wuchs ein Junge, das war völlig klar.

Kaipo kam im folgenden Sommer zur Welt, unserem zweiten Sommer auf der Insel. Um Bohai nicht zu beunruhigen, hätte keiner von uns je ausgesprochen, was für alle, die unsere Familie kannten, auf der Hand lag: Mit Kaipo war der erste rechtmäßige Sohn der Leongs zur Welt gekommen, der einzig wirklich männliche Nachfahr aus meinem Schoß, das Kind, von dem mein Mann befürchtet hatte, es nie zu bekommen. Es war meine erste Entbindung in einem Krankenhaus, und als der Arzt mir verkündete, dass das Baby ein gesunder Junge sei, weinte ich vor Glück. Endlich konnte ich Frank das geben, was er sich seit beinahe zwei Jahrzehnten gewünscht hatte. Endlich konnte ich mir selbst beweisen, dass ich dieses Mannes würdig war; dieses Mannes und des Lebens, das er gewillt war, mit mir zu teilen.

***

Sobald Kaipo laufen konnte, war mein Mann ständig mit ihm unterwegs. Fast täglich fuhren sie gemeinsam zum Hafen, und als Kaipo in die Schule kam, immer nachmittags und an den Wochenenden.

Es war keine Überraschung, dass mein Mann nun seine ganze Aufmerksamkeit Kaipo schenkte und nicht mehr Bohai. Erstaunlicherweise sorgte die Geburt dieses Kindes jedoch für mehr Gleichgewicht in unserer Familie. Kaipos Existenz schien Franks Ängste um Bohai zu zerstreuen. Mein Mann hatte nun zwei Söhne, und Bohais seltsamer Charakter schien ihn nicht mehr zu beunruhigen. Bohais Anspruchslosigkeit erwies sich sogar als Segen, denn Kaipo wuchs zu einem verwöhnten Jungen heran, der Wutanfälle bekam und erst nach teurem Spielzeug verlangte, dann nach Motorrollern, schnellen Booten und aberwitzigen Autos. Wenn Bohai, was selten genug geschah, einmal das Wort ergriff, sprach immer die Stimme der Vernunft. Als beide das Teenageralter erreicht hatten, stand für mich fest, dass sich mein Mann vom Schicksal geküsst fühlte. Kaipo war sein Erbe und Bohai sein treuer Gehilfe. Kaipo war das Gesicht der neuen Generation; Bohai ihre Versicherung.

Im Laufe der Jahre entwickelte sich zwischen den Jungen ein Verhältnis, mit dem niemand gerechnet hätte. Bohai, mit seinen neunzehn Jahren von quälender Schüchternheit, groß wie sein Vater, dünn wie ein Streichholz, holte sich tatsächlich bei seinem zwölfjährigen Bruder Rat. Als ich einmal ins Bad kam, hielt Kaipo gerade einen Kamm unter den Wasserhahn, um dem älteren Bruder *eine Frisur wie Richard Dix zu verpassen.* Ich musste ihm zustimmen: Der hohe Haaransatz machte Bohai zehn Jahre älter, und mit neunzehn verlieh ihm das wellige, an den Schläfen schon etwas schüttere Haar tatsächlich eine gewisse Ähnlichkeit mit dem berühmten Schauspieler. Aber ich bestand darauf, zu einem richtigen Friseur zu gehen, und die Jungen erklärten sich einverstanden. Kaipo orchestrierte das ganze Geschehen, wies den Friseur an, mehr Haargel zu nehmen, einige Strähnen in die Stirn zu ziehen und das Haar an den Schläfen glatter zu kämmen. Die Damen, so erklärte er Bohai, würden es toll finden; er würde im Nu eine Freundin haben.

Natürlich fand Bohai dank seiner neuen Frisur keine Freundin. Stattdessen machten sich die Mitschüler lustig über ihn, nicht direkt, aber in Gegenwart seines Bruders. Sie nannten ihn den »alten Mann mit dem Ölteppich« und fragten Kaipo, ob er wirklich mit ihm verwandt sei. An diesem Tag ging Kaipo mit Fausthieben auf einen Klassenkameraden los; worauf der Schulleiter des Oahu Colleges anrief und erklärte, dass Kaipo zwar provoziert worden sei, er ihn aber den Vorschriften entsprechend nach Hause schicken müsse. Erst an diesem Nachmittag erfuhr ich von meinem wutentbrannten jüngeren Sohn, wie grausam die Mitschüler im Umgang mit Bohai waren und wie sehr sich Kaipo als Beschützer fühlte. Als Bohai später aus der Schule kam, sagte er kein Wort, weder zu mir noch zu seinem Bruder. Schweigend wusch er sich das Gel aus dem Haar und kämmte es wieder so, wie er es vorher getragen hatte. Kaipo entschuldigte sich dafür, ihn irregeführt und in Verlegenheit gebracht zu haben, doch Bohai reagierte gelassen. »Es ist nicht deine Schuld«, sagte er.

Distanz wahrte er trotzdem. Frank und Kaipo kontrollierten die Schiffsladungen meines Mannes. Sie verbrachten viel Zeit am Hafen, organisierten die Lieferungen und kontrollierten den Zustand der Schiffe, wenn sie nach langer Reise anlegten. Gelegentlich schlug Frank seinem ältesten Sohn vor, mitzukommen, doch das tat Bohai nie. Er blieb lieber im Arbeitszimmer, wo ihm Frank und Kaipo stapelweise Papiere hinlegten, die er las, ordnete und abheftete. Ich glaube wirklich, dass Bohai glücklich mit dieser Regelung war. Ich glaube, dass er sich durch Kaipos Existenz entlastet fühlte. Er war nicht mehr alleiniger Erbe der väterlichen Dynastie, nicht mehr der Einzige, der seinen Namen weitertrug. Still und leise schien Bohai das Amt des erstgeborenen Sohns niedergelegt zu haben. Seine Aufgaben erfüllte er weiterhin; er tat viel für die Familie, arbeitete ständig, aber ohne das Rampenlicht, das er eigentlich verdiente, ohne die Aufmerksamkeit, die er so hasste.

In gewisser Hinsicht brach es mir das Herz, wenn ich mir die beiden so ansah. Kaipo war aus dem gleichen Holz geschnitzt wie Frank. Mühelos versprühten die beiden ihren Charme und erfreuten sich überall großer Beliebtheit. Über Bohai hingegen redeten die Leute; hinter vorgehaltener Hand fragte man sich, was mit ihm los war. Die ruhige Kraft, die in ihm steckte, wurde vom Draufgängertum seines Bruders in den Schatten gestellt. Ich hätte gern mit ihm darüber gesprochen, aber ich wusste nicht, wie, und als ich es schließlich einmal versuchte, schien es nur mein Problem zu sein. Auf meine Frage, ob ihn diese schwierige Situation nicht belaste, zuckte er nur die Achseln. *Wir sind eben verschieden*. Das war seine Antwort; mehr sagte er nicht.

***

Als Bohai vierundzwanzig wurde, kam ich auf den Gedanken, dass er möglicherweise schwul war, dass sein seltsames Leiden vielleicht von einem unnatürlichen inneren Verlangen herrührte. Ein Traum, ein Alptraum hatte mir dies eingeflüstert. Ich sah sein Doppelleben vor mir wie einen Film, Bohai glücklich mit einem Mann, der so war wie er und ihn endlich in einer Weise verstand, die uns anderen unmöglich war. Ich sah die beiden Bücher lesen und Spaziergänge machen, sah, wie sich ihre Hände berührten, sah ihre ineinander verschlungenen Finger. Erst als ich aufwachte, wurde mir bewusst, was ich gesehen hatte. Fassungslos, mit aufgerissenen Augen saß ich da und wusste nicht, ob ich mir die Bilder in Erinnerung rufen oder sie von mir weisen sollte. Aus Angst, der schlafende Frank könnte meine Gedanken lesen, floh ich aus unserem Zimmer. Er hätte aufwachen und aus dem Unbehagen, das mir ins Gesicht geschrieben stand, auf Bohais schwule Veranlagung schließen können. Der Traum war so real gewesen. Frank durfte mich nicht sehen, ich musste weg, ehe er mir etwas anmerkte.

War das möglich? Ich hatte von solchen Dingen nicht die leiseste Ahnung. Ich hätte Bohai fragen müssen, doch das war schlechterdings undenkbar. Zumal ich nicht wusste, welche Antwort mich mehr erschüttert hätte. Entweder würde Bohai meinen Verdacht bestätigen, womit ich die Last seines Geständnisses zu tragen hätte, oder er würde ihn zurückweisen, und ich wäre keinen Schritt weiter, müsste mir immer noch den Kopf darüber zerbrechen, was meinen erwachsenen Sohn quälte. Das alles versetzte mich in große Unruhe, aber letztlich beschloss ich, nichts zu tun.

Auch Hong, die eine klare Haltung zum Charakter meines Sohnes hatte, vertraute ich mich nicht an. »Lass ihn in Ruhe«, ermahnte sie mich ein ums andere Mal. Hong hatte, schon als Bohai noch ein kleiner Junge war, stets an die Schönheit seines Wesens geglaubt und war überzeugt, dass ein guter Mensch wie er seinen Weg finden würde. Kaipo schalt sie regelmäßig und hinterfragte, obwohl er schon weit über zwanzig war, mit erhobener Stimme sein Tun, doch bei Bohai bewahrte Hong stets die Ruhe und hob die Stimme nur, um ihn vor mir zu verteidigen. Hong wollte etwas Besseres für ihn, was mich ärgerte, weil es einen wunden Punkt berührte; ich hörte aus ihren Worten heraus, wie glücklich sein Leben hätte sein können – ohne die Ketten seiner Familie, ohne die Bürde, die wir offenbar für ihn waren.

Kurze Zeit später – die Bilder meines Traums waren schon etwas verblasst – brachte Kaipo seine neue Freundin zum Abendessen mit nach Hause. Sie hieß Nanami und war Japanerin, ein kleines, puppenhaftes Mädchen mit schmalen Handgelenken und riesigen Augen. Was Kaipo auch sagte, quittierte sie mit einem hellen, leisen Lachen. Wir hatten keine Kosten gescheut und für den Abend Sushi bestellt. Es war Kaipos Idee. Er wollte Nanami zeigen, wie gut er mit Stäbchen umzugehen verstand, und sie damit beeindrucken, dass er wusste, wie man Seeigel, Goldmakrele und Gelbflossen-Thunfisch auf Japanisch sagte.

Das Essen verlief nach meinem Empfinden erfreulich gut. Frank ließ sich den Fisch und den Sake schmecken, und Kaipo kehrte den Entertainer heraus, der charmant auf Nanamis hervorragende Stäbchentechnik aufmerksam machte.

»Sie hat an der Königlichen Sushi-Akademie studiert«, erklärte er uns, als Nanami ihre schwarz lackierten Stäbchen nach einem fleischigen Stück Lachs ausstreckte. Mit den schmalen Enden fasste sie es, tauchte es behutsam in ihre Sojasauce, legte es auf ihre Zunge und schloss mit lächelnder Eleganz den Mund.

»Es ist einfach atemberaubend«, säuselte Kaipo und legte seine Stäbchen demonstrativ aus der Hand. »Ich kann nicht mehr weiteressen. Ich fühle mich unwürdig. Bitte, der Rest sei dein, du hast es verdient.«

Nanami lachte, und ich auch. Bohai aß langsam, wählte methodisch Stück für Stück und kaute, so schien es, an jedem Bissen sehr viel länger als nötig. Plötzlich klingelte das Telefon, und Bohai sprang auf. Sein Unterteller mit der Sojasauce kippte um, und die Sauce ergoss sich über den Tisch.

»Das ist für mich«, sagte er unvermittelt und eilte aus dem Zimmer. Erst das Schweigen am Tisch machte mir bewusst, dass er den ganzen Abend noch nichts gesagt hatte.

Bohai wurde nie angerufen, und schon gar nicht an einem Freitagabend. Irgendetwas stimmte da nicht. Ich musste wissen, wer dieser Anrufer war; dass es sich um einen Mann handelte, davon war ich felsenfest überzeugt. Und schon sah ich auch das Gesicht wieder vor mir, die Hände, die Finger.

»Bitte entschuldigt mich«, sagte ich in Nanamis Richtung, während ich bereits aufstand. »Mir ist gerade eingefallen, dass ich Bohai für sein Telefonat noch etwas geben muss.« Franks Miene verriet, wie seltsam er meine Erklärung fand, aber er schwieg.

»Oh, bitte, gehen Sie ruhig«, erwiderte Nanami, und ich verließ den Raum genauso hastig wie Bohai.

Im Nebenzimmer hob ich so sacht wie möglich den Hörer von der Gabel, lauschte mit angehaltenem Atem, hörte ein Freizeichen. Erst vor einer Minute, wenn überhaupt, hatte das Telefon geklingelt. Wieso war er schon fertig? Ich legte den Hörer auf und machte mich auf die Suche nach meinem Sohn.

Im ersten Obergeschoss, neben Bohais Zimmer am Ende des Flurs, war die Badezimmertür leicht geöffnet. Ein Lichtstreifen fiel auf den Boden. Auf Zehenspitzen schlich ich heran. Ich hörte Wasser laufen, ein gleichmäßiges Geräusch, das in dem kleinen Raum widerhallte. Mit dem Rücken an die Flurwand gepresst, spähte ich durch den Türspalt.

Mein Sohn stand gebückt vor dem Waschbecken, spritzte sich leise murmelnd Wasser ins Gesicht und spuckte ins Becken.

»Reiß dich zusammen«, sagte er und schüttelte den Kopf. Seine Stimme war so gedämpft, dass ich sie im Rauschen des Wassers fast überhört hätte. »Was ist nur mit dir los?« Während er so mit sich sprach, schaufelte er sich Wasser ins Gesicht. Er atmete schwer, mit geschlossenen Augen und offenem Mund. Hin und wieder nahm er einen Schluck und ließ das Wasser zwischen seinen Lippen herausspritzen wie eine Fontäne. Mehrmals vergrub er das Gesicht in seinen Händen.

Seine Verzweiflung erschreckte mich. In welchem Ton er sich diese Frage gestellt hatte! Wie einer, der wusste, dass seine Gefühle verkehrt waren, unnatürlich, krankhaft! Er schien ratlos und resigniert. Ich konnte nicht anders. Ich ging durch die Tür.

»Ist schon gut«, sagte ich sanft und legte ihm eine Hand auf den Rücken. Bohai fuhr herum. Wasser lief ihm aus dem Gesicht aufs Hemd.

»Was … was machst du hier?«, stammelte er.

»Es ist in Ordnung«, redete ich ihm zu. »Was es auch ist, erzähl es mir einfach. Ich will es wissen, egal, was es ist.«

»Nichts«, sagte er und wich vor mir zurück. »Wovon redest du?« Er nahm sich ein Handtuch, um sein Gesicht abzutrocknen.

»Bohai«, flehte ich. »Ich weiß, dass du etwas verbirgst, und ich glaube sogar zu wissen, was es ist, aber du musst es mir sagen. Nur ein Mal, zwing mich nicht, es zu erraten. Sag es mir einfach, bitte, Bohai. Bitte.«

Bohai verstummte. Er war fassungslos.

»Wie … Wie hast du …?«, stotterte er. »Hast du, ich meine … was hast du …?« Er geriet in Panik, sein Atem beschleunigte sich. »Weiß es Kaipo?«, fragte er unvermittelt. »Und glaubst du, sie ahnt etwas?« Er schien außer sich, die Augenbrauen ein einziger, dicker Strich. Die Vorstellung entsetzte ihn.

»Natürlich nicht«, antwortete ich und stutzte: Die Frage passte nicht. Unser Gespräch ergab keinen Sinn. »Warte mal, was sagst du da?«, fragte ich, doch er sah mich nur entgeistert an.

»Bist du …?«, fing ich an, aber es ging nicht, ich konnte das Wort nicht aussprechen. Ich wusste, dass es nicht zutraf, und in diesem Moment, inmitten vorgefertigter Gedanken, wurde mir klar, dass ich vollkommen falschgelegen hatte.

»Nanami«, sagte ich. Die Erkenntnis kam so plötzlich, dass Denken und Sprechen eins wurden. »Du magst *Nanami*«, wiederholte ich ungläubig.

»Pst«, machte Bohai und ging an mir vorbei zur Tür, um sie zu schließen.

»Es ist gar nichts.« Er presste den Rücken an das Holz der Tür und spreizte die Arme, als könnte ich versuchen, die Flucht zu ergreifen. Durchdringend sah er mich an, und ich starrte zurück. Ich konnte es nicht fassen, wirklich. Bohai war nicht schwul. Er hatte Gefühle für Kaipos Freundin.

»Nein, nein, natürlich nicht.« Fast hätte ich vergessen, überhaupt etwas zu sagen. »Natürlich nicht.«

Schweigen trat zwischen uns. Mir fiel nichts ein. Ich hatte Angst, meine Stimme könnte erregt klingen, was seltsam und unangebracht gewesen wäre. Bohai musste anfangen.

»Aber es geht mir schon etwas an die Nieren«, gab er schließlich zu. »Es ist schrecklich. Sie ist sechzehn. Sie ist Kaipos Freundin.«

»Das ist doch verständlich«, entgegnete ich. »Sie ist ein nettes Mädchen.«

»Bitte, erzähl es niemandem, auch nicht Dad. Es ist peinlich. Schlimm genug, dass du es weißt.«

»Ich werde nichts verraten, versprochen«, sagte ich rasch. »Ich kann dich verstehen, wirklich. Und es ist tatsächlich nicht so wichtig.«

Im Spiegel sah ich mich plötzlich lächeln. Ich schluckte, zog die Mundwinkel herunter und versuchte, meine Freude zu unterdrücken. Die Hoffnung war unermesslich groß. Ich hatte gefürchtet, dass mein Sohn mit seinen vierundzwanzig Jahren außerstande war, eine Frau zu begehren. Bisher hatte er keinerlei Interesse an Mädchen gezeigt, ich hatte noch nie bemerkt, dass er sich zu jemandem hingezogen fühlte. Aber jetzt … Jetzt war er ein normaler Mann.

Alles würde gut werden. Für mich ein überwältigender, unglaublicher Gedanke. Mein Sohn war ein Spätzünder, doch mit etwas Hilfe konnte er es schaffen, ein normales Leben zu führen, man musste ihn nur ein bisschen anstupsen. Er würde mit Mädchen ausgehen, heiraten und eine eigene Familie gründen – zum ersten Mal war ich, seine Mutter, überzeugt, dass er dazu imstande war, dass mein Sohn im Grunde ein normaler Mann war, der lediglich seine Wünsche und Begierden unterdrückte. Ein schüchterner Junge mit einem starken Vater, belastet von den Erwartungen, die auf ihm ruhten. Aber er konnte sich nicht ewig selbst verleugnen. Das hier war ein Wendepunkt, und Bohai würde sich von seinen emotionalen Fesseln befreien. Ich umarmte ihn, das nasse Hemd fest an meine Brust gedrückt, und ging aus dem Badezimmer, zurück an den Esstisch. Nie verlor ich ein Wort darüber, nicht einmal gegenüber Frank.

***

Die Jahre rannen dahin wie Wasser aus einem undichten Hahn. Jahr um Jahr verging, und plötzlich waren meine Söhne erwachsene Männer; Bohai wurde dreiunddreißig.

Die Zahl überrumpelte mich. Auf ihre Größe und Tragweite war ich nicht gefasst. Ich ließ die vergangenen Jahre Revue passieren, die Geburtstage, die gekommen und gegangen waren, und fand mich töricht, als ich sie im Geiste aufzählte, erschrocken, dass so viel Zeit vergangen war. In den letzten zehn Jahren hatte sich viel verändert. Wie Frank prophezeit hatte, waren in der Gegend weitere Häuser entstanden, was Einladungen mit sich brachte, zu Festen in La Pietra, dem Anwesen der Dillinghams, zu Polospielen auf dem Rasenplatz im Kapiolani Park, zum Tee im Dachgarten von James Castles Villa Kainalu. Eine Vielzahl von Terminen, die in Guangdong unvorstellbar gewesen wären. Auf Hawaii traf man sich aus jedem erdenklichen Anlass, man feierte Partys, weil Freitag war oder Vollmond oder schönes Wetter. An Tagen, an denen wir keine Einladung hatten, kümmerte ich mich mit einigen Frauen aus der Umgebung um den von mir gegründeten Wohltätigkeitsverein. Mit einem monatlichen Zuschuss von Frank organisierten wir Benefizveranstaltungen, um für die öffentlichen Schulen von Kane'ohe Geld zu sammeln. Ich konnte gut nachvollziehen, was Hong damals über die Boxer-Bewegung gesagt hatte. Teil eines Ganzen sein, einer gemeinsamen, konkreten Sache. Darüber sprach ich mit ihr. Zum ersten Mal engagierte ich mich für etwas, das mir wichtig war. Ich stürzte mich auf diese Gelegenheit, in meinem neuen Umfeld zu helfen, und zog daraus eine Befriedigung, die mir der Haushalt niemals hätte geben können.

Doch während dieser Zeit – ganz plötzlich wurde mir dies bewusst – hatte ich mein eigenes Kind vernachlässigt.

An seinem dreiunddreißigsten Geburtstag betrachtete ich meinen Sohn, suchte nach Zeichen einer Veränderung. Ich beobachtete ihn, wie er mit drei vorsichtigen Atemzügen seine Kerzen ausblies. Sich das kleinste Stück Kuchen nahm und Hong das größte auflud, um dann im allgemeinen Geplapper schweigend zu essen. Er war immer noch dünn, die Haut immer noch weiß. Man sah seinem Körper die Insel, auf der er lebte, wahrlich nicht an. Das Haar trug er so ordentlich gekämmt, so sauber gescheitelt wie schon als kleiner Junge.

Bohai schien den Pfad der Einsamkeit beschritten zu haben – zum ersten Mal seit unserer Begegnung im Badezimmer durchzuckte mich dieser Gedanke. Wie hatte ich das zulassen können? Wie konnte ich so sorglos an Festen und Benefizveranstaltungen teilnehmen, blind für meinen immer älter und einsamer werdenden Sohn? Ich war die Person, die ihm am nächsten stand, ihn vielleicht am besten kannte. Ich hatte meine Mutterpflichten sträflich vernachlässigt. Ja, ich hatte Bohai abermals im Stich gelassen.

An diesem Abend ging ich, von Schuldgefühlen geplagt, früh zu Bett. Ich war mir so sicher gewesen, dass alles anders für ihn werden würde, aber nichts dergleichen war passiert, und der einzige Mensch, dem ich es zum Vorwurf machen konnte, war ich selbst.

Bohai war nicht mein eigen Fleisch und Blut. Das vergaß ich mehr und mehr, denn ich liebte ihn, als wäre er ein Teil meiner selbst. Oder war gerade das vielleicht doch der Grund, warum ich ihn vernachlässigt hatte? Vergebens ließ ich meine Gedanken kreisen, bis mich endlich der Schlaf davontrug.

Als ich Stunden später aufwachte, fuhr ich erschrocken hoch. Im Traum hatte ich ein Gesicht gesehen. Bleich, schmal, die Wangen grau und eingefallen. Noch nie hatte mich ein Traum so erschüttert. Ausdruckslos lag sie da, die Haut wie eine dünne, morsche Hülle über ihre Knochen gezogen, verbraucht und ausrangiert.

Es war meine Schuld. Plötzlich war alles wieder da.

Ich hatte Frank eine Konkubine gegeben. Ich hatte Hailee in unser Leben hineingelassen, sie eingeladen in unser Bett, sie in unser Schicksal verstrickt. Hatte ich nicht höchstpersönlich nach ihr gesucht? Und sie nach Jahren des Kummers und der Enttäuschung schließlich gefunden? Hailee, vierzehn Jahre alt, ihr Körper gerade erst der einer Frau, war mit dem Band unserer Familie verknüpft worden, ein Knoten, aus dem ein Kind hervorgegangen war.

Ja, Bohai war die Frucht eines Knotens, das Resultat eines Fehlers – meines Fehlers, meiner Ungeduld, meines Wunsches, es Frank recht zu machen und ihn von meinen Versäumnissen abzulenken. Mein Eingreifen hatte Hailees Leben zerstört. Und Bohai zu einem seltsamen Unglücksraben gemacht: eine linkische, unfertige Version des Sohnes, der später kommen würde.

Warum erkannte ich das erst jetzt? Ohne Hilfe würde Bohai niemals seine Schicksalsgefährtin finden, denn sein Schicksal hatte in einem Wirrwarr begonnen. Ich hatte den Knoten zu verantworten, also konnte nur ich ihn lösen.

Wie war die Geschichte noch gleich? Kam jeder Mensch mit einem roten Band um den Knöchel zur Welt? Hatte jeder Mann eine Schicksalsgefährtin? Oder konnte sich ein Band auch lösen, so dass der Mensch übersprungen wurde und zu einem Leben verurteilt war, in dem es keine schicksalhafte Anziehungskraft gab?

Dass ich mein eigenes Band spürte, stand für mich außer Frage. Schon als Mädchen hatte ich tief in meinem Herzen nach einem Gefährten gesucht. Ohne ihn mir konkret wie Frank vorzustellen, wusste ich, dass es ihn gab und dass uns eine höhere Gewalt zueinander hinlenkte. Selbst in den dunklen Jahren, die hinter uns lagen, war ich deshalb dankbar für dieses Glück.

Aber was war, wenn nichts an deinem Knöchel zerrte und zog, wenn nichts dich Ozeane überqueren und Gebirge erklimmen ließ, um bei deinem Gefährten zu sein? Konnte es sein, dass ich Bohais Band so zerstört hatte, dass es sich nicht mehr reparieren ließ? Konnte es zu spät sein, war die Gefährtin meines Sohnes vielleicht schon gekommen und wieder gegangen? Ich schüttelte den Kopf und sank vorsichtig, um Frank nicht zu wecken, auf die Matratze zurück. *Wie lächerlich.* Natürlich gab es eine Frau für Bohai.

Ich musste sie einfach nur finden.

VIER

November 1964
Honolulu, Hawaii

Theresa beobachtet, wie sich das Gesicht ihrer Mutter verändert. Sie sieht, wie sich Amys Züge trüben, als würde an einem Dimmer gedreht, der die Helligkeit ihrer Augen langsam an die Pigmentierung der Haut angleicht, während sie das Foto auf sich wirken lässt, das Lin ihr zeigt. Die Frauen sitzen auf dem Boden des Arbeitszimmers, die Stille so zäh, dass sich alles im Raum zu verlangsamen scheint.

Theresa kann das Foto nicht sehen. Sie steht an der Tür und verlagert das Gewicht ihres Körpers von einem Bein aufs andere, da ihr die Füße schmerzen. Sie überlegt, was sie sagen könnte, um die unsichtbare Wand zu durchbrechen, die sich vor ihr auftat, als ihre Mutter die Schuhe auszog und sich setzte. Es ist, als hätte das Foto die beiden Frauen mit einem dunklen Zauber belegt.

Eigentlich weiß Theresa, was sie hier und jetzt zu tun hat. Erster Schritt: ihre Mutter dazu bringen, aufzustehen. Zweiter Schritt: ihrem Vater seinen Tag zurückgeben. Zwei Schritte, eine Aufgabe, ein letzter Hindernislauf – so sieht Theresa diesen Tag. Der Zorn hat ihre Trauer in den letzten Tagen in den Hintergrund gedrängt. Sie weiß, dass es falsch ist, doch solange sie keine Antworten gefunden hat, kann sie nicht einlenken. Sie muss wissen, wie sehr sie ihre Mutter hassen soll, sie muss verstehen, wie groß die Verantwortung der Mutter für diesen Tag ist, wie groß ihre Schuld, ein Menschenleben vergeudet zu haben, das so viel mehr wert ist als ihres und auch Theresas. Der Zorn gibt Theresa Kraft. Er trennt sie von den anderen, wirkt wie eine höhere Macht – ein Katalysator, der dieser Familie und ihren tausend Geistern die Wahrheit entreißen wird.

Mach endlich den Mund auf!, befiehlt Theresa ihrem Vater, lässt die Worte stumm durch den Flur schallen und horcht ihnen mit geschlossenen Augen nach. *Dieses Mal musst du den Mund aufmachen, Dad!*

»Mein Sohn«, sagt Lin und wendet Amy zum ersten Mal das Gesicht zu. »Er konnte nicht Rad fahren.«

»Was?«, fragt Amy leise. Sie blickt von dem Foto auf.

»Fahrrad fahren. Er hat es nie gelernt, obwohl er ein Rad hatte.«

»Oh.« Amy zögert. »Das wusste ich nicht.«

Theresa macht die Augen wieder auf und sieht Lin nicken. Dabei verzieht sie die Lippen. Durch die Mundwinkelfalten scheint die Traurigkeit in den unteren Teil ihres Gesichts zu sacken.

»Mom«, sagt Theresa. Keine Antwort. Als sie es nochmals versucht, klingt ihre Stimme in der Stille nach. Amy reagiert trotzdem nicht.

Theresa zählt bis fünf und versucht sich ein Becken mit frischem, kühlem Wasser vorzustellen. Langsam lässt sie das Wasser in Gedanken durch ihren Körper laufen, und als es die Fingerspitzen erreicht, stößt sie sich von der Wand neben dem Torbogen ab. Dieser Tag, der allein ihrem Vater gehört, darf so nicht weitergehen, denkt sie. Sie muss die Zügel in die Hand nehmen. Zum ersten Mal wird sie nicht zulassen, dass er sich in den Psychosen seiner Familie verirrt, dass die Stimmen der anderen die seine übertönen, dass ihre Schatten länger und länger werden.

Mit großen Schritten geht Theresa an den Frauen vorbei zum Schreibtisch. Wortlos nimmt sie mit der einen Hand den Papierkorb und beginnt mit der anderen, aufzuräumen.

Sie weiß nicht, womit sie sonst anfangen soll, wie sie sonst gegen das Chaos in diesem Zimmer angehen soll. Sie nimmt ein weißes Stück Papier vom Tisch, zerknüllt es und versenkt es im Korb. Dann noch eins und noch eins, energisch stopft sie Papier in den Abfalleimer, und es raschelt laut in dem stillen Raum. Theresa wirft einen Blick auf die beiden Frauen und sieht, dass es ihnen gleichgültig ist. Regungslos sitzen sie auf dem Boden, taub und blind für ihre Mühen. Was sie tut, ist nicht laut genug, um die beiden aus ihrer Trance zu reißen.

Theresa beugt schwer ihren Oberkörper über den Tisch und wischt mit ausgestrecktem Arm das ganze Papier in den Korb; dabei fällt polternd ein Briefbeschwerer um, und ein paar Stifte rollen lose über den Schreibtischrand, um einer nach dem anderen klappernd auf dem Boden aufzuschlagen.

»Theresa!«, ruft Amy und dreht sich um. »Was tust du da?«

Theresa antwortet nicht. Gebückt ihren Eimer füllend, folgt sie der Spur aus Papier. Auch die Fotos sammelt sie ein, hält sich die Bilder an die Brust, um endlich die Stimmen zum Schweigen zu bringen. Sie macht jetzt Lärm, viel Lärm. *Haut ab!*, befiehlt sie den Geistern und verscheucht sie mit dem Papierkorb. *Lasst ihn in Ruhe!*

»Theresa«, flüstert Amy und versucht im Sitzen, ihre Tochter aufzuhalten. »Was tust du da? Was ist bloß in dich gefahren?«

»Gib das her.« Theresa zeigt auf das Bild in ihrer Hand.

»Theresa …«

»Gib es mir«, wiederholt sie. Ihre Stimme klingt gehetzt, aber nicht barsch. Zögernd gibt Amy ihrer Tochter das Foto.

»Findest du es in Ordnung, wie sie aussieht?« Theresa deutet mit dem Kinn zu Lin, die auf ein Stück Teppich neben ihrem Fuß starrt, in der rechten Hand einen Bleistift, der zu ihr gerollt ist.

»Was?« Amy schüttelt den Kopf.

»Wie sie aussieht«, wiederholt Theresa. »Darum sind wir doch hier. Meinst du, es geht?«

Beide schauen die alte Frau an.

Lin Leong ist komplett in Weiß gekleidet, ganz wie es sich gehört. Ihr Oberkörper steckt in einer engen Leinenbluse, die an der Brust so spannt, dass der Stoff unter den Achseln traurige Falten wirft. Über dem Bauch ist das steife Leinen zerknittert, woraus Theresa schließt, dass sie schon seit geraumer Zeit in dieser sitzenden Haltung verharrt. Sie trägt eine Dreiviertelhose, die um die Hüften ebenfalls zerknittert ist. Weit wie eine Männerhose, wird sie in der Taille nur von einem Durchziehband gehalten, das sich gelöst hat. Langes, welkes Haar umrahmt Lins Gesicht wie ein grauer, zerschlissener Vorhang. Im Gegensatz zu Hongs schneeweißem Haar scheint aus ihrem alles Leben gewichen zu sein.

»Ich habe sie noch nie so erlebt«, flüstert Amy, die nun endlich aufsteht und Lin den Rücken zukehrt.

»Ich weiß.« Theresa hat ihre frühesten Erinnerungen an die alte Frau wachgerufen, das kleine Zimmer mit dem schmalen Bett und einer einzigen Kommode. Lin hatte in einem marineblauen Hosenanzug auf einem Klappstuhl gesessen, mit smaragdgrünen Ohrringen und akkuratem Haarknoten. Hastig und unbeholfen hatte Theresa ihre Großmutter umarmt und dabei die Luft angehalten. Sie roch nach Zigarettenrauch und schwerem Rosenparfum.

Theresa und Amy schweigen. Sie kennen die Antwort, doch eine Lösung hat keine von beiden parat.

»So kann sie da nicht hingehen, oder?«, fragt Amy schließlich.

»Ich weiß nicht.« Theresa schüttelt den Kopf. »Hat sie noch irgendwelche Kleider hier?«

Mit gerunzelter Stirn blickt Amy an ihrer Tochter vorbei.

»Wenn Kaipo doch bloß ein bisschen früher etwas gesagt hätte … Ich hätte mich darum kümmern können. Ich hätte etwas für sie nähen lassen können.«

Theresa holt so tief Luft, dass ihr ein bisschen schwindelig wird. All diese Nebensächlichkeiten, die sich nicht abschütteln lassen, drohen ihr unter die Haut zu kriechen. Sie ist wütend auf Kaipo, der erst so spät Alarm geschlagen hat. Und ärgert sich über sich selbst, weil sie nicht daran gedacht hat, ein Bügeleisen mitzubringen. Die Falten in Lins Kleidern werden zu einem unüberwindbaren Hindernis, als könnten sie Theresas Vater den Frieden rauben, den er doch so verdient hat.

»Obwohl … eigentlich …« Theresa gibt sich einen Ruck. »Sie sieht doch einigermaßen okay aus. Gut, ein bisschen zerknittert, aber mein Gott, es ist schließlich eine Beerdigung und kein –«

»Ich habe eine Idee«, fällt ihr Amy ins Wort. »Bleib einen Moment bei ihr, ja?«

»Mom, wirklich, das geht schon«, beharrt Theresa, aber Amy ist jetzt fast am Torbogen.

»Ich bin gleich wieder da!«, ruft sie ihrer Tochter über die Schulter hinweg zu. »Bleib, wo du bist.« Und ehe Theresa ihr noch einmal widersprechen kann, ist sie bereits fort.

Allein mit ihrer Großmutter, ist die Stille so dumpf und leer, dass Theresa glaubt, sie mit irgendetwas füllen zu müssen. Totale Geräuschlosigkeit kann sie neuerdings nicht gut ertragen. Sobald Theresa allein ist, stellt sie das Radio an. Was läuft, ist ihr egal – Seifenwerbung, ein Dutzend Blasinstrumente, ganz gleich, sie hört sowieso nicht hin. Wenn es kein Radio gibt, dreht Theresa den Wasserhahn auf oder betätigt die Klospülung. Die Stille ist ihr größter Kummer. Die Stille erinnert Theresa an ihren Vater und die vielen Lücken, die sie nie gefüllt hat, all die Worte, die sie rückblickend so gern gesagt hätte und nun für immer für sich behalten muss.

»Hör nicht auf Mom«, sagt Theresa zu ihrer Großmutter, während sie vor der sitzenden Frau auf und ab geht. »Du siehst toll aus. Herrgott noch mal, du bist über achtzig, wir sollten dich hochleben lassen und nicht versuchen, dich in hochhackige Schuhe zu stecken. Aber da werden eben auch Leute von der Presse kommen, und ich weiß, dass Onkel Kaipo und Mom wollen, dass du perfekt aussiehst, verstehst du? So, wie du warst, bevor –«

Theresa hält abrupt inne und schluckt. Sekunden verstreichen, aber nichts passiert, nichts ändert sich. Ihre Großmutter sitzt mit angezogenen Knien auf dem Boden, das Gesicht eine Maske der Trauer, als sähe sie sich zum tausendsten Mal dieselbe Filmtragödie an und hätte dabei das Weinen verlernt. Noch nie, denkt Theresa plötzlich, war sie mit dieser Frau, ihrer Großmutter, allein. Vielleicht ahnt sie nicht einmal, wer Theresa ist.

Langsam schließt sie die Augen. Bilder tauchen vor ihr auf, ein gelbes Gebäude, eine Veranda, eine warme Dose Guavensaft. Sie war noch klein, vielleicht sechs, auf keinen Fall älter als sieben. Ihre Mutter hatte ihr einen Tag am Strand versprochen, dem schönsten, den sie an der Nordküste kannte, aber vor dem Schwimmengehen, so hieß es, mussten sie noch einen Zwischenstopp machen. Eine Stunde später hielten sie vor einem gelben Gebäude, und draußen auf der Veranda saß Lin Leong, ihre Großmutter, wie Theresa von Amy erfuhr, Bohais Mutter. Ihre Großmutter sei krank, erklärte ihr Amy, und zwar schon sehr lange, schon seit der Zeit vor Theresas Geburt. Als sie bei der alten Frau angelangt waren, stellte Amy ihr Theresa und auch sich selbst namentlich vor, und dann saßen sie eine Stunde lang bei ihr auf der Veranda, und Theresa rutschte eine endlose Stunde lang auf ihrem Stuhl herum, die warme Saftdose zwischen ihren verschwitzten Händen. Während des ganzen Besuchs redete ihre Mutter über Dinge, an die sich Theresa heute nicht mehr erinnern kann, nur dass ihre Großmutter kein einziges Wort sagte, weiß sie noch sehr genau. Die Lippen der alten Frau waren wie zugenäht, regungslos, selbst zum Atmen öffnete sie nicht ein einziges Mal den Mund. Anschließend fuhren Amy und Theresa sofort nach Hause, und sie fragte nicht mehr nach dem Strand, verstört durch den Geruch, der noch an ihrer Haut haftete, fassungslos angesichts dieser schweigenden alten Frau, die offenbar ganz allein lebte. Soweit sich Theresa erinnert, sollte dies der einzige Besuch bleiben.

Theresa schlägt die Augen wieder auf und betrachtet das Gesicht ihrer Großmutter. Ihr Blick wandert langsam über die spröden Lippen, die mit Altersflecken übersäte Nase, und es fällt ihr schwer, aus diesen erschlafften Zügen ein stabiles Bild entstehen zu lassen. Nichts davon ist Theresa vertraut. Wenn sie ihrer Großmutter früher begegnet ist, was einmal im Jahr hier in diesem Haus geschah, konnte sie ihren Anblick und ihre Nähe nicht lange ertragen. Die große Frau mit der wächsernen Haut roch nach Enge, alten Habseligkeiten und einer Krankheit, der ihre Mutter immer noch keinen Namen gegeben hatte. Bei jedem Neujahrsfest floh Theresa, so schnell es ging, in die Küche zu

Hong. Hatte sie wirklich vor vielen Jahren auf dieser Veranda gesessen? War sie wirklich dieses Kind? Wenn Theresa heute daran zurückdenkt, ist die Erinnerung so verblasst, dass sich die Bilder zu keinem Film zusammenfügen. Sie erinnert sich nicht an die Augen der alten Frau oder ihre Haut. Aber je länger sie darüber nachdenkt, desto klarer wird ihr, wie beruhigend der Gedanke im Grunde ist. Sie merkt, dass die Fremdheit Ansporn ist, dass sie ihr Mut verleiht. Und so holt Theresa tief Luft, um noch einmal in ihr Innerstes einzutauchen und alles zutage zu fördern, was sie für die alte Frau empfindet, die vor ihr auf dem Boden sitzt, die Frau, deren Leben Theresa so gut kennt, obwohl sie eigentlich nie ein Wort mit ihr gewechselt hat.

Theresa räuspert sich. Ihre Stimme klingt kindisch und aufdringlich. Sie hasst sich dafür, dass sie diesen traurigen Versuch wagen muss, dass sie nervös ist vor einem Publikum, das nur aus einer einzigen fremden Person besteht.

»Ich wollte dir sagen, dass ich finde, dass du eine außergewöhnliche Frau bist.« Sie zögert. »Ich weiß, aus meinem Mund heißt das nicht viel. Du weißt wahrscheinlich gar nicht, wer ich bin, und das finde ich schrecklich.« Sie schüttelt den Kopf. »Ich finde es schrecklich, dass ich Angst vor dir hatte. Und teilweise immer noch habe. Aber ich habe in diesem Jahr viel gelernt.«

Theresas Stimme, die immer leiser geworden ist, droht zu kippen.

»Ich habe viel über Gelegenheiten und Chancen gelernt und darüber, was passiert, wenn sie ungenutzt verstreichen. Ich weiß, dass meine Mutter jeden Moment zurückkommt und wir nicht viel Zeit haben, also packe ich die Gelegenheit beim Schopf, um dir zu sagen, dass ich dich bewundere. Deine ganze Geschichte, deine Kraft. Ich wünschte, ich könnte das alles aus deinem Mund hören.«

Die alte Frau hat immer noch nicht aufgeblickt. Ob sie Theresa überhaupt wahrnimmt? Sie ermahnt sich, trotzdem nicht aufzugeben. In der Stille des Zimmers ist die Versuchung groß, ihre regungslose Großmutter als Möbelstück zu betrachten, an dem alle Worte abprallen. Tastend sucht sich Theresa einen Weg durch das Schweigen, und was sie findet, ist die Stimme ihrer Mutter, ein simpler Rat, immer und immer wieder erteilt: *Sprich einfach weiter. Damit sie dich hört.* Ja, sie hat recht, mehr verlangt ihre Großmutter nicht.

»Seit Dads Tod denke ich über dich nach. In Gedanken lande ich immer wieder bei dir und glaube, dass du ihn vielleicht verstehen kannst.« Theresa lässt die alte, gebrechliche Frau, die sich kaum noch alleine anziehen kann, nicht aus den Augen, während sie um die passenden Worte ringt.

»Obwohl ich mein ganzes Leben mit ihm verbracht habe, kommt es mir vor, als hätte ich ihn gar nicht gekannt und vielleicht auch nie versucht, ihn wirklich kennenzulernen. Ich dachte immer, er wäre schwach und irgendwie fragil, aber das ist Quatsch.« Sie schüttelt den Kopf. »Dad war ein Denker. Mein Vater war ein Mathematiker. An ihm war nichts *merkwürdig*, nicht so, wie alle dachten. Wenn er etwas zu entscheiden hatte, ging er logisch vor, auf der Grundlage von Zahlen.«

Theresa spürt die schweren Herzschläge in ihrer Brust. Es ist immer so, jedes Mal, wenn sie von ihrem Vater spricht. Die Verteidigungshaltung, der aggressive Ton – sie will das Bild ihres Vaters bewahren, wie sie ihn heute sieht: ein Mann, dem Unrecht zugefügt wurde und dessen Leben sehr viel würdevoller war als sein Tod. Wie schon so oft in den vergangenen Tagen denkt Theresa traurig darüber nach, dass diese alte Frau, diese stumpfe, gebrochene Frau, mehr von der Last ihres Vaters weiß als jeder andere. Nach zwanzig

Jahren hat der Tod Lin Leong keine Erlösung gebracht. Ihre Buße geht weit über das hinaus, was sie verbrochen hat.

»Es ist schrecklich, wie es um diese Familie steht. Jeder Zweifel wird bestraft, auf jede Schwäche folgt eine Demütigung. Sieh dir dein Leben an, sieh dir Dads Leben an. Wohin soll das führen?«

Im Flur hört Theresa die klappernden Absätze ihrer Mutter. Mit jedem Schritt werden sie lauter. Theresa legt sich eine Hand auf den Bauch.

»Ich will damit sagen«, flüstert sie und beugt sich zu der alten Frau hin, als Amy im Torbogen auftaucht, »ich will damit sagen, dass ich verstehe, was dir widerfahren ist. Das glaube ich zumindest. Ich glaube, ich kann verstehen, wie du dich fühlst.«

Amy kommt durch das Zimmer auf sie zu, und Theresa richtet sich wieder auf. Ihre Mutter hält einen Bügel mit einem frischen weißen Herrenhemd in der Hand, dessen Stil Theresa sofort erkennt.

»Das ist von Dad!«

»Ja, genau«, erwidert Amy. »Ich wusste, dass in seinem alten Wandschrank noch ein paar Hemden hängen. Ich meine, das hier könnte gehen.«

Amy hockt sich hin und zeigt ihrer Schwiegermutter das Kleidungsstück.

»Das ist Bohais Hemd«, erklärt sie ihr. »Er will, dass du es heute trägst. Was meinst du?«

Lin streckt vorsichtig die Hand aus, reibt sacht ein Eckchen Stoff zwischen den Fingern.

»Komm, ich helfe dir hoch, dann kannst du es anziehen.«

»Bohai«, sagt Lin und nickt einmal.

»Ja«, antwortet Amy, nimmt sie an der Hand und hilft ihr langsam vom Boden hoch. Lin wendet ihren Blick nicht von dem Hemd. Das Stückchen Ärmel zwischen ihren Fingern hat sie nicht losgelassen.

»Theresa«, sagt Amy, »hilf ihr in den Ärmel. So, aber sie muss den Ellbogen anwinkeln. Genau. Gut, jetzt nimm du ihren Arm, und ich mache den anderen.« Sie fasst die Hand, die den zweiten Ärmel umklammert. »Lin, den Ärmel brauche ich, ja?« Behutsam löst sie die Finger vom Stoff des Hemdes und hilft ihr in den Ärmel. Dann zieht sie das Taillenband der Hose stramm und bindet es zu einer Schleife.

»So.« Amy tritt einen Schritt zurück. »Perfekt. Nur eins fehlt noch.«

Sie greift sich in den Nacken und öffnet ihre doppelreihige Perlenkette mit dem in Gold gefassten Jadeverschluss. Ein Hochzeitsgeschenk. Sie legt Lin die Kette um den Hals – das Ergebnis ist beeindruckend. Würdevoll sieht sie jetzt aus. Im Hemd ihres Sohnes, mit Amys Perlen um den Hals, ist es ganz und gar vorstellbar, dass diese Frau einst Kopf einer illustren Familie war.

Wie seltsam, denkt Theresa. Wie erstaunlich und erschreckend, dass ein Menschenleben so viel an Veränderung in sich aufnehmen, ein solches Maß an Verwerfungen erdulden kann. Sie sieht ihre Mutter, sieht ihre Großmutter, und plötzlich hört sie, dass die Fotos zu sprechen beginnen. Ein Flüstern, das immer lauter wird, erst eine Stimme, dann fünf, dann zehn, ein Chor von Mündern, in Silber gerahmt, die ihr Entsetzen bekunden.

Ja, auch die Fotos mit ihren Erinnerungen können es nicht fassen. *Eine arglistige Täuschung*, schnattern sie, *eine Schande. Ein schrecklicher, katastrophaler Fehler.* Und Theresa weiß: Diese bitteren Worte, dieser hitzige Klagegesang, das alles gilt ihrer Mutter.

THERESA

1922–1942
Kane'ohe, Hawaii

A steht für Amy, meine Mutter, der erste Buchstabe des Alphabets für das älteste Kind der Familie. Die Schwestern Beverly, Camilla, Denise, Eileen, Francine und Grace folgten ihr in alphabetischer Reihenfolge. Bei der Namensgebung ihrer drei Brüder, die erst ab den Töchtern D, E und F eintrudelten, ging man nicht mehr so präzise zu Werk. Im Übrigen sei es dann auch egal gewesen, erzählte mir Mom; zahlenmäßig lief man bei ihnen nicht Gefahr, den Überblick zu verlieren. Sie lebten in Kane'ohe, auf der Windseite der Insel. Das Wörtchen *arm* ist eines, das meine Mutter nicht mag, aber genau das waren sie: arme, einfache Leute, eingepfercht zu zwölft auf engstem Raum.

Meine Mutter wuchs unter Bananenbäumen auf, von ständigen Unpässlichkeiten geplagt: Von den Banyan-Früchten musste sie niesen; von den langen, knotigen Stängeln des Zuckerrohrs bekam sie Ausschlag; von der dichten, rauen Fingerhirse tränten ihr die Augen, schwollen ihr die Lider, trübte sich ihr Blick. In der sechsten Klasse hörte Mom zum ersten Mal das Wort Allergie, unter dem nun wie unter einem Dach all ihre Gebrechen Schutz fanden. Regenschirmbäume, Bärlapp, Farne jeder Größe, Farbe und Form – sie stand mit allen auf Kriegsfuß, war gegen alles allergisch.

Mom hatte immer Geschichten auf Lager – darunter auch durchaus glaubwürdige, was mir die Aufgabe, ihre Tochter zu sein, nicht gerade erleichterte. Sie erzählte ihre Geschichten mit der Überzeugungskraft einer zum Tode Verurteilten, die voller Inbrunst ihre Unschuld beteuert. Mit bloßen Worten schrieb sie Jahre ihres Lebens um, bastelte an ihren Erlebnissen, korrigierte ihre Motive. Es war leichter für sie, in ihrer Ideenwelt zu leben, das begreife ich heute. Niemand störte sie dort; und niemand konnte behaupten, es würde nicht stimmen.

Man kann durchaus sagen, dass die Erzählungen meiner Mutter im Laufe der Zeit ihren Charakter änderten; dass sie mit jeder neuen Lebensphase einen anderen Grund fürs Erzählen fand. In ihrer Jugend nutzte sie Sprache, um Dingen, die sie nicht mochte, aus dem Weg zu gehen. Ein böser Fahrradunfall würde verhindern, dass sie mit den Nachbarskindern um die Wette rennen musste – also klaute sie ihrer Mutter den Augenbrauenstift und malte sich täuschend echte Narben auf den Ellbogen. *Ich würde ja so gerne*, erzählte sie ihren Freunden, *aber seht doch.* Ihre Miene verriet nichts, die hängenden Augenwinkel Ausdruck echten Bedauerns. Das Lügen fiel ihr leicht, weil es in ihrem Kopf, in den Waagschalen, die Gut und Böse gegeneinander aufwiegen, gar keine Lügen waren. Meine Mutter setzte Worte ein wie Edelsteine, die mal geizig, mal verschwenderisch, aber immer strategisch ins Spiel gebracht wurden, und immer so, dass für harte Zeiten eine eiserne Reserve blieb. Das Ummodeln von Wörtern, Gefühlen und Erlebnissen war in ihren Augen ein Werkzeug, das sie aus dem Leben loseisen sollte, in das sie hineingeboren war.

Als Mom älter wurde, nähte sie sich ihre Kleider selbst und schwor dann, ein reicher Verwandter habe sie ihr geschenkt, handgenäht mit Monogramm, aus ausländischer Seide, auch wenn die sich eher wie Polyester anfühlte. Auf der Highschool schrieb sie einen Aufsatz mit dem Titel

»Meine andere Schwester«, in dem sie die Geschichte ihrer Zwillingsschwester erzählte, die zwei Minuten nach ihr mit der Nabelschnur um den Hals auf die Welt gekommen sei. Ihre Lehrer, die wenig erpicht darauf waren, den Einzelheiten einer Totgeburt auf den Grund zu gehen, wussten nicht, was sie damit anfangen sollten, also gaben sie ihr eine Eins. Sie verteilten den Aufsatz sogar im Kollegium, und am Ende des Halbjahres war ihr das Mitgefühl der gesamten Lehrerschaft sicher.

Ihren Hang zum Geschichtenerzählen hat mir meine Mutter definitiv nicht vererbt. In gewisser Weise war dafür einfach kein Platz. Ich war ja schon das Auffangbecken für ihre Geschichten, was mich lange Zeit auch nicht störte. Es waren Launen, die sie plötzlich überkamen: Wenn ich aus der Schule heimkehrte, saß sie mit einem Glas Wein auf dem Sofa und wartete auf mich. Hätte ich eine Schwester oder einen Bruder gehabt, wäre es etwas gewesen, das wir beide sofort verstanden hätten – wenn man durch die Tür kam und sie dort sitzen sah, wenn man hörte, wie sie nach einem rief, noch ehe man die Schuhe ausgezogen hatte, wusste man, dass sie ganz weit weg war. Es ging ihr schlecht dabei, das weiß ich heute. Stundenlang hatte sie ihre Gedanken in einer Endlosschleife kreisen lassen, während sie darauf wartete, dass jemand kam und sie aus den Tiefen ihrer Seele auftauchen ließ. Dieser Jemand war in der Regel ich.

Theresa, sagte sie dann, und ich dachte sofort an die Hausaufgaben für den nächsten Tag. Gleichwohl waren diese Nachmittage nicht die Regel. Manchmal vergingen Monate, glückliche Monate, in denen es Wein nur zum Abendessen gab und ich das Haus nach der Schule leer vorfand, weil meine Mutter einkaufen war oder zum Mahjongg-Spielen bei den Tanten. Es war auch nicht so, dass diese Nachmittage, wenn sie denn kamen, mein Leben komplett zum Erliegen brachten. Es war eine Verpflichtung, der ich gerne nachkam, denn ihren Geschichten zuzuhören war das Einzige, worum sie mich je bat.

Besonders an einen Nachmittag erinnere ich mich genau. Es war ein Montag nach einem Maui-Wochenende, drei Tage Strand. Ich war elf, und Mom hatte mir einen neuen Badeanzug gekauft, ein violetter Zweiteiler mit Nylontroddeln, die hüpften, wenn ich am Meer entlanglief. Dad stand die ganze Zeit angelnd in der Brandung – eine Beschäftigung, für die er wie geschaffen war. Stundenlang konnte er dort stehen, die khakifarbene Mütze eng am Kopf, der Rücken kerzengerade, in unangestrengter Regungslosigkeit, während vor ihm der Ozean wogte und langsam das Orange des Himmels ins Lavendelfarbene umschlug.

Viele Fische fing Dad nie, aber wenigstens einen hatte er immer an der Angel: einen Schnapper, eine Meerbarbe, irgendetwas Goldglitzerndes oder rot und weiß Schimmerndes, die Schuppen glänzend wie ein nasser Küchenboden. Wenn er merkte, dass einer angebissen hatte, schrie er nach mir. Bis vor kurzem hatte ich seine Stimme nie lauter gehört als dann – mein Name, der über den Strand hallte. *Komm schnell!* Und schon rannte ich, so schnell mich meine Beine trugen, die Troddeln wie kleine Peitschen auf meiner Haut, der freundliche Ruf meines Vaters ein Befehl wie der eines Generals. Er stellte mich vor sich, legte meine Hände auf die Angelrute, und gemeinsam holten wir den erstaunlichsten, spektakulärsten Fisch ein, den ich je gesehen hatte. Er war klein, kaum länger als Bohais Hand, doch seine Schuppen, an denen das Wasser herablief, glitzerten wie Smaragde und Saphire. Eine Flunder, verkündete Dad, und ich glaubte, wir hätten tatsächlich eine Flunder gefangen. Doch es war ein Mahimahi, ein Tiefseefisch, ein Jungtier, ein zufälliger

Fang. Wir müssten ihn wieder ins Meer werfen, erklärte er mir. Bevor er starb, bevor seine schillernden Farben zu einem trüben Grau erloschen.

Als ich am Montag darauf aus der Schule kam, erzählte mir meine Mutter von einem Jungen, den sie als Kind gekannt hatte; einem Jungen, der in seiner kleinen Stadt an der Nordküste als Fischexperte galt. Wie immer stellte sie einen Zusammenhang her, der den Eindruck erweckte, dass sie ihre Geschichte wirklich nur für mich erzählte. *Wo du dich doch jetzt für Fische interessierst*, fing sie an, und ich setzte mich aufs Sofa und nahm nickend meinen Platz an ihrer Seite ein. Der Onkel des Jungen war Fischer, berichtete sie, und brachte seinem Neffen alles bei, was er wusste. Bald war der Junge seinem Onkel weit voraus, denn er war ständig im Ozean und tauchte nach neuen Fischen, deren Aussehen er sich unter Wasser so genau einprägte, dass er sie später aufzeichnen konnte. Er hatte ein liniertes Heft, in dem er mit ein paar Buntstiften Dutzende von Fischen festhielt. Den Großaugen-Ahi mit seiner gelben Rückenflosse; rubinrote Schnapper; den flachen silbernen Papio; taubenblaue Papageienfische; Stachelrochen mit Pfannkuchengesicht; Ta'ape-Schwärme, die in allen Regenbogenfarben schillerten; scharlachrote, giftige Menpachi-Fische; schlangenähnliche O'opus; leuchtend orangefarbene, elektrische Lippfische; einen torpedoförmigen Wahoo. Entspannt an ihrem Weinglas nippend, zählte Mom diese Arten mit erstaunlicher Leichtigkeit auf. Der Onkel sah sich die Zeichnungen an und ordnete den Fischen die richtigen Namen zu, so dass der Junge sie schließlich selbst erkennen und alle weiteren Entdeckungen mit seiner selbstgemachten Enzyklopädie vergleichen konnte. Seine Neugier beschränkte sich indes nicht auf Fische. Er war auch ein ausgewiesener Korallenexperte, der tief tauchte, um in den Riffen ihren Aufbau und ihre Entstehung zu studieren. Am Meeresrand sammelte er tote Korallen. Indem er die bizarr gewachsenen Kalziumgebilde an Treibholzstücken befestigte, machte er sie zu Kunstwerken, die er neben dem Tagesfang seines Onkels zum Verkauf anbot. An diesem Punkt fiel meiner Mutter mitten im Satz der Name eines Fisches ein, worauf sie den Faden verlor und vom Pfad ihrer Geschichte abkam. Als sie, ohne mich dabei anzusehen, nichtsdestoweniger weitererzählte, wurde mir plötzlich klar, dass sie im Grunde nur einen menschlichen Körper brauchte, der neben ihr saß. Ich hätte irgendwer sein können, irgendjemand, der aus Liebe bereit war, ihr zuzuhören; irgendjemand, nur nicht Bohai.

Denn in all den Jahren gab es eine Geschichte, die meine Mutter wohlweislich für sich behielt. Die unglaublichste, haarsträubendste Geschichte von allen erzählte sie mir erst, als ihr Mann tot war. Diese Geschichte war zu eng mit ihrer Wirklichkeit verwoben; ihr Sinn hätte abgefärbt auf all die anderen Erzählungen und Figuren, die doch angeblich einer fernen, diffusen Vergangenheit entsprangen.

Die Geschichte ihres Lebens, die Geschichte meiner Familie, ihrer Geister, ihres bemerkenswerten Aufstiegs und Niedergangs – das alles hielt meine Mutter sorgsam unter Verschluss. Sie gab sich größte Mühe, es auszulöschen, und vielleicht ist das der Grund, warum ich heute glaube, dass es stimmt; dass es sich vielleicht wirklich genau so zugetragen hat, wie sie es mir schließlich erzählt hat.

***

Meine Mutter wuchs im Untergeschoss eines Hauses auf, das sich die Familie mit anderen teilte. Es gab nur ein einziges Schlafzimmer, auf dessen Boden die Matratze meiner Großeltern lag, von ramponierten, überquellenden Kisten und Kartons umringt, die sich bis unter die Decke stapelten. Das Wohnzimmer, der andere bewohnbare Raum, war durch ein Betttuch zweigeteilt. Auf der einen Seite schliefen die drei Jungen, auf der anderen die sieben Mädchen. Durch zerrissene Fliegengitter spazierten Geckos herein wie geladene Gäste, und durch den schmutzigen Flur ließ sich die Spur von zwölf Paar Plastikschlappen ins Bad verfolgen, das im Übrigen auch als Stauraum diente – der Spülkasten versank in einem Berg aus kaputtem Spielzeug und rostigem Werkzeug. Als Mom jünger und die Familie noch kleiner war, versuchte sie, Struktur in das um sich greifende Chaos zu bringen. Da gab es noch kleine Inseln der Ordnung und Sauberkeit, um die sie kämpfte. Als jedoch innerhalb eines Jahrzehnts immer mehr Geschwister dazukamen, gab sie es schließlich auf. In Gedanken ließ sie ihre Familie immer weiter hinter sich. Mit der wachsenden Enge ihres Zuhauses wuchs auch ihr Ehrgeiz.

Wenn meine Mutter mit den Geschwistern zur Arbeit aufs Feld geschickt wurde, was selten genug geschah, flocht sie Kränze aus Gänseblümchen, legte sie sich um den Kopf und fächelte sich im Schatten Luft zu.

In der Nachbarschaft riss man Witze, denen zufolge die Familie Chan wie ein Kastensystem funktionierte. Meine Mutter und meine Großeltern nahmen darin den höchsten Rang ein. Danach kamen Beverly, Camilla und Denise, die das Mittelfeld bildeten. Sie hinkten meiner Mutter um drei Jahre hinterher, alle elf Monate eine; der Abstand reichte so eben, um meiner Mutter eine Sonderstellung einzuräumen. Danach kamen die Jungen, die mit wachsendem Alter zusehends die Leiter der Familienhierarchie erklommen. Als sie klein waren, wollte Grandpa Chan nicht recht einsehen, welchen Nutzen sie für ihn haben sollten. Zu Beginn seiner Ehe hatte er selbstverständlich auf Söhne gehofft, doch ich vermute, dass diese Idee nach vier Mädchen etwas von ihrer Romantik verloren hatte. Auch die Jungs waren doch letztlich nur hungrige Mäuler und noch dazu größer und lauter, aber je älter sie wurden, desto versöhnlicher wurde sein Blick. Er begann ihren Wert zu sehen, wenn auch nicht im traditionellen Sinne als Erben und Hüter der Familie. Sein Stolz hatte egoistischere Züge. Sie waren für meinen Großvater der Beweis, dass er als Mann imstande war, *Männer* in die Welt zu setzen.

Die letzten drei Mädchen, von Denise bis Francine, wurden in Kane'ohe *die schäbigen Chans* genannt, was sie ihren schlechtsitzenden, von etlichen Schwestern weitergereichten Kleidern zu verdanken hatten. Es war durchaus nicht verwunderlich, dass Passanten, die am Haus meiner Großeltern vorbeikamen, meine jüngsten Tanten auf allen vieren hinten im Garten Unkraut jäten sahen, während meine Mutter auf dem Gehweg in der Sonne saß, Mangos aufschnitt und ihnen beim Trocknen zuschaute.

Man könnte vermuten, dass die Sonderstellung meiner Mutter von ihrer besonderen Schönheit herrührte, doch wer einmal ihre Schwestern kennengelernt hat, wird dem nicht beipflichten. Tante Camilla, eine der mittleren, konnte keinen Schritt tun, ohne dass sich irgendein großmäuliger Moke an ihre Fersen heftete. Camilla war hinreißend, was spätestens im Alter von acht Jahren, als ihr Haar eine honigblonde Farbe angenommen hatte, niemandem mehr entging. Als kurze Zeit später auch ihre braunen Augen plötzlich wie in Honig getaucht waren, sah sie aus wie ein gemischtrassiges Mädchen, eine exotische Hapa Haole. Vier Jahre lang zerriss man sich in der Nachbarschaft darüber das Maul.

Von wem hatte sie das nur? Von Grandma Chan konnte man bestenfalls sagen, dass sie ein bisschen verrückt aussah. Kleider interessierten sie nicht, die Haare schnitt sie sich selbst, und Büstenhalter schien sie nicht zu kennen. Eine Affäre, da waren sich die Nachbarn einig, passte nicht zu ihrem Lebensstil – oder ihrem nervösen Charakter, der sie hektisch von einer Pflicht zur nächsten hetzen ließ. Als dann Eileen auf die Welt kam, war die Ähnlichkeit mit Camilla frappierend. Mit sechs war sie schlank und blond und hatte längere Beine als die meisten Jungen ihrer Schule. Bald darauf hörte die Gerüchteküche auf, denn welche Frau brachte in zehn Jahren zehn Kinder zur Welt und hatte danach immer noch nicht genug?

Während Camilla und Eileen also auffallend schön waren, konnte man das von meiner Mutter nicht behaupten. Sie hatte dunkles Haar, das Gesicht einer Chinesin und eine zwar schlanke, aber jungenhafte Figur. Ihre Brüste waren verschwindend klein, ihre Hüften schmal, doch im Gegensatz zu ihren Schwestern und ihrer Mutter achtete sie auf ihr Äußeres. Sie trug das Haar lang, ging mit der Mode, lackierte sich die Nägel, rieb sich Ellbogen und Knie mit Creme ein. Das tut sie noch heute. Sie hat nie aufgehört, sich darum zu kümmern, was die Leute von ihr denken.

Während ihre Freunde und Bekannten am Strand Bier tranken und Mentholzigaretten rauchten, verbrachte Mom die meiste Zeit ihrer Teenagerjahre in Diamond Head. Dort putzte sie in Villen, deren Besitzer Miller und Moore hießen, Warren und Robinson. Sie hasste es, doch es gab eine stille Übereinkunft zwischen ihr und den Eltern, der zufolge sie die Arbeit nicht aufgeben konnte, weil es der Familie den Todesstoß versetzt hätte. Den größten Teil ihrer Einnahmen gab sie zwar für sich selbst aus, aber wenn die Milch zu Ende ging, kaufte sie neue. Und wenn wieder einmal der Strom abgestellt worden war, konnte man sie um ein paar Dollars bitten, um die Sache ins Reine zu bringen.

Die großen, schattigen Häuser am Diamond Head, mit ihren Parkettböden und offenen Veranden über dem Meer, machten meine Mutter krank vor Neid. Oft maß sie die Zugangswege mit Schritten aus. Oder sie stand einfach nur da, mit ausgebreiteten Armen, und kostete den Raum aus, diese unendliche Menge an Raum, den sich zwei Menschen leisten konnten. Sie öffnete die Doppelfenster, ließ sich den Wind um die Ohren pfeifen, den Duft der Frangipanis und des salzigen Ozeans um die Nase wehen und schwelgte im Luxus der Aussicht.

»In Kahala riecht es anders«, erklärte sie ihrer Schwester Camilla.

»Dann genieß es, solange du dort bist, denn zu Hause bist du nicht viel besser als wir anderen«, lautete Camillas Antwort.

1939, das war schon zwei Jahre her, hatte meine Mutter an einer katholischen Schule in Kailua den Highschool-Abschluss gemacht. Als Älteste der Familie war sie natürlich die Erste, die mit Blütenketten behängt durch eine Highschool-Turnhalle schritt, doch sie sollte auch die Letzte sein. Sie war das einzige Kind der Familie Chan, das die Schule zu Ende brachte. Die meisten ihrer Schwestern, meine alphabetischen Tanten, schmissen alles hin, als es schwierig zu werden begann. Den Anfang machte Tante Camilla. In dem Sommer, bevor das 9. Schuljahr begann, fand sie eine Stelle als Kellnerin und beschloss, der Schule ade zu sagen. Das Gehalt sei einfach zu gut, erklärte sie Grandma Chan. Auch Tante Denise brach die Schule frühzeitig ab, nachdem sie zwei Jahre in Folge in Algebra durchgefallen war und erfuhr, dass sie an den Ferienkursen teilnehmen musste. Die restlichen Schwestern waren zu jung, um schon ans Aufhören zu denken – nur Beverly, fast so fleißig wie Mom, hatte bereits das erste Halbjahr der Abschlussklasse hinter sich. Ich glaube, dass sie die Highschool geschafft hätte, wenn nicht der Krieg ausgebrochen wäre.

***

Es geschah an einem Sonntag. Still und leise und völlig unerwartet – so war das, ganz gleich, wen man nach diesem Tag fragt. Meine Mutter saß im ersten Bus nach Diamond Head, bedenkenlos gähnend, allein auf dem hintersten Sitz. Hinter den Ko'olau Mountains breitete die aufgehende Sonne träge ihre ersten Strahlen aus, und der höchste Bergzug schien wie erleuchtet. Im Bus befand sich außer ihr nur noch eine Person, eine alte Chinesin mit kurzgeschnittenem Haar und Männercordhosen, neben sich ein Dutzend unruhiger Hühner in einem Metallkäfig. Als meine Mutter einstieg, saß die Frau schon auf einem der mittleren Plätze und ließ die kurzen Beine von der Plastikbank baumeln. Mit einem Anflug von Groll begrüßte sie meine Mutter auf Englisch, denn sie wusste, dass Mom kein Chinesisch sprach. Danach hatte die Frau sie bereits etliche Male gefragt.

»Sie sprechen Chinesisch?«

»Nein. Nur Englisch.«

»Sie aussehen chinesisch.«

»Ich bin Chine–«

»Aber Sie nicht sprechen.« Womit sich die Frau wieder ihren Hühnern zuwandte. Es war jedes Mal dasselbe und für meine Mutter unvergesslich. Mindestens ein Dutzend Mal hat sie mir von der Cordhosen-Frau erzählt. Es ließ ihr keine Ruhe, wirklich. Wie kann man mir einen Vorwurf daraus machen, dass ich kein Chinesisch spreche?

Mom hatte jeden Sonntag dasselbe Programm. Gelegentlich nahm Grandpa Chan gemeinsam mit ihr den Bus, um in der Nähe seines Fotostudios in Waikiki auszusteigen.

Sie freute sich, wenn er mitkam. Im Bus wies er sie auf dieses oder jenes Gebäude hin und erklärte ihr, was dort früher gestanden und was sich seitdem verändert hatte. Es gab immer irgendeine Gegebenheit oder Theorie, über die er zu plaudern bereit war. Das Warten, bis endlich die Sonne aufging, war kurzweiliger mit ihm.

Doch an jenem Tag war meine Mutter allein mit der Hühnerfrau, die wie sie zur Südküste der Insel fuhr. Die Frau wollte in Chinatown an der South King Street aussteigen, um ihre Vögel auf dem Oahu-Markt feilzubieten. Bis dahin hatte sich der Bus einigermaßen gefüllt mit Fahrgästen, die unterwegs zur Frühmesse waren oder zu einem Wochenendjob, und so musste sich die Hühnerfrau an einer Fremden vorbei in den Mittelgang zwängen, wobei sie mit ihrem Käfig den Ärmel der Frau streifte. Die war eine Haole und brach angesichts der panisch im Käfig flatternden Vögel in lautes Kreischen aus.

»Ist das überhaupt erlaubt?«, schrie sie dem Busfahrer zu und heischte mit empörten Blicken bei den anderen Fahrgästen um Zustimmung. »Ein ganzer Bauernhof in einem Bus?!«

Als der gesamte Bus in Beifall ausbrach, klatschte auch meine Mutter.

Ihr erster Termin waren die Darlings, deren Anwesen östlich von Diamond Head im Distrikt Kahala lag. Die Darlings waren eine Militärfamilie: Mr Darling, ein hoher Offizier der US-Marine, Mrs Darling, die ihre Zeit wie auch die Einkünfte ihres Mannes im Waialae Country Club vergeudete, und zwei Kinder, ein Junge und ein Mädchen, die auf die Punahou School gingen. Aus Kalifornien stammend, waren sie für ein Jahr auf Oahu stationiert, aber ihr Lebensstil, so erzählte mir meine Mutter, deutete darauf hin, dass sie vorhatten, sehr viel länger zu bleiben.

Das Anwesen der Darlings stand auf einem hoch gelegenen, zwei Morgen großen Terrain mit Blick auf die sanften Wellen am Strand von Kahala. Von der Straße aus war das Haus nicht zu sehen, nicht einmal das stabile Eisentor, in das goldene hawaiianische Fischmotive, Blumen und Figuren mit Speeren eingraviert waren. Als meine Mutter dieses Tor zum ersten Mal sah, vermutete sie, dass die Darlings aus Hawaii stammten – vielleicht waren es Japaner mit einem seltsamen Familiennamen. Doch sie waren waschechte Haole, Mrs Darling mit platinblonder Mähne in ihrem Seiden-Muumuu, den eine türkisfarbene Hibiskusborte schmückte. Bei ihrer ersten Begegnung begrüßte sie Mom mit einem forschen *Aloha!*, bei dem sie das erste A übertrieben in die Länge zog. Sie war, das sah meine Mutter gleich, eine alberne Person – aber sie schien nett und behandelte sie wie einen Gast, der zufälligerweise Regale abstaubte und Hemden bügelte. Hinter dem Eingangstor glaubte man sich vor dem Entree eines Hotels. Eine kreisförmige Auffahrt, schablonenhaft eingelassen in einen ebenmäßigen erbsengrünen Rasen, die Umrisse säuberlich konturiert. Die Palmen, die um das Gelände Spalier standen, bildeten einen blickdichten Ring, und im Zentrum der Zufahrt erhob sich ein Springbrunnen aus weißem Marmor. Das Wasser kam aus dem Maul eines überdimensionalen Kois. Hinter dem Vorgarten lag das Hauptgebäude, zu dem eine breite Treppe mit glänzendem Bronzegeländer hochführte.

Nach einem kurzen Blick auf die Uhr – 7 Uhr 50, zehn Minuten zu früh – klingelte meine Mutter am Tor. Akio, der Hausmeister der Darlings, machte sofort auf.

»Guten Morgen, Amy-san«, sagte er mit einer raschen Verbeugung, winkte sie höflich herein und zog das Tor hinter ihr zu. »Es freut mich, Sie wohlauf zu sehen.« Er wirkte – ganz gegen seine Gewohnheit – nervös und machte sich aufgeregt an den Messingschlüsseln zu schaffen. Anstatt wie sonst mit ihr zum Haupteingang zu gehen, führte er sie die steile Seitentreppe hoch, über die man um das Gebäude herum in den Hinterhof gelangte. Akio nahm zwei Stufen auf einmal und musste bei jedem Ausfallschritt gehörig die kurzen Beine strecken; oben angelangt, atmete er schwer.

»Oh, Akio!« Meine Mutter hatte ein Beet entdeckt, in dem seit dem letzten Sonntag die Paradiesvogelblumen, die sie so liebte, aufgegangen waren. »Die sind ja unglaublich.«

Doch anstatt auf die Blumen zu schauen, hob Akio den Blick zum Morgenhimmel, als vermutete er etwas zwischen den Wolken – vielleicht Regen, dachte meine Mutter. Er blickte Richtung Norden. Auch sie legte den Kopf in den Nacken.

»Eigentlich dürfte es heute keinen Regen geben, Akio. Die Wolken ziehen nach Norden. Ich habe sie mir während der Fahrt genau angesehen.«

Sie blinzelte und hielt schützend eine Hand über ihre Augen. Angestrengt starrte sie in die Ferne. Da war allerdings wirklich etwas, anscheinend Vögel, undeutliche schwarze Punkte, die hinter den Wolken auftauchten und wieder verschwanden, während sie in lockerer V-Formation langsam näher kamen. In gleichmäßigem Tempo glitten sie, tiefer und tiefer fliegend, zwischen den Bergkämmen auf sie zu. Als sie die Größe eines Schwarms fetter Mücken erreicht hatten, fragte Mom:

»Was ist das?«

Akio schwieg, und es war, als hätte irgendetwas die Gefühle aus seinem sonst so ausdrucksvollen Gesicht gefegt. Er war kreidebleich, die Haut an seinen Wangen so durchsichtig und dünn wie Pergament. Aufmerksam beobachtete er die Vögel und schien, die dunklen Pupillen auf den Himmel gerichtet, jede ihrer Bewegungen zu verfolgen. Mit einem Mal fiel er auf die Knie, seine Stirn versank im taufeuchten Gras, und aus seinem Mund kam ein Schwall von Worten:

Ten ni orareru watashitachi no Chichi yo,
mi-Na ga sei to saremasu yô ni.
mi-Kuni ga kimasu yô ni.
mi-Kokoro ga ten ni okonawareru tôri

Erschrocken über diese seltsame Reaktion, starrte meine Mutter Akio an. Was war in den letzten dreißig Sekunden geschehen? Eine ganz normale Begrüßung, ein klarer, leicht bewölkter Himmel, ein Vogelschwarm – alles schien so, wie es seit zwei Jahren jeden Sonntagmorgen hätte sein können. Doch jetzt krümmte sich Akio im Gras. Seine Schulterblätter hoben und senkten sich mit dem Auf und Ab seiner panischen Stimme, und plötzlich wusste Mom, dass sie die Laute, die über seine Lippen kamen, kannte. Sie klangen vertraut. Angestrengt dachte sie nach. Schloss die Augen und konzentrierte sich auf den Rhythmus.

Ja, da waren sie wieder, die Stimmen, hundert Stimmen, die durch die kleine Kapelle hallten – die Erinnerung an die wöchentlichen Messen in ihrer katholischen Schule war auf einen Schlag wieder da: Es war das Vaterunser.

Meine Mutter sank auf die Knie, legte Akio die Hände auf die Schultern und rüttelte sacht daran. *Akio, was hast du? Ist alles in Ordnung?* Dann, als keine Antwort kam, noch einmal fester: *Akio!* Doch er hörte nicht auf.

Chi ni mo okonawaremasu yô ni.
Watashitachi no higoto no kate wo
Kyô mo o-atae kudasai.

Wieder blickte meine Mutter zum Himmel, die eine Hand

schützend gegen die Morgensonne erhoben, die andere auf Akios Schulter, und plötzlich wurde ihr klar, dass es keine Vögel waren. Mit angehaltenem Atem stand sie auf. Es waren Flugzeuge, noch weit entfernt, aber immer schärfer umrissen, immer größer, je weiter sie nach Westen flogen. Jetzt hörte sie, wenn auch noch schwach, das leise Dröhnen ihrer Propeller. Eine Militärübung, sagte sie zu Akio. Ganz normal, das sei doch in letzter Zeit an der Tagesordnung. Aber sie konnte nicht leugnen, dass ihr der Anblick des knienden Mannes Angst machte. Akio betete wie ein Besessener, dicke Schweißtropfen rannen ihm über die Schläfen, und sein gekrümmter Körper wiegte sich wie der eines verschreckten Kindes.

Watashitachi no tsumi wo o-yurushi kudasai;
Watashitachi mo hito wo yurushimasu.

Akio!, schrie sie. *Was ist hier los?! Sag mir, was los ist!* Als die letzte Silbe über ihre Lippen kam, war auch die Antwort da. Der dunkle Nachhall mehrerer Explosionen zerriss die Morgenluft, etliche Donnerschläge schallten über die Insel bis zum Haus der Darlings, wo meine Mutter erschrocken zurückwich und mit zitternden Knien in die Ferne blickte.

Schwere, dunkle Rauchwolken stiegen über dem Ozean auf, waberten über die Kammlinie, von wogenden Flammen aufgebläht. Ein Knattern, das wie Maschinengewehrfeuer klang, schien aus dem Rauch zu kommen, und ein scharfes metallisches Krachen hing wie ein Feuerwerk in der Luft. Das Geräusch herabfallender Bomben, von dem meine Mutter niemals geglaubt hätte, dass sie es erkennen würde, war unverwechselbar – ein schrilles Pfeifen, das zwischen den Detonationen aus den Flugzeugen kam. Sie presste beide Hände vor den Mund, um nicht aufzuschreien. Jetzt erst kam der Atem zurück, in kurzen, heftigen Stößen.

Wo genau die Explosionen stattfanden, konnte sie nicht sehen. Sie dachte an ihre Familie, ging rasch alle Gesichter und Aufenthaltsorte durch. Ihr Vater in Waikiki. Mutter und Geschwister in Kane'ohe. Keiner hinter diesem Bergkamm. Dann fiel ihr Akio wieder ein, der immer noch neben ihr kauerte, immer noch betend, mit lauter, vibrierender Stimme.

Watashitachi wo yûwaku ni ochi-irasezu,
aku kara o-sukui kudasai.

In diesem Moment tat meine Mutter – gegen ihre Panik, gegen ihren Unglauben – das, was ihr die Angst befahl. Sie fiel auf die Knie, legte die Stirn ins Gras, sog den erdigen Geruch ein, und taktgleich mit Akios Gebet sprudelten die englischen Worte des Vaterunsers aus ihrem Mund, die so anders klangen als seine. Die Arme vor der Brust gekreuzt, hielt sie sich selbst umklammert, und das Herz schlug ihr bis zum Hals. Akio hatte zu weinen begonnen, und da weinte auch sie. Gemeinsam beteten sie, Akio und meine Mutter, hoch oben über Kahala, als der Zweite Weltkrieg begann.

Endlich ließen die Bomben nach. Akio richtete sich schwerfällig auf, schweigend, die Stirn feucht vom Gras. Er löste die Schlüssel von seinem Gürtel und legte sie auf den Tisch der Veranda. Mit gesenktem Blick drehte er sich zu meiner Mutter um und verbeugte sich.

»Verzeih«, flüsterte er, und dann schritt er Stufe für Stufe die Treppe hinab, bis er aus ihrem Blickfeld entschwand.

Auch meiner Mutter wurde an diesem Tag gekündigt. Ob Chinese oder Japaner – für die Darlings machte das letztlich keinen großen Unterschied. Aber sie sei aus freien Stücken gegangen, erklärte mir Mom später. Nach allem, was sie an diesem Tag im Garten dieser Leute erlebt hatte, war sie nicht mehr derselbe Mensch und dankbar, nie wieder dorthin zurückkehren zu müssen.

***

Nachdem die Bomben gefallen waren und Präsident Roosevelt Japan den Krieg erklärt hatte, sah sich Grandpa Chan mit einem Problem konfrontiert, das ihm völlig neu war. Die Regierung begann in der ganzen Stadt, Vermögenswerte von Geschäftsleuten zu konfiszieren. Mit Verweis auf die Kriegsanstrengungen wurden über Nacht Ladenlokale, Lastwagen und nützliche Versorgungsgüter beschlagnahmt, aber mein Großvater blieb verschont; wenigstens einmal im Leben war ihm seine Bedeutungslosigkeit von Nutzen. Regierung und Armee wussten mit einem winzigen Raum, der nur eine kleine Dachluke besaß, nichts anzufangen, weshalb Grandpa Chan eine Woche später wie gehabt seinen Geschäften nachgehen konnte. Als er vor seinem Fotostudio eintraf, um wieder aufzumachen, fand er eine Situation vor, die er in all den Jahren nicht ein einziges Mal erlebt hatte.

Vor seinem Laden stand eine Gruppe Männer, ein gutes Dutzend, die ungeduldig rauchend auf ihre Uhren schauten. Bald hatte mein Großvater so viele Kunden, dass er die Arbeit nicht mehr allein bewältigen konnte. Der plötzliche Kriegsausbruch schwemmte eine Flut junger Männer in sein Atelier. Bereitwillig standen sie Schlange, bereitwillig kamen sie wieder, bereitwillig zahlten sie für ein Foto doppelt so viel, wie er sonst berechnet hatte. Auf einmal tickte eine Uhr; die Zeit bis zum Auslaufen wurde knapp, und jeder Soldat wollte, um nicht in Vergessenheit zu geraten, noch rasch ein Porträtfoto machen.

Auf die Idee, meine Mutter einzustellen, war Grandma Chan gekommen. Sie sah es als Chance, die beiden wieder zusammenzubringen. Seit sie bei den Darlings aufgehört hatte, suchte Mom nach einer Arbeit, doch niemand wollte sie. Die Insel verharrte noch in Angststarre, die Türen verriegelt, die Menschen misstrauisch. Man zuckte zusammen, wenn ein Hund bellte, und duckte sich, sobald ein Motor ansprang. Häuser in Hafennähe überließ man sich selbst, ganze Familien flohen zu Verwandten im Norden und Osten der Insel, wo sie Unterschlupf fanden und sich zu dritt oder viert ein Zimmer teilten. Gerüchte über einen zweiten Angriff verbreiteten sich, es hieß, die Japaner seien verärgert, weil sie nicht genug Schaden angerichtet hätten.

Grandpa Chan, der über all diese Dinge auf dem Laufenden war, sträubte sich trotzdem.

»Amy findet schon was anderes«, sagte er zu meiner Großmutter. »Das tut sie doch immer.«

»Das soll also deine Lösung sein?«

»Außerdem will sie gar nicht für mich arbeiten.«

»Woher weißt du das?«, fragte meine Großmutter.

»Ich weiß es eben.«

»Das muss ein herrliches Gefühl sein«, blaffte sie ihn an, »wenn man immer alles weiß und immer recht hat.«

»Lass mich doch bitte. Ich bin müde.«

»Du bist müde?«, fragte sie ungläubig. »Du lässt deine Tochter zwei Jahre lang deine Rechnungen bezahlen und bist müde? Zu müde, dich um deine Tochter zu kümmern? Du bist ihr *Vater*, begreifst du das? *Du* bist der Erwachsene, nicht sie.«

»Ich halte es einfach für keine gute Idee.«

»Gut.« Meine Großmutter stand auf und knallte die Hände auf die fettige Tischplatte. »Wieder eine Enttäuschung – da wird sie aber überrascht sein!«

»Was hast du ihr gesagt?« Langsam dämmerte ihm, dass nun wirklich Anlass zur Sorge bestand, und er beugte sich stirnrunzelnd vor.

»Ich habe offenbar gelogen.« Meine Großmutter holte

Luft. »Ich habe ihr gesagt, dass ihr Vater zum ersten Mal in seinem Leben nicht an sich selbst denkt.«

***

Grandpa Chan war ein sonderbarer Mensch. Stur wie ein Esel, bis zum heutigen Tag. Inzwischen ist mir klargeworden, dass es für die Eigenheiten meines Großvaters eine recht einfache Erklärung gab: Er war arm, und es kränkte ihn, nicht reich geboren zu sein. Das Gefühl eines besonderen Anrechts muss ihm irgendwie im Blut gelegen haben. *Vornehmes Leben* nannte er das, mit anderen Worten ein komfortables, geruhsames Leben im Dienste der schönen Künste, wie Adlige es früher führten. Als meine Mutter klein war, schlug er ihr vor, eine Laufbahn als Pianistin, Balletttänzerin oder Schauspielerin einzuschlagen, und ermunterte sie, als sie gerade erst sprechen konnte, sich für eine dieser Künste zu entscheiden.

Tatsächlich besaß mein Großvater in jungen Jahren beeindruckende motorische Fertigkeiten – etwa im selbsterlernten Umgang mit Kamera oder Pinsel –, wohingegen er von Feldarbeit, Zuckerrohrernte oder dem Reparieren eines Daches nicht das Geringste verstand. Wäre er nicht als Sohn eines Bauern zur Welt gekommen, hätte man seine Fähigkeiten vielleicht anders wahrgenommen, doch als Angehöriger der Arbeiterschicht war er nur bedingt funktionstüchtig – was in seinem Fall wohl weniger eine Frage des Könnens als des Wollens war.

Über die Vergangenheit meines Großvaters ist wenig bekannt. Wie er das Fotografieren lernte, wie es überhaupt dazu kam, dass er eine Kamera besaß, hat meine Mutter nie erfahren. Im Grunde gibt es nur einen einzigen Hinweis auf seine bescheidene Herkunft: eine Bleistiftzeichnung, die als Erinnerungsstück über seinen Geräten hing. Ein riesiges Schiff im Hafen von Honolulu, drei Masten, der Schiffskörper dunkel schraffiert, in der Ferne Diamond Head. Rechts unten steht das Jahr: 1862. Sein Großvater war einer der Chinesen an Bord, die zu Hunderten als Vertragsarbeiter auf die Zuckerrohrfelder gingen.

In gewisser Weise versuchte Grandpa Chan, seine gefühlte Noblesse zu vertuschen, indem er die Verbitterung über sein unangemessenes Leben nicht aussprach. Was er dachte, behielt er größtenteils für sich, und doch waren solche Gedanken in ihm: über sich, seine Person, sein Leiden und die Ungerechtigkeit seines Lebens. Als dann die unbezahlten Rechnungen mehr wurden und sich beim Abendessen zehn Kinder um eine Schüssel Kimchi balgten, begann seine innere Aristokratie dann doch durchzuschlagen, nämlich in seiner Reaktion: Es kümmerte ihn nicht. Er machte weder Zusatzschichten in der Konservenfabrik, noch verkaufte er Wertgegenstände, was andere in Kane'ohe durchaus taten. Geld war in seinen Augen nichts, wofür es sich zu schuften lohnte. Geld war ein Segen, das Glück einer vortrefflichen Abstammung. Die Vorstellung, Seite an Seite mit anderen Arbeitern auf den Feldern schwitzen und trotzdem jeden Cent zweimal umdrehen zu müssen, war ihm zutiefst fremd.

Vor vielen Jahren, als meine Mutter noch nicht auf der Welt war, hatte Grandpa Chan seine gesamten Ersparnisse in ein kleines Ladenlokal im Zentrum von Honolulu gesteckt, mitten in einer Einkaufszeile. Er strich die Wände elfenbeinweiß, kaufte Hocker, stellte eine Registrierkasse auf. Er würde Fotograf sein, ein Beruf, den Grandma Chan damals sehr beeindruckend fand. Sie glaubte fest daran, dass sie im Begriff war, einen Mann von untadeliger Herkunft und Bildung zu heiraten – einen Künstler, einen Aristokraten, der sich sein eigenes Studio in Waikiki leisten konnte. Sie stellte keinerlei Fragen und ahnte nicht, dass mit dem Kauf des Studios der finanzielle Niedergang besiegelt war. Aus den Augen meines Großvaters sprach eine Zuversicht, die sie beruhigte, sie in ihrem unbekümmerten Glauben an eine Zukunft zu zweit bestärkte. Gemeinsam träumten sie. Er kutschierte sie durch Wailae, fragte sie, welche Villa ihr am liebsten wäre, bemängelte die abfallenden Rasenflächen oder die Farben der Steine, die die Auffahrten säumten. Mittags kaufte er meiner Großmutter ihr geliebtes Huli-Huli-Hähnchen und führte sie zum Strand, wo er ihr sagte, dass sie schöner sei als alle Frauen, die an ihrer Picknickdecke vorbeikamen. Er zeigte ihr, wie man rauchte, wie man inhalierte und verschwenderische Wolken in den Wind blies. Sie heirateten rasch, zwei Monate nach dem Kennenlernen und einen Monat, nachdem mein Großvater das Studio gekauft hatte. Er versprach ihr einen Ring mit einem echten, in Gold gefassten Diamanten und kam sogar zum Aussuchen mit einem Sears-Katalog nach Hause.

Es war ein echter Schock für Grandma Chan, als der versprochene Ring ausblieb. Sie hatte sich mit solcher Hast in diese Ehe gestürzt, dass sie, so vermute ich, nicht ein einziges Mal innegehalten hatte, um ihre Tragfähigkeit zu hinterfragen. Unmittelbar nach der Hochzeit wurde sie zum ersten Mal schwanger, was mit Freude und panischer Angst einherging. Dank meiner Mutter wurde diese Ehe real und der Entschluss, zusammen ein Kind großzuziehen, besiegelt; in der Elternschaft waren sie auf Zeit und Ewigkeit vereint. Meine Großmutter redete sich ein, dass sie bereit dafür sei. Ja, ihre Tochter würde ein anderes Leben führen. Sie würde etwas von *Klavier*, *Ballett* und *Schauspielerei* verstehen.

Die ersten drei Jahre dieser Ehe müssen eine fröhliche Zeit gewesen sein, der Liebesrausch ungebrochen und Grandpa Chan geradezu vernarrt in meine Großmutter und Mom. Nach der Arbeit kam er gern mit Malasadas heim, kleinen, donutartigen Gebackstücken, oder zeigte den beiden amerikanische Filme, sobald diese in die Kinos der Insel kamen. Er war wie besessen von Amerika, der Geschichte und Popkultur der USA. Sein künftiger Rang und Reichtum lag in den Händen dieses jungen Landes, das voller Möglichkeiten für Männer wie ihn steckte. Amerika war so reich, dass er fast glaubte, es würde schon genügen, in diesem Land zu leben und seine Geschichte zu kennen, um Erfolg zu haben.

Das Fotostudio war meiner Großmutter ein Rätsel. Alles laufe gut, erzählte ihr mein Großvater und konnte stets mit Geschichten über einen besonderen Kunden aufwarten oder einen Auftrag, den er ergattert hatte, was dann immer darin gipfelte, dass er ihr mit großer Geste ein paar Dollars in den Geldbeutel steckte. Grandma kümmerte sich den ganzen Tag um meine Mutter, kochte in der kleinen Küche fürs Abendessen, wusch die Laken der beiden Betten und wartete darauf, dass ihr Mann heimkam und ihnen das Gefühl gab, eine Familie zu sein. Diese ersten Lebensjahre meiner Mutter waren anders als alle, die folgen sollten; in diesen ersten Jahren lebte sie geborgen in einer von erwartungsfrohen Eltern erzeugten Blase der Zuversicht.

Doch dann kamen drei weitere Mädchen, und sie kamen schneller, als meine Großmutter je für möglich gehalten hatte. Im Grunde wusste sie, dass ihr derzeitiges Leben dieses rasante Wachstum nicht verkraften würde, dass sie früher oder später aus allen Nähten platzen würden. Doch sie wusste auch, dass Kinderreichtum ein Zeichen von Wohlstand war, und so belog sie sich selbst, klammerte sich an Grandpas Beteuerungen und versteifte sich darauf, sie gebetsmühlenartig zu wiederholen.

Das ist nur der Anfang. Das Geld kommt schon noch. Wir müssen Geduld haben.

Ihr Leben bestand nun darin, sich in Geduld zu üben. Von den wenigen Dollars, die mein Großvater ihr gab – im Gegensatz zur Zahl der Kinder erhöhte sich das Haushaltsgeld nie –, sparte meine Großmutter so viel, dass sie ein Jahresticket für den Honolulu Zoo im Kapiolani Park kaufen konnte, den sie mit ihren vier Kindern fast täglich besuchte. Fürs Mittagessen bereitete sie jedem Mädchen ein Bentō-Kästchen vor, mit einer Auswahl von verschiedenen Gerichten – anständige Ernährung war ihr trotz allem noch wichtig –, und dann picknickten sie in der Nähe des einzigen Affen, den der Zoo beherbergte. Einmal kaufte sie aus mütterlichem Übermut allen vieren eine Portion Eisschnee und beobachtete entzückt, wie die vier Mädchen ihre Geschmacksrichtungen wählten und dann, mit Stöcken an den Stäben der Käfige vorbeiratternd, den süßen Schnee schleckten. Leider wurde gegen Ende der Woche das Geld knapp, und dieser kleine Luxus machte fürs Erste jeden weiteren Einkauf von Lebensmitteln unmöglich. Fast einen Monat lang schalt sie sich selbst. Und tat es nie wieder.

Meine Mutter war die Einzige, die nicht verstand, warum sie nicht bei jedem Zoobesuch eine Süßigkeit kaufen konnten und warum sie in der Drogerie keinen Schokoriegel bekam. Alle anderen Mädchen hatten sich daran gewöhnt, ein Nein zu hören, und so gab es bald eine Trennlinie zwischen den Schwestern: Auf der einen Seite die Erstgeborene, schon immer da, auf der anderen der Rest, der später gekommen war.

Grandpa Chan fing an, immer mehr Zeit im Atelier zu verbringen, nicht um mehr Aufträge an Land zu ziehen, sondern um wie besessen bei jedem seiner wenigen Porträtkunden an der Beleuchtung zu feilen oder einfach nur Linsen zu reinigen, in Katalogen zu blättern und die neuesten Kameras zu bewundern. Das Fotostudio war seine Insel des Trosts, wo er zwischen neun und sieben spüren konnte, dass er zu Höherem berufen war. In diesen vier Wänden war er ein Künstler. Er arbeitete allein; es gab niemanden, der ihm reinreden konnte. Und wenn er abends um acht, manchmal sogar erst um neun ohne nennenswerte Einnahmen heimkam, machte er keinerlei Ausflüchte und empfand nicht einmal Scham.

»Bei meiner Kunst geht es nicht um Geld, verstehst du? Kunst ist ein Prozess. Die größten Künstler haben zu ihren Lebzeiten kein Geld verdient – Kafka, van Gogh, Bach, denk mal darüber nach. Das Geld wird schon kommen.«

»Hat Kafka seine Kinder hungern lassen?«

»Sei nicht albern!«, schmetterte er die Frage meiner Großmutter ab. »Kafka hatte doch keine Kinder.«

Als dann Grandma Chan – Mutter von vier in zerschlissenen Kleidern herumlaufenden Töchtern und Ehefrau eines Mannes, dessen Fotografien ganz eindeutig kein Geld einbrachten – mit Eileen schwanger wurde, hörte sie endlich auf, sich selbst zu betrügen. Sie begrub alle Hoffnungen auf bessere Zeiten. Die geistige Wendigkeit ihres Mannes, die sie bewundert und von der sie geglaubt hatte, dass sie zu Erfolg und Reichtum führen müsse, war in der unerträglichen Choreographie ihrer Ehe nur noch Begleitmusik. Sie war hereingelegt worden, ihr Ringfinger nackt, während der Sears-Katalog neben der ohne Bettgestell auf dem Boden liegenden Matratze vergilbte. Ja, sie hatte tatsächlich nicht einmal ein richtiges Bett, durchfuhr es sie plötzlich, von Diamanten ganz zu schweigen. Mit der Wirklichkeit, die sich bleiern auf sie herabsenkte, kam jedoch auch die Erkenntnis, dass sie es selbst zugelassen hatte. Sie war impulsiv und naiv gewesen. Warum hatte sie das Thema Geld nie angeschnitten? Waren ihre Schwiegereltern wirklich bei einem Verkehrsunfall ums Leben gekommen, wie ihr Mann behauptet hatte? Wie konnte sie akzeptieren, in Kane'ohe in einem engen Untergeschoss zu wohnen, während sich ihr Mann in der Stadt einen eigenen Laden leistete?

All diese Fragen brachen gleichzeitig über sie herein, mit einer solchen Wucht, dass ihr schwindelig wurde. Sie krümmte sich, umklammerte das Kind in ihrem Bauch und übergab sich auf den Kunststoffboden. Das Picknicken am Strand, die Villen in Wailae, das langsame, träge Inhalieren von Zigarettenrauch – alles war weg. Weg, ohne ihr je gehört zu haben. Sie wischte sich den Mund mit einem Geschirrtuch ab, das vom Abwasch des letzten Abends schon schmutzig war, und in diesem Moment fasste sie den Entschluss, zufrieden zu sein – nicht glücklich, aber wenigstens zufrieden. Mit der Zeit würde sie es schon schaffen, ihr Denken und Fühlen zu bezwingen. Sie würde ihre Erwartungen zurückschrauben und lernen, aus diesem, ihrem Leben Befriedigung zu ziehen. Schließlich hatte erst ihr Mann sie darauf gebracht, sich Dinge zu wünschen, die sie vorher nie in Betracht gezogen hatte. Und er war auch derjenige, an dem sich ihre immense Enttäuschung festmachte, dieses Gefühl des Scheiterns angesichts einer Sache, die nie real gewesen war.

Sie fragte sich, ob ihr rotes Band wirklich so morsch war, wie sie dachte, und in diesem Moment begriff sie, dass Grandpa Chan nicht ihr Schicksalsgefährte war. Er hatte nicht um ihre Liebe gekämpft; er hatte sie getäuscht und sich mit leeren Schmeicheleien der Wahrheit entzogen. Sie begann nachzurechnen, wie oft sie miteinander geschlafen hatten, wollte die vielen Knoten beziffern, die sie selbst in ihr Schicksal geknüpft hatte, doch sie musste aufhören, als die Zahl so hoch wurde, dass sie nach Luft rang, als wäre das rote Band im Begriff, ihr die Kehle zuzuschnüren.

Es ist doch nur eine Geschichte, dachte sie und rieb sich beunruhigt über den Hals, während sie über das Märchen nachgrübelte, das man ihr als kleines Mädchen erzählt hatte, und über die Folgen, die das alles für ihre Kinder zu haben drohte. Sie werden es besser wissen, flüsterte sie verzagt. *Es ist doch wirklich nur ein Märchen.*

FÜNF

November 1964
Honolulu, Hawaii

Der Rückweg in den großen Salon braucht seine Zeit. Amy hat den rechten Arm in die Hüfte gestützt, damit sich Lin Leong bei ihr einhaken kann. Die Frauen sind beinahe gleich groß, aber Amy trägt Absätze, weiße Lederschuhe, die sie einige Zentimeter größer machen. Theresa, die ihnen folgt, betrachtet die beiden Frauen, ihre Silhouette, ihre Bewegungen; ein seltsames Paar.

Bei ihrer Großmutter ist das Gehen ein vorsichtiges Schleichen, die leicht gebeugten Knie, das leise, behutsame Auftreten. Es ist ihre Größe, denkt Theresa, allein die Größe verleiht ihr Anmut. Sonst sähe sie aus wie ein Kind, das sich vor den Eltern versteckt und mit lautlosen Schritten über die Dielen huscht, um bloß nicht entdeckt zu werden. Auf den ersten Blick ist Lin eine alternde Frau wie jede andere. Ihr Körper ist mangels Bewegung erschlafft, aber sie ist schlank geblieben. Wenn sie steht, denkt Theresa, deutet nur wenig auf ihre Schwäche hin.

Als sich die kleine Prozession dem Ende des Flurs nähert, sind die Geräusche nicht mehr zu überhören. Flüsternde Stimmen, gedämpfte Schritte, ein leises Schrammen von Stühlen auf Holz. Es klingt genau so, wie eine Beerdigung zu klingen hat, und erinnert Amy unsanft an den Grund ihres Kommens. Das Ausmaß ihres Selbstbetrugs erschüttert Amy: Für einen Augenblick hat sie tatsächlich geglaubt, sie hätte für diesen Tag bereits ihr Soll erfüllt, die Pflicht, ihrer Schwiegermutter ein angemessenes Hemd zu besorgen.

Amy strafft die Schultern. Ihre Muskeln verkrampfen sich, und Lin bleibt stehen. Amy spürt, wie sich die alte Frau an ihren Arm klammert.

»Tut mir leid«, sagt sie instinktiv. »Tut mir leid – alles in Ordnung?«

Ohne sie anzusehen, nickt Lin. Ihr Griff lockert sich, und Amy geht weiter. Sie hebt einen Fuß, setzt ihn ab, hebt den anderen, setzt ihn ab und begleitet ihre Schritte im Kopf mit Worten, die ihr Halt geben, sie beruhigen, ihr helfen, gleichmäßig zu atmen. Amy ist dankbar, dass sie den Raum nun gemeinsam mit ihrer Schwiegermutter betreten kann. Es war nicht so geplant, doch jetzt wird ihr klar, wie es sich für die Gäste darstellt – als hätte Lin Leong sie ausgewählt, ihr für diese wichtige Rolle ihr Vertrauen geschenkt. Sie spürt die Wärme von Lins Hand; über den Arm scheint sie ihr bis ins Gesicht zu strömen.

An der Tür angelangt, entdeckt Amy ihre Familie. Alle sitzen schon wie aufgefädelt in einer der mittleren Reihen, die Eltern direkt am Gang. Amys erster Gedanke gilt ihrer Schwester, die auch die Erste war, mit der sie direkt nach Bohais Tod telefoniert hat. Beverly kam sofort ins Krankenhaus, wo sie gemeinsam im Flur standen und stumm ins Leere starrten. Beverly war diejenige, die Amy überhaupt dazu brachte, Kaipo anzurufen – erst sechs Stunden später, als sich der erste Schock gelegt hatte. Amy musste ihn anlügen. Ihm sagen, sie hätte es gerade erfahren, er sei der Erste, den sie anrief.

Amys Mutter hat ihre Tochter erblickt. Sie steht auf, will durch den Mittelgang zu ihr, doch Amy macht eine abwehrende Geste. Sie hebt einen Zeigefinger, *einen Moment*, sagen stumm ihre Lippen, und die Mutter nimmt wieder Platz.

Sie sucht Theresas Blick und schenkt ihr so etwas wie ein Lächeln, ein steifes Hochziehen der Augen- und Mundwinkel.

Der Raum ist gut gefüllt mit Menschen, die ein Programm in der Hand halten und an Glücksbonbons lutschen. Bis zu den Riten ist noch ein bisschen Zeit, und Amy weiß, dass kein Stuhl leer bleiben wird. Fünfundsiebzig Einladungen, fünfundsiebzig Zusagen. Amy konnte es erst gar nicht glauben. Jedes Mal, wenn wieder ein kleiner weißer Umschlag im Briefkasten lag, scherzten sie und Theresa, dass Bohai letztlich von ihnen allen wohl der Beliebteste war.

Kaipo steht am Ende des Raums neben dem Sarg seines Bruders, regungslos, die Hände ruhig vor der Brust gefaltet, während Trauergäste herantreten, um Blumen und kunstvoll aus Blüten geflochtene Leis auf den Sarg zu legen. Anschließend schütteln die Männer Kaipo die Hand. Die Frauen hauchen ihm einen Kuss auf die Wange. Es könnte eine Szene aus einem alten Schwarzweißfilm sein, denkt Theresa. Es sieht aus, als wäre eine bedeutende Person gestorben.

Zahlreiche Blicke folgen den drei Frauen, als sie durch den Mittelgang schreiten. Amy konzentriert sich auf die am Ende, links des Sarges wartende Stuhlreihe, während sie betont langsam einen Fuß vor den anderen setzt. Theresa dagegen schaut in die versammelten Gesichter, lässt prüfend ihren Blick über die Anwesenden schweifen, sucht nach *seinem* Gesicht.

Sie fragt sich, ob sie ihn überhaupt noch erkennen wird. Unter so vielen Menschen, in diesem grellen Licht und acht Monate später, da wird er wohl ganz anders aussehen. Und sie erst, was ist mit ihr? Kugelrund, beinahe fünfzig Pfund schwerer als beim letzten Mal, in der Nacht, als sie schluchzend auf der Toilette zusammenbrach. Für Theresa war diese Einladung ein Friedensangebot an ihren Vater, mehr nicht. Und dann kam der weiße Umschlag zurück, ein kleines, spitzes Häkchen im entsprechenden Feld bestätigte sein Kommen. Keine Unterschrift. Blauer Kugelschreiber, vermutlich die Mutter.

Sie sind fast am Sarg angelangt. Theresa hat sein Gesicht nicht entdeckt.

»Ist das Hemd von mir?«, flüstert Kaipo Amy zu, während sie ihrer Schwiegermutter hilft, sich zu setzen.

»Von Bohai«, flüstert sie zurück. Nickend mustert Kaipo seine Mutter.

»Großartig«, sagt er schließlich, und Amy muss fast lächeln.

»Ich gehe schnell meine Mutter begrüßen«, sagt sie. »Sind wir denn so weit?«

»Fast. Ich glaube, die Letzten sind gleich da.«

»Ich beeil mich, versprochen.«

Als Amy abermals durch den Gang zwischen den Stuhlreihen geht, zwischen fünfundsiebzig Gesichtern, einhundertfünfzig Augen, denen sie vage zuzunicken versucht, kommt es ihr vor, als würde ihr das Echo einer einzigen Stimme entgegenhallen. *Herzliches Beileid*, *was für eine schöne Beerdigung*, schallt es aus allen Richtungen, sie bedankt sich ziellos, und als sie endlich den Stuhl ihrer Mutter erreicht, ist ihr heiß und schwindelig. *Sag hallo*, ermahnt sie sich, *dann ist es geschafft*. Dann kann sie die Mutter aus ihrem Bewusstsein streichen, sie für diesen Tag ausradieren.

»Hallo«, sagt sie.

»Amy.« Die Mutter steht auf. »Du siehst toll aus – ist das Seide? Hast du dir das nähen lassen?«

»Mom«, fällt ihr Amy schneidend ins Wort. Sie schüttelt den Kopf, ganz kurz, nur die Andeutung einer Bewegung. Genau *das*, diese Nichtigkeiten, diese Unfähigkeit ihrer Mutter, sich angemessen zu verhalten, sobald ihr etwas begegnet, das sie glamourös, luxuriös oder auch nur ungewöhnlich findet, ist der Grund, warum Amy die Familien seit achtzehn Jahren voneinander fernhält. Amys Mutter hat Kaipo seit Theresas Geburt nicht mehr gesehen. Den großen Salon hat sie zum letzten Mal vor Amys Hochzeit betreten. Amy will es nicht anders; in Gegenwart beider Familien sitzt sie zwischen den Stühlen. Plötzlich ist sie wieder zwanzig und lauert auf jedes Wort ihrer Eltern, den einzigen Menschen in diesem Raum, mit denen sie nicht Frieden geschlossen hat; oder zumindest den einzigen lebenden Menschen, muss sich Amy verbessern.

»Hast du das Programm bekommen?«, fragt sie abrupt.

»Ja«, antwortet ihre Mutter nervös. »Ich hab's hier.«

»Gut. Danke auch für die Blumen.«

Sie beugt sich in die Reihe hinein, streckt den Arm aus, um ihren Vater und die Geschwister zu begrüßen.

»Wir fangen jetzt an, ich muss zurück, aber wir sehen uns danach«, sagt sie, schaut erst Beverly, dann den anderen und zuletzt wieder Beverly kurz in die Augen und kehrt an ihren Platz zwischen Theresa und Lin zurück. Als sie wieder sitzt, nickt sie Kaipo zu, der ihr Nicken erwidert. Sein Blick wandert über das Meer von Stühlen. Keiner ist mehr leer. Er löst die gefalteten Hände, streicht sich das Jackett glatt. Dann räuspert er sich.

»Guten Morgen allerseits. Aloha.« Er tritt einen Schritt vor und blickt auf die versammelten Menschen links und rechts des Mittelgangs. »Willkommen.«

Augenblicklich wird es leise. Das Schweigen verstärkt bei Amy den Eindruck von Helligkeit – als könnte das gleißende Licht ihre Haut durchdringen. Sie fühlt sich plötzlich wie ein kleines, hilfloses Etwas, das zu experimentellen Zwecken unter einem Strahler inspiziert wird.

»Ich möchte Ihnen allen dafür danken, dass Sie heute hier sind«, sagt Kaipo, und seine Stimme ist kraftloser, fader, als Amy erwartet hätte. Es ist zu heiß, denkt sie und reibt sich mit der Hand übers Genick. Viel zu heiß.

»Es bedeutet mir viel, und ich weiß, dass es auch meinem Bruder viel bedeutet hätte, Sie alle hier versammelt zu sehen.« Er räuspert sich abermals, fährt sich mit der rechten Hand durchs Haar, und Amy sieht, dass ihm Schweiß auf der Stirn steht. Ein feiner, feuchter Schimmer, und sie hat das Gefühl, dass die Schweißtropfen größer werden. Sie ist sich sicher, dass Kaipo genauso unbehaglich zumute ist wie ihr.

Unauffällig sieht sich Amy nach einem Ventilator um. Sie überlegt, mit welcher Entschuldigung sie kurz hinausgehen könnte, um einen zu suchen – Luft für sie und Kaipo, Luft für den ganzen Raum. Sie stellt sich die Erleichterung vor, die ein leise brummender Ventilator bringen würde. Im Geist geht sie alle Räume durch. Bohai hat nie einen benutzt, das weiß sie, in seinem Schlafzimmer kann also keiner stehen. Auch nicht in der Bibliothek. Dieser Teil des Hauses liegt im Schatten. Dort ist es immer kühl, sogar in den heißesten Monaten, sogar im Juli. In diesen Räumen braucht man keinen Ventilator. Als sie sich das Arbeitszimmer vor Augen ruft, wird ihr mit einem Mal bewusst, dass sie mit dem Gesäß bis an die Vorderkante des Stuhls gerutscht ist. Ihre Hände umklammern die Ränder der Sitzfläche, und plötzlich dringt Kaipos Stimme wieder in ihr Bewusstsein. Er spricht immer noch.

Langsam hebt Amy den Kopf. Alle Blicke sind fest auf Kaipo gerichtet. Aufmerksam lauschen ihre Gäste seinen Worten, die Gesichter voller Mitgefühl, die Trauer still und unverkennbar. Die Ehrlichkeit in den Mienen dieser Menschen ist für Amy ein Schlag ins Gesicht, wie eine Hand, die ihr in die Eingeweide greift, ihr den Magen umdreht, damit auch sie endlich etwas empfindet. Amy fühlt sich verraten, nicht von den Menschen, die vor ihr sitzen, sondern von sich selbst. So oft hat sie sich vorgenommen, ja geschworen, dass sie sich bessern und ihrem Mann den Respekt entgegenbringen wird, den er verdient hat und den sie ihm dennoch nie geben konnte. Nun hat sie sogar als Witwe versagt, nicht einmal als Witwe gelingt es ihr, da zu sein, *einfach nur da zu sein* in einem so wichtigen Moment wie diesem.

»Ich habe lange darüber nachgedacht, was ich heute sagen werde«, hört sie Kaipos Stimme. Amy atmet tief durch und rutscht auf ihrem Stuhl zurück. *Jetzt hörst du zu!*, ermahnt sie sich. *Was ist los mit dir?*

»Wie Sie alle wissen, war mein Bruder kein Mann der großen Worte. Was es mir heute natürlich umso schwerer macht, die passenden Worte für ihn zu finden.« Noch einmal holt Amy tief Luft. In drei Metern Entfernung liegt ihr Mann, und ihr wird klar, dass er, schweigsam wie immer, in gewisser Weise Zeuge ihres Versagens ist.

»Selbst jetzt, wo ich vor Ihnen stehe, bin ich mir nicht sicher, ob ich meine Sache gut machen werde. Ich bin mir eigentlich sogar ziemlich sicher, dass ich sie schlecht machen werde. Aber ich weiß auch, dass mir mein Bruder verzeihen wird. Vergebung ist Bohai immer leichtgefallen, und ich bin mir sicher, dass Sie alle das unglaubliche Mitgefühl meines Bruders kennen und am eigenen Leib erfahren haben. Mitgefühl war eine seiner nobelsten Eigenschaften, um die ich ihn immer beneidet habe.«

Kaipo hält inne. Langsam senkt sich sein Blick.

»Hast du gehört?« Er dreht sich zum Sarg um. »Ich habe dich beneidet, Bohai. Ich habe dich mehr beneidet, als dir bewusst ist.«

Sekunden verstreichen, Kaipo wendet den Gästen immer noch den Rücken zu. Sein Blick verweilt auf dem Sarg.

Fünfundsiebzig Menschen teilen schweigend ihr Unbehagen. Amy will aufstehen, es drängt sie, Kaipo zu retten und etwas für ihren Mann zu tun, das sich geziemt. Doch im selben Moment wird ihr klar, dass sie nichts zu sagen hat, nicht einen einzigen tröstlichen Satz. Sie würde nur dastehen. Ihre Beine beginnen zu zittern.

»Es gab vieles, worum man meinen Bruder beneiden konnte.« Kaipos Stimme lässt Amy zusammenzucken. Sie bemüht sich, so langsam wie möglich ein- und Richtung Boden auszuatmen, um niemanden mit ihrem heißen Atem zu belästigen. Plötzlich spürt sie Theresas Hand auf ihrem Oberschenkel. *Es ist okay*, flüstert ihre Tochter, und als ihr Amy ins Gesicht blickt, erschrickt sie über den schmerzvollen Ausdruck, der sich in nichts von dem der anderen Gäste unterscheidet. Ist sie denn der einzige Mensch in diesem Raum, den Kaipos Rede nicht berührt, der einzige Mensch, der nicht einmal zuhört?

»Bohai war ein hochintelligenter Mann. Er hat die Familie häufiger, als mir lieb ist, vor dem Ruin gerettet. Ich glaube, bis heute weiß niemand, wie wichtig er tatsächlich für das Unternehmen meines Vaters war und wie viel er dafür getan hat, dass es heute das ist, was es ist.«

Amy greift nach Theresas Hand und drückt sie. Sie ist ihrer Tochter unendlich dankbar für diese Geste, und sei sie auch noch so klein. Es ist ein Angebot, eine ausgestreckte Hand, ein Wink, dass Theresa sie nicht für alle Zeit hassen wird. Erleichterung strömt durch ihren Körper wie ein belebendes Elixier, und sie gibt sich ihr voller Dankbarkeit hin. *Danke*. Lautlos formt sie das Wort mit den Lippen, ihre Hand in der Hand ihrer Tochter.

»Wenn ich aber einen besonderen Charakterzug meines

Bruders nennen müsste, wenn ich eine Sache herausgreifen müsste, die ich am meisten bewundert habe, dann … nun, es ist eigentlich ganz einfach.

Als wir Kinder waren, hätte ich mir niemals vorstellen können, dass Bohais Leben so verlaufen würde, wie es letztlich verlaufen ist. Er hat damals nie davon gesprochen, dass er sich eine Frau oder eine Familie wünscht. Er hat sich nie besonders dafür interessiert. Aber ich glaube, gerade das macht die Schönheit dessen aus, was ihm dann widerfahren ist. Er hat Amy kennengelernt, und das war, als wäre ein Blitz eingeschlagen. So etwas hatte ich noch nie erlebt und war zugegebenermaßen ein bisschen neidisch auf die beiden, weil bei ihnen alles so leicht schien. Sie lernten sich kennen, verliebten sich, heirateten und lebten von da an glücklich zusammen – bis zu Bohais plötzlichem Tod. Bis dahin hatte alles gepasst. Wenn es so etwas wie Vorsehung gibt und man den Geschichten von roten Bändern und Schicksalsgefährten Glauben schenken darf, dann kann ich voller Überzeugung sagen, dass ich das Glück hatte, es bei diesen beiden Menschen mitzuerleben. Ich habe es immer wieder gesehen, jedes Mal, wenn mein Bruder mit seiner Frau zusammen war.«

Kaipo hält inne und wendet sich zu Amy. Sein ganzes Gesicht lächelt, mit Ausnahme der Augen, aus denen die Trauer nicht weicht. Amy hält den Kopf gesenkt. Sie blickt auf ihren Schoß, wo ihre Hand in der ihrer Tochter liegt. Zum ersten Mal an diesem Tag wird ihr ganz und gar bewusst, dass ihr Mann tot und dies seine Beerdigung ist.

»Wer behauptet, Bohai sei überglücklich gewesen, als er Amy kennengelernt hat, der untertreibt. Natürlich freute er sich auf seine Weise. Er hörte auf, täglich vierzehn Stunden zu arbeiten. Er verbrachte mehr Zeit mit uns. Er machte Ausflüge. Kam zum Strand. Und dann haben sie geheiratet und die kleine Theresa bekommen, und wieder war mein Bruder so stolz, so *glücklich.*«

Amy schließt die Augen. Es ist das Einzige, was sie tun kann.

»Bohai fühlte sich seiner Familie in einer Weise verbunden, die ich sehr bewundert habe. Er liebte die beiden. Von dem Tag, als er Amy kennenlernte, bis zu dem Tag, an dem er starb, hat er für diese Frau gelebt. Und ich finde, dass dieser Gedanke etwas unglaublich Tröstliches hat. Eigentlich wollte ich nicht so sentimental werden, bitte verzeihen Sie mir, und ich bin auch schon fast fertig. Nur eins will ich noch sagen: Ich möchte Sie alle, die Sie meinen Bruder geliebt haben, daran erinnern, dass er ein glücklicher Mann war, als er starb, denn er hat geliebt und wurde geliebt.«

Mit gesenkten Lidern wartet Amy. Sie fürchtet sich vor dem, was vor ihr lauert, wenn sie die Augen öffnet. Was soll sie tun? Nichts, denkt sie und verharrt still in der Dunkelheit. Als sie nicht mehr umhinkann, das Ende von Kaipos Trauerrede zur Kenntnis zu nehmen, als sie die Geräusche der sich regenden Körper und das gedämpfte, zustimmende Raunen hört, hält sie dennoch die Augen geschlossen.

Mom, hört sie. *Ist alles in Ordnung?*

Sie rührt sich nicht. In Gedanken ist sie weit weg.

AMY

1942
Honolulu, Hawaii

Das Fotostudio meines Vaters war eins der wenigen von ganz Oahu und das einzige im Zentrum von Waikiki. Bevor ich bei ihm anfing, zählten Babys und Kleinkinder in albernen Spitzenkleidern mit großen Schleifen auf den kahlen Köpfen zu seinen häufigsten Kunden. Manchmal brauchte er vier Stunden, um ein einzige Baby zu fotografieren. Mit zwanghafter Akribie rückte er den Korbstuhl hin und her, bis der Winkel stimmte, bog den Kopf des Kindes in hundert verschiedene Richtungen, um dann den Moment abzupassen, in dem das Sonnenlicht in geeigneter Weise durchs Studiofenster fiel. Was in der Regel dazu führte, dass die Babys schrien und die Kleinkinder heulend auf dem Boden lagen, ehe mein Vater auf den Auslöser drücken konnte, und somit Eltern wie Kinder am nächsten Tag noch mals antreten mussten.

»Aber bitte um Punkt zwölf, wenn die Sonne genau über dem Dachfenster steht!«, erklärte er mit erregter Stimme und deutete nach oben, während die Eltern ihre erschöpften Kinder tätschelten.

Wenn mein Vater, als ich noch jünger war, abends zur Essenszeit wieder einmal auf sich warten ließ, behauptete meine Mutter, er brauche nur deshalb so lange für seine Fotos, weil er sich lieber im Studio aufhalte als bei uns zu Hause. *Und wer täte das nicht*, murmelte sie leise vor sich hin, während sie aufgebracht den Läufer ausschüttelte, *nicht mal Tiere würden so hausen wie wir!* Wenn mein Vater schließlich um neun oder zehn heimkam, verkündete er, sein Perfektionismus sei doch nur *Zeugnis seiner Hingabe.* Und er sagte es so, als wäre er ein legendärer Künstler; als würde meine Mutter das sowieso nie verstehen. Mit vierzehn wusste ich, dass er im Irrtum war. Weil er uns ständig allein ließ und weil er, wenn er wie ein Schatten seiner selbst heimkam, nur körperlich anwesend war; alles, was ihm am Herzen lag, schien er in Waikiki zu lassen.

Es war wie eine Fernsehserie, die nur aus einer Folge besteht: eine Endlosschleife aus Streit.

Meine Eltern standen in der Küche, auf der anderen Seite des Bettlakens, das unser Zimmer in zwei Hälften teilte. In unwirschem Ton hörte ich meine Mutter flüstern und in der Spüle mit den Tellern klappern. Das Ausmaß ihrer Verzweiflung erkannte ich daran, wie weit der Wasserhahn aufgedreht war und wie laut das Geschirr klapperte. Wenn ein Becher in Stücke brach, war der Ernstfall eingetreten. Es folgten Tränen. *Verdammt noch mal*, flüsterte sie dann, und ich wusste, dass sie um den Becher weinte, weil wir sowieso schon zu wenige hatten.

Kurz darauf übertönte die Stimme meines Vaters das Rauschen des Wasserhahns, und es war klar, dass er einen Witz gemacht hatte. Die Worte waren nicht zu verstehen, aber der Ton verriet es. Das Wasser hörte auf zu laufen, und meine Mutter verließ das Haus, um durch die Nachbarschaft zu streifen, bis sie sich wieder beruhigt hatte. Lange Zeit hegte ich den Verdacht, dass sie aus dem Haus ging, um zu rauchen. Wenn sie zurückkam, wusch sie sich jedes Mal als Erstes die Hände. Die Vorstellung, dass sie im Dunkeln genüsslich an einer Zigarette zog und den Rauch in den Wind blies, machte mich irgendwie glücklich. Meine Mutter hatte so wenig, was ihr Freude bereitete; wenigstens das hatte sie verdient.

Doch dann fielen die Bomben, wir erklärten Japan den Krieg, und alles änderte sich. Es war seltsam, dass uns ausgerechnet ein Krieg solches Glück brachte, aber genau das geschah. Das beigefarbene Telefon im Atelier meines Vaters, das sonst wochenlang geschwiegen hatte, hörte nicht mehr auf zu klingeln.

Tag für Tag strömten die Kunden in solchen Massen herbei, dass wir sie unmöglich alle fotografieren konnten, und in meiner ersten Woche im Studio rannte ich unentwegt zwischen den Leuten hin und her, äußerte mein Bedauern, frischte mein Lächeln auf, bat um Geduld und zermarterte mir das Hirn nach einer Lösung. Ich fand es extrem frustrierend, wenn Männer das Studio ohne Porträt verließen. Sie kamen mit Geld, mit echten, guten Dollars zu uns, und wir ließen sie wieder gehen? Ich zählte sie jeden Tag: Fünf verlorene Kunden, das bedeutete fünfzehn entgangene Dollars. Ein Wochenlohn. Eine halbe Monatsmiete. Mehr Zigaretten, als meine Mutter in einem Jahr rauchen konnte. Und dann sah ich zu meinem Vater, der seit zwei Stunden dabei war, ein und denselben Soldaten zu fotografieren, und ich wusste, dass es meine Aufgabe war, etwas zu ändern. *Du kannst das*, sagte ich mir. Aus den jahrelangen Streitereien, in denen sich meine Eltern im Kreis drehten, ohne je eine Lösung zu finden, hatte ich eins gelernt: Alles, was mit Geld zu tun hatte, war Teil einer ernsten, männlichen Welt, und genau das hatte meine Mutter nie verstanden. Wenn ich erfolgreich sein wollte, musste ich alle Gefühle außen vor lassen, dann durfte es keine zerbrochenen Becher geben, kein Weglaufen ohne Einigung.

»Denk mal drüber nach«, sagte ich zu meinem Vater, als wir auf dem Heimweg im Bus saßen und gerade Chinatown durchquerten. »Die Kunst ist denen doch egal. Die müssen in den *Krieg*. Die wollen nur ein Bild, auf dem sie gut aussehen, und ich weiß, dass du so ein Foto in weniger als einer Stunde hinkriegen kannst. Selbst mit der Ausgangssperre würden wir mehr Geld verdienen, als wir ausgeben können.«

Auf der Insel war der Ausnahmezustand verhängt worden, was bedeutete, dass zwischen sechs Uhr abends und sechs Uhr morgens alle Lichter gelöscht und die Straßen menschenleer sein mussten. Im Radio hieß es, schon die Glut einer Zigarette oder Pfeife könne Grund für eine Verhaftung sein. Ich nahm diese Warnungen außerordentlich ernst und achtete jeden Abend darauf, dass wir zu Hause waren, ehe die Sonne den Horizont berührte.

Mein Vater stieß einen langen Seufzer aus und lehnte sich auf seinem Plastiksitz zurück.

»So war das nicht gedacht«, murrte er, »so solltest du nicht werden. Habe ich dir denn als Kind nichts beigebracht? Aus dir sollte eine Künstlerin werden!«

»Das werde ich ja auch«, entgegnete ich ihm. »Aber für die Kunst braucht man Geld. Das hast du mir auch beigebracht, weißt du noch? Lass uns also Geld verdienen, solange wir die Gelegenheit dazu haben. Das hast du selbst gesagt, Dad! *Fähigkeiten brauchen Gelegenheiten.*« Das war sein Lieblingsargument, das er in den Kämpfen mit meiner Mutter gern zu seiner Verteidigung einsetzte. Es suggerierte Demut und den Wunsch, eine Lösung zu finden; allerdings ohne wirklich eine anzubieten. Ich war gespannt, wie er auf seine eigene Lebensweisheit reagieren würde, und wagte den nächsten Vorstoß.

»Wenn dir die Soldaten drei Dollar bezahlen, dann lass sie doch einfach machen, was sie wollen. Vielleicht wollen manche von ihnen lächeln –«

»Kein Lächeln!«, fiel er mir ins Wort. Er verschränkte die Arme vor der Brust wie ein trotziges Kind.

»Das Lächeln macht alles kaputt. Damit sieht jedes Bild billig aus.«

»Okay, okay.« Ich wandte rasch den Kopf ab und lächelte das Fenster an. Ich hatte damit gerechnet, dass er so etwas sagen würde, aber ich wollte seine Schmerzgrenze austesten; wollte wissen, wie dringend wir das Geld brauchten. Es war seltsam, so mit ihm zu sprechen. Es weckte Wehmut nach einer Zeit, an die ich mich noch schwach erinnerte, und ließ etwas aufflackern, von dem ich wusste, dass es beinahe erloschen war. Ein wunderbarer, trügerischer Gedanke: Wenn der Krieg weiterging und sich immer mehr Männer verpflichteten, würde ich vielleicht doch noch den erfolgreichen, imponierenden Mann kennenlernen, von dem meine Mutter behauptete, dass sie ihn geheiratet habe.

»Also kein Lächeln.« Ich sah ihm direkt ins Gesicht. »Aber du fotografierst die Soldaten im Dreißig-Minuten-Takt, und wir fangen um acht an. Ich mache Termine, damit du dich an die Zeiten hältst!«

Mein Vater schwieg und schloss die Augen, als hätte ich ihn um den größten Gefallen seines Lebens gebeten.

»Eine Stunde«, sagte er, ohne die Augen zu öffnen. »Und im Übrigen stammt der Ausspruch über Fähigkeiten und Gelegenheiten nicht von mir. Das hat Napoleon gesagt.«

»Tatsächlich?« Ich wartete. »Fünfundvierzig Minuten.«

Worauf er »Wer hat dich großgezogen!« brüllte, die Augen aufriss und mich ansah. Er fasste mich am Kinn, blickte mir prüfend ins Gesicht. »Von mir kannst du nicht sein.«

»Keine Sorge«, antwortete ich. »Es wird dir leichtfallen, deine Vaterschaft anzuerkennen, wenn wir erst reich sind.«

***

Am nächsten Tag wurde unser neuer Zeitplan in Kraft gesetzt, und als wir den Laden um vier Uhr nachmittags zumachten, hatten wir einundzwanzig Dollar verdient, eine Summe, die mein Vater – da bin ich mir ziemlich sicher – vorher nicht einmal in einer Woche eingenommen hatte. Er schwieg dazu, und ich erwartete auch nichts anderes, doch ich konnte es seiner Miene ablesen. Den ganzen Tag unterdrückte er ein Grinsen, während wir Dollar für Dollar einnahmen, von Soldaten, die glücklich waren, in weniger als einer Stunde fertig zu sein. Noch nie hatte ich etwas so Befriedigendes erlebt; ich hatte gedacht, diese Art von Befriedigung sei Männern vorbehalten: das wunderbare Gefühl, nicht nur mit eigener Hände Arbeit, sondern mit Köpfchen Geld zu verdienen. Es hatte, wie mir nun klarwurde, nichts mit Mann- oder Frausein zu tun, es brauchte nur Ehrgeiz, Entschlossenheit und eine günstige Gelegenheit. Ich konnte das Geschäft meines Vaters retten. Ich konnte seinen guten Ruf wiederherstellen. Jeder Dollar war eine neue Möglichkeit, eine Tür, die uns bisher verschlossen geblieben war. Die Kamera meines Vaters klickte, und ich sah einen frischen Anstrich für unser Haus – das ganze, denn auch das Obergeschoss bewohnten bald wir. Ich sah Porzellantassen, ein Himmelbett, einen Plattenspieler auf einem Tisch, der groß genug für zwölf war.

Jeden Tag, wenn ich an der Registrierkasse saß, dachte ich über solche Dinge nach. Als rechte Hand meines Vaters hatte ich eine begrenzte Zahl von Aufgaben. Da diese in der Regel gegen Mittag erledigt waren, verbrachte ich die meiste Zeit des Tages damit, die Soldaten bei Laune zu halten, während sie auf ihre Termine warteten. Daraus zog ich eine Befriedigung anderer Natur. Beinahe jede Woche wurde ich um ein Date gebeten, von denen manche gut, die meisten jedoch schlecht waren. Angesichts der Ausgangssperre mussten sich die Soldaten bei ihren Vorschlägen einiges einfallen lassen. Ich wurde zu nachmittäglichen Picknicks und Touren entlang der Küste eingeladen oder zu Schneeeis und Dim Sum am Morgen. Mein Vater, der diesen Plaudereien unauffällig lauschte, grinste mir zu, sooft er konnte. Sämtlichen Verehrern gab er Spitznamen wie »Großer Schnurrbart«, »Kleine Uniform« oder »Erbsenzähler« und fragte sie über amerikanische Politik und Geschichte aus, bevor er mich mit ihnen ausgehen ließ. Mit anderen Worten, er interessierte sich sehr dafür, mit welchem Mann ich zum ersten Mal ausgehen würde. Ich nahm es ihm nicht übel. Ich glaube, es gefiel mir sogar. Ich genoss die Aufmerksamkeit – nicht nur die der Soldaten, sondern auch die meines Vaters, der so lange durch Abwesenheit geglänzt hatte.

»Großer Schnurrbart« oder besser gesagt Henry Wong war auch einer, der eines Tages im Studio auftauchte, und von ihm waren sowohl mein Vater als auch ich sofort angetan. Während der fünfundvierzig Minuten, in denen er für sein Foto posierte, hatte ich darüber nachgesonnen, ob ich ihn gutaussehend fand oder nicht. Noch nie hatte ich mir diese Frage bei einem Mann mit Schnurrbart auch nur gestellt, und während ich seine anderen Attribute in Augenschein nahm – die großen Augen, die vollen Lippen, das schwarze, gewellte Haar –, merkte ich plötzlich, dass er mich ebenfalls ansah.

»Konzentrieren Sie sich auf mich, mein Sohn, und nicht auf das Mädchen«, ertönte die Stimme meines Vaters hinter der Kamera. »Ich weiß, dass sie hübsch ist, aber da müssen Sie schon noch ein bisschen warten.«

Henry lachte nervös, und ich tat, als hätte ich nichts gehört. Was für ein Lachen, dachte ich, während ich zwei leere Papierblätter übereinanderlegte.

Als er fertig war, kam Henry zu mir an die Kasse, um zu bezahlen. Und sich fürs Anstarren zu entschuldigen, wie er sagte. Er habe das nicht so gemeint, er sei wohl nur ein bisschen verwirrt gewesen. Anstatt mein Lächeln zu unterdrücken, ließ ich es immer strahlender werden. Henry sah gut aus. Es war nicht die Art von Attraktivität, die einem im Menschengewühl sofort ins Auge springt. Nein, seine Attraktivität war stiller, sie lag in der Ruhe seines Blicks und der leisen Kraft seiner Stimme.

»Kein Problem«, erwiderte ich. »Ich glaube, das war ich auch.«

Henry verstummte. Seine Hand lag noch zwischen uns auf der Theke, darunter die drei Dollar. Er sah mich an, als wollte er etwas sagen und hätte vergessen, was es war. Ich hielt seinem Blick stand, wartete darauf, dass es ihm wieder einfiel.

»Ich würde das hier gern noch mal machen«, sagte er schließlich. Er schüttelte mit verlegenem Lächeln den Kopf. »Ich meine, nicht das Anstarren. Aber vielleicht ein Date? Ich verspreche auch, dass ich etwas anderes anziehe.« Er breitete die Arme aus, um seine Uniform zu präsentieren.

»Hören Sie zu«, schaltete sich mein Vater vom anderen Ende des kleinen Ateliers ein. Er war schon mit dem nächsten Soldaten beschäftigt. »Sie dürfen meine Tochter ausführen, wenn Sie mir eine Frage beantworten können. Sie ist wirklich einfach. Jeder Soldat sollte die Antwort kennen.«

Henry drehte sich zu meinem Vater um. Er stand jetzt eine Spur aufrechter. »Ist das Ihre Tochter, Sir?«

»Ja, genau.« Mein Vater ging in die Hocke, um einen anderen Winkel zu erwischen, die Kamera fest ans Gesicht gedrückt. »Bist du doch, Amy, oder?«

»Ja, Dad.«

»Also, wollen Sie jetzt die Frage beantworten oder nicht?«

»Ja«, sagte Henry und sah sich kurz zu mir um. »Ja, natürlich. Legen Sie los, Sir, ich bin bereit.«

Mein Vater räusperte sich.

»Nennen Sie die militärischen Erfahrungen des amerikanischen Präsidenten, Franklin D. Roosevelt.«

Schon wieder diese Frage, dachte ich. Mein Vater hatte sie bereits zwei Mal gestellt. Einer hatte zwar die richtige Antwort gegeben, aber das Date war dann trotzdem ein Desaster. Wir hatten uns nichts zu sagen, und er hörte und hörte nicht auf, über Jagdflugzeuge und Kleinstunterseeboote zu schwadronieren, den Mund voller Teigtaschen.

Henry schien eine ganz andere Sorte Mann zu sein. Irgendwie war er mir vertraut, und die Art, wie er mit mir sprach, hatte etwas Anziehendes. Beinahe hätte ich die Antwort auf ein Stück Papier gekritzelt und es ihm unauffällig zugeschoben.

Er dachte einen Augenblick nach, die Hände tief in den Taschen seiner Uniform. Der Soldat, der gerade fotografiert wurde, grinste, worauf er umgehend einen Rüffel von meinem Vater bekam.

»Keine«, sagte Henry abrupt.

»Was haben Sie gesagt, mein Sohn?«

»Die Antwort ist: keine, Sir. Präsident Roosevelt hat selbst noch keine militärischen Erfahrungen gesammelt.«

Mein Vater drückte auf den Auslöser, dann erst drehte er sich um.

»Stimmt haargenau. Sie können Amy um drei Uhr abholen, dann ist sie hier fertig. Aber um halb sechs muss sie zu Hause sein. Keine Ausnahmen! Ich möchte nicht erleben müssen, dass heute Abend die Polizei bei mir an die Tür klopft.« Er schien nachzudenken.

»Und Ihnen wünsche ich viel Glück da draußen«, sagte er dann. »Mit einem Präsidenten, der noch nie an einem Krieg teilgenommen hat und jetzt oberster Kommandeur ist … Sie können sich Ihr Grinsen noch so sehr verkneifen, ich seh's trotzdem!« Abrupt drehte er sich zu dem Soldaten um, der wartend vor der Kamera saß.

Henry blickte mich an. Sein Mund formte ein lautloses *Meint er das ernst?*, die Miene eine Mischung aus Empörung und Begeisterung. *Absolut*, war meine stumme Antwort. *Bis später.*

***

Um Punkt drei fuhr Henry in einem schwarzen Ford vor. Er trug ein weißes Hemd mit Kragen und eine marineblaue Hose, beides frisch gebügelt. Ich merkte ihm seine Nervosität an, und das machte auch mich nervös.

»So schnell wieder da?«, fragte mein Vater, als Henry den Laden betrat.

»Vor Beginn der Ausgangssperre ist Ihre Tochter zu Hause, Mr Chan. Gesund und munter. Dafür sorge ich.« Sie nickten einander zu, und ich wusste, dass mein Vater ihn mochte.

»Na, dann los.« Er zwinkerte in meine Richtung, während ich meine Handtasche vom Haken nahm und ihm entgegenging.

Henry lenkte den Wagen mit einer Selbstverständlichkeit, als wäre der Schaltknüppel die Verlängerung seines rechten Arms. Begleitet vom leisen Brummen des Motors, plauderte er munter daher. »Wir fahren zum Pali«, verkündete er, und meine Vorfreude auf den Nachmittag wuchs ins Unermessliche. Ich wusste, was der Pali war – ein atemberaubender Aussichtspunkt in den Ko'olau Mountains, von dem die Töchter der Häuser, in denen ich geputzt hatte, häufig redeten, ein Ort, an dem ich noch nie gewesen war, weil meine Familie kein Auto besaß.

Der Old Pali Highway, vor einem Jahrhundert gebaut, war die erste Verbindungsstraße zwischen Honolulu und der Windseite der Insel und auch deshalb berühmt, weil man dort während der Bauarbeiten achthundert Schädel gefunden hatte, von denen man glaubte, es seien hawaiianische Krieger, die von den zerklüfteten Felsen in den Tod gestürzt waren. Die Straße war so schmal, dass an manchen Stellen keine zwei Autos aneinander vorbeikamen, und von riesigen, sich tief herabneigenden Bäumen gesäumt, deren verschlungene Zweige beinahe einen Tunnel bildeten. Von den Hängen schlängelten sich smaragdgrüne Ranken mit großen Blättern herab. Während Henry redete, blickte ich aus dem Fenster und versuchte, mir alles einzuprägen. Am liebsten hätte ich es jetzt schon meinen Schwestern erzählt.

Henry war kein Frontsoldat, sondern Pionier und sollte zum Monatsende nach Europa gehen, um dort beim Ausbau der Telefonleitungen zu helfen. Er hatte zwei Geschwister, einen älteren Bruder, der in der Apotheke der Eltern arbeitete, und eine drei Jahre jüngere Schwester, von der er sagte, dass sie mich bestimmt mögen würde.

Hinter einer scharfen Kurve begann die Steigung, und ich fing an, Henry von meiner Familie zu erzählen, den neun Geschwistern, deren Namen in alphabetischer Reihenfolge aus mir heraussprudelten.

»... und dann Denise, Eileen, Francine und Grace. Plus mein jüngerer Bruder Rich–«

»Donnerwetter!«, unterbrach er mich. »Es gibt also auch Jungs?«

»Drei Stück! Glauben Sie, mein Vater würde abends heimkommen, wenn er nur sieben Töchter hätte?«

»Du lieber Himmel …« Seine Stimme klang plötzlich ernst. »Sie ersparen mir aber auch wirklich nichts.«

»Was wollen Sie damit sagen?«

»Ein Vater, eine Mutter, drei Brüder, *sechs* Schwestern. Wie soll ich es schaffen, die alle zu beeindrucken? Vielleicht kann ich Ihnen ja eine Telefonleitung legen. Wie wär's damit? Ob man mir dann erlaubt, Sie zu heiraten?«

Als ich ihn ansah, ruhte sein Blick schon auf mir, vor ihm die schnurgerade Straße. Das Licht der Nachmittagssonne fiel flackernd durch die geöffneten Fenster des Wagens, während wir unter einem Gitterdach aus Zweigen dahinflogen, inmitten zuckender Schatten, die in der Sonne zerfielen. Im Radio kam *Moonlight Cocktail*. Ich mochte diesen Mann sehr.

»Ich …«, fing ich an. »Es müsste schon eine ziemlich gute Telefonleitung sein.« Es war nicht das, was ich eigentlich sagen wollte. Ich wusste, dass ich aufpassen musste – dass ein Mann, der nach einer Viertelstunde das Wort *heiraten* in den Mund nahm, wahrscheinlich ein sprunghafter Geselle war. Seine Verwegenheit hätte mich erschrecken sollen, aber so war das nicht zwischen mir und Henry. Im Gegenteil, sie machte mir Mut.

Inzwischen schlängelte sich die Straße die Ko'olau Mountains hoch, rechts die moosbewachsene Felswand, links der steile Abgrund. Leitplanken existierten nicht, es gab keine Barriere zwischen uns und dem Tal, das tiefer und tiefer sank. Aber Henry lenkte den Wagen sicher und selbstbewusst, während die Häuser unter uns zu einem Dächergewirr schrumpften und der Wind, je höher wir kamen, immer kräftiger durch die Fenster wehte.

»Auf dem Rücksitz liegt eine Blume«, sagte Henry und deutete nach hinten. Ich drehte mich um: eine Orchidee, daneben zwei Brotdosen aus Blech, jede mit einem grünen

Ti-Blatt zugebunden. »Der Überlieferung nach sind diese beiden Steine hier« – er deutete nach rechts, während er den Fuß vom Gaspedal nahm – »die Körper hawaiianischer Göttinnen, die geblieben sind, um den Pali zu schützen. Auf dem Rückweg legen wir die Orchidee unter einen Stein, als Opfergabe. Dann wissen wir, dass wir sicher unten ankommen.«

»Und die Dosen?«, fragte ich. »Haben die Göttinnen vielleicht auch um einen kleinen Imbiss gebeten?«

»Die sind für uns.« Henry grinste. »Und das Ti-Blatt soll verhindern, dass die Orchidee gestohlen wird – von zornigen Geistern oder von der anderen Göttin, der Vulkangottheit.«

Ich wusste, dass sich um dieses Gebirge allerlei Geistergeschichten rankten, die man auch uns erzählt hatte, als wir klein waren: von erschöpften Männern, die sich – von einem schönen Geist in Versuchung geführt – die Felswand hinunterstürzten, oder von Autos, die, am Gipfel angelangt, nicht mehr ansprangen, und dann fielen hungrige Geister über die hilflosen Insassen her. In Urzeiten waren an diesen Felshängen Kriege geführt worden und Hunderte von Männern gestorben, deren Geister dort bis heute umherirrten. Aber das alles waren nichts als Geschichten, Legenden, Folklore.

»Glauben Sie dieses Zeug?« Ich konnte mir die Frage nicht verbeißen.

»Natürlich nicht«, erwiderte er, »aber es macht Spaß.« Er schaltete in einen niedrigeren Gang, weil die Straße steiler wurde. »Es macht doch Spaß – oder?«

Er blickte mir ängstlich und mit so entwaffnender Ehrlichkeit in die Augen, dass ich nicht anders konnte: Ich lachte. Er hatte den ganzen Nachmittag durchgeplant; hatte sein Hemd gebügelt und einen kleinen Imbiss vorbereitet.

Bis jetzt war es das beste Date, das ich je gehabt hatte, und da saß er nun und fragte sich, ob er etwas falsch gemacht hatte. Prustend vor Lachen schüttelte ich den Kopf.

»Also wirklich!«, rief er aus und schlug mit der flachen Hand aufs Lenkrad. »Das war nicht einfach, ich musste ganz schön erfinderisch sein!« Jetzt lachte auch er. »Ihr Vater hat mir nicht gerade viel Zeit für die Planungen gelassen, und um halb sechs müssen Sie schon wieder zu Hause sein! Das ist richtiger Stress, Amy.«

Unwillkürlich legte ich, als er wieder in einen niedrigeren Gang schaltete, meine Hand auf seine. »Henry«, sagte ich. Etwas in mir reagierte auf die Wärme seiner Haut mit unerwarteter Scheu. Im plötzlichen Bewusstsein seines und meines Körpers zog ich rasch die Hand zurück und ballte sie zur Faust, um die entfachte Glut darin einzufangen.

»Alles ist perfekt«, brachte ich schließlich hervor, während der Mut in meiner Hand zu schmelzen begann. Henry schaltete in den ersten Gang und parkte auf einem Höhenrücken.

»Gut«, sagte er. »Und jetzt kommt die Hauptattraktion.«

Ich stieg aus dem Auto und ging langsam zum Rand des kleinen Plateaus. Als ich nach unten schaute, wurde mir schwindelig, meine Knie zitterten, und ich schnappte nach Luft.

Noch nie hatte ich die Insel Oahu so gesehen, wie ich sie an diesem Nachmittag auf dem Pali sah. Kane'ohe, wo ich mein ganzes Leben verbracht hatte, war nur noch eine Ansammlung von Häusern und Feldern am Talgrund – meine ganze Welt geschrumpft zu einer Handvoll Dächer und kleiner Parzellen Land. Ich hatte mich noch nie so unbedeutend gefühlt, so belanglos, so unglaublich belanglos. Zu meinen Füßen, jenseits von Kane'ohe, erstreckte sich weites, wildes Land. Ich hatte nichts von seiner Existenz gewusst, hatte keine Ahnung gehabt, wie weit die Felder um mein Zuhause reichten, dieser Teppich aus Büschen und dichten Baumkronen, zum Meer hin ausgerollt. Es war ein klarer Tag, der Wind hatte den Dunst nach Norden getrieben, fort von uns und diesem einsamen, unberührten Aussichtspunkt. In der Ferne hingen Wolken, wie aus Silber, über der Kane'ohe Bay, als wollten sie ein Bild meiner Freude zeichnen.

Wie leicht es wäre, hinunterzufallen, durchfuhr es mich. Doch ins Leere gestoßen, würde ich wohl schweben, denn mein Körper schien völlig schwerelos. Mit ausgebreiteten Armen schloss ich die Augen und atmete die Bergluft ein. Noch nie war ich dem Fliegen so nah gewesen.

»Gefällt es Ihnen?«

Ich drehte mich um. Da stand er, Henry, einer von Tausenden in Oahu, einer aus dem Gewimmel der Menschen, die dort unten in winzigen Häusern lebten, die wie Spielzeug aussahen. Aber er war nicht irgendwer. Nicht für mich.

Staunend ließen wir uns vom Wind umwehen, und je länger wir die Dächer absuchten, desto mehr fanden wir: unsere Elternhäuser, unsere alten Schulen und die kleine Apotheke seiner Familie. Ich erzählte ihm, wo ich war, als die Bomben fielen, und sogar von Akio, was ich außer meiner Schwester Beverly noch niemandem erzählt hatte, denn ich wollte Akios Bild nicht zerstören: Sein leises, liebenswürdiges Auftreten, die Würde, mit der er sein Handwerk versah – so und nicht anders wollte ich ihn in Erinnerung halten. Die eine Stunde, die den gemeinsamen Jahren ein jähes Ende bereitet hatte, durfte nicht alles zunichtemachen. Seine Tränen, seine Gebete, sein Kummer waren Teil meines Lebens geworden, und als ich Akio, während ich von ihm sprach, wieder vor mir sah, wie er den Schlüssel aus der Hand legte und mit hängenden Schultern die Stufen hinunterging, da waren auch alle Gefühle wieder da.

Henry war an diesem Tag in Hickam Field gewesen, mitten im Geschehen. Er erzählte mir, wie die Marinesoldaten bäuchlings, zwischen Munitionskisten, die Flugzeuge mit Gewehren beschossen.

»Es waren unsere eigenen Flugzeuge«, fügte er leise hinzu. »Wir haben unsere eigenen Flugzeuge abgeschossen. Das Chaos war so groß, dass die Soldaten nicht mehr wussten, wer Freund und wer Feind war. Wir haben unsere eigenen Männer, die gerade vom Wheeler Field gestartet waren, angegriffen und abgeschossen. Ich musste Sand schleppen, um die vielen Brände zu löschen. Das mussten alle, die nicht an der Waffe ausgebildet waren, haufenweise Säcke, hin und her. Als sich die Japsen verzogen hatten, brachten wir die Verletzten ins Marinehospital, da haben sie ein paar von uns gehen lassen. Als man mir sagte, dass ich gehen könnte, bin ich sofort los, anstatt zu fragen, ob im Krankenhaus Leute gebraucht würden. Ich bin einfach ins Auto gestiegen und weg.«

»Ich habe eine Gartenschere gestohlen«, entfuhr es mir. Es war seltsam. Als hätte irgendein Instinkt die Worte aus mir herausgetrieben. »Ich habe den Griff einfach nicht mehr losgelassen und das Ding heimgetragen. Zu Hause angekommen, sind mir plötzlich die Augen aufgegangen: Vater, Mutter, neun kleine Geschwister, und auf dem ganzen Heimweg hatte ich nur an mich und diese dumme Gartenschere gedacht.«

Eine Minute lang schwiegen wir, standen einfach nur da, ohne uns in leeren Beschwichtigungsformeln zu ergehen, wie wir es von anderen kannten. Es war ein angenehmes, tröstliches Schweigen, eine sichere Zone zwischen uns.

»Erzählen Sie mir doch noch ein paar Geistergeschichten.«

»Sie machen Witze.« Henry blinzelte in die tiefstehende Sonne.

»Nein«, beharrte ich. »Das ist mein Ernst. Es interessiert mich.«

Er ging langsam zum Auto. »Okay«, sagte er und setzte sich auf die Motorhaube. »Mal sehen. Sie haben doch nicht zufällig Schweinefleisch dabei, oder? Ich meine, Dosenfleisch oder so?«

Ich zögerte, dachte an Henrys Imbiss und den Inhalt meiner Handtasche und fühlte mich irgendwie auf frischer Tat ertappt.

»Na ja ...«

»Tatsächlich?« Er stützte die Ellbogen auf seine Knie. »Und vorhin haben Sie sich noch über meine Orchidee lustig gemacht.«

Wortlos ging ich zur Beifahrertür, nahm meine Handtasche heraus und fand nach einigem Wühlen das billige Dosenfleisch-Musubi, das ich morgens noch rasch als Zwischenmahlzeit eingepackt hatte.

»Das ist mir jetzt aber peinlich«, murmelte ich und warf es auf die Motorhaube.

»Hm, das sollten wir in der Tat schleunigst entsorgen.« Er betrachtete das Musubi. »Da haben Sie aber wirklich gefährliches Material mitgebracht.«

»Was reden Sie da?«

»Der Schweinegott, Amy. Halb Mensch, halb Schwein. Wenn Sie das hier nicht wegwerfen, bevor wir weiterfahren, springt möglicherweise der Motor nicht an und wir hängen hier für alle Zeiten fest. Darf ich?« Ich nickte. Er holte weit aus und schleuderte das Musubi in hohem Bogen über den Rand des Plateaus Richtung Tal, wo es für immer und ewig verschwand. »So. Und jetzt werden Sie auch verstehen« – er rutschte rasch von der Motorhaube, nahm die Blechdosen aus dem Wagen und kam damit zurück –, »warum ich Poke mitgebracht habe. Die Götter machen sich nämlich nichts aus Fisch, verstehen Sie?«

Er gab mir eine Dose und zwei Holzstäbchen. Ich riss das Ti-Blatt herunter, das sie versiegelte, und nahm den Deckel ab. Der kleine Behälter war prall gefüllt mit dicken, saftigen rosa Ahi-Stücken und schwarzen Sesamkörnern. Es war lange her, dass ich so frischen und teuren Fisch gegessen hatte. Ich setzte mich neben ihn auf die Motorhaube.

»Unglaublich«, sagte ich und legte mir ein Stück salzigen Thunfisch auf die Zunge. »Wo haben Sie den aufgetrieben?«

Seit dem Angriff waren Lebensmittel dieser Art meines Wissens auf der ganzen Insel nicht mehr zu haben. Auf den Fischmärkten wurde praktisch nichts mehr verkauft, sondern alles sofort an die Regierung geliefert. Auch Fleisch, sogar Leber und Hackfleisch, war inzwischen eine Rarität. Alles ging an die Soldaten; sie brauchten das Eiweiß dringender als wir Normalsterbliche. Seit Wochen gab es nur noch Wiener Würstchen und Dosenfleisch. Für unsere Familie war die Umstellung nicht groß; wir waren es gewohnt, Dosen zu kaufen und in den Läden um die teuren, frischen Lebensmittel einen Bogen zu machen. Meine Schwestern hatten mit dem von der Regierung ausgeteilten Saatgut schon einen sogenannten Siegesgarten angelegt, in dem sie Kohl und Taro heranzogen, um uns für die Zukunft zu wappnen. Köstlichkeiten wie Poke – roh und zart wie Butter, frisch aus dem Ozean – waren bei uns auch vor dem Angriff nie auf den Tisch gekommen.

»Ich freue mich, dass er Ihnen schmeckt«, sagte Henry. Er klemmte einen Fischhappen zwischen die Stäbchen.

»Mein Onkel ist Fischer, an der Nordküste, meine Mutter macht jeden Sonntag ein anderes Poke.« Er zögerte. »Sie erinnern sich wirklich gar nicht an mich, oder?«

Ich hörte auf zu kauen und ließ meine Stäbchen sinken. Wie er das gesagt hatte – so beiläufig und doch wohlüberlegt. Alles schien plötzlich verlangsamt. Ich fühlte den Thunfischbissen in meinem Hals, fühlte, wie sich das Blut durch meine Adern schob.

»Was meinen Sie?«

»Es ist lange her.« Henry senkte den Blick auf die Motorhaube. »Wir waren Kinder. An der Nordküste, in Waialua.«

»Waialua?«, wiederholte ich. An diesen Ort hatte ich seit Jahren nicht mehr gedacht. Und mein letzter Besuch lag noch weiter zurück. Meine Großmutter hatte an der Nordküste gelebt. In einem kleinen Haus am Meer, wo ich jedes Jahr den Sommer verbrachte, bis sie starb. Da war ich neun.

»Bei Ihrer Großmutter«, sagte Henry leise. »Erinnern Sie sich?« Er hob den Kopf und strich mir behutsam eine Haarsträhne aus dem Gesicht. Mit einem Finger berührte er das äußere Ende meiner Augenbraue. »Ich glaube, die Narbe ist von mir.«

Ich wich zurück; betastete die kleine Stelle und dachte an den Jungen, sah ihn im Geiste wieder vor mir, klein und dünn vor dem Fischgeschäft am Hafen, nur ein paar Häuser von dem meiner Großmutter entfernt. Jeden Dienstagmorgen schickte sie mich los – Mahimahi kaufen. Alles war plötzlich wieder präsent: die Stille, die diesige Luft, die hölzerne Ladentheke, die blaue Farbe auf dem Metallschild. Meine Großmutter ließ sich von dem Fischer, den sie gut kannte, jede Woche einen Fisch zur Seite legen, eingewickelt in Zeitungspapier. Dieser Fischer hatte eines Tages seinem Neffen aufgetragen, mich nach Hause zu begleiten. Henry.

Ich rutschte von der Motorhaube. Als ich wieder Boden unter den Füßen hatte, ging ich zum Rand des Plateaus. Am Tag, als es passierte, machten wir einen Abstecher an den Strand. Wir legten den Fisch in den Sand. Ich rannte ins Meer, tauchte unter und zählte langsam bis dreißig. Als ich wieder auftauchte, flog etwas auf mich zu. Ein kleiner, flacher Stein schnellte über das Wasser, sprang hoch und traf mich direkt neben dem Auge. Ich blutete und schrie. Henry hatte Steine hüpfen lassen. Ich rannte aus dem Wasser zum Haus meiner Großmutter. Henry folgte mir nicht. Es war das letzte Mal, dass ich ihn sah. Am nächsten Morgen kam meine Mutter und fuhr mit mir nach Kane'ohe zurück. Im November desselben Jahres starb meine Großmutter.

»Es tut mir leid.« Henry stand hinter mir. »Ich wollte Sie nicht erschrecken, es tut mir leid, wenn ich es doch getan habe. Aber als ich Sie heute Nachmittag gesehen habe, da habe ich es sofort gespürt. Und dann hat Ihr Vater Ihren Namen gesagt, und ich konnte es nicht fassen.«

Ich war sprachlos. Den ganzen Nachmittag hatte ich also mit Henry verbracht, dem Neffen des Fischers. Dem Jungen, der mich nach Hause begleitet, der mich zum Weinen gebracht hatte. Als wir im darauffolgenden Sommer das Haus meiner Großmutter verkauften und ich wusste, dass ich nicht mehr nach Waialua kommen würde, hatte ich an ihn gedacht. Ich hatte ihn vermisst.

»Amy.« Henry hatte meinen Namen gesagt; ich drehte mich um. Er berührte meine Schulter, und die Wärme seiner Hand strömte in meinen kalten Körper. »Ist alles in Ordnung?«

»Ja, alles in Ordnung«, sagte ich. Ich dachte an das leise Grollen des Ozeans, den weiten Klang des Wassers. Ich sah

Henry mit meinem Fisch, hörte ihn sagen, er hätte mir den größten reserviert.

»Du hast mich immer nach Hause begleitet«, sagte ich.

»Jeden Dienstag.«

Wir schwiegen. Ich war froh über den Wind; irgendwie wirkte er beruhigend.

»Es wird langsam spät. Ich glaube, ich muss nach Hause.«

»Ich habe dir einen Schrecken eingejagt«, sagte Henry am Steuer. »Das ist mir bewusst, und es tut mir wirklich leid. Ich hätte es dir anders beibringen sollen. Es war dumm von mir.«

»Nein«, sagte ich. »Ich freue mich. Wirklich. Es ist nur irgendwie … merkwürdig … dich auf diese Weise wiederzusehen.«

»Es ist nicht merkwürdig«, erwiderte er, während wir langsam auf eine Ampel zurollten. »Es ist Schicksal.«

Er ließ die Worte nachklingen. Er nahm sie weder zurück, noch entschuldigte er sich dafür. Er sagte es wie eine Tatsache, gelesen in einem Buch.

***

In dieser Nacht konnte ich nicht schlafen. Zu viele Gedanken schwirrten mir durch den Kopf, zu viele Erinnerungen. Bilder des letzten Sommers in Waialua, Bilder von Henry. Es war unglaublich, dass er mich wiedererkannt hatte. Der Junge, den ich damals gekannt hatte, war stiller gewesen. Nicht schüchtern – wir hatten stundenlang geredet. Jedes Mal, wenn er mir den Fisch für die Großmutter in die Hand drückte, erklärte er mir, was so besonders an ihm war. Einmal wies er mich darauf hin, dass die Schuppen nach dem Tod des Fisches ihr strahlendes Blau behalten hätten, was eine Seltenheit war, denn eigentlich wurden sie dann sofort grau. Daran erinnerte ich mich, wie ich mich überhaupt an vieles erinnerte, was er gesagt hatte. Wenn ich Mahimahi aß, hatte ich hin und wieder an die Schuppen und an Henry gedacht und mich gefragt, ob auch dieser Fisch ein besonderer gewesen war.

Wir hatten ein Versteck, eine von Naupaka-Büschen verdeckte, seichte Bucht, wo wir, wenn wir den Fisch bei meiner Großmutter abgeliefert hatten, stundenlang zusammensaßen und uns im dahingehenden Sommer Gesellschaft leisteten, bald auch mittwochs und donnerstags und schließlich fast jeden Tag, zwei Kinder ohne Eltern, ohne Freunde. Henry war an diesem Strand groß geworden und tief eingetaucht in die Weisheit des Ozeans; über jede Pflanze, jedes Tier wusste er eine Geschichte zu erzählen. Naupaka, so berichtete er mir, war eine schöne hawaiianische Göttin, die sich in einen Sterblichen verliebt hatte.

Lebhaft klang mir nun Henrys Kinderstimme in den Ohren, wie er im Schatten der glänzenden Naupaka-Büsche einen Stock durch den feuchten Sand zog; bis zu diesem Nachmittag hatte ich nicht gewusst, welches Geheimnis diese unscheinbaren, auf der Insel verbreiteten Pflanzen bargen. Als man der Göttin Naupaka nämlich verbot, den Sterblichen zu heiraten, pflückte sie eine Blume aus ihrem Haar und riss sie in der Mitte entzwei, um ihm die eine Hälfte zu geben, während sie die andere behielt. Naupakas Geliebter wurde in die Berge verbannt und Naupaka an den Strand, und das, so erklärte mir Henry damals, ist auch der Grund, warum Naupaka-Bäume nur halbe Blüten haben. Und warum sie nur am Strand und in den Bergen zu finden sind.

Mit einem Mal fiel mir ein, dass er damals etwas für mich gebastelt hatte. Ich stand auf und ging ins Badezimmer, um die Kartons zu durchsuchen, die sich in einem Regal über der Toilette stapelten. In den ersten drei lagen nur alte Anziehsachen, Weihnachtsschmuck und Basteleien, die wir in der Grundschule hergestellt hatten.

Tief unten im vierten Karton fand ich jedoch ein flaches Stück Holz. Ich drehte es um. Auf der Vorderseite stand mein Name, die Buchstaben aus den langen, schmalen Stücken einer weißen Koralle zusammengesetzt. Es war eine technische Meisterleistung, so sauber geklebt, so gekonnt zusammengefügt. Ein junger Ingenieur, dachte ich und hätte beinahe laut aufgelacht. Die Korallen hatten wir gemeinsam gesammelt, auch das fiel mir jetzt wieder ein, und Henry hatte mir dabei alles erklärt. *Es sind ja eigentlich Tiere; mit ihren Tentakeln fressen sie Plankton.* Wir sammelten sie in einer Plastiktüte, die wir in einem Hau-Busch gefunden hatten. Ich vergaß, meine Korallen mit nach Hause zu nehmen, und am nächsten Tag tauchte Henry mit seinem Geschenk auf.

Vor dem Spiegel strich ich mir die Haare zurück. Die Narbe war kaum noch zu sehen, nur eine blasse Linie, etwas heller als die übrige Haut und kürzer als mein Daumennagel. Mein Zorn auf Henry war noch nicht verflogen, als meine Mutter mich abholte. Ich zeigte ihr die Verletzung, und sie zog mich damit auf.

Das ist das rote Schicksalsband, sagte sie lachend zu meiner Großmutter. *Das Mädchen hat Glück, dass ihr Schicksalsgefährte so billig an Fisch kommt.*

Später hatte mir meine Mutter, gewissermaßen als Entschuldigung, die Erklärung nachgereicht und mir im Bus nach Kane'ohe eine Geschichte erzählt.

Die Erinnerung an Henry war verblasst, aber die Geschichte hatte ich nie vergessen: das rote Band, die Hoffnung, meinen Schicksalsgefährten zu treffen. War es wirklich Schicksal? Noch bevor ich wusste, dass dieser Mann Henry war, hatte ich gespürt, dass zwischen uns etwas war. Eine Verbindung. Jedes Mal, wenn wir uns berührt hatten, war ich im Innersten bewegt. Ich blieb die ganze Nacht auf, versunken in Erinnerungen, und am nächsten Tag ertappte ich mich dabei, dass ich weiter auf dem Bett saß und die nackte Wand anstarrte, während das Frühstück verstrich und schon das Mittagessen bevorstand.

»Was machst du?«

Benommen blickte ich auf. Vor mir stand Francine, die Hände mit roter Erde verschmiert, das Haar mit einem Taschentuch zurückgebunden.

»Was?«

»Draußen ist so ein Kerl in einem schwarzen Auto. Er hat gefragt, ob du zu Hause bist.« Francine zuckte die Achseln und ging wieder.

Ich stürzte aus dem Bett und rannte zur Eingangstür, um durch das Fliegengitter zu spähen. Da stand er, Henrys Wagen, und daneben Henry, der sich mit meinem Bruder Richard unterhielt. Ich rannte ins Bad und warf einen prüfenden Blick in den Spiegel. Ich sah schrecklich aus, vollkommen übermüdet. Rasch band ich mir die Haare zu einem Pferdeschwanz und kniff mir in die Wangen, um wenigstens etwas Farbe in mein Gesicht zu zaubern. Er war gekommen. Er war hier.

»Henry!«, sagte ich locker, als ich durch die Fliegengittertür trat. »Was machst du denn hier?« Was ich nicht im Zaum halten konnte, war mein breites Lächeln.

»Ich bin wegen einer offiziellen Familienangelegenheit in der Nähe«, sagte er grinsend. »Meine Mutter hat heute Morgen Malasadas gemacht und wollte, dass ich euch ein paar vorbeibringe. Für deinen Vater natürlich.« Er hielt eine braune Papiertüte hoch.

»Wie freundlich«, erwiderte ich. Wieder dieses warme Gefühl, das meinen ganzen Körper erfasste.

»Was kostet so ein Wagen eigentlich?« Das war Richard, der schon die ganze Zeit um den Ford schlich und in die Hocke gegangen war, um die Reifen zu inspizieren.

»Na ja, der hat mich meinen ganzen Sold gekostet. Wenn du zur Armee gehst, kannst du dir auch einen kaufen. Aber dann musst du natürlich in den Krieg.«

»Der ist wirklich schön«, sagte Richard und kickte mit dem Fuß in den Staub.

»Möchtest du nicht reinkommen?«, unterbrach ich die beiden.

Henry kam an die Tür und beugte sich zu mir herab, die Augen mit einer Hand gegen die Sonne geschützt.

»Ist das okay?«, flüsterte er. »Ich versichere dir, dass ich mich gut benehmen werde.«

»Ich weiß«, sagte ich. »Aber ich fasse es nicht, dass du hier bist.«

Es war mir einfach so herausgerutscht, und ich hoffte, Henry würde es nicht falsch verstehen, aber er wusste genau, was ich meinte: Ich konnte nicht glauben, dass das alles wirklich passierte. Ich konnte nicht glauben, dass der Henry meiner verflossenen Kindheit hier war und vor mir stand, ein Mensch aus Fleisch und Blut.

»Ich auch nicht.« Er nahm meine Hand. »Dann lass uns doch mal schauen, wo dein furchteinflößender Vater steckt.«

Wir durchquerten unser einziges Zimmer und gingen durch die Fliegengittertür in den Hinterhof. Meine Eltern saßen am Tisch, tranken Instantkaffee und schwiegen sich an.

»Dad«, sagte ich und zog die Tür hinter mir zu. »Henry ist hier, er hat uns Malasadas gebracht.« Mein Vater drehte sich auf seinem Plastikstuhl um.

»Henry!« Er stand auf. »Gratuliere! Fünf Uhr sechsundzwanzig gestern Abend – Sie haben meine Tochter sogar zu früh nach Hause gebracht!« Er schüttelte ihm die Hand.

»Danke, Mr Chan. War gar nicht so einfach.« Henry gab ihm die Tüte. »Von meiner Mutter.«

Meine Mutter beäugte Henry neugierig. Sie stand auf und nahm meinem Vater die Tüte ab.

»Um die kümmere ich mich am besten sofort«, sagte sie. »Ich bin Amys Mutter. Was für eine schöne Samstagsüberraschung.« Sie verschwand lächelnd im Haus. Als sie zurückkam, die Krapfen appetitlich auf einem Teller angerichtet, erkundigte sie sich nach Henrys Familie.

»Wir wohnen nicht weit von hier, in Kailua.« Er zeigte mit dem Daumen hinter sich. »Meine Eltern haben eine kleine Apotheke in der Stadt. Mein Vater fertigt Rezepturen an; meine Mutter macht Seife und Parfum, davon kauft sie alles, was sie fürs Kochen braucht. Gut riechen und gut essen sind bei uns eins, sagt sie immer.« Meine Mutter kicherte.

»Es war ihr letztes Mehl, aber sie wollte Ihnen und Mr Chan ein paar Malasadas geben. Als Dankeschön für die Fotos.«

»Hm, so köstliche haben wir nicht alle Tage. Sagen Sie Ihrer Mutter, dass sie ihr ganz wunderbar gelungen sind.«

»Das werde ich.« Henry grinste. »Sie wird sich freuen.«

Ich sah Henry an. Dass er hier in meinem Hinterhof saß, machte mich immer noch fassungslos. Es war unser Geheimnis, groß und irgendwie zerbrechlich. Ihn nach dem gestrigen Tag wiederzusehen beruhigte mich. Er existierte wirklich, ich hatte mir das alles nicht eingebildet. Während ich neben ihm saß und seiner Stimme lauschte, hatte ich das Gefühl zu schweben.

Er blieb nicht lange, nur auf einen Kaffee, dazu eine Malasada. Ich begleitete ihn zum Wagen, und er sagte:

»Ich wusste, wenn ich nichts anderes vorgehabt hätte, dann hätte ich dich bestimmt gefragt, ob du heute Zeit für mich hast. Und weil ich dir nicht schon wieder einen Schrecken einjagen wollte, habe ich sicherheitshalber meiner Schwester versprochen, mit ihr an den Strand zu gehen. Aber komm doch morgen Mittag zum Essen. Meine Mutter wird sicher dafür sorgen, dass es ein Festmahl wird.«

Ich hörte kaum, was er sagte, denn ich dachte darüber nach, wie gut mir sein Schnurrbart gefiel.

»Ja«, sagte ich.

»Dann hole ich dich morgen Mittag ab, in Ordnung?« Er beugte sich zu mir hin und küsste mich auf die Wange.

»Henry«, fing ich an, während er in den Wagen stieg. Er schaute auf, und schon hatte ich vergessen, was ich sagen wollte. Ich stand da und versuchte, meine Gedanken zu ordnen.

»Ja?«

»Danke«, flüsterte ich. Mehr fiel mir nicht ein.

Henry ließ lächelnd den Motor an. »Kein Problem.«

Ich blickte seinem Wagen nach, und als er verschwunden war, wäre ich ihm am liebsten hinterhergelaufen. Es war ein überwältigendes, unbeschreibliches Bedürfnis nach Nähe, und plötzlich fragte ich mich, ob das vielleicht Liebe war und wie lange ich dieses wunderbare Gefühl würde halten können, ob es mich heute Abend im Bett noch warm umhüllen, ob es in einer Woche, einem Monat oder sogar länger noch da sein würde. Und dann drängte sich, ungewollt und ungefragt, ein anderes Gefühl dazwischen, eine traurige innere Stimme, die mir sagte, dass das, was ich an diesem Nachmittag, hier auf dieser leeren Straße vor unserem Haus für Henry empfand, stärker war als alles, was meine Eltern in ihrem Leben je füreinander empfunden hatten.

***

Ich weiß nicht, warum, aber ich ging fest davon aus, dass Henrys Haus sehr viel schöner sein würde als unseres. Es war schrecklich, so zu denken, doch die Malasadas, der frische Fisch und das Auto hatten die Vorstellung in mir geweckt, dass Henrys Familie wohl über einiges Geld verfügte. Dem war nicht so.

Wir hielten vor einem Haus von ähnlicher Größe wie unseres; eine Spur breiter, hellblau gestrichen, die Kanten braun abgesetzt. Als wir aus dem Wagen stiegen, roch es nach Sojasauce und chinesischen Kräutern.

Wir traten durch die Fliegengittertür, zogen die Schuhe aus. »Wir sind da«, rief Henry ins Haus.

»Amy!« Eine dralle Frau kam lächelnd aus der kleinen Küche, trocknete sich die Hände an ihrer geblümten Schürze und breitete die Arme aus, um mich zu umarmen. »Ich freue mich ja so, dass du heute bei uns bist!«

Während ich in den Armen seiner Mutter versank, tauchten aus dem anderen Zimmer Henrys Vater und seine Geschwister auf. *Paul und Margaret*, rief ich mir in Erinnerung.

Wieder Umarmungen, Händeschütteln, und man bat mich in ein schmales Esszimmer mit einem Mischmasch aus Stühlen um einen kleinen Tisch.

»Das Essen ist fast fertig!«, sagte Henrys Mutter und eilte zurück in die Küche.

»Du hast ein schönes Kleid an«, sagte Margaret, während sie einen Stuhl heranzog und Platz nahm. »Wo hast du das her?«

»*Du* hast ein schönes Kleid an«, sagte ich. »Und meins …« – ich blickte an mir herab, als müsste ich nachdenken, als hätte ich mir nicht die letzten zwölf Stunden den Kopf darüber zermartert, was ich anziehen würde – »… das habe ich selbst genäht.«

»Toll!«, sagte Margaret. »Es ist wirklich hübsch.«

»Bitte schön!« Henrys Mutter kam mit einem riesigen Keramiktopf, den sie dampfend auf den Tisch stellte. Sofort verschwand sie wieder und brachte erst einen mit Schweine- und Schnittlauch-Shumai gefüllten Bambusdämpfer, dann eine Schüssel mit glänzenden Babyauberginen, einen Berg Reispapierrollen, die mit getrockneten Garnelen gefüllt waren, und schließlich noch mehrere kleine Plastik-Unterteller mit aufgeschnittenen Frühlingszwiebeln, Ingwer und gerösteten Sesamkörnern. Ich spürte förmlich, wie mir die Augen übergingen, während sich der kleine Tisch immer mehr füllte.

»Hab ich dir ja gesagt«, bemerkte Henry. »Das sind übrigens meine Ersparnisse fürs Studium.«

»Wir sind der Meinung«, fing Henrys Vater an, »dass die Mahlzeiten für eine Familie sehr, sehr wichtig sind.« Er hob den Deckel vom Bambusdämpfer. »Und nebenbei bemerkt, sind wir auch der Meinung, dass wir eine sehr, sehr wichtige Familie sind.« Worauf er leise in sich hineinlachte.

»Momentan jedenfalls noch«, fügte Paul hinzu. »Bei den knappen Lebensmittelzuteilungen können wir nicht mehr lange so weitermachen. Da wird bald Schluss sein mit dem guten Essen.« Er streckte die Hand aus und nahm sich mit den Stäbchen ein Shumai.

»Ach, Paul«, sagte seine Mutter, schnalzte mit der Zunge und stellte Servierlöffel in die Schüsseln. »Sei doch nicht immer so *negativ*. Ich habe jede Menge Vorräte im Gefrierschrank. Damit kommen wir durch. Außerdem ist heute Amy hier. Das ist ein besonderer Anlass.« Sie zwinkerte mir zu.

Henrys Mutter gab mir von allem, was die Tafel zu bieten hatte. Ich hatte noch nie so viel Essen auf dem Tisch einer Familie gesehen, Henry hatte nicht übertrieben; es war unbeschreiblich.

Sein Vater erzählte mir von der Apotheke – sollte ich einmal ein Medikament, einen Verband oder was auch immer benötigen, bräuchte ich mich nur bei ihm zu melden.

»Oder Parfum!«, fügte Henrys Mutter hinzu. »Henry, bring sie nächste Woche mal zum Laden, dann mische ich ihr eins!«

Es waren die freundlichsten, großzügigsten Menschen, denen ich je begegnet war. Ich genoss es, in ihrem Haus zu sein, ihre Speisen zu essen und ihren Gesprächen zu lauschen. Genau das wünschte ich mir für mich. Genau das wünschte ich mir für Henry und mich.

Als das Essen beendet war, begleitete ich Henrys Mutter in die Küche, um ihr beim Abwasch zu helfen.

»Henry hat in einem fort von dir geredet«, flüsterte sie und drückte mir ein Geschirrtuch in die Hand. »Es ist wirklich schade, dass er bald weggeht. Ich weiß, dass wir ihn alle sehr vermissen werden.«

Ich nickte mitfühlend. Dass er weggehen würde, hatte ich beinahe vergessen.

»Wann genau eigentlich?« Plötzlich wurde mir bewusst, dass ich keine Ahnung hatte.

»Nächsten Freitag, Liebchen!« Sie drückte Spülmittel auf einen Schwamm. »Ich habe ihn angefleht, es sich noch einmal zu überlegen, aber dafür ist es jetzt zu spät. Er müsste das ganze Geld zurückzahlen, und das hat er doch schon für sein Auto ausgegeben.« Sie schüttelte den Kopf. »Aber es wird schon gutgehen. Ich sage mir ständig, dass er ja nicht in den *Krieg* zieht. Er montiert ja nur Telefonleitungen, genauso wie hier, und in einem Jahr ist er zurück und –«

»In einem Jahr?«, fiel ich ihr ins Wort.

»Ja, Liebes, frühestens. Ich hätte es mir auch anders gewünscht, aber als er sich verpflichtet hat, war das mit den Japanern noch nicht passiert.«

Schweigend trocknete ich das restliche Geschirr ab, nickte zu allem, was Henrys Mutter sagte, und unterdrückte mühsam die Tränen. *Ein Jahr.* Ich stellte mir den Abschied von Henry vor und musste den Gedanken rasch verscheuchen. *War das möglich?*

Als alles gespült war, gingen wir wieder ins Esszimmer, wo noch die anderen saßen und sich unterhielten. Ich muss fürchterlich ausgesehen haben, denn Henry stand sofort auf, nahm mich an der Hand und zog mich auf die Terrasse hinter dem Haus.

»Ist alles in Ordnung?«, fragte er und setzte sich mit mir auf eine Bank an der Außenwand.

»Du fährst am Freitag«, sagte ich. »Für ein Jahr. Warum hast du mir das nicht gesagt?«

»Das habe ich doch«, erwiderte er. Er legte mir eine Hand aufs Knie. »Ich habe dir gesagt, dass ich am Ende des Monats weggehe.«

»Aber nächsten Freitag, Henry?!«

»Ich weiß.« Dann sagte er eine Weile nichts mehr.

»Amy.« Er biss sich auf die Lippen. »Ich weiß nicht, wie ich das sagen soll, ohne dich zu erschrecken, also sage ich es einfach so, okay?«

»Ich habe keine Angst.«

»Ich liebe dich, seit ich zehn bin, verstehst du? Ich habe nie aufgehört, an dich zu denken, und daran wird sich, da bin ich mir sicher, auch in Zukunft nichts mehr ändern. Ein Jahr mag uns lang erscheinen, aber wir können das schaffen – es ist doch nur ein Jahr, und ich werde dir jeden Tag schreiben. Ich weiß, dass so etwas nicht jedem passiert,

Amy. Ich weiß, was für ein Glück es war, dass ich letzte Woche in euer Fotostudio gegangen bin. Bitte, sag mir, dass du es auch so empfindest. Sag mir, dass ich nicht allein damit bin.«

Ich sah ihn an und hörte den Ozean rauschen, geborgen in einem warmen Gefühl der Nostalgie. Wie sollte ich etwas leugnen, das so eindeutig vom Schicksal gelenkt schien? Ich konnte nicht in Worte fassen, was ich für Henry empfand, aber es Liebe zu nennen, dafür war ich nicht bereit, noch nicht. Es waren schließlich erst drei Tage, und die Heftigkeit meiner Gefühle beunruhigte mich. Obwohl ich tief in meiner Seele genau wusste, was los war. Es waren nicht drei Tage, sondern drei Sommer. Henry war eine Konstante in meinem Leben gewesen, als ich noch gar nicht wusste, dass ich genau diesen Ruhepol brauchte. Damals, als meine Eltern schwere Zeiten durchmachten, weil wir einfach zu viele waren, und ich deshalb nach Waialua geschickt wurde, war Henry da gewesen. Und jetzt war er immer noch da, geduldig wie eh und je, und bat mich, auf ihn zu warten.

»Du bist nicht allein damit.« Ich zögerte. Seine Worte hallten mir in den Ohren. *Ich liebe dich.* Es schien so einfach, so leicht – aber ich konnte nicht. Ich wollte sie mir aufheben. »Ich empfinde es auch so«, sagte ich.

Er legte mir seine Hand auf die Wange und beugte sich zu mir hin, um mich auf den Mund zu küssen, weich, warm und zärtlich. Er zog mich an sich, und in der Wärme unserer aneinandergeschmiegten Körper schmolz all meine Angst dahin.

Wir saßen auf der Bank, mein Kopf an seine Schulter gelehnt, bis die Sonne tief am Himmel stand und es Zeit wurde, mich nach Hause zu bringen. Im Wagen küssten wir uns wieder, seine Hände suchend auf meinem Körper, und mein

Körper begierig darauf, sie zu spüren. Ich wollte nicht nach Hause. Es war ein schrecklicher Moment für eine Ausgangssperre, ein schrecklicher Moment für einen Krieg.

***

Bis zu Henrys Abreise sahen wir uns jeden Nachmittag, zwischen drei Uhr und dem Sonnenuntergang. In seinem Wagen wartete er vor dem Atelier auf mich und hatte immer eine kleine Mahlzeit dabei, damit er mich erst zum Abendessen zurückbringen musste.

Nur am letzten Tag war es anders. Am Donnerstag kam er zu Fuß.

»Ich dachte, wir könnten heute zum Strand laufen.« Er nahm mich an der Hand, und wir gingen los.

»Bist du fertig mit dem Packen?«, fragte ich, obwohl ich eigentlich nicht darüber sprechen wollte.

»Mehr oder weniger«, sagte er.

Vor einer Mauer blieben wir stehen, dahinter das Meer, der Sand und die Familien, die den sonnigen Tag genossen. Henry blinzelte mich an, seine Wimpern glitzerten im Sonnenlicht.

»Können wir uns einen Moment setzen?«, fragte er. Ich nickte. Doch anstatt sich neben mich zu setzen, griff Henry in seine Tasche und hielt plötzlich ein viereckiges schwarzes Schächtelchen in der Hand. Er öffnete es.

»Das ist kein Antrag.« In dem Kästchen steckte ein kleiner Diamantring. Er zog den Ring heraus, nahm meine Hand und streifte den Diamanten über meinen Mittelfinger.

»Es ist ein Versprechen: Ich werde dir schreiben, sooft ich kann, ich werde dir treu sein, und wenn ich zurückkomme, werde ich mir den Arsch abarbeiten, um diesen Ring für den Ring einzutauschen, den du wirklich verdienst. Und dann, Amy – wenn du mich willst –, werde ich dich heiraten, das verspreche ich dir.«

Ich fing an zu weinen.

»Nein«, sagte ich. »Das kann ich nicht annehmen, das ist zu teuer. Das kann ich nicht.« Ich wollte den Ring abstreifen, doch seine Finger umschlossen meine Hand.

»Er ist nicht teuer genug, Amy, aber Schmuck ist derzeit nicht gerade leicht zu kriegen, und mehr ist mein Auto nicht wert, deshalb wirst du auf etwas Besseres noch ein bisschen warten müssen.«

»Du hast dein Auto verkauft?«, fragte ich benommen.

»Ja. Ich habe mein Auto verkauft, weil ich es nicht mehr brauche. Wenn ich nicht hier bin, um dich nach der Arbeit abzuholen, wofür brauche ich dann einen Wagen?«

»Bitte, geh nicht«, sagte ich, und als ich mir die Tränen aus den Augen rieb, spürte ich den Diamanten schwer und warm an meinem Finger.

»Ich komme ja zurück.« Hoffnung lag in seinem Lächeln. »Es ist nicht für immer. Vergiss das nicht. Ich habe schon so lange gewartet. Im Vergleich dazu ist das hier gar nichts.«

Er setzte sich neben mich auf die Mauer, nahm meine Hand. So saßen wir da, schweigend, bis sich die Sonne lila zu färben begann. Ich versuchte, ihn mir genau einzuprägen. Vergrub mein Gesicht in seinem Hals, atmete den Duft seiner Haut, süß und erdig wie Gras im Morgentau. Ich betrachtete die geschwungene Linie seines Nackens, berührte sie, spürte ihr bis in den Haaransatz nach. Seine Kieferknochen, seine Handgelenke, seine Schultern – im Geist zeichnete ich alles auf. Ich fühlte das warme Pochen seines Bluts. So saßen wir da, bis ein Polizist uns aufforderte, heimzugehen. Henry hätte beinahe Streit mit ihm angefangen. *Wir gehen*, beruhigte ich den Polizisten, *wir gehen ja schon*, und fasste Henry an der Schulter.

Vor unserem Haus entschuldigte er sich. Aber das brauchte er nicht. Wir spürten es ja beide; die Qual der Trennung, die Angst vor dem Unbekannten. Wir küssten uns in pechschwarzer Nacht, die Hände an unsere Körper gepresst, um ihnen das Letzte an Nähe zu entziehen. Dann ging er, hin zum Haus seiner Eltern, über die unbeleuchtete Straße, verschluckt vom Dunkel der Nacht. Ich setzte mich auf die Betonplatte vor unserer Tür, plötzlich schaudernd und innerlich wie erstarrt.

***

Am nächsten Tag erlaubte mir mein Vater, später zur Arbeit zu kommen, damit ich Henry gemeinsam mit seiner Familie am Hafen verabschieden konnte. Henry winkte mir vom Deck des Ozeandampfers zu, und als sein Gesicht mit denen der anderen Soldaten verschwamm, wandte ich mich ab.

»Das ist also der Ring«, sagte sein Bruder Paul, nahm meine Hand und inspizierte den Mittelfinger. »Er ist schön. Kein Auto, aber schön.« Ich nickte und versuchte zu lächeln.

Auf dem Weg ins Fotostudio riss ich mich zusammen. Stumm betete ich mir vor, was Henry gesagt hatte. *Es ist nicht für immer.* Klar und deutlich hörte ich seine Stimme, spürte seine Hand auf meiner Hand.

Im Atelier war mein Vater in ungewöhnlich aufgekratzter Verfassung.

»Amy! Ich habe gute Neuigkeiten!«, rief er, ohne mein verweintes Gesicht zur Kenntnis zu nehmen. »Wir haben einen sehr wichtigen Auftrag bekommen!« Er nahm mich an der Hand und führte mich zum Tisch, wo er sich Notizen gemacht hatte. Ich reagierte nicht. Ich dachte an Henry, der in diesem Moment den Pazifik überquerte.

»Die Leongs! Heute Morgen hat ein Mann angerufen und mich gefragt, ob wir eine private Einzelsitzung im Haus der Leongs machen können! Dreihundert Dollar, Amy! Die wollen uns dreihundert Dollar dafür geben!«

»*Die* Leongs?«, fragte ich. Ich war mir nicht sicher, ob ich ihn richtig verstanden hatte.

»Ja, Amy, *die* Leongs. Sie haben eins meiner Porträts in der Zeitung gesehen. Sie wollen, dass ich eine Einzelsitzung bei ihnen mache. Eine private Einzelsitzung in ihrem Haus!«

»Das ist toll«, sagte ich, auch wenn es mir noch schwerfiel, meine Stimme begeistert klingen zu lassen. »Glückwunsch. Wirklich, Dad, das ist unglaublich.«

Und das war es. Vor zwei Wochen wäre es auch für mich eine phantastische Neuigkeit gewesen. Die Leongs hatten bei allem, was auf der Insel geschah, ihre Finger im Spiel, und genossen besonders in Kane'ohe hohes Ansehen, was mit Mrs Leongs Engagement für die Schulen zusammenhing. Allein im Jahr meines Schulabschlusses hatte sie zehntausend Dollar aufgebracht, eine Summe, die alle Rekorde schlug. Ihr Name war überall: an den Bücherregalen der Mittelschule, über der Tür der Highschool-Turnhalle, an den Bänken des neuen Stadtgartens. Angeblich veranstaltete Lin Leong Partys. Sie gab ein Fest in ihrer Villa in Diamond Head, und plötzlich hatten wir neue Schulbücher oder einen Springbrunnen oder ein weißes Netz an unserem Basketballkorb. Als Familie pflegten die Leongs ihre Privatsphäre, und es wurde viel darüber spekuliert, wie sie lebten, wie es wohl hinter dem massiven Eisentor aussah, hinter dem sich ihre Villa verbarg. Letzten Sommer hatte ich einen Artikel darüber gelesen. Ohne Fotos, aber ein Satz war mir in Erinnerung geblieben: *Im Business allgegenwärtig, im Privaten diskret und in beidem von Erfolg gekrönt; die Leongs führen ein Leben, das auch Sie gern hätten, aber viel werden Sie nicht darüber erfahren.*

Ich dachte an Henry. Er hätte sich für meinen Vater und meine Familie gefreut. Und vielleicht war es ja genau das, was ich jetzt brauchte: eine schöne Ablenkung, während Henry unterwegs nach Europa war. Dreihundert Dollar konnte man wahrlich nicht auf die leichte Schulter nehmen. Für uns war das eine unglaubliche Summe. Ein weiterer Schritt hin zu einem Neuanfang, wieder eine Chance, so hoffte ich, unsere Familie zu retten.

»Wann gehen wir hin?«, fragte ich.

»Morgen um elf.« Mein Vater lächelte, und ich auch. Ich konnte nicht anders. Noch nie hatte ich ihn so glücklich gesehen, so ganz und gar glücklich. Es war ein Lichtstreifen, der meinen Kummer durchzog.

***

Das Haus der Leongs lag am Südwesthang von Diamond Head, auf einem Stück Land, das wie eine Nische tief in den Kratersockel ragte, der einzige Einschnitt dieser Art. Es sei eins der ersten Häuser in dieser Gegend gewesen, erzählte mir mein Vater, als wir am nächsten Vormittag aufbrachen. Während andere wohlhabende Familien im Zentrum von Waikiki bauten, in unmittelbarer Nähe zum Ozean, den Geschäften und Restaurants, suchten die Leongs den Schutz des Vulkans. Bis heute wachten sie über ihre Privatsphäre.

Mein Vater und ich fuhren mit dem Bus zum Kapiolani Park, um von dort am Wasser entlang zur Westseite des Vulkans zu laufen. Ich trug ein geblümtes Kleid mit weißer Schulterpasse und Spitzensaum, das ich am Vortag genäht hatte. Mein Vater trug denselben marineblauen Anzug, in dem er vor zwanzig Jahren meine Mutter geheiratet hatte. Einen anderen Anzug besaß er nicht. Während wir schweigend das letzte Wegstück zurücklegten, ordneten wir, jeder für sich, unsere Gedanken.

Je näher wir dem Krater kamen, je imposanter seine Silhouette vor uns aufragte, desto klarer wurde, welches Anwesen den Leongs gehörte. Es war so, wie ich es in dem Artikel gelesen und von meinem Vater gehört hatte: Über die Länge eines Fußballfelds reichte eine Wand aus massivem Eisen, die diesen Teil des Vulkans komplett abriegelte. Sie bestand aus zwei Lagen: Vor glatten, stabilen Eisenplatten reckten sich lange, verschnörkelte Metallstäbe in die Höhe. In der Mitte dieser Einfriedung befand sich ein eisernes Tor, flankiert von Bronzesäulen, auf denen zwei mächtige Löwen standen. Ehrfürchtig staunend, ließ ich ihre Größe auf mich wirken. Links eine mit ihrem Jungen spielende Löwin; rechts ein Löwe in Pose, die eine Pranke auf einem Ball. Noch nie hatte ich so etwas gesehen; die kaiserlichen Löwenstatuen in Chinatown waren nicht einmal halb so groß. Mein Vater und ich blieben stehen, sahen uns schweigend an. Es gab nichts zu sagen. Mein Vater holte ein letztes Mal Luft, ein langsames, tiefes Einatmen, strich sich das Jackett glatt und drückte auf die Klingel.

Eine Minute später schwangen die Torflügel auf, und wir wurden von einer Frau namens Hong begrüßt. Höflich führte sie uns in die Szenerie eines Ölgemäldes, eine Hügellandschaft in Miniatur. Über mehrere Ebenen breitete ein Rasen seine grünen Flächen, in deren größter ein silberner, von flachen, ovalen Steinen und lavendelfarbenen Lotosblüten umringter Teich glitzerte. Dem Teich gegenüber, etwas höher gelegen, ein chinesischer Pavillon, rot mit grünem Dach, im offenen Interieur eine Liege und ein Tisch mit Stühlen, darauf ein Tablett, bereit für den Tee.

Durch eine Steinbrücke, die sich über den Teich wölbte, war der Pavillon mit einer tiefer liegenden Rasenfläche verbunden.

Ich war, daran erinnere ich mich, als wäre es gestern gewesen, fasziniert. Alles in diesem Garten sprühte vor Farbe und Harmonie, üppig und doch streng komponiert, jedes Detail befand sich an seinem Platz. Aus drei Metern Entfernung sah ich winzige Härchen auf den Lotosstielen sprießen und hätte am liebsten alles berührt – die Blumen, das Gras, den Lack des Pavillons –, um mich von seiner Echtheit zu überzeugen. Ich sah zu meinem Vater. Seine Finger lagen unruhig zuckend auf der Kamera, und ich wusste, dass es ihm genauso ging.

Zwei Schritte vor uns marschierte Hong zielstrebig auf den Haupteingang zu. Dennoch legte ich den Kopf in den Nacken, um die Kulisse auf mich wirken zu lassen: Der in den Himmel ragende Krater, dessen Kämme wie mit Honig übergossen waren, schien alle Sonnenstrahlen in sich zu sammeln. Das Haus war lichtüberströmt und vollkommen anders, als ich mir vorgestellt hatte. Prachtvoller. Lange, glatt polierte Streben aus dunklem, glänzendem Holz fügten sich zu riesigen Fenstern, die über zwei Stockwerke gingen. Die Glasscheiben waren so klar, dass mir die blassen melonenfarbenen Wände der Räume ins Auge sprangen – noch nie hatte ich auf etwas so Alltäglichem eine so erlesene Farbe gesehen. Ganz oben, im letzten Stockwerk, vor jedem Zimmer ein langgestreckter Balkon, auf dem Loungesessel und Sonnenschirme zum Verweilen einluden. Dank des Vulkans war man dort ringsum vor Blicken geschützt und hatte zugleich über die Dächer der anderen Häuser hinweg einen atemberaubenden Meerblick. Unten war die rote zweiflügelige Eingangstür bereits geöffnet. Warmes, weiches Licht fiel in den großzügigen Vorraum.

Als ich meine Plastiksandalen auszog und aufs Parkett stellte, wirkten sie billig und klein. Auch mein Vater zog an der Tür die Schuhe aus. Hong ließ uns in einem Raum, in dem auch ein Klavier stand, auf einem niedrigen schwarzen Sofa Platz nehmen, zu unseren Füßen ein Orientteppich.

»Einen Augenblick, ich sage Bescheid, dass Sie da sind.« Womit sie verschwand.

Schweigend und jeden Blickkontakt meidend, saßen wir nebeneinander. Ich fürchtete, meine Augen könnten die Nervosität verraten, die ich zu unterdrücken suchte. Dass ich so reagieren würde, hatte ich nicht erwartet, aber es war, als hätte ich in diesem Krater, den ich schon tausend Mal gesehen hatte, eine geheime Welt entdeckt, von der ich nichts geahnt hatte. Ich fing an, mir zurechtzulegen, was ich sagen würde. *Guten Morgen, Mr Leong. Was haben Sie für ein schönes Haus. Die blühenden Lotosblumen sind eine wahre Pracht. Mrs Leong, es ist mir ein Vergnügen, Sie kennenzulernen.* Es klang albern in diesem modernen Wohnzimmer, aber da kamen schon Mr und Mrs Leong aus dem Vorraum, hinter ihnen Hong mit Tee auf einem Tablett. Sie waren außerordentlich korrekt gekleidet, Mr Leong in einem schwarzen Anzug mit hohem Kragen, Mrs Leong in einem ebenfalls schwarzen Kleid, das ihre Knie umspielte. Sie hatten etwas Hoheitsvolles, genauso wie auf dem Bild in der Zeitung, nur dass sie beide lächelten.

»Fotograf Chan! Schön, Sie zu sehen, haben Sie herzlichen Dank für Ihr Kommen. Ich weiß, dass dies eine ungewöhnliche Bitte ist!« Mr Leong kam auf das Sofa zu, um meinen Vater zu begrüßen, dem in letzter Sekunde noch einfiel, dass er aufstehen musste.

»Mr Leong«, antwortete er rasch und schüttelte ihm die Hand. »Das Vergnügen ist ganz meinerseits. Es ist mir eine große Ehre, Ihre Familie fotografieren zu dürfen.«

»Nennen Sie mich doch bitte Frank. Wir sind hier nicht so förmlich. Und wer ist das?« Er deutete auf mich.

»Das ist meine älteste Tochter und Assistentin, Amy.«

Während ich ihm die Hand schüttelte, sagte ich das Erste, was mir einfiel.

»Guten Morgen, Mr Leong. Was haben Sie für ein schönes Haus. Die blühenden Lotosblumen sind eine wahre Pracht.«

Mr Leong warf meinem Vater, der sich gerade Mrs Leong vorstellte, einen schmunzelnden Blick zu.

»Ich sehe schon, Sie haben eine wohlerzogene Tochter.« Er zwinkerte mir zu. »Ich gebe Ihre Komplimente an unseren Gärtner weiter. Es wird ihn sehr glücklich machen.«

Aus dem Vorraum kamen zwei Jungen herein, eigentlich zwei Männer, der eine in einem knallroten, weit aufgeknöpften Hawaii-Hemd, der andere wie Mr Leong in einem schwarzen Anzug. Ich wusste auf Anhieb, wer Kaipo war. Im Laufe der Jahre hatte ich mehrfach seinen Namen gehört und immer nur Gutes: attraktiv, charmant, witzig. Ich hatte sogar einige Mädchen kennengelernt, mit denen er mal zusammen gewesen war. Es dauerte immer nur kurz. Er hielt es bei keinem Mädchen lange aus – so hatte ich es zumindest gehört. Ich zwang mich, nicht auf seine entblößte Brust zu starren, wischte mir diskret eine Schweißperle aus dem Haaransatz und ermahnte mich, konzentriert zu bleiben.

Das Gesicht des zweiten Sohns war mir unbekannt. Er war schmaler, älter, ernster. Als Mr Leong die beiden vorstellte, nickte er schüchtern. Er gab mir keinen Kuss auf die Wange wie vor ihm Kaipo, worauf Mr Leong *Na, na, na, nicht so forsch, Junge!* gescherzt hatte.

Gemeinsam tranken wir den von Hong zubereiteten Tee, und Mr Leong begann seine fotografischen Ideen auszubreiten.

»Ich möchte meine Familie so festhalten, wie wir wirklich sind – nicht in Pose, nicht wie Statuen. Ich möchte Fotos, die nicht gestellt wirken. Auf denen wir nicht wie Idioten in die Kamera grinsen.« Er nahm einen Schluck Tee. Mein Vater nickte.

»Okay, dann darf ich mir doch eine Zigarre nehmen, Dad, oder?«, fragte Kaipo, der sich auf einer schwarzen Ottomane fläzte.

»Nur zu, Kaipo, wenn du meinst, dass eine Zigarre dein wahres Ich ausdrückt ...« Mit einer knappen Geste in Kaipos Richtung wandte sich Mr Leong wieder zu meinem Vater. »Können Sie das für uns machen, Mr Chan? Ich habe größtes Vertrauen in Ihre Arbeit. Ich habe Ihre Porträts in der Zeitung gesehen – keine grinsenden Idioten.« Er hob meinem Vater seine Teetasse entgegen. Mein Vater tat das Gleiche.

»Sie werden nicht enttäuscht sein, Frank«, sagte er, das *Frank* wie nachträglich angehängt.

»Und Sie, Amy? Sind Sie mit dabei?«

Schlagartig war Mr Leong wieder ins Zentrum meiner Aufmerksamkeit gerückt.

»Ja«, schoss es aus mir heraus. »Absolut.« Ich rutschte ein wenig auf dem Sofa hin und her, die Tasse leise klirrend auf ihrem Unterteller. Es gab so vieles, das mich ablenkte, der riesige, hinter hohen Fenstern gelegene Garten, die heiße Teetasse, schwankend in meinem Schoß, Kaipos sonnengebräunte Brust, vor allem aber Mrs Leong, die mich unverwandt ansah.

»Also«, sagte Mr Leong, nahm seinen letzten Schluck Tee, biss in ein Mandelplätzchen, legte es wieder auf den Teller. »Sollen wir anfangen?«

»Unbedingt.« Mein Vater stellte ebenfalls seine Tasse ab. »Vielleicht setzen Sie einfach Ihr Tagewerk fort und tun so, als wären Amy und ich gar nicht da. Dann können wir Sie dabei unbemerkt fotografieren. Was halten Sie davon?«

»Ein exzellente Idee! Ich war gerade dabei, einen faszinierenden Artikel zu lesen, dann mache ich also einfach da weiter, wo ich aufgehört habe. Sie dürfen sich uneingeschränkt im ganzen Haus bewegen. Machen Sie einfach so gute Fotos, wie Sie nur können.« Mr Leong erhob sich, öffnete eine Tür und ging ins Esszimmer, wo ich eine aufgeschlagene Zeitung auf dem Tisch liegen sah. »Ihr habt ja gehört, was Mr Chan gesagt hat.« Er hatte sich zu seiner Familie umgedreht. »Verhaltet euch so, wie ihr euch auch an jedem anderen Tag verhalten würdet.« Er schien zu zögern. »Aber benehmt euch, bitte.« Wieder zwinkerte er mir zu und setzte sich an den Tisch.

So begannen wir, auf leisen Sohlen durchs Haus zu schleichen und Fotos von der Familie zu machen. Mr Leong Zeitung lesend am großen, dunkel schimmernden Esszimmertisch, von elf leeren Stühlen umringt. Mrs Leong mit Fächer auf der vorderen Veranda oder strickend an einem Fenster, das Wollknäuel neben sich auf dem Boden. Kaipo, mit vollständig aufgeknöpftem Hemd beim Autowaschen oder Zigarre rauchend im Arbeitszimmer. Und dann war da noch der älteste Sohn der Leongs, Bohai – der Schüchterne –, den zu fotografieren am schwierigsten war, weil er sich fast den ganzen Nachmittag hinter einem Buch versteckte.

»Würde es Ihnen etwas ausmachen, das Buch wegzulegen, nur für einen Augenblick?«, fragte ihn mein Vater.

Wortlos ließ er das Buch sinken. Mit gequälter Miene blickte er direkt in die Kamera. Mein Vater musste nur noch das Objektiv heben. Ich wusste, dass er es nicht tun würde.

»Was lesen Sie da?«, fragte ich vorsichtig.

»Oh«, sagte Bohai. Er schob die Füße unter seinen Stuhl. »Es handelt von einem Wal.«

»Einem Wal? Kein Wunder, dass es so dick ist.« Mein Scherz war ein ziemlich dummer Versuch, Leichtigkeit in das Gespräch zu bringen. Bohai verzog das Gesicht zu einem seltsamen, angedeuteten Lächeln.

»Ich glaube nicht, dass ich es gelesen habe«, sagte ich, diesmal ernster, und deutete auf den Umschlag.

»Sie können es haben.« Er schien zu zögern. Die ganze Zeit mied er meinen Blick. »Ich bin bald fertig damit.«

»Das ist sehr nett«, sagte ich.

»Gut.« Er nickte. »Dann lese ich jetzt weiter?« Er sah zu meinem Vater.

»Ja, natürlich«, sagte der. »Ist wahrscheinlich besser. Lassen Sie sich nicht stören.«

Bohai nahm das Buch wieder hoch. Auf der Türschwelle drehte sich mein Vater noch einmal um, ging in die Hocke, hob die Kamera ans Gesicht. Bohai saß auf seinem Holzstuhl, der Körper ein klein wenig in sich zusammengesackt, der Mund beim Lesen leicht geöffnet. Mein Vater schüttelte den Kopf, machte das Foto aber doch.

Auf der Suche nach Motiven durchkämmten wir das ganze Haus, spähten in alle Zimmer. In der sonnendurchfluteten Küche machten wir einen Schnappschuss von Hong, die an der Theke stand und eine Orange schälte. In der ersten Etage entdeckten wir ein unglaubliches Badezimmer mit einer Porzellanwanne, die größer als die Matratze meiner Eltern war. In einem der Schlafzimmer säumten Regale die Wände, vollgestopft mit gebundenen Büchern, von denen wir annahmen, dass sie Bohai gehörten. In der Garage stießen wir auf drei schwarze amerikanische Autos, Seite an Seite geparkt, darunter zwei Kabrioletts.

»*Du heilige Scheiße*«, murmelte mein Vater mit ungläubigem Kopfschütteln.

Die Befangenheit nahm mir Kaipo, als er auftauchte,

um seine Mutter zum Lachen zu bringen, ihr eine Zigarette zwischen die Lippen schob und sie als italienischen Mafioso posieren ließ. Er bestand darauf, dass auch ich fotografiert wurde, auf dem Fahrersitz seines Wagens, der im Übrigen nicht zu denen in der Garage zählte, der vierte also, auf einem überdachten Stellplatz geparkt. Er klappte das Dach auf und schaltete das Radio an.

»Seien Sie natürlich«, sagte er warnend, »sonst hängt sich Dad Ihr Foto nicht an die Wand.«

Es war nicht schwer zu verstehen, warum so viele Mädchen seinem Charme erlagen. Er hatte etwas Spitzbübisches, Unbekümmertes – eine Kombination von Eigenschaften, die wohl des Reichtums bedurften, um so zu gedeihen. Doch nicht einmal Kaipo konnte Henry aus meinen Gedanken verscheuchen. Wenn ich ihn ansah, sah ich tausend Mädchen, die lautstark um seine Gunst buhlten. Das Laute lag mir nicht; und solche Spielchen schon gar nicht. Männer wie Kaipo konnten mir nichts anhaben.

Um zwei gingen wir gemeinsam zu Tisch, wo wir ein leichtes Dim Sum serviert bekamen – von Hong, die sich alsbald dazusetzte, um mit uns zu essen. Ich weiß noch, wie erstaunt ich war, dass es niemanden störte, diese Hausangestellte genauso herzhaft zulangen zu sehen wie alle anderen. Erst als ich die Stäbchen nach dem dritten Fischbällchen ausstreckte, ging mir auf, dass auch mein Vater und ich Angestellte waren, und ich legte die Stäbchen aus der Hand. In diesem Moment begann mir Mrs Leong Fragen zu stellen.

»Sind Sie zur Schule gegangen, Amy?«

Ich war es gewohnt, diese Frage in der Vergangenheitsform zu hören. Seit dem Bombenangriff waren alle Schulen auf Oahu geschlossen, und niemand wusste, wann sie den Betrieb wiederaufnehmen würden.

»Ich war auf der Kane'ohe Highschool«, sagte ich. »Deshalb möchte ich Ihnen auch danken für alles, was Sie getan haben.«

»Ach was! Das tue ich doch gern.« Lächelnd sah sie mich an, erwartungsvoll.

»Glücklicherweise habe ich schon vor zwei Jahren meinen Abschluss gemacht. Seitdem habe ich gearbeitet, verschiedene Arten von Arbeit. Aber ich glaube, jetzt bleibe ich erst einmal bei meinem Vater und seinem Fotostudio. Es macht mir Spaß.« Ich hielt inne. Ich hoffte, eine zufriedenstellende Antwort gegeben zu haben.

»Gratuliere, den Abschluss haben Sie ja noch rechtzeitig geschafft! Dann sind Sie jetzt ... zwanzig?«

»Nächsten Monat werde ich einundzwanzig.«

»Großartig.« Sie tupfte sich mit einer Serviette den Mund ab. Kaipo erhob sein Glas, um einen Toast auszubringen, und alle wandten sich ihm zu. Nur wir beide, seine Mutter und ich, strahlten uns weiter an und genossen die Aufmerksamkeit, die wir uns gegenseitig schenkten.

***

Wir versprachen, die Fotos am nächsten Morgen zu bringen; die ganze Nacht arbeitete mein Vater an der Entwicklung. Am nächsten Tag öffnete Mrs Leong die Tür, begrüßte uns wie alte Freunde und lud uns auf ein Getränk herein.

»Nein, nein, wir müssen gleich wieder gehen«, sagte mein Vater und strich sich über die Hosennähte. »Ich wollte nur sicherstellen, dass Sie die Fotos auch wirklich bekommen.«

»Warten Sie wenigstens einen Moment«, sagte Mrs Leong mit erhobener Hand. »Lassen Sie mich eben Frank holen.« Sie war schon fast unterwegs. »Er hat von nichts anderem als den Bildern gesprochen, seit Sie gestern gegangen sind. Wenn Sie jetzt nicht bleiben möchten, müssen Sie aber unbedingt nächste Woche zum Abendessen kommen.« Mit erhobenem Zeigefinger verschwand sie im Flur.

Kurz darauf war Mr Leongs laute Stimme zu hören.

»Fotograf Chan!« Mit ausgestrecktem rechtem Arm marschierte er auf uns zu. »Und Amy«, ergänzte er, während er die Fotos entgegennahm.

»Sie sind sehr gut geworden«, sagte mein Vater. »Sogar noch besser als erwartet. Ihre Familie ist sehr fotogen.«

Pfeifend blätterte Mr Leong durch den Bilderstapel.

»Phantastische Arbeit«, erklärte er schließlich. »Grandios. Nun ja, das hier von Bohai sollten wir lieber verschwinden lassen, und das da – wer ist denn dieser alte Mann?« Er lachte leise. Das Bild zeigte ihn selbst mit einer Kaffeetasse in der Hand.

Dann griff Mr Leong in seine Hosentasche und zückte ein dünnes Bündel Geldscheine. Er gab es meinem Vater.

»Danke, Fotograf. Und Sie beide sollten Lins Einladung ernst nehmen.« Er deutete mit dem Zeigefinger auf uns. »Wir erwarten Sie hier sehr bald zum Abendessen.«

Ich sah die Hand meines Vaters unmerklich zittern, als er sein Portemonnaie aus der hinteren Hosentasche zog, die Scheine hineinschob und dabei versuchte, das Gespräch weiterzuführen.

»Natürlich«, erwiderte er. »Wir freuen uns darauf.«

In diesem Moment tauchte Mrs Leong im Flur auf. Über dem rechten Arm drapiert, trug sie etwas Langes, Glänzendes vor sich her, während sie mit eiligen Schritten auf uns zukam. Es war ein Kleid, aprikosenfarbene Seide, so viel Stoff, dass er beinahe über den Boden schleifte.

»Ich hatte es eigentlich für mich nähen lassen.« Sie schlug das Kleid rasch in Seidenpapier ein und legte es säuberlich in eine flache Schachtel. »Was für eine Verschwendung, wenn ich mir vorstelle, wie es an Ihnen wirken würde! Natürlich muss es etwas enger gemacht werden, aber es wird bestimmt hinreißend aussehen.«

Sie überreichte mir die Schachtel, und meine Hände, die nicht wussten, was sie mit diesem extravaganten Geschenk tun sollten, nahmen es zögernd entgegen – noch bevor es mein Kopf höflich ablehnen konnte.

»Ich weiß nicht, was ich sagen soll«, stammelte ich. »Sind Sie sicher?«

»Ob ich mir sicher bin?« Mrs Leong lachte. »Aber ja doch, ich bin mir absolut sicher – dieses Kleid war schon immer für Sie bestimmt.«

Ein Kleid wie dieses hatte ich noch nie gesehen. Vielleicht in Zeitschriften, aber noch nie in natura. Ein Kleid dieser Art war ein echtes Kunstwerk.

Meine Stimme verriet, wie beeindruckt ich war. »Also, vielen Dank. Ich weiß nicht genau, wann und wo ich es tragen könnte, aber ...«

»Sie tragen es hier«, fiel sie mir ins Wort. Ihre Augen flackerten vor Begeisterung. »Wenn Sie zu uns zum Essen kommen, ziehen Sie das Kleid an.«

Sie sah so glücklich aus, schien so erpicht darauf, mich wiederzusehen. Zu erpicht, dachte ich. Warum?

»Natürlich«, sagte ich zögernd, die Schachtel immer noch waagerecht in beiden Händen, als wäre etwas Flüssiges darin. »Danke.«

»Es ist mir ein Vergnügen«, erwiderte sie.

Auf dem Heimweg spielte ich mit dem Gedanken, meinen Vater zu fragen, ob er es genauso befremdlich fand wie ich, ob dieses Geschenk, die Art und Weise, wie sie es mir gemacht hatte, nicht irgendwie merkwürdig war. Doch mein Vater schien genauso glücklich zu sein wie Mrs Leong, genauso erpicht auf diese Verbindung. Ich suchte nach einer Formulierung, um vorsichtig das Terrain zu sondieren. Aber während ich mir so den Kopf zerbrach, bäumte sich etwas in mir auf. Dieses Etwas wollte einfach nur glücklich sein, wollte das haben, was die Leongs hatten, und unseren Triumph genießen. Mrs Leong war eben eine großzügige Frau, redete ich mir ein; solche Geschenke bedurften, wenn sie denn kamen, keiner Erklärung.

***

Als ich in der folgenden Woche wieder im Fotostudio an der Kasse saß, versuchte ich, Henry einen Brief zu schreiben. Aber sosehr ich mich auch bemühte, ich konnte ihm einfach nicht vermitteln, was ich empfand; dass ich ihn vermisste, dass ich fortwährend an ihn dachte, dass ich in der Stadt Männern hinterherlaufen wollte, die von hinten aussahen wie er. Ich vermisste seine Familie. Ich vermisste seinen Schnurrbart.

Nur gab es eben auch ein paar andere Dinge, die ich ihm hätte sagen müssen; etwa dass ich anfing, den Klang seiner Stimme zu vergessen. Und dass ich, wenn ich nachts im Dunkeln lag, nur noch seine Augen und seine Nase sah, während sich Mund und Wangen im Ungefähren verloren. Häufig erwachte ich in tiefster Nacht und zog sein Foto unter der Matratze hervor: Henry mit unbewegter Miene im Atelier meines Vaters. Ich ging damit ins Bad und starrte, im gelben Licht auf dem Toilettendeckel sitzend, so lange darauf, bis ich nicht mehr wusste, wo mir der Kopf stand. Mit jeder weiteren schlaflosen Nacht wurden meine Erinnerungen an Henry stärker von dem Foto diktiert. Die Uniform, der finstere Blick, ich war außerstande, ihn mir anders vorzustellen.

Aber das konnte ich ihm doch nicht sagen. Wie hätte ich ihm so etwas sagen sollen?

»Amy«, rief mein Vater aus dem Hinterzimmer und riss mich aus meinen trüben Gedanken. »Komm mal eben her.«

Ins Hinterzimmer ging ich nur nach Aufforderung. Es war das Reich meines Vaters, über das er eifersüchtig wachte. Als ich anfing, in seinem Atelier zu arbeiten, hatte er es zwar für notwendig gehalten, mir zu erklären, wie Filme entwickelt wurden, und ich hatte Stunden in dem kleinen Raum zugebracht und seinen Ausführungen über die unterschiedlichen Chemikalien und die Bedeutung von Timing, Temperatur und Sauberkeit gelauscht. Doch seitdem kam ich nur noch, wenn dort geputzt werden musste, was nicht oft der Fall war.

Eigentlich waren es zwei Zimmer, ein kleiner Raum mit einem Metalltisch, auf dem die Utensilien meines Vaters standen, und ein noch kleineres Kämmerchen, dunkel und kalt, in dem die Filme entwickelt wurden. Als ich kam, zog sich mein Vater gerade die blauen Nylonhandschuhe an, um in die Dunkelkammer zu gehen.

»Amy«, sagte er. Dann folgte lange Zeit nichts. Angestrengt betrachtete er seinen linken Handschuh.

»Es hat sich etwas sehr Interessantes ergeben, über das ich mit dir sprechen muss.« Ich setzte mich auf den freien Hocker.

»Komm«, sagte er und öffnete die Tür zur Dunkelkammer. Ich stand wieder auf, folgte ihm. Er zog die Tür hinter mir zu, und dann, endlich im Dunkeln, fing er an.

»Mrs Leong hat gestern Abend angerufen. Anscheinend war sie sehr angetan von dir, Amy. Sie hat dich sofort ins Herz geschlossen.«

Ich schwieg. Das alles wusste ich bereits – ich hatte ja als Zeichen ihrer Bewunderung das Kleid bekommen, doch anscheinend wusste mein Vater mehr. Vielleicht kannte er den Grund. Ich hörte, wie er einen Film einspulte und in die Entwicklungsdose steckte. Ich kannte diese Geräusche, wusste genau, was er tat. Er goss den Entwickler dazu und stellte die Stoppuhr.

»Ich werde dich jetzt um etwas bitten, Amy, ich weiß nicht, wie du das siehst, aber es ist unglaublich. Du stehst vor einer unerhörten Entscheidung.« Er schwenkte die Dose und stellte sie umgedreht auf den Tisch.

»Worum geht es denn?« In dem kleinen Raum klang meine Stimme unerwartet laut.

»So einfach ist das nicht. Es ist eine Riesenentscheidung, die man nicht leichthin treffen kann, und –«

»Dad«, unterbrach ich ihn. Meine Augen begannen sich ein bisschen an die Dunkelheit zu gewöhnen. »Bitte sag's einfach.«

»Sie will, dass du ein Mitglied ihrer Familie wirst«, sagte er unvermittelt, seine Hände auf einmal regungslos. »Sie will, dass du ihren Sohn heiratest.«

»Sie will, dass ich Kaipo heirate?« Die Tatsache, dass sich Kaipo nicht selbst eine Frau suchen konnte, überraschte mich im ersten Moment fast mehr als der kuriose Vorschlag an sich. Ich war sprachlos.

Mein Vater schwieg. Lange. Die Stoppuhr piepte, und er schüttete die Flüssigkeit aus der Dose, goss Wasser hinein, schüttelte sie, goss es wieder aus, gab den Fixierer hinein. Er schien sich auf jeden Handgriff zu konzentrieren, und die Umrisse seiner Silhouette signalisierten, dass er meinen Blick mied. Ich wartete. Schließlich stellte er die Dose auf den kleinen Tisch und atmete tief durch.

»Bohai«, sagte er. »Sie möchte, dass du Bohai heiratest.«

Jetzt war ich diejenige, die schwieg. *Bohai*, dachte ich ungläubig. Schrill wie ein ungeübter Geigenstrich hallte der

Name in meinem Kopf wider. Bohai hatte doch kaum ein Wort mit mir gewechselt und schon gar nicht den Eindruck erweckt, dass er mich gern *heiraten* würde. Wie konnte das sein? Ich dachte an das Kleid. Natürlich, durchfuhr es mich, und plötzlich war alles klar, schmerzhaft klar. Mrs Leong steckte dahinter. Das Anstarren, die Neugier – sie hatte mich taxiert, mich mit Blick auf ihren schwermütigen Sohn begutachtet, diesen Sohn, der eine Frau brauchte. Das Kleid war ein Bestechungsgeschenk, natürlich. Ein Vorgeschmack auf das, was noch kommen würde.

»Ich weiß, dass er zurückhaltend ist«, fuhr mein Vater fort. »Aber er ist ein guter Mann, Amy, und sag doch selbst, würde dir so ein Leben nicht gefallen? Bedenke, was für eine Chance es ist.«

»Das kann nicht dein Ernst sein«, flüsterte ich heiser. »Das kann einfach nicht dein Ernst sein, Dad.« In der Dunkelheit suchten meine Augen fieberhaft nach seinem Blick, doch sie fanden ihn nicht. Wieder piepte die Stoppuhr.

»Verdammt noch mal, natürlich meine ich das ernst!« Zum ersten Mal hob mein Vater die Stimme, nahm die Dose in die Hand und knallte sie wieder auf den Tisch.

Meine Tränen kamen jäh. Sie begannen zu fließen, als mir der Ernst der Lage bewusst wurde. Mein Vater wollte das. Er wollte, dass ich diesen traurigen, einsamen Fremden heiratete.

»Und was ist mit Henry?!«, schrie ich panisch. »Ich heirate Henry!«

»Ich weiß, dass du etwas für Henry empfindest!«, entgegnete er. »Ich weiß das, Amy! Aber hörst du auch, was ich sage? Hörst du *mich*?«

Die Tränen flossen weiter. Es verschlug mir die Sprache. Er wusste, dass ich *etwas* für Henry empfand? Er wusste *nichts* von meinen Gefühlen. Mein Mund füllte sich mit schrecklichen Gedanken, die mir niemals, auf gar keinen Fall über die Lippen kommen durften: dass er nie erlebt hatte, was echte Liebe war; dass seine Ehe mit meiner Mutter eine erbärmliche Farce war; dass er ein egoistischer Ignorant war, der für immer unglücklich sein würde, weil er sich mit seinem Unglück abgefunden hatte.

Aber dann dachte ich an Henry, und anstatt seine Stimme zu hören und seine Hände zu sehen, sah ich nur das Foto. Sah mich selbst im Bad, im Hof, in der Stadt, mit diesem abgegriffenen, nutzlosen Foto in der Hand, das meine Erinnerungen aushöhlte. Mit zusammengebissenen Zähnen versuchte ich, sein wahres Gesicht heraufzubeschwören, sein Lächeln, den tiefen Klang seines Lachens, den Henry aus Fleisch und Blut. Wenn ich mir nur einen kleinen Teil davon vergegenwärtigen könnte, nur für einen Moment, wären alle Gefühle wieder da, das wusste ich. Ich wäre im Recht und mein Vater im Unrecht.

Außer mir vor Wut, klammerte ich mich an die Tischkante.

»Bitte, Amy, hör mir zu.« Mein Vater griff nach meiner Hand, doch ich zog sie zurück und funkelte ihn an. »Mittlerweile bin ich vielleicht ein alter Mann«, sagte er mit zitternder Stimme, »aber ich hatte einmal einen Traum. Ich wollte erfolgreich sein. Reich werden. Ich wollte euch Kindern alles geben, was man sich wünschen kann. Und jetzt … sieh mich doch an!« Mit einer wütenden Handbewegung packte er die Entwicklungsdose und schleuderte sie mit solcher Wucht gegen die Wand, dass ich hörte, wie der Deckel zerbrach. Flüssigkeit spritzte in den Raum, und der stechende Geruch der Chemikalie breitete sich aus.

»Glaubst du etwa, ich finde das hier toll?«, fragte er und schlug mit der Faust auf den Tisch. »Glaubst du das? Glaubst du, ich weiß nicht, dass ich ein Versager bin? Meine Frau verachtet mich, meine Kinder respektieren mich nicht – ich weiß das, Amy! Ich weiß das alles sehr genau!«

Ich schlug mir die Hand vor den Mund, und meine Tränen versiegten abrupt. Noch nie, nicht ein einziges Mal hatte ich meinen Vater so erlebt.

»Ich habe in so vielen Dingen versagt.« Er hielt inne, und ich sah, dass er müde den Kopf schüttelte. »Mir war ein anderes Leben zugedacht, und ich bin gescheitert. Aber das hier könnte unsere Rettung sein, Amy, verstehst du das denn nicht? Du willst doch Kinder. Sollen sie aufwachsen wie ihr? Zwölf Leute in zwei Zimmern? Das ist doch erbärmlich!« Zitternd vor Groll, ließ er den Kopf in seine Hände sinken.

»Ich wünsche mir so viel mehr für dich, Amy. Geh nach Hause. Denk darüber nach. Wenn du nicht willst, rufe ich Mrs Leong an. Aber ich glaube, es wäre ein Riesenfehler.«

***

Mein Vater war an einem Tiefpunkt angelangt, aber dennoch ein kluger Mann. Er wusste genau, was in meinem Kopf vorgehen würde, wenn ich heimging nach Kane'ohe, um *darüber nachzudenken*. Er wollte, dass ich den Schmutz sah, die Feuchtigkeit, den Rost, die abblätternde Farbe, das tägliche Gezänk. Er zwang mich, realistisch abzuwägen, was mir als Spross einer zwölfköpfigen Familie, die sich zwei Zimmer in einem maroden Untergeschoss teilte, die Zukunft bringen konnte.

Als ich nach Hause kam, stöberten meine Schwestern im Vorgarten mit Stöcken nach Tausendfüßlern, um sie in Gläsern zu sammeln; über den Antrag, den ich bekommen hatte, waren sie offenbar nicht informiert. Ich rauschte an ihnen vorbei, ohne ihren Gruß zu erwidern, stürmte durch die Fliegengittertür, hörte, wie sie verstummten, und spürte ihre Blicke in meinem Rücken.

Ich musste Henry schreiben, musste ihm sagen, was passiert und zu welcher Entscheidung ich bereits gelangt war. Ich würde Bohai nicht heiraten – es war absurd. Dieser Antrag war eine Beleidigung, eine Anmaßung, einfach nur verrückt. Ich nahm einen Stapel Luftpostpapier aus der Mappe, die unter meiner Matratze lag. Setzte mich mit gezücktem Füller aufs Bett, sog die schwüle Luft ein, wappnete mich.

Lieber Henry, fing ich an und spürte, wie sich meine Finger verkrampften. Ich atmete die schwere Luft aus, spürte, wie sich das Metall des Füllers in meine Finger grub. Wie sollte ich anfangen? *Lieber Henry, mein Vater möchte, dass ich einen anderen Mann heirate. Lieber Henry, Lin Leong hat mich gebeten, ihre Tochter zu werden. Lieber Henry, seit du gegangen bist, habe ich mit den Leongs Bekanntschaft geschlossen, und ihr ältester Sohn hat mir einen Heiratsantrag gemacht.*

Allein der Gedanke versetzte mich in Panik. Die Worte, um die ich rang, versanken in einem Abgrund, sobald ich sie im Geiste aussprach. Spöttisch blickte mich das leere, dünne Blättchen Papier an: Wie konnte ich glauben, dass es nicht verlorengehen, sondern sein Ziel erreichen würde? Wie konnte ich so etwas einem Brief anvertrauen? Wie konnte ich erklären, dass mich mein Vater angefleht hatte – dass ich ihn zum ersten Mal in meinem Leben hatte weinen sehen? Und dass mich, als wäre nicht alles schon kompliziert genug, seine Tränen auch noch berührt hatten? Ich spürte das Gewicht meiner ganzen Familie, elf sorgenschwere Gesichter, die sich fragten, warum ich, die ich die Möglichkeit hatte, unsere Familie zu retten, diese Chance so einfach vergab. Wogen elf Menschenleben nicht schwerer als eines?

Nicht für meinen Vater, dachte ich. In seinen Augen galt das erst jetzt.

Die Feder fest aufs Papier gedrückt, begann ich, Striche zu ziehen, lange, tiefe Furchen, deren Abdruck sich in die darunterliegenden Seiten grub, immer schneller, hin und her, bis das Papier zerriss und meine Oberschenkel mit Tinte beschmiert waren. Dann kamen die Tränen, und ich riss das Blatt in Fetzen, die ich zerknüllt auf den Boden warf.

Verloren im Chaos meiner Gefühle, hörte ich die Tür knarren, hörte die Stimmen meiner Schwestern, die nacheinander ins Haus kamen. Ich starrte auf das weiße Laken, auf meine Fäuste mit den letzten Papierschnipseln darin, während die Mädchen an mir vorbeimarschierten. Denise trug das Glas, in dem sich Dutzende von Tausendfüßlern wanden.

Alle sahen mich an, die verschmierte Tinte, das zerrissene Papier, das verheulte Gesicht.

»Was ist denn mit dir los?«, fragte Denise und klopfte dabei mit einem Finger gegen das Glas.

»Ja, was ist mit dir los?« Das Echo kam genau drei Mal. Ich musste die Augen schließen.

»Könnt ihr mich einfach mal allein lassen?« Obwohl ich krampfhaft versuchte, normal zu klingen, war meine Verzweiflung nicht zu überhören. »*Bitte*. Nur einen Moment, ja?«

»Ja, ja«, sagte eine, »ich muss nur mal eben unters Bett gucken. Da liegt nämlich, glaube ich, mein Vergrößerungsglas.«

Still saß ich da, ohnmächtig, und zwang mich zur Geduld. Und während ich noch darauf wartete, dass die

Schwestern aus meinem – unserem – Zimmer verschwanden, hörte ich meine Brüder durch die Hintertür kommen, hörte sie auf der anderen Seite der Bettlakenwand in den Küchenschränken rumoren. Meine Fäuste waren so fest geballt, dass sich die Fingernägel in meine Handflächen gruben.

»Wir haben Durst, aber alle Becher sind schmutzig.« Mein Bruder Richard hob das Laken und kam auf unsere Seite. »Was ist denn mit dir los?« Sein Blick wanderte sofort weiter zu Denise, die das Glas hielt. »Oh, Tausendfüßler.« Er riss ihr das Glas aus der Hand und kippte die Insekten schwungvoll auf den Zimmerboden. Lachend hüpfte er auf der Stelle, während die Tausendfüßler auseinanderstoben, unter die Betten, in die sich türmenden Wäscheberge und an den Fußleisten entlang durchs ganze Untergeschoss. Kreischend sprangen meine Schwestern auf die Betten. Je lauter sie schrien, desto schneller rannten die Tausendfüßler.

Ich war die Einzige, die regungslos blieb. Still saß ich da. Die Tränen waren versiegt. Um mich herum fünf kreischende Mädchen und ein flachsender Junge. *Das hier ist mein Leben*, dachte ich und horchte tief in mich hinein. *So ist es.*

Ich war selbst ein Tausendfüßler, eingesperrt in ein Glas, gefangen im Gewühl der Artgenossen. Umgeben von ganz normalen Menschen, die ein erbärmliches Schicksal teilten. Gab es irgendetwas, das mich von ihnen unterschied? Konnte unter Menschen derselben Herkunft, gemeinsam aufgewachsen im Dreck, eingepfercht in ein und demselben Zimmer, einer sein, der für ein außergewöhnliches Schicksal prädestiniert war? Gab es so etwas?

Henry war alles andere als unbedarft. Er konnte Strom zum Fließen bringen, konnte fischen, Auto fahren, kochen, konnte frei von Angst lieben, konnte schenken um des Schenkens willen, ohne Erwartungen, Hintergedanken, Anlass.

Aber reichten solche Dinge für ein außergewöhnliches Schicksal? Oder würden wir von Luft und Liebe leben, wie man so schön sagt, und unsere Kinder mit aufgetragenen Kleidungsstücken und Gemüse aus unserem kargen Siegesgarten durchbringen? Und was war mit mir? Ich könnte putzen gehen. Könnte zu Hause bleiben, die Kinder großziehen. Unsere Betttücher waschen, mich wegen unbezahlter Rechnungen ängstigen. Und wenn meine Tochter alt genug wäre, könnte ich ihr mein Highschool-Abschlusszeugnis zeigen, meine größte Auszeichnung, das Höchste, was ich je erreicht hätte. Ich könnte ihr sagen, dass es Dinge gibt, die man nur schwer ändern kann, dass nicht alle zu Höherem bestimmt sind; dass es in Ordnung ist, ein Tausendfüßler zu sein.

Schweigend stand ich auf, hob das Bettlaken und ging.

Ich öffnete die Hintertür, fand meine Mutter im Hof. Sie ließ ihre Zigarette sinken.

»Ich brauche auch eine«, sagte ich und deutete auf das Päckchen auf dem Tisch, ein jähes Verlangen, das mir sonst fernlag.

»Harter Tag«, sagte meine Mutter, was eine Feststellung und keine Frage war, und gab mir eine.

»Dann weißt du also Bescheid.« Ich zündete die Zigarette an und tat einen langen Zug.

»Er hat es mir gestern Abend gesagt.«

Ich sog den Rauch tief ein, ließ ihn aus der Lunge langsam in meinen Kopf strömen und gab ihn erst frei, als meine Brust zu brennen begann.

»Was soll ich nur tun?«, stieß ich hervor. Es klang genauso verzweifelt, wie ich mich fühlte.

»Ich weiß nicht.« Sie schüttelte den Kopf. »In so einer Situation war ich noch nie. Dein Vater liebt dich. Er will etwas anderes für dich.« Sie hielt inne.

»Amy«, fing sie schließlich wieder an und atmete einen langen Rauchstrom aus, der sich vor ihr in der Luft ausbreitete, bis sie ihn fortwedelte. »Ich will nicht sagen, dass das, was dein Vater und ich haben, schlecht ist, denn das ist es nicht. Wir sorgen füreinander. Aber manchmal geht ein ganzes Leben dahin, und du weißt gar nicht, wie es hätte sein können – *wer* du hättest sein können, wenn du dich für etwas anderes entschieden hättest.«

Meine Mutter blickte auf ihren nackten Ringfinger. Dieser nackte Finger war ihr immer schmerzlich präsent, doch sie sprach nur in Momenten echten Kummers darüber. Mit einem Mal sah sie ungeheuer verletzlich aus, zerbrechlich und schutzlos. Die ganze Nacht habe sie über die neue Situation nachgedacht, erklärte sie mir. Kein Auge zugetan. Als mein Vater ihr von dem Angebot erzählt habe, sei ein Sturm der Gefühle in ihr losgebrochen.

»Ich hielt es anfangs wirklich für einen Scherz«, sagte sie. »Ich konnte mir nicht vorstellen, dass so etwas real war – die Chance, auf einen Schlag reich zu sein, auf einen Schlag Mitglied der Familie Leong. Aber dann habe ich an dich gedacht, Amy. Ich habe alle Phantasien beiseitegeschoben und mir überlegt, was es für dich wirklich heißen würde.«

Ich wartete. Spürte, dass sie zu einem Ergebnis gekommen war. Ich wusste, dass der im Hause Leong verbrachte Tag bei meinem Vater etwas ausgelöst hatte. Er hatte zu viel gesehen. Das galt für uns beide.

»Amy … Ich kann dir nicht versprechen, dass du mit Bohai glücklich wirst, aber mit ihm hast du wenigstens ausgesorgt, und das ist im Rückblick fast wichtiger als die Liebe. Du bist ein ungewöhnliches Mädchen – das warst du schon immer. Schon als Kind wolltest du etwas Besseres, etwas Besonderes für dein Leben. Jetzt hast du's. Ich müsste lügen, wenn ich dir sagen würde, dass ich diese Gelegenheit, wenn ich könnte, nicht ergreifen würde – einfach noch mal ganz von vorne anfangen.«

»Heiraten, ohne zu lieben?« Ich konnte nicht glauben, was sie da von sich gab.

»Ich habe aus Liebe geheiratet, Amy«, sagte sie langsam. »Zumindest dachte ich das. Aber Dinge ändern sich. So ein Leben ist eine lange, schrecklich lange Zeit, wenn man sie jemandem aus einem Grund schenkt, der so unbrauchbar ist wie die Liebe.«

»So unbrauchbar wie die Liebe?«, wiederholte ich entrüstet und vergrub aus Wut und Verzweiflung, vor eine solche Entscheidung gestellt zu sein, das Gesicht in den Händen. Wenn ich den Falschen wählte, würde ich mir den Rest meines Lebens wünschen, ich könnte die Zeit zurückdrehen und mich umentscheiden.

»Die Liebe schwindet, Amy. Das Herz ändert gern seine Meinung, es ist wankelmütig.«

»Weißt du eigentlich, wer er ist?« Jetzt würde ich die Bombe platzen lassen. Ich hatte sie mir aufgehoben, sozusagen als letzten Trumpf.

»Wer wer ist? Wovon redest du?«

»Erinnerst du dich an den Jungen in Waialua? Der Neffe des Fischers, der Junge, der mich immer nach Hause gebracht hat? Der den Stein auf mich geworfen hat? Von dem ich das hier habe?« Ich strich mir die Haare zurück und tippte auf die Narbe. »Weißt du noch? Es ist Henry, Mom. Nach so vielen Jahren! Der Junge ist Henry.«

Ein Anflug von Milde überzog das Gesicht meiner Mutter, aber nur für einen kurzen Moment. Sie war schon zu gefangen in ihrer Logik.

»Schön, das ist ein ziemlicher Zufall – aber was ändert das, Amy?«

»*Was das ändert?* Was ist mit der Geschichte, die du mir

als Kind erzählt hast? Von roten Bändern, Schicksalsgefährten, Steinen und Narben – was ist damit? Hast du dir das alles ausgedacht?«

»Nicht ich, aber natürlich hat sich das jemand ausgedacht – es ist doch nur ein Märchen, Amy! Ich wünschte, meine Eltern hätten mir besser den Weg gewiesen. Ich wünschte, ich hätte diesen Kinderkram nicht für bare Münze genommen und mich nicht darauf versteift. Rote Bänder!« Ihre Stimme klang plötzlich schrill. »Wach doch auf! Sieht es hier so aus, als ob es rote Bänder geben würde?« Sie gestikulierte aufgebracht. »Sag mir, Amy, sieht das hier aus wie ein Märchen-Happy-End?«

Meine Mutter atmete schwer. Ich brachte es nicht mehr fertig, sie anzusehen, und schlug die Augen nieder. Zum ersten Mal in meinem Leben nahm ich, so schwer es mir fiel, den Schmerz meiner Mutter wahr: die seelische Qual, das unüberhörbare Bedauern in ihren Worten. Das war nicht die lebensfrohe, willensstarke Frau, die ich als Kind erlebt hatte. Aus dieser Stimme klang die Angst eines jungen Mädchens, das verzweifelt auf eine zweite Chance hofft. Ich konnte mir das nicht mehr anhören. Dass ich meine Eltern an schlechten Tagen so sah, an Tagen, wenn ich nur das Schlechte sehen wollte, war eine Sache. Es aber aus dem Mund der eigenen Mutter zu hören?

Ich drückte die Zigarette aus, während ihre Worte in meinem Kopf nachhallten. Stimmte das? Ich sah meine Mutter und wusste die Antwort: Ja. Sie hatte ihre Wahl getroffen; und sich geirrt. Zwanzig Jahre später hätte sie immer noch gern die Zeit zurückgedreht und ein zweites Mal gewählt.

»Es sind *deine* Fehler«, sagte ich zu ihr, stieß mich vom Tisch ab und ging zur Tür. »Lass mich dabei aus dem Spiel.«

***

Aber ich konnte die Worte meiner Mutter nicht abschütteln. Sie klebten an mir wie Sand, zerfraßen meine Zuversicht wie Salzwasser. Zehn Tage lang wütete ein zerstörerisches Chaos in meinem Kopf, während ich mir eine Zukunft mit Henry oder Bohai ausmalte, die nicht in Kummer, Armut oder ewiger Verdammnis enden würde. Zehn Tage lang zog ich mich aus der Welt zurück. Ich lebte nur noch in meinen Gedanken; als ich spürte, dass mir der Kopf zu platzen drohte, bat ich meine Eltern um Rat und bereute es. Selbstverständlich hatte sich nichts an ihrer Haltung geändert, ich hätte es wissen müssen. Ich warf ihnen Egoismus und Herzlosigkeit vor und stürmte türenschlagend aus dem Haus, um ziellos durch die Nachbarschaft zu streifen.

Mir dröhnte der Kopf von den mahnenden Worten meiner Eltern, mich zu entscheiden, denn während ich zögerte, ging langsam das Zeitfenster zu. In der dritten Nacht rang ich mich zu einem Deal mit mir selbst durch: Ich würde Henry nichts vom Angebot der Leongs sagen und auf ein Zeichen warten. Wenn rote Bänder eine Schicksalsfrage waren, wenn es sie wirklich gab und wir beide durch ein solches Band miteinander verbunden waren, würde Henry spüren, dass Gefahr drohte.

Es war eine Wette, von der ich sicher war, dass ich sie nicht verlieren konnte. Seit Henrys Abreise vor einem Monat hatte er mir mehrmals pro Woche geschrieben. Seine Worte gaben mir Kraft. Sie stärkten mein Vertrauen, dass wir das Richtige taten, dass wir recht hatten. Früher oder später würde der nächste Brief kommen, davon war ich überzeugt. Seine Worte würden mich beruhigen; sie würden mir eine Entscheidung abnehmen, die zu treffen von einem trostlosen Tag zum nächsten schwieriger wurde. Henry spürte das, daran glaubte ich fest, und so stand ich jeden

Morgen vor der Arbeit neben dem Briefkasten und wartete. Doch eine ganze Woche lang, von einem Samstag zum nächsten, kam kein Brief, während wir, höflich unser Bedauern bekundend, die Einladung bei den Leongs hinauszögerten.

Nach neun Tagen ohne Nachricht von Henry beschloss ich, dies noch nicht als Zeichen zu werten. Ich brauchte etwas Deutlicheres, nur ein echtes Zeichen konnte den Ausschlag geben. Die Nähe meiner Mutter, aber auch die Zusammenarbeit mit meinem Vater wurde zermürbend. Er redete in einem fort von den Leongs. Ich spürte, wie seine innere Unruhe auf mich übergriff, als das zweite Wochenende nahte und wir die Einladung nicht länger verschieben konnten. Die Ungeduld meines Vaters war mit Händen zu greifen. Er ließ es sich nicht nehmen, allen Freunden und Bekannten, ja sogar Kunden von der Gastfreundschaft der Leongs zu erzählen – und jeder stimmte ihm darin zu. Mr Leong war für seine Großzügigkeit bekannt, er hatte Unsummen für die Kriegsanstrengungen gespendet und war auf den Titelseiten der Zeitung allgegenwärtig. Allein die Tatsache, dass wir mit ihm *bekannt* waren – geladene Gäste im Hause Leong –, erfüllte meine Eltern mit geradezu kindlicher Freude. Jedes Mal, wenn mich Mr Leongs Gesicht aus der Zeitung anstarrte, die morgens ungeniert auf der Küchentheke lag, fragte ich mich, wer mir sagen würde, welche Entscheidung die richtige war.

Und dann, eines Montags, nach zehntägigem Ausharren in quälender Erwartung, lag morgens ein Brief von Henry in der Post. Hastig riss ich ihn auf, um ihn zu lesen und meinen Eltern zu zeigen. Ich brannte darauf, sie mit diesem Zeichen von Henrys Liebe und Ergebenheit zu beschämen. Meine Mutter würde Eifersucht empfinden – ein schrecklicher Gedanke, doch genau das wollte ich. Ich wollte, dass sie um Entschuldigung bat. Ich wollte sie sagen hören, dass ich anders war als sie – dass ich mit Henry meinen Schicksalsgefährten gefunden hatte. Ich begann den Brief sofort zu lesen, draußen auf der leeren Straße, neben dem Briefkasten; und mit jedem Satz wuchs meine Verwirrung.

Amy,
es tut mir leid, dass seit dem letzten Brief einige Tage vergangen sind; ich schwöre, dass ich unsere Absprache nicht vergessen habe. Ich wünschte, ich hätte bessere Neuigkeiten und könnte Dir mit leichterem Herzen schreiben, aber der Krieg scheint die ganze Welt in Aufruhr zu versetzen. Was in ---------------- begonnen hat, breitet sich immer weiter aus. Die Menschen, denen ich in -------------- begegnet bin, müssen schreckliches Leid ertragen, und es fehlt an allem. Kleider, Nahrung, Wasser, ein sauberes Bett – Tag für Tag erlebe ich das und es verändert mich, ich kann kaum noch an etwas anderes denken. Es ist so lange her, dass wir zusammen in meinem Auto saßen, und so weit weg von all dem hier. Ich vermisse diese Tage sehr, aber jetzt, wo ich gesehen habe, was in ------------ los ist, kann ich es nicht mehr ignorieren. Ich denke jeden Tag an Dich und hoffe, dass du stark bist. Die Welt ist so ein unsicherer Ort geworden, und ich bete, dass Du von diesen ---------- verschont bleibst.
Gestern habe ich einen Brief von meiner Mutter bekommen. Sie versucht, optimistisch zu bleiben, aber ich habe ihre Sorge gespürt. Die Apotheke läuft nicht gut. Es gab schon vor meiner Abreise Probleme, und jetzt sagt sie, dass sie durch das Geschäft täglich Geld verlieren. Ich weiß nicht, was noch passieren wird,

aber was es auch ist, wir werden das schaffen. Wenn Du kannst, schau doch mal bei ihnen vorbei. Ich weiß, dass sie sich sehr freuen würden, Dich zu sehen. Heute verlassen wir ----------------, wir brechen nach ------------ auf. Ich schreibe Dir, sobald ich die nächste feste Adresse habe.

--------------------,

Henry

Blinzelnd betrachtete ich Henrys klobige Schrift, die stummen schwarzen Zensurbalken – ich war sprachlos. Zehn Tage lang hatte ich mir vorgestellt, was er schreiben würde: seine Beteuerungen, wie schlecht es ihm ohne mich ging, seine Pläne, früher zurückzukehren, die Leere, die er in der Ferne empfand. Und jetzt das: der kürzeste Brief, den er mir je geschrieben hatte; das meiste betraf nicht einmal unsere Beziehung, die Ortsangaben und nicht nur das brutal geschwärzt. Ich las den Brief ein zweites, dann ein drittes Mal, um alles herauszupressen, was sich in Henrys knappen Worten vielleicht noch verbarg, hob das Blatt gegen das Licht, als könnte der Himmel die leeren Stellen füllen. Schließlich drehte ich es hoffnungsvoll um und inspizierte sogar noch den Umschlag, an dem das Klebeband haftete, mit dem die Regierung geprüfte Briefe wieder verschloss. In meiner Hast hatte ich es noch gar nicht bemerkt. *Geöffnet von Prüfer 524.* Mit beiden Händen umfasste ich die Kanten des Papiers, als könnte ich ihm eine Wärme entziehen, die das Gefühl wiedererwecken würde, das mir gerade entglitt. Aber da war keine Wärme, nur dünnes, zerknittertes Luftpostpapier, und Henry befand sich auf der anderen Seite der Erdkugel, sein genauer Aufenthaltsort verschluckt von einem Papierkorb in irgendeinem Verwaltungsbüro. Ich kam mir völlig verrückt vor, wie ich da stand und ein Blatt Papier umklammerte, das unter meinen Fingern zerriss, als wollten die Risse meinen Irrsinn bezeugen.

Einen Moment lang erwog ich, den Brief komplett in Stücke zu reißen und hinten im Garten zu vergraben. Ich könnte so tun, als wäre noch gar keine Post gekommen. Ich könnte auf den nächsten Brief warten – auf einen, der anders wäre. Ich wollte so unbedingt recht mit uns haben, wollte nicht glauben, dass unsere Verbindung bloß gewöhnlich war. Nein, das mit uns musste etwas mit Schicksal, roten Bändern und einem Feuerwerk des Glücks zu tun haben.

Aber – und das war das Problem – diesen Brief hatte ich nun gelesen, und es ging mir wie Henry: Ich hatte begriffen, was los war, und konnte es nicht einfach ignorieren. Der Krieg war genauso real wie seine Folgen. Zum ersten Mal wurde mir klar, dass Henry und ich uns in einer Scheinwelt bewegt hatten, und das war angesichts dieser Realität nun anders geworden. Wie dumm von mir, zu glauben, er könnte mir Liebesbriefe schreiben, während um uns herum die Welt auseinanderbrach, Städte bombardiert wurden, Häuser in Schutt und Asche lagen, Mütter und Kinder hungerten.

Henry war der Mutige von uns beiden, nicht ich. Während ich mich in Selbstmitleid erging, war er mit der Welt und ihren Problemen konfrontiert und suchte nach Lösungen. Er konnte einem ganzen Land helfen, und ich war nicht einmal imstande, dem Leid meiner eigenen Familie ein Ende zu bereiten? Dieser Gedanke erschreckte mich. Die Welt schien plötzlich riesig und ich nur noch ein kleiner Punkt, meine Liebe zu Henry ein Fünkchen im Universum, eine Banalität.

Ich blickte auf meinen Mittelfinger. Henrys Diamantring – sein Auto, sein ganzer Sold – schien mich vorwurfsvoll anzustarren. Ich dachte an die Hunger leidenden Familien. Dachte an Henrys Familie, die kämpfte, um ihre Apotheke zu retten, und an meine Familie, die sich an die Hoffnung klammerte, dass sich durch mich alles ändern würde; dass ich zum Wohle der anderen meine erste Liebe opfern würde.

Der Stein an meinem Finger könnte Henrys Familie helfen und die Hochzeit mit Bohai meiner. Es war beschämend, dachte ich, diesen Ring zu tragen, während Henrys Eltern und Geschwister ums Überleben kämpften. Die Bemerkung seines Bruders kam mir wieder in den Sinn. *Das ist also der Ring*, hatte Paul am Kai gesagt, während er meinen Mittelfinger inspizierte. Blind vor Kummer, hatte ich nicht bedacht, dass Henrys Familie vielleicht auch Kummer hatte – nicht nur wegen Henrys Abreise, sondern auch finanzielle Sorgen. Wie mussten sie sich gefühlt haben, als Henry sein Auto verkaufte, um mir diesen unanständig teuren Ring zu schenken.

Ich schob den Brief in die Tasche meiner Shorts und ging ins Haus. Meine Eltern hatten recht. Ich hatte die einmalige Chance, etwas zu ändern – den angeschlagenen Namen meiner Familie an den des berühmtesten Hauses von Oahu zu binden; meiner Familie etwas von dem Glück zu schenken, das sie so verdient und auf das sie so lange gewartet hatte. Wenn ich mit Henry zusammenblieb, war es nur eine Frage der Zeit, bis er meine Träumereien satthätte. Er würde meine Sehnsucht nach einem anderen Leben als dem unserer Eltern als arrogant empfinden; die Entscheidung gegen Bohai und für Henry würde letztlich bei uns beiden zu Verbitterung führen. In einem anderen Leben wäre auch das sicher anders gewesen, dachte ich. Liebe war ein Luxus für Reiche. Die konnten es sich leisten, falschzuliegen; die konnten nach Lust und Laune ihre Meinung ändern. Natürlich war das ungerecht, aber vieles im Leben erwies sich nun einmal als eine Reihe von strategischen Entscheidungen. Halt dich an die Regeln, dann hast du vielleicht Glück. Aber wenn du dir einredest, dass das Leben neutral ist, dass wir alle die gleichen Chancen haben, dann säufst du gleich ab, durch das Loch gespült mit all den anderen kleinen Leuten.

Ich tastete unter der Matratze nach einem Blatt Papier und einem Umschlag. Ich schrieb schnell, ohne auch nur ein Mal innezuhalten. Ich schrieb, dass ich nicht egoistisch sein wolle – dass es auch für mich eine schwierige Zeit sei, ich aber nun erkannt hätte, dass dies nicht der rechte Moment für meine Beziehung mit Henry sei. Ich dankte seiner Familie für ihre Freundlichkeit und entschuldigte mich mehrmals für den Kummer, den ich ihnen möglicherweise bereiten würde. Dann streifte ich mir den Ring vom Finger, was ich bis dahin noch nie, nicht ein einziges Mal getan hatte, legte ihn in den gefalteten Brief, schob alles in den Umschlag und adressierte ihn an Henrys Eltern.

»Amy?«, hörte ich meinen Namen und schaute auf: Mein Vater, fertig angezogen, rieb sich mit einem Handtuch über das nasse Haar und kam dabei auf mich zu. »Bist du gleich so weit, dass wir gehen können?«

»Ja«, sagte ich, befeuchtete den Umschlag, klebte ihn zu. »Du kannst auch Mrs Leong anrufen. Du kannst ihr sagen, dass wir am Samstagabend kommen.«

Mein Vater ließ das Handtuch sinken und sah mich durchdringend an.

»Bist du sicher?«

»Absolut.«

Er nickte ungläubig, fassungslos, dass ich nach all den Auseinandersetzungen, all dem Geschrei, den Tränen und bösen Worten nun doch eingelenkt hatte. Ich hatte die Entscheidung gefällt, uns zu retten.

»Du weißt, wie ich dazu stehe«, sagte er und unterdrückte ein Lächeln.

Ich schloss die Augen. So seltsam es war, ich fühlte mich befreit. Mit dem Zukleben des Umschlags hatte mich Ruhe erfasst. Die Last meiner Unentschlossenheit war von mir genommen, und ich begrüßte die Klarheit, die an ihre Stelle getreten war. Ja, es war die richtige Entscheidung. Ich hätte verrückt sein müssen, es anders zu sehen. Wenn die Liebe wirklich so wankelmütig war, wie meine Mutter sagte, war es lediglich eine Frage der Zeit, bis meine Liebe zu Henry erlöschen und nur noch eine ferne Erinnerung sein würde. Unsere Begegnung war wie eine Sturmbö über mich hinweggefegt und hatte mich haltlos zurückgelassen. Doch jetzt, mit etwas Abstand, wurde mir bewusst, dass es das Beste für uns beide war, wenn ich Henry freigab. Er würde eine andere finden, eine bessere. Dessen war ich mir sicher. Henry würde ein Mädchen finden, das nicht innerhalb von wenigen Wochen sein Gesicht vergaß, ein Mädchen, dessen Herz nicht so verführbar war.

Und ich würde im Laufe der Zeit mit Bohai mein Glück finden.

SECHS

November 1964
Honolulu, Hawaii

Amy wird von dem Geruch nach Jasmin und Rauch aus ihren Gedanken gerissen. Mit gesenktem Kopf blickt sie auf ihren Schoß; Theresas Hand ist fort. Dicke elfenbeinfarbene Wolken hängen in der Luft, wabern durch den Raum, dämpfen das Licht. Langsam hebt Amy den Kopf und betrachtet die erste Stuhlreihe: Die Gesichter sind nicht zu erkennen, alles ist in Rauch gehüllt.

Ihr Blick folgt den Schwaden nach rechts zu dem Tisch am Fuß von Bohais Sarg, wo Hong mit einem langen Streichholz Räucherstäbchen anzündet. Aus einer schweren vergoldeten Schüssel, die mit rohen Reiskörnern gefüllt ist, steigt heller, würziger Rauch von den Stäbchen auf.

»Alles in Ordnung, Mom?«

Amy wendet den Kopf nach links zu Theresa, die noch neben ihr sitzt.

»Oh«, sagt sie. »Ja, alles in Ordnung. Ich brauchte –«

»Ich weiß«, unterbricht Theresa sie. »Ich habe Onkel Kaipo gesagt, er soll dich einfach lassen. Ich wollte nur nachfragen.«

»Es geht mir gut«, sagt Amy. »Danke.«

Neben Hong beginnt ein Priester zu singen. In einer Hand hält er einen kleinen Gong, den er mit einem Bambusstock schlägt, dessen Spitze in weiches Leder gewickelt ist. Vibrierend hallt sein metallischer Klang im Rhythmus der Stimme durch den Raum und den zitternden Rauch. Das Lied, das der Priester singt, klingt nasal, es ist schön und schrill und von den gleichmäßigen Schlägen des Gongs unterlegt. Die Worte sind ein Gebet für Bohai. Der Priester ruft die Geister an, bittet sie, seiner davongegangenen Seele den Weg zu öffnen und ihr einen würdigen Übergang zu gewähren. Dieser Gesang, diese melodische Bitte markiert den Beginn von Bohais Reise in die nächste Welt.

Weiß quillt der Rauch aus den Stäbchen, steigt in Schlangenlinien empor, die sich zu den Klängen des Gongs wiegen und zerreißen, wenn der Schlägel das Messing trifft. Als auch das letzte Stäbchen brennt, bläst Hong ihr Streichholz aus und zieht einen Holzkasten von der Größe eines Mah-Jongg-Spiels unter dem Tisch hervor. Dann nimmt sie wieder ihren Platz ein. Regungslos wie eine Kaiserstatue hält sie den Kasten auf den ausgestreckten Händen.

Der Gesang des Priesters endet mit einem hohen Ton, der sich bis zum letzten Gongschlag immer weiter in die Höhe schraubt. Als der Gong verstummt, kommt auch der Rauch zur Ruhe.

»Die Familie soll näher treten!«, ruft der Priester. »Lasst sie ihre Annehmlichkeiten fürs Jenseits übergeben!«

Fast augenblicklich erhebt sich Amy. Sie ist die Erste, die steht, und stellt fest, dass die Luft weiter oben klarer ist. Der Nebel umhüllt die Köpfe der Sitzenden wie eine weiche Wolkendecke, die Erde und Himmel voneinander trennt. Sie atmet die milde Luft ein und hofft, dass so auch das Jenseits ist. Ein Moment, der nur einem selbst gehört. Ein friedlicher Ort, wo es sich atmen lässt. Als Amy den Tisch erreicht, klappt Hong den Deckel des Holzkastens hoch wie den eines Aktenkoffers.

Darin liegen Dutzende von goldenen Papierröllchen und

aus Papier gefalteten oder gebastelten Formen und Figuren: kleine Häuser, Boote, Autos. Eine Hose und ein Paar Schuhe. Ein Koffer, der die Geschenke transportieren, und ein Diener, der den Koffer tragen soll. Amy reißt ein Streichholz auf der Tischplatte an. Als die Flamme ihre Fingerspitzen streift, hält sie es waagerecht. Mit der linken Hand nimmt sie eins der goldenen Papierröllchen aus dem Kasten, hält es in die Flamme, wartet, bis es Feuer fängt, und lässt los. Es trudelt in die Schüssel und glimmt weiter, während das goldschimmernde Papier zu feinen grauen Ascheflocken zerfällt.

Hastig greift Amy wieder in den Kasten, wieder das Anzünden, Warten, Loslassen, wieder schickt sie ihrem Mann Papiergeld. Drei Mal tut sie das, schnell, bis das Streichholz abgebrannt ist und sie es löschen muss.

Es gibt viele Dinge, die Amy gern verbrennen würde, doch sie liegen nicht in Hongs Kasten. Sie denkt an die Schublade ihres Schminktischs, so viele Worte waren darin eingeschlossen, Worte, die sie gern in Rauch aufgehen ließe. Aber dafür bräuchte sie ein richtiges Feuer, einen Hochofen, der keinen anderen Zweck erfüllt, als zu zerstören. Sie blickt in die goldene Schüssel, sieht die feinen Ascheflocken und weiß, dass ein Streichholz nicht das bewirken kann, was sie sich erhofft hat.

Amy hat gehofft, das Verbrennen dieser Papierchen würde ihr irgendetwas geben. Deshalb hat sie darum gebeten, anfangen und Bohai das erste Geschenk senden zu dürfen. Das Feuer, der Rauch – Amy hat geglaubt, ihrem Mann auf diesem Weg nah sein zu können, hat es sich als einen Moment der Reinheit und Buße vorgestellt, endlich in Gedanken ganz bei ihm. Doch als sie nun vor dem Tisch steht, nur noch zwei Schritte vom Leichnam ihres Mannes entfernt, ist ihr Kopf leer und weiß wie die Wände des Raums.

Sie kommt sich töricht vor, als sie das Papier verbrennt, ihm als Erste ein bedeutungsloses Symbol darbringt, ein Opfer ohne jeden Wert. Wie konnte sie glauben, dass es so leicht sein würde? Es ist doch nur ein Streichholz, denkt sie, wütend auf sich selbst. Keine Zauberei.

Amy entzündet ein weiteres Streichholz und hält es vor ihr Gesicht. Sie beobachtet, wie sich die Flamme an dem Hölzchen entlangfrisst. Fast hat sie schon ihre Fingerspitzen erreicht, aber Amy reagiert nicht, schaut einfach nur zu. Erst als die Flamme bereits an ihrer Haut züngelt, lässt sie das Streichholz abrupt in die Schüssel fallen. Sie atmet scharf ein.

»Vorsicht, Amy«, sagt der Priester.

Amy blickt ihm erstaunt ins Gesicht. So aus der Nähe überrascht es sie, wie sehr er gealtert ist, seit sie ihn vor zwanzig Jahren an ihrem Hochzeitstag das letzte Mal gesehen hat. An den Kieferknochen ist seine Haut erschlafft und wirft Falten, wenn er spricht. Das Haar trägt er immer noch lang, zu einem Pferdeschwanz gebunden, aber es wird langsam grau, nicht die Wurzeln, nur einzelne Strähnen, was Amy ungewöhnlich erscheint.

»Es tut mir leid«, sagt sie.

»Was?« Er lächelt. »Ich hoffe, Sie haben sich nicht die Finger verbrannt.«

»Nein, nein«, erwidert sie. »Es ist nur … ich glaube, ich bin fertig.«

»Gut. Wenn Sie möchten, dürfen Sie Ihren Mann jetzt sehen.«

Amy zögert. Links von sich sieht sie Kaipo aufstehen. Sie tritt zur Seite und geht langsam zum Kopfende des offenen Sarges, wo zwischen weißen Seidenkissen Bohai liegt. Kurz bevor sie sein Gesicht sehen kann, bleibt sie stehen. Mit geschlossenen Augen tut sie die letzten Schritte und sucht dabei wieder nach den Gedanken, die ihr schon am Altar nicht gekommen sind, den Worten, die sie mit dem Rauch losschicken wollte.

Sie wartet.

Wartet lange, vergebens.

Schließlich öffnet Amy die Augen, und ihr stockt der Atem. Sie schlägt die Hand vor den Mund, versucht rasch, die Augen wieder zu schließen, aber sie gehorchen ihr nicht.

Bohai ist ganz er selbst. Er sieht fast genauso aus, wie er immer aussah, und das erschreckt Amy mehr als alles, worauf sie gefasst war. Sein Anblick ruft augenblicklich die letzten zwanzig Jahre ihres Lebens wach, all die Morgenstunden, in denen sie neben diesem Gesicht die Augen aufschlug. Amy steht vor dem Sarg und wartet darauf, dass auch Bohai die Augen öffnet. Dass er guten Morgen sagt, sich aufrichtet, nach seiner Brille greift. Gleich wird er Kaffee kochen. Er wirkt so normal, wie er da in seinem Sarg liegt, mit einem Ausdruck innerer Ruhe, der Amy bestürzt, als ihr bewusst wird, dass es sechs Monate her ist. Sechs Monate, seit sie diesen Ausdruck zum letzten Mal im Gesicht ihres Mannes sah. Sechs Monate, ein Sommer, gefolgt von einem Herbst, hundertachtzig Gelegenheiten für eine Erklärung, die ungenutzt verstrichen sind.

Im Tod sieht er unbeschwert aus. Erleichtert.

»Es fühlt sich so verdammt unwirklich an«, sagt eine Stimme hinter ihr. Es ist Kaipo, der das Gesicht seines Bruders betrachtet. »Was ist nur mit dieser Familie«, sagt er. »Immer ohne Vorwarnung. Immer wie aus dem Nichts.«

Amy nickt. »Ja«, flüstert sie, dreht sich um und geht am Altar und an Theresa vorbei zu ihrem Stuhl.

Als sie wieder sitzt, glaubt sie, Lins Stimme zu hören, ganz kurz nur, vielleicht war es auch nichts. Sie dreht sich um. »Entschuldigung, hast du etwas gesagt?«

»Ich bin die Nächste«, sagt Lin und sieht Amy direkt in die Augen.

Amy zögert, will etwas sagen, aber dann presst sie die Lippen zusammen. Soll sie es ihr etwa verbieten?

»Ich kann dich begleiten«, schlägt sie stattdessen vor.

»Nein.« Mehr hat ihre Schwiegermutter nicht zu sagen.

Theresa sollte eigentlich die Letzte sein. Sie ist Bohais einziges Kind, das jüngste Mitglied der Familie. Doch als sie zum Sarg ihres Vaters geht, steht Lin auf. Sie wedelt mit einer Hand durch den Rauch, hustet. Ein feuchtes, raues Geräusch. Mit gebeugten Knien schlurft sie langsam auf Hong zu.

Als die beiden Frauen voreinander stehen, fragt sich Amy, was Hong tun wird. Den Holzkasten hat sie bereits geschlossen. Die Zeremonie ist vorbei, Lin Leong war nicht eingeplant. Mehrfach hat es Hong der Familie erläutert; Lin dürfte an diesem Tag nicht einmal anwesend sein. Unter keinen Umständen darf es einer Mutter erlaubt sein, ihr eigenes Kind zu begraben.

Ernst blicken sich die beiden Frauen in die Augen, seltsam vereint in diesem stummen Moment. Langsam gleitet Hongs Hand über den Kasten und hebt den Deckel.

Lin wählt ein Papierröllchen, das sie vorsichtig zwischen Daumen und Zeigefinger hält. Zögernd wendet sie sich zu den Räucherstäbchen. Dabei drückt sie eine Delle in das Papier, aber als sie den Druck verringert, springt es in seine ursprüngliche Form zurück.

»Lin«, sagt der Priester leise. »Soll ich es für Sie anzünden?«

Lin zuckt zusammen, das Papier fällt ihr aus der Hand. Sie starrt den Mann an, unruhig schweifen ihre Augen über sein Gesicht.

»Lin«, sagt der Mann noch mals und streckt die Hand aus, in der er ein Streichholz hält. »Es ist gut.«

Zwischen den beiden steigt letzter Rauch von den erlöschenden Stäbchen auf. Lin neigt den Oberkörper nach vorn und fixiert ihr Gegenüber.

»Sie ist gekommen!«, sagt sie mit aufgeregt flackerndem Blick. »Ich habe sie gesehen. Beeilt euch! Schnell, ich muss Bohai holen – sie ist gekommen!«

LIN

1942
Diamond Head, Hawaii

Bohai saß im Arbeitszimmer, die vor ihm ausgebreiteten Papiere ins trübe Licht seiner Schreibtischlampe getaucht. Hinter ihm, hinter den mit Kreppppapier verdunkelten Fenstern, begann schon die Sonne unterzugehen. Nach Verhängung des Ausnahmezustands hatten Hong und ich unverzüglich den Laden für Bastelbedarf aufgesucht, ein gutes Dutzend Rollen schwarzes Kreppppapier gekauft – alles, was das Lager hergab – und uns sofort an die Arbeit gemacht. Von außen war zwar noch ein schwacher gelblicher Schimmer zu sehen, aber das Haus wirkte nun sehr elegant – wie verzaubert. Und genau das brauchte ich an diesem Abend, einen Zauber.

Amy war gekommen und der Abend in vollem Gange. Eben war sie mit ihrem Vater eingetroffen; sie sah bezaubernd aus. Ihr Äußeres verriet, dass sie mein Angebot ernst nahm. Das Kleid saß perfekt, und sie trug eine elegante Hochsteckfrisur. Sie war gekommen, um meinen Sohn zu gewinnen, und als ich sie an der Tür umarmte, spürte ich ein nervöses Einvernehmen.

Nun war es Zeit, auch mit Bohai übereinzukommen. Ich stand am Ende des kleinen, schummerigen Flurs, der zu seinem Arbeitszimmer führte, und sah ihn an. Ich war wild entschlossen. Bereit oder nicht, Bohai würde sein kleines Glück finden.

Während ich durch den Torbogen ging, sagte ich seinen Namen. Schweigend blickte er von seinen Papieren auf. Ich setzte mich vor ihn. Legte meine Hände auf den Schreibtisch.

»Fotograf Chan ist da«, sagte ich. »Mit seiner Tochter Amy.«

Bohai nickte.

»Sie mag dich, Bohai. Wusstest du das? Sie hat heute Abend nach dir gefragt.«

»Gut«, sagte er ohne jede Gefühlsregung. Es war, als hätte ich ihm gesagt, dass es regnete oder zum Abendessen Fisch geben würde. Ich war erstaunt über die geringe Wirkung meiner wohlüberlegten Worte. Vielleicht spürte er, dass ich log, vielleicht glaubte er mir nicht. Schöntuerei war jedenfalls ganz offensichtlich nicht der richtige Ansatz. Ich musste einen anderen Weg wählen.

»Hör zu.« Ich senkte die Stimme und beugte mich zu ihm hin. »Es wird Zeit. Und ich weiß, auch wenn du es nicht zugeben willst, dass du das auch weißt. Also sage ich dir, Bohai: In diesem Moment befindet sich hier, in diesem Haus, ein junges Mädchen, das sich für dich interessiert, und wenn du nicht die Absicht hast, einsam, Seite an Seite mit deinen Eltern alt zu werden, kann ich dir nur raten, das, was ich gesagt habe, ernst zu nehmen.«

Jetzt sah ich, wie seine Züge weicher wurden. Dies war das Bild, das ich ihm mit auf den Weg gab: ein alter, einsamer Mann in den mittleren Jahren, der noch zu Hause bei seinen betagten Eltern lebt. Es funktionierte. Ich sah es.

»Gut«, sagte Bohai abermals, nahm die Brille ab und legte sie aus der Hand. Er sah mir direkt in die Augen, was er nur in seltenen Momenten tat. Es hatte Klick gemacht. »Danke«, fügte er hinzu, und ich verbot mir das, wonach in dieser Sekunde mein ganzer Körper schrie: von meinem

Stuhl aufspringen, ihn umarmen, ihm gratulieren; aber das durfte ich nicht. Ich wusste, es war besser, Ruhe zu bewahren.

»Ich weiß, du hast nicht gern viele Menschen um dich« sagte ich. »Ich bringe sie einfach her, wenn das in Ordnung für dich ist.« Er nickte. Es war von Beginn an meine Absicht gewesen, die beiden auf Bohais Terrain zusammenzubringen. In seinem Arbeitszimmer, im Anzug, umgeben von Schreibarbeit, fühlte er sich am sichersten. Hier, im gedämpften Licht, sah er am überzeugendsten aus.

»Ich bin gleich wieder da.« Ich stand auf. »Und sei nicht nervös.« Ganz kurz berührte ich seinen Arm, ehe ich im Flur verschwand. »Sie mag dich.«

Ich fand Amy mit ihrem Vater im Wohnzimmer. Als ich näher kam, sah ich, wie Mr Chan sein Whiskyglas an die Lippen hob und einen langen Schluck nahm.

»Ich würde mir gern Ihre Tochter ausleihen«, sagte ich zu ihm und legte eine Hand auf Amys Schulter. Strahlend drehte sie sich um und präsentierte ein Lächeln, das alles verriet. Irgendwie berührte es mich, rief etwas Vertrautes in mir wach. Hinter diesem fabrizierten Lächeln verbarg sich ein Berg von Angst, den sie mutig kaschierte. Es war gut so, befand ich, ein vielversprechendes Zeichen. Angst und Mut. Für das, was sie erwartete, brauchte sie eine ausgewogene Mischung von beidem.

»Er ist ganz begeistert, dass Sie gekommen sind«, flüsterte ich Amy zu, während wir durch den Flur gingen. »Aber Sie wissen ja, wie zurückhaltend er ist, lassen Sie sich dadurch nicht abschrecken. Ich bin mir sicher, dass Sie wunderbar miteinander auskommen, wenn er sich erst einmal wohl fühlt.«

»Kein Problem«, erwiderte sie mit klappernden Absätzen. »Ich kann gut reden.«

»Dann ist ja alles perfekt.« Ich führte sie bis zum Arbeitszimmer und klopfte an den Rahmen des Torbogens. »Bohai«, sagte ich, »hier ist jemand, der dich sehen möchte.«

Bohai stand so plötzlich auf, dass ein Knie gegen den Schreibtisch stieß und die Lampe wackelte.

»Hallo«, sagte er unvermittelt. »Hallo – Donnerwetter!« Er schluckte, während er sich mit einer Hand das Knie rieb.

Es war das Kleid. Das blasse Orange brachte den warmen Ton ihrer Haut wunderbar zur Geltung. Die fließende Seide unterstrich ihre Bewegungen und der Schlitz über dem linken Bein deutete an, was der Stoff verbarg. Mein Sohn war sprachlos, aber es war ein anderes Schweigen als sonst. Ein Schweigen, hinter dem sich Begehren verbarg.

Amy lächelte – da war es, ihr Selbstvertrauen, und es wuchs, je länger mein Sohn sie ansah.

»Hallo«, begrüßte sie ihn. Ich wartete auf mehr, vergebens.

»Setzen Sie sich, setzen Sie sich doch, Amy!« Ich deutete auf die beiden Stühle. »Bohai, möchtest du deinem Gast nicht etwas zu trinken anbieten?«

»Ja«, antwortete er, sein Blick unverwandt auf Amy. Er ging zu der kleinen Kühlbox, wo sich unsere Augen trafen. Mit einem angedeuteten Nicken und einer kurzen Kopfbewegung schickte er mich hinaus. »Danke«, sagte er, und jetzt war *ich* sprachlos. Mein Sohn wollte allein mit Amy sein. Er wollte, dass ich hinausging, und jetzt war *ich* noch nicht so weit.

»Natürlich«, antwortete ich rasch, gab mir einen Ruck. »Ich sage Bescheid, wenn das Essen fertig ist.«

Hinter dem Torbogen hielt ich inne, als ich sah, wie dunkel es im Flur war. *Möchten Sie etwas Champagner*, hörte ich ihn hinter mir sagen. *Das wäre toll*, antwortete sie. Den Rücken an die Bücherregale gedrückt, die den schmalen

Flur säumten, zögerte ich. Links von mir war eine kleine Nische, ein Spalt zwischen zwei Regalen, gerade groß genug für mich. Es war vielleicht albern, aber sie würden mich nicht sehen. Ich konnte noch etwas bleiben und horchen. Ich schlüpfte in die Nische.

Im Arbeitszimmer hielt Bohai die Champagnerflasche in der linken Hand und drehte mit der rechten den Korken heraus. Ich hielt die Luft an; er hatte das noch nie gemacht. Der Korken knallte, und ich zuckte zusammen. Er füllte zwei Gläser. Ich mahnte mich, ruhig zu bleiben. Auf meinen Sohn zu vertrauen.

»Sie sehen phantastisch aus«, sagte er und gab ihr ein Glas. Ich hielt mir die Hand vor den Mund. *Danke*, hörte ich. Amy konnte ich nicht sehen.

»Ihre Mutter hat mir das Kleid geschenkt, als wir die fertigen Fotos gebracht haben. Es freut mich, dass sie uns eingeladen hat, so habe ich wenigstens einen Anlass, es zu tragen.«

Nein, dachte ich; sag ihm doch nicht, dass das Kleid von mir ist. Erinner ihn nicht an mich. Ich begann zu schwitzen. Immerhin war sie ehrlich, dachte ich dann, genauso ehrlich wie ich damals mit Frank. Sie stand zu dem, was sie war; das mochte ich an ihr. Wenn du noch länger hier stehen willst, musst du dich entspannen, ermahnte ich mich, tief durchatmen. Ich presste den Rücken gegen die Wand. Vielleicht war es besser, nicht hinzuschauen, sich aufs Zuhören zu beschränken.

Er ist aus Frankreich, hörte ich Bohai sagen. *Der Champagner.* Ich spürte, wie es in seinem Kopf arbeitete. *Mein Vater hat sich im Sommer ein paar Kisten liefern lassen. Er hat einen Freund, der ein Weingut besitzt.*

Oh.

Schmeckt er Ihnen?

Schweigen. Ich fragte mich, was los war. Dann hörte ich ein leises Husten – Amys Husten, durch eine Hand oder einen Ärmel gedämpft.

Ist alles in Ordnung?

Ja, ja. Wieder Schweigen. Ich beugte mich so weit vor, dass ich Amys verzerrtes Gesicht und Bohais besorgte Miene sah.

»Ich habe noch nie in meinem Leben Champagner getrunken«, sagte sie schließlich.

»Noch nie?«

»Noch nie.« Sie zuckte die Achseln. Ich ließ mich wieder gegen die Holzverkleidung sinken. Lächelte. Es ging los. *Er schmeckt köstlich*, hörte ich. Bohai machte eine Tür auf zu ihrer Welt und sie zu seiner. *Die Luftbläschen schmecken irgendwie nach Rosen.* Bohai lachte und sie auch. Im Halbdunkel versteckt, konnte ich mit Händen greifen, was da im Raum schwebte. Die Gründe waren verschieden, aber sie wollten es beide. Ohne es zu wissen, arbeiteten sie gemeinsam auf dasselbe Ziel hin.

Die Fotos, die Ihr Vater gemacht hat, sind sehr schön.

Das war aber auch nicht schwer – in einem Haus wie diesem. Normalerweise steht uns als Kulisse kein Wasserfall zur Verfügung, sondern nur eine weiße Wand.

Trotzdem. Wir hatten schon viele Fotografen hier. Ihr Vater ist der beste.

Ist das wahr?

Ja, wirklich. Und der Wasserfall … Ich finde ihn peinlich. Ich habe ihn schon immer übertrieben gefunden.

Das sehe ich aber anders. Ich finde, Ihr Vater hat einen Wasserfall verdient.

Es war eigentlich nicht seine Idee. Meine Mutter wollte ihn.

Schweigen.

Aber wenn er Ihnen gefällt, gefällt er mir auch.

Er gab sich wirklich die größte Mühe. Noch nie hatte ich meinen Sohn in einem einzigen Gespräch so viel sagen hören. Er dachte sich Themen aus, suchte nach Komplimenten. Er hatte etwas von Kaipo gelernt. Er machte seine Sache gut.

Ich sah, wie Amy vom Torbogen weg zu dem Regal ging, auf dem die gerahmten Familienfotos standen. Sie nahm eins, betrachtete es schweigend. Bohai folgte ihr. Dicht hinter ihr blieb er stehen.

»Vor drei Jahren waren wir mit der ganzen Familie in Indonesien«, erklärte er. Das Foto war mir bestens bekannt. Zu viert standen wir vor einem strohgedeckten Pfahlhaus. Auch Hong war mitgereist, sie hatte das Foto gemacht.

»Und das hier?« Amy nahm ein anderes Bild.

»Maui. Wir gehen dort jedes Jahr angeln. Machen Sie das auch gern?«

»Wenn ich wüsste, wie es geht. Ich würde es gern lernen.«

Ich holte tief Luft und zog mich, so weit es ging, in die kleine Nische zurück. Mein Herz begann plötzlich schneller zu schlagen; ich schloss die Augen, während meine Gedanken abschweiften, Bohais und Amys Stimmen nur noch ein fernes Summen. Seit Jahren hatte ich nicht mehr daran gedacht. Absichtlich. Ich konnte es vermeiden, also vermied ich es. Doch nun, in diesem Moment, brach es ungefragt und mit aller Wucht über mich herein. Amys Gegenwart schaufelte Erinnerungen frei, die ich vor langer Zeit begraben hatte, Erinnerungen an einen fernen Ort und komplizierte Gefühle. Ich sah Amy, sah, was hier vor meinen Augen geschah, und es war so, als würden wir etwas teilen. Amy und ich waren aus demselben Holz geschnitzt, hatten dieselbe Chance bekommen. In diesem Mädchen, in meinem Kleid, fand ich so viel von mir wieder.

***

Es war das Jahr 1899, ich war gerade siebzehn geworden. Wenn ich daran zurückdenke, wird der Geruch von frittiertem Tofu und süßen Mondkuchen in mir wach. Heißes Öl steigt mir in die Nase. Ich atme ein und rieche Salz, Fett und abgestandenes Meerwasser. In jenem Sommer arbeitete ich in der Gaststätte meiner Eltern in Guangdong. In der Küche, die nur ein stickiges Hinterzimmer war, frittierte ich Makrelen, Hunderte von Makrelen. Ich denke daran zurück, und es ist wie ein anderes Leben, eine völlig andere Existenz. Ich sehe ein Mädchen in der Küche, die Hände schwielig, die Wangen rot und fettverschmiert, und möchte nicht glauben, dass ich das bin.

Ich war ihr einziges Kind. So gesehen, war eigentlich alles vorherbestimmt: ein trauriges Leben, mehr nicht. Denn selbstverständlich empfanden mich meine Eltern als nutzlos, und natürlich hofften sie auf Söhne. Das alles ist wahr, und doch erinnere ich mich an so viel mehr.

Soweit ich zurückdenken kann, drohte mein Vater damit, mich zu verkaufen. In unserem Dorf nichts Ungewöhnliches; viele Töchter wurden an reiche Familien verkauft, um auf den Feldern oder im Haushalt zu arbeiten. Die Vorstellung, mit anderen Frauen zu arbeiten, ängstigte mich nicht, und das wusste mein Vater. Also drohte er mir mit einem alten, dreckigen Sklavenhalter, der sechs minderjährige Konkubinen hatte. Sollte ich diesem Mann nicht gehorchen, würde ich einfach verschwinden wie in Meer geworfenes Salz.

Als mir irgendwann selbst die Sklaverei keine rechte Angst mehr einzujagen schien – mit dem Älterwerden lernte ich die Kunst der versteinerten Miene –, drohte mein Vater, mich umzubringen. Damals war das erlaubt. Wenn eine Tochter unbrauchbar oder aufsässig war, hatte ein Vater das Recht, ihrem Leben ein Ende zu bereiten, um seins zu verbessern. Fäulnis war der Spitzname, den man mir gab, denn ich hatte den Schoß meiner Mutter verdorben. Hatte ihn karg und unfruchtbar zurückgelassen. Und das sei ein Spiegelbild meiner Seele, hörte ich, seit ich fünf war, aus dem Mund meines Vaters. Ich hätte es nicht verdient, verheiratet zu werden, sagte er lachend, und dabei lief ihm Speichel durch seine Zahnlücken. Mädchen wie ich waren fürs Heiraten nicht zu gebrauchen.

Vielleicht steckt die Fäulnis ja wirklich in mir, dachte ich manchmal, und seltsamerweise empfand ich es als Trost. In gewisser Weise sah ich darin eine Erklärung. Als ich zur Frau reifte, wuchs etwas Hartes, Rebellisches in mir heran. Verkauf mich doch, erklärte ich meinem Vater an meinem fünfzehnten Geburtstag. Ich wiederholte es noch, als er schon mit erhobener Hand vor mir stand. An diesem Abend schlug er mich so lange, bis es dunkel um mich wurde, und da glaubte ich, es wäre um mich geschehen. An diesem Abend glaubte ich, zu weit gegangen zu sein. Als ich am nächsten Morgen mit wundem, zerschundenem Körper aufwachte, überkam mich ein schreckliches Gefühl der Freude. Daran erinnere ich mich. Meine Verletzungen würden den Nachbarn zeigen, was in unserer Familie geschah; und das brachte, so seltsam es klingen mag, in meinen Augen Schande über meinen Vater. Er hatte die Kraft, Knochen zu brechen, mich grün und blau zu schlagen, aber töten konnte er mich nicht. Was war das für ein Mann, der so mit seiner einzigen Tochter umging – sie genesen ließ, um gleich wieder über sie herzufallen? Ein Feigling, würden sie denken. Das hoffte ich jedenfalls.

Wenn er mich wieder einmal übel zugerichtet hatte, wurde ich nach hinten in die Küche verbannt. Ich stand vor dem

Kessel mit heißem Öl – dessen Gestank für immer an mir haften wird – und frittierte die von den Gästen bestellten Speisen. Die gefüllten Teller reichte ich durch die schmale Tür. Heute glaube ich, dass mein Vater begriffen hatte, welches Spiel ich spielte. Die meisten Väter straften ihre Töchter doppelt, indem sie die Spuren ihres Ungehorsams zur Schau stellten, und ich glaubte anfangs, dass es auch mir so ergehen würde. Es war eine Demütigung, die mögliche Verehrer wissen ließ, dass dieses Mädchen eigensinnig war. Da überlegte man es sich zweimal, ehe man einen Antrag machte. Aber mein Vater hatte kein Rückgrat, und ich sollte ohnehin nicht verheiratet werden. Ich war ein hoffnungsloser Fall, dem das traurigste aller Schicksale zugedacht war, und so beschloss er, mir nicht das Mitleid anderer zu gönnen. In der Küche, das wusste mein Vater, litt ich allein. Weggesperrt, niemand, mit dem ich hätte sprechen können – als wäre nie etwas geschehen.

Der Tag, an dem alles anders wurde, war ein Montag und einer der letzten Sommertage. Meine Wunden waren beinahe verheilt, und ich stand wieder vorne am Tresen, als mittags ein junger Mann die Gaststätte betrat, um dort zu essen. Er trug einen europäischen Anzug aus einem Stoff so weich und fließend wie Wasser. So etwas hatte ich noch nie gesehen. Der Mann bestellte gepökeltes Hähnchen und setzte sich auf einen Hocker in Fensternähe, wo er unter den Blicken der anderen Männer manierlich aß. Dann gab er mir einen Geldschein, dessen Wert den Preis seiner Mahlzeit um mehr als das Doppelte überstieg, und als ich ihm sein Wechselgeld geben wollte, schüttelte er den Kopf. Ich solle den Rest behalten.

Sofort brachte ich den Geldschein in die Küche. Meine Mutter rieb ihn zwischen Daumen und Zeigefinger und hielt ihn gegen das Licht, um seine Echtheit zu prüfen. Wir kannten fast alle Gäste. Es war ein kleines Lokal in einem kleinen Dorf; selbst die Namen der Herumtreiber kannten wir. Unter unseren Gästen war es üblich, Preise herunterzuhandeln, anschreiben zu lassen oder Mahlzeiten gegen etwas einzutauschen, das sie in einem Koffer mit sich herumschleppten. Aber zu viel bezahlen? So etwas war noch nie geschehen.

»Ist er echt?«, fragte mein Vater. Meine Mutter nickte und gab ihm den Geldschein, den er gefaltet in seine Hosentasche steckte. »Bleibt hinten«, befahl er.

Mein Vater blieb lange verschwunden. Eine ganze Stunde verging ohne eine einzige Bestellung. Hinter der geschlossenen Tür zum Gastraum schien es leiser zu werden. Meine Mutter und ich putzten das restliche Gemüse, schnitten braune Stellen heraus und legten es fürs Abendessen auf die Seite. Wir spülten den Fischeimer aus, schälten einen ganzen Beutel Garnelen. Den Mann mit dem Anzug hatte ich schon fast vergessen, als wir durch die Tür den Ruf meines Vaters hörten.

»Lin!« Seine kräftige Stimme war so laut, dass sie in der winzigen Küche widerhallte.

Meine Mutter, die regungslos auf ihrer Holzkiste saß, sah erst zu mir und dann zur geschlossenen Tür.

»Geh«, sagte sie. Es war ihre Tugend als Ehefrau und ihr Versagen als Mutter, dass sie alle Befehle meines Vaters befolgte. Anschließend versorgte sie unsere Wunden, die meinen immer zuerst; nie wehrte sie sich gegen meinen Vater, wie gewalttätig er auch war.

Ich wischte mir die Hände an der Schürze ab und öffnete die Tür zum Gastraum. Dort herrschte absolute Stille. Kein Tisch war mehr besetzt, nur noch schmutzige Teller und Becher, als hätten die Menschen das Lokal fluchtartig verlassen. Die Eingangstür war geschlossen, und bei näherem Hinsehen stellte ich fest, dass sie verriegelt war. Mein Vater saß an dem einzigen sauberen Tisch, vor sich ein dicker Stapel Yuan-Scheine, mehr als ich je gesehen hatte. Ihm gegenüber saß der Mann mit dem Anzug.

»Komm her!«, rief mich mein Vater zu sich. Er lächelte.

Die Beine verweigerten mir den Gehorsam; mein Mund war trocken wie Staub. Ich konnte die Augen nicht von dem Geld lassen. Ein schreckliches Gefühl stieg in mir hoch, ein Gefühl, wie wenn man langsam ertrinkt.

»Was ist das?«, flüsterte ich, am ganzen Leib zitternd, während ich unverwandt auf den Yuan-Stapel sah. »Wer ist dieser Mann?«

Mein Vater schlug mit der Hand auf den Tisch, und ich schwieg vor Entsetzen. Dann wandte er sich wieder zu dem Mann. Als Zeichen der Demut neigte er den Kopf, und ich begriff, dass das Geld auf dem Tisch für mich war. Er hatte es wirklich getan. Er hatte mich verkauft.

»Dieser Mann ist Leong Fu«, erklärte mein Vater. »Er braucht eine Frau. Du wirst seine Frau.«

Ich rang nach Luft, konnte mich nicht mehr bewegen. Ich war so panisch, dass ich weder dem Mann noch meinem lächelnden Vater ins Gesicht blicken konnte.

Hitze breitete sich in meiner Brust aus, stieg mir durch den Hals in den Kopf, brannte in meinen Augen. Diesmal war ich zu weit gegangen. Was zu viel war, war zu viel. Mein Vater tat nun das, wozu ich ihn herausgefordert hatte: Er verkaufte mich, und nach dem Äußeren des Mannes zu urteilen, sollte es nicht meine letzte Station sein. Bestimmt würde er mich weiterverkaufen.

»Nein!«, schrie ich und sank auf die Knie. »Nein, bitte, Vater. Ich kann mich ändern. Du wirst sehen. Du hast eine bessere Tochter verdient als mich, bitte, gib mir noch eine –«

»Steh auf!«, befahl mein Vater. »Dummes Mädchen!«

»Lin.« Das war nicht seine Stimme. Meine zitternden Knie schlugen gegen den harten Boden. Es war die Stimme des Mannes, und er kannte meinen Namen.

»Wenn du meine Ehefrau bist, wird für dich gesorgt. Du wirst glücklich sein.«

Ich blickte vom Boden auf, verzerrt hallten mir die Worte des Mannes in den Ohren. Hatte er das meinem Vater gesagt? Dass ich als seine Ehefrau glücklich sein würde? Natürlich nicht; es war ein widerwärtiges Spiel. Am liebsten hätte ich den beiden ins Gesicht gespuckt. Ich wünschte mir, sie würden mich niedertrampeln, hier, auf diesem Boden, und mir die Demütigung ersparen, die mich erwartete. Als mir mein Vater in die entsetzten Augen blickte, wusste ich, dass es nichts mehr zu sagen gab. Dieser Geldstapel war mehr als der Lohn lebenslanger Feldarbeit. Mein Vater war ein Glückspilz, und das wusste er.

»Verneig dich vor deinem Mann«, verlangte er.

Ich erinnere mich daran, dass ich dachte: Ich bin eine Sklavin. Mein Schicksal liegt nicht in meiner Hand. Mein Leben lang hatte ich das gewusst. Ich schloss die Augen und befahl meinem Körper, seine Tränen einzusperren. Langsam stand ich auf und verneigte mich vor dem Mann.

In seiner Kutsche saßen wir auf Strohkissen, die ganz und gar nicht nach Stroh rochen. Das Fuhrwerk hatte ein Dach und eine Tür mit Fenster, durch das ein kleines Rechteck aus Licht fiel. Die Räder begannen sich zu drehen, und ich fing an, mit gesenktem Blick die Astlöcher in der Holzverkleidung zu zählen.

»Ich will dir etwas zeigen«, sagte der Mann mit ruhiger, fester Stimme. Auf dem Stroh neben mir spürte ich eine Bewegung; ich war mir fast sicher, dass er die Anzugjacke auszog. Vorsichtig wagte ich einen Blick zur Seite. Mit einer Hand begann er, seinen Kragen aufzuknöpfen. Dann betastete er die Vorderseite seines Hemds; er war im Begriff, sich auszuziehen, und ich erstarrte. Ich presste die Fingernägel in meine Handballen. Ich wusste, dass sie lang genug waren, um Blut fließen zu lassen, es war nur eine Frage der Kraft. Ich blickte auf und sah ihm ins Gesicht. Das Hemd war halb geöffnet, ein dreieckiges Stück Brust entblößt. Ich krallte meine Finger in den Kissenstoff. Wenn ich laut genug schrie, würde der Kutscher anhalten. Bestimmt würde er aussteigen und nach dem Rechten sehen.

Der Mann öffnete den letzten Knopf, streifte sich das Hemd von den Schultern. Schon lag mir ein Schrei auf den Lippen, ich hatte die Füße in den Boden gestemmt, doch was ich dann sah, ließ mich augenblicklich verstummen. Der Mann bewegte sich nicht. Er näherte sich mir nicht.

»Mein Vater«, sagte er leise, und beim Sprechen hob und senkte sich sein Bauch. »Die habe ich alle von ihm.« Er deutete auf eine der Narben, die seinen Oberkörper verunstalteten. Sie war die längste und zog sich über die rechte Seite seines Brustkorbs bis zum Bauchnabel, eine violette, flache Wulst. Auf der linken Brustseite, unterhalb des Muskels, bildeten geplatzte Blutgefäße ein grausiges Muster, das ich nur allzu gut kannte, die zu den Rändern hin verblassende Farbe, der dunkle, glänzende Kern, nur so hatte ich es noch nie gesehen, auf einem Körper, zu dem auch ein Gesicht gehörte. Meine Eltern besaßen keinen Spiegel, und meine Mutter sah ich niemals entblößt.

»Auch mein Vater war ein jähzorniger Mensch«, sagte der Mann. »Ich habe ihn gehasst.« Er nahm sein Hemd, fuhr in die Ärmel, knöpfte es von unten nach oben wieder zu. »So wie du deinen hassen musst.«

Mit schamhaft hochgezogenen Schultern kauerte ich in meiner Ecke und wartete darauf, dass mein Vater die Tür der Kutsche aufreißen und sich vor Lachen über meine Dummheit ausschütten würde. Dieser Tag, dieser Mann, diese Geschichte – das alles konnte nicht wahr sein, bestimmt wollte er mich nur auf die Probe stellen. Woher hätte er sonst dieses Wissen?

»Die langen Ärmel an so einem heißen Tag«, sagte Frank, als könnte er Gedanken lesen. »Die blauen Flecken im Genick, als du dich umgedreht hast. Dein Hinken … Ich … Ich konnte dich da nicht lassen, verstehst du?«

Frank schluckte und blickte mit zusammengekniffenen Augen aus dem kleinen Kutschfenster. Ich sah die Verbitterung, sah, dass er an seinen Vater dachte.

»Du musst mir nicht vertrauen, noch nicht«, sagte er. »Aber ich bin ein anständiger Mann, und das, was ich vorhin in der Gaststätte gesagt habe, meine ich auch so.« Er hielt inne, und ich wusste genau, wovon er sprach. So etwas hatte noch kein Mann, hatte noch nie irgendjemand zu mir gesagt.

»Ich würde mich freuen, wenn du glücklich wärst«, sagte er. »Von jetzt an werde ich mich um dich kümmern.«

Die restliche Fahrt schwiegen wir. Es gab nichts, was gesagt werden musste. Doch je länger wir fuhren, ohne anzuhalten und ohne dass mein Vater die Kutschtür aufriss, desto mehr glaubte ich, dass dieser Mann vielleicht wirklich etwas verstanden hatte. Dass es vielleicht doch Anstand gab in dieser Welt.

***

Ich öffnete die Augen. In meiner Nische war es warm, und die Bluse klebte an meiner Haut. Ich spähte durch den Torbogen ins Arbeitszimmer und atmete auf. Bohai und Amy waren noch da, saßen nebeneinander hinter dem Schreibtisch. Sie lachten; ihre Schultern berührten sich. Die Champagnerflasche war leer. Ich betrachtete die beiden, so froh und aufgedreht, und dachte daran, wie verwundert ich damals war, als mir klarwurde, dass mein Leben mit Frank vollkommen anders sein würde, als ich es mir ausgemalt hatte.

Binnen eines Monats waren wir verheiratet. Er kaufte mir ein Kleid und mein erstes Paar Schuhe. Weil er wusste, wer ich war, woher ich kam und dass ich ihm nichts dafür geben konnte, stand sein Werben im Zeichen der Aufrichtigkeit. Es war ein langsamer Übergang, von Frank behutsam gelenkt, in dem ich, die ich nichts besessen hatte, mit der seltsamen Tatsache vertraut wurde, plötzlich alles zu haben: ein zweigeschossiges Haus, eine Dienstbotenschar, einen Garten, ein richtiges Badezimmer. Diese ersten Jahre mit Frank, vor den Kindern und vor dem Krieg, waren für mich nichts Geringeres als pure Magie.

Ich betrachtete meinen Sohn und Amy. Sie sei das älteste von zehn Kindern, hatte sie mir vor einer Woche erzählt. Und dass sie sich ein Zimmer teilen müssten. Es war reiner Zufall, ich hatte sie nach Schule und Studium gefragt. Ob sie denn auch einen Platz habe, wo sie in Ruhe lernen könne – erst nach ihrer Antwort war mir die Idee gekommen. Die Macht des Geldes hatte mich gerettet, mich einer qualvollen Realität entrissen und mir ein neues Leben geschenkt. Dasselbe konnte noch einmal geschehen, natürlich konnte es noch einmal geschehen. Was hinderte mich daran, selbst dafür zu sorgen? Ich sah die beiden mit geröteten Gesichtern an Bohais Schreibtisch sitzen. Bohai suchte etwas zwischen den Papieren, er blätterte in seinen Dokumenten. *Ich weiß, dass es irgendwo hier ist*, sagte er. *Ich habe es mir doch eben noch angesehen.* Amy betrachtete ihn schweigend, nachdenklich. Und mit einem Mal wandte sie ihm ihren Körper zu und legte ihre Hand auf seine.

Bohai rührte sich nicht. Er sah Amy mit offenem Mund an und brachte kein Wort heraus. Langsam beugte sie sich zu ihm hin, bis sich ihre Lippen berührten, die Hände auf dem Schreibtisch vereint.

Ungläubig zog ich den Oberkörper zurück. Ich hielt mir die Hand an die linke Brust, um meinem rasenden Herzen Einhalt zu gebieten. Und dann lächelte ich, lachte leise in mich hinein.

Die beiden müssen verheiratet werden, dachte ich. *Daran führt gar kein Weg vorbei.*

***

Am Morgen nach unserer Party erwachte ich mit den ersten Sonnenstrahlen. Nach einem Blick auf die Uhr ging ich ins Esszimmer in der Erwartung, dort meinen Sohn allein am Frühstückstisch vorzufinden. Aber er war nicht da. Ich rieb mir erstaunt die Augen. Seit Jahren, wenn nicht Jahrzehnten schlief Bohai morgens nie länger als bis sechs. Schon als Teenager hatte er Stunden vor Schulbeginn, ja noch ehe die Hähne überhaupt wussten, dass der Tag begann, am Tisch gesessen und gelesen. Mit den Fingern leise auf die Küchentheke trommelnd, wartete ich auf eine Idee. Als keine kam, ging ich die Treppe hoch, den Flur entlang zur Tür meines Sohns.

Ich fragte mich, ob ich anklopfen sollte; die Situation war neu. Leise klopfte ich zwei Mal. Als die Antwort ausblieb, ging ich hinein. Bohai schlief noch.

»Bohai«, flüsterte ich, die Hand auf seiner Schulter. Er war sofort wach.

»Ich habe verschlafen«, sagte er, rieb sich die Augen und richtete sich auf.

»Unsinn, ich wollte nur mit dir über gestern Abend reden. Ich hatte den Eindruck, als würdet ihr euch gut verstehen, Amy und du.« Er legte sich eine Hand auf die Stirn und rieb mit dem Daumen langsam über seine Schläfe. Ich betrachtete das Gesicht meines Sohns, dieses Gesicht, das mir noch vor wenigen Monaten solche Sorgen bereitet hatte. Ich betrachtete seinen Körper, seine im Sitzen gewölbten Schultern. Die schmalen Augen blinzelten schläfrig; seine nackte Brust war schärfer konturiert, als ich in Erinnerung hatte. Irgendetwas war anders an ihm, und plötzlich wusste ich es: Er wirkte männlicher. Zum ersten Mal, seit ich seine Mutter war, sah ich ihn als Mann.

»Mom«, sagte er und zögerte. Er schloss kurz die Augen und sah mich fest an. »Ich glaube, ich liebe sie.«

Ich fiel aus allen Wolken. Ich hatte mit Abwehr gerechnet oder zumindest mit einer gewissen Zaghaftigkeit. *Dräng mich doch nicht so*, hatte ich ihn im Geiste schon sagen hören, *du gehst zu schnell an die Sache ran*. Ich suchte nach einer Antwort, vergebens. In dreiunddreißig Jahren war Liebe für Bohai ein Fremdwort gewesen, und wenn er es überhaupt benutzte, dann nur im Hinblick auf die Familie.

»Ich weiß«, brachte ich schließlich hervor. »Deshalb denke ich auch, dass du –«

»Ich will sie heiraten«, unterbrach er mich und wiederholte seine Worte, als wäre er selbst gerade erst zu dieser Erkenntnis gelangt. Langsam sickerte das Licht der Morgensonne durch die weißen Vorhänge. Gemeinsam saßen wir auf seinem Bett, zwischen uns ein leuchtender Sonnenstreifen, und dachten über das nach, was so jäh im Raum stand.

»Meinen Segen hast du«, sagte ich schließlich und ergriff Bohais Hand, die unter der Decke lag. »Nicht nur meinen, sondern natürlich von uns allen.«

Das Blut rauschte mir in den Ohren, mein Herz pochte, und ich hörte mich atmen. Plötzlich ging alles so schnell, dass ich kaum folgen konnte. Endlich stand Bohai am Wendepunkt; mit Amy hatte er Kraft und Stärke gefunden und das große Los gezogen. Ein neues Leben erwartete ihn, dies war der Beginn eines Märchens.

***

Immerzu hatte ich mir um Bohai Sorgen gemacht. Das war kein Geheimnis. Jetzt, mit dem Wissen um diese einfache Lösung, kam ich mir töricht vor. Es war so leicht gewesen, Bohai den richtigen Weg zu weisen und ihn endlich glücklich zu sehen. Letzteres traf in meinen Augen auch auf Amy zu. Aus ihrer stillen Zufriedenheit würde, da war ich mir beinahe sicher, irgendwann echte Liebe werden. Bohai war ein guter Mann, genau so, wie es sich auch bei meinem Mann erwiesen hatte. Ich kannte das Ende dieser Geschichte. Ich war das lebende Beispiel.

Nun, da die beiden verlobt waren, nahm ich die Vorbereitungen für das Hochzeitskleid in Angriff. Ich dachte an meine eigene Anprobe zurück, damals in China, ein Tag, der mir noch genauer vor Augen stand als die Hochzeitszeremonie. Die riesigen Spiegel im Schneidersalon waren mir, der damals Siebzehnjährigen, fast zu viel. Noch nie hatte ich in einem einzigen Spiegel meinen ganzen Rücken in voller Länge gesehen, den oberen Teil meines Kopfes und sogar die Zehenspitzen. Spiegel kannte ich und wusste, dass sie nichts mit Zauberei zu tun hatten, und dennoch konnte ich es nicht lassen, mit den Fingern zu wackeln und mich daran zu ergötzen, dass das Mädchen vor mir dasselbe tat.

Mit Amy und ihrer Mutter kam ich überein, dass der Termin mit der Schneiderin bei uns stattfinden würde. Hong half mir, das Podest ins Wohnzimmer zu tragen und den dreiflügeligen Spiegel davor aufzubauen. Als wir die Seitenteile aufklappten, stand plötzlich jede vor ihrem eigenen Spiegelbild, zwei alternde Frauen, die sich auf eine Hochzeit vorbereiteten. Damals, als Hong in Guangdong eintraf, war ich erst seit einem Jahr verheiratet – uns jetzt hier nebeneinander in diesem Spiegel zu sehen hatte etwas Bestürzendes. Im Alltag war mir entgangen, wie Hong sich verändert, wie ihr die Zeit und das Alter ihren Stempel aufgedrückt hatten. Die Jahre waren über uns hinweggefegt, für uns beide war das Leben einfacher geworden, aber die harten Zeiten hatten uns fest zusammengeschweißt. Auch wenn die schwere Vergangenheit weit hinter uns lag, betrachtete ich Hongs Gegenwart, die mir wichtig und unverzichtbar war, nicht als Selbstverständlichkeit. Das Geräusch, wenn sie nachmittags den Tee zubereitete, das altertümliche Klirren von Porzellan oder der Geruch ihrer süßen, schwarzen Kräutersäfte ... solche Dinge waren mein Anker, meine Verbindung zum Ort meiner Jugend, an dem ich noch hatte kämpfen müssen, aber auch gelernt hatte, Vertrauen zu fassen. Dafür schätzte und mochte ich Hong, die für mich immer die junge, kämpferische, entschlossene Frau bleiben würde, die am Tag ihrer Ankunft in Guangdong an unserem Tisch saß. Nun war sie fast sechzig, ihre Arme weich, ihre Haut erschlafft. Ich fragte mich, wie sie mich wohl sah.

Es klingelte an der Tür und ich öffnete. Amy kam nervös winkend die Stufen hoch und drückte, oben angelangt, ihre Wange an meine.

»Mrs Chan«, empfing ich mit ausgebreiteten Armen ihre Mutter. »Ich freue mich sehr, Sie endlich kennenzulernen!«

»Ja«, antwortete sie, die Stimme leise, unsicher. Sie beugte sich zu mir hin, um mich zu begrüßen. »Haben Sie vielen Dank.«

Ich führte Amy und ihre Mutter ins Wohnzimmer, wo sich meine Schneiderin sofort an die Arbeit machte. Sie zeigte ihnen die Stoffe, die wir ausgewählt hatten, und ermunterte Amy, die bunten Ballen zu betasten und an ihre Haut zu halten. Insgesamt benötige Amy drei Kleider, erklärte die Schneiderin: ein weißes Hochzeitskleid, ein traditionelles chinesisches Cheongsam mit Stehkragen und ein Kleid für den Tag danach.

Mrs Chan begleitete alles mit Schweigen. Sie äußerte keine Meinung, als wir die Stoffe durchgingen, stand nur dabei, die Hände in den Taschen, die Lippen wie zugeschweißt.

Während die Schneiderin anfing, Maß zu nehmen, ging ich in die Küche, wo das Tablett mit dem Eistee stand, den Hong vorbereitet hatte. Als ich wiederkam, hatte Mrs Chan das Podest verlassen und saß still auf dem Sofa, die Hände im Schoß gefaltet. Beklommen rieb sie die Handballen aneinander. Wie gern hätte ich ihr gesagt, dass ich sie verstand. Dass ich während meiner eigenen Hochzeitsvorbereitungen kaum ein Wort herausgebracht hatte vor Angst, etwas Falsches zu sagen und alles wieder weggenommen zu bekommen. Doch für solche Dinge war jetzt keine Zeit. Eine Hochzeit sollte ein Moment der Freude sein, und das Einzige, was Amys Mutter brauchte, war Ablenkung.

»Mrs Chan«, sagte ich, während ich das Tablett abstellte. »Haben Sie schon entschieden, was Sie tragen möchten?«

»Ich?«, fragte sie, eine Hand an die Brust gepresst, und sah sich um.

»Natürlich!« Ich klatschte in die Hände. »Sie sind doch die Brautmutter – Ihr Kleid sollte fast so schön sein wie das Ihrer Tochter. Amy, hilf deiner Mutter doch bitte auf das Podest.«

Mrs Chan sah mit aufgerissenen Augen zu ihrer Tochter, als bräuchte sie deren Erlaubnis, um mein Angebot anzunehmen. Offenbar hatte sie nicht geahnt, dass auch sie ein Kleid bekommen würde. Amy lächelte ihrer Mutter zu, trat in einem aus festgesteckten Stoffteilen bestehenden Abendkleid vom Podest und ging zu ihr.

»Mom«, flüsterte sie, die Hand auf eins ihrer Knie gelegt. »Los, komm.« Immer noch lächelte sie. »Du hast doch Mrs Leong gehört, jetzt bist du an der Reihe.«

Langsam erhob sich Amys Mutter vom Sofa und ging bedächtigen Schrittes auf den Spiegel zu.

»Mrs Chan«, schlug meine Schneiderin vor, »ich glaube, ein königsblaues Kostüm sähe fabelhaft an Ihnen aus.« Sie ging zu den Stoffballen, wählte eine schwere tiefblaue Seide und breitete ein Stück des schimmernden Stoffs vor sich aus.

Mrs Chan sah ihr wortlos zu. Sie war abrupt stehen geblieben.

»Wir könnten aber auch ein Kleid machen – nicht zu kurz, vielleicht lavendelfarben? Oder einen Hosenanzug, falls Sie sich darin wohler fühlen ...« Die Schneiderin hielt inne und sah Mrs Chan erwartungsvoll an, doch deren Gesicht verharrte in einem Ausdruck vollkommener Unentschlossenheit.

»Wir können alles machen, Ma'am, Sie müssen nur ein Wort sagen und –«

In diesem Moment brach Amys Mutter ganz unvermittelt in schallendes Gelächter aus. Es war ein lautes, unbändiges, mädchenhaftes Lachen, in dem sich ihre ganze Freude und Fassungslosigkeit entlud.

Sie schüttelte den Kopf. »Es ist wirklich kein Traum«, sagte sie und wischte sich eine Träne unter dem Auge weg. Sie blickte ihre Tochter an, dann die Schneiderin.

»Nähen Sie mir, was Sie möchten. Was es auch ist, ich schwöre Ihnen, es wird das Schönste sein, was ich je besessen habe.« Immer noch kopfschüttelnd stieg sie aufs Podest und breitete die Arme aus, um ihre Maße nehmen zu lassen.

***

Bohai und Amy heirateten im April des Jahres 1942 im Royal Hawaiian Hotel. Gern würde ich behaupten, dass es einfach war, diese Hochzeit auszurichten, aber das war es nicht. In den Monaten nach dem Bombenangriff waren die besten Hotels auf Oahu für Touristen und private Anlässe jeder Art geschlossen worden. Die Hotelbesitzer waren mit den Militärbehörden übereingekommen, ihre Räume für amerikanische Soldaten bereitzustellen, die sich dort ausruhen und die Annehmlichkeiten der Insel genießen konnten. Frank schlug deshalb vor, noch ein wenig zu warten, und Bohai schloss sich angesichts dieser Schwierigkeiten seiner Meinung an. Aber davon wollte ich nichts hören. Ich wollte diese Hochzeit, und zwar sofort. Mit fortschreitender Zeit, so meine Sorge, würde die Zusammenführung unserer Familien vielleicht doch noch zu Komplikationen und Zweifeln führen. Wenn ich zu lange wartete, lief ich Gefahr, Bohais und Amys Glück zu zerstören.

Also erklärte ich mich bereit, die ganze Organisation selbst zu übernehmen, und sah mich bald mit kriegsbedingten Problemen konfrontiert, an die ich bis dahin keinen Gedanken verschwendet hatte. Trotz widriger Umstände war es mir wichtig, unserer Wahlheimat Hawaii bei der Hochzeit meines ersten Sohnes gebührend die Ehre zu erweisen. Drei Tage in Folge fuhr ich nach Waikiki, um über die Anlagen meiner Lieblingshotels zu spazieren. In jedem Ballsaal stellte ich mir eine Feier vor, arrangierte im Geiste Blumen, Tische und Gäste. Der Raum stehe für Hochzeitsfeiern nicht zur Verfügung, wiederholte das Personal jedes Mal, doch ich war wild entschlossen. Ich entschied mich für das Royal Hawaiian – wegen seiner Grandeur und seiner Geschichte, denn es war das Haus, das die Königsfamilie von Oahu beherbergt hatte.

Als Erstes sprach ich mit dem Geschäftsführer, dann mit dem Besitzer. Beide sagten mir dasselbe. Es sei unmöglich, alle vierhundert Gästezimmer für eine Privatveranstaltung zu räumen. Ich versuchte, mit einer Mischung aus Charisma und Autorität aufzutreten, die ich von Frank zu kennen glaubte, war aber ganz offenbar nicht so überzeugend wie er und am Ende dann doch auf seine Hilfe angewiesen.

»Das ist das Einzige, wofür ich dich brauche«, sagte ich beim Abendessen. »Versprochen. Den Rest schaffe ich allein.« Kopfschüttelnd lächelte er mir zu.

»Ich sehe, was ich tun kann.«

Am nächsten Morgen rief mich Frank an: Es würde ein Samstag im April sein.

Eigentlich hatte mir für die Zeremonie die Abenddämmerung, halb acht vorgeschwebt, in Anerkennung der chinesischen Tradition, immer in der zweiten Stundenhälfte zu heiraten, wenn die Uhrzeiger nach oben wanderten. Mit einem Lachen, das Frank vorausgesagt hatte, lehnte der Geschäftsführer des Royal Hawaiian meinen Vorschlag ab, doch einfach das gesamte Hotel zu verdunkeln. Wir einigten uns also auf den Nachmittag und den Coconut Grove, einen stillen, von Palmen bestandenen Garten längs des hoteleigenen Strandes. Ein traditioneller chinesischer Empfang im berühmten Lau Yee Chai sollte sich anschließen. Um zwölf Uhr würde die Feier beginnen – zum Auftakt sollten Bohai und Amy aus dem gemeinsamen Weinkelch trinken – und um halb sechs enden. So blieb genügend Zeit, unsere Gäste vor der Sperrstunde nach Hause zu fahren.

Für chinesische Verhältnisse war es eine kleine Hochzeit. Immerhin war der gesamte Flugverkehr eingestellt, auch Privatflugzeuge durften nicht fliegen. Die Flughäfen von Honolulu standen unter militärischer Aufsicht. Frank hatte erwogen, auf einem seiner Frachtschiffe Verwandte aus China kommen zu lassen, doch dafür reichte die Zeit nicht. Bis zum Hochzeitstag konnten die Gäste unmöglich den Pazifik überqueren, und verschieben ließ sich der Termin nicht. So wurden die Einladungen nur an Freunde und Verwandte auf Oahu geschickt, insgesamt dreihundert: zweihundertvierzig Gäste von unserer, sechzig Gäste von Amys Seite. Als sie mir ihre kurze Gästeliste gab, ermunterte ich sie, ruhig mehr einzuladen. Sie solle niemanden unberücksichtigt lassen.

»Von meiner Seite sind das alle«, sagte sie. »Und alle aus Kane'ohe – was den Vorteil hat, dass wir sie mit einem großen Bus heimbringen können. Das spart Geld.« Sie lachte nervös, und in diesem Moment fühlte ich mich ihr sehr nah. Ich kannte dieses Gefühl so gut. Ich konnte ihre Bedenken verstehen.

Unsere Gäste saßen auf Bambusstühlen, die mit dicken roten Kissen gepolstert waren, die Rückenlehnen in weiße Seidenbezüge gehüllt, hinten mit einer üppigen Schleife befestigt. Morgens war das Gras mit Pikake-Blüten bestreut worden, deren leichter, süßer Duft sich mit dem der Kokospalmen mischte. Sie sollten an meinen ersten Eindruck von Oahu erinnern, damals an jenem Morgen im Hafen, als all meine Sinne erwacht waren. Frank hatte eine hawaiianische Band ausgewählt, die leise Meles spielte. Sie klimperten auf ihren Ukuleles und trommelten auf ihren Ipus, als unsere Gäste eintrafen und auf den Stühlen Platz nahmen.

Bohai und Amy wurden von jeweils vier Freunden in roten Sänften in den Coconut Grove getragen. Amys Sänfte war zugehängt; Bohai durfte die Braut erst im letzten Moment sehen. Am Mittelgang, der durch die Stuhlreihen führte, trafen sich die Sänften und wurden langsam zu Boden gelassen. Bohai stieg aus und ging ruhigen Schrittes durch den Gang. Als er beim Priester angelangt war, hob der ein Muschelhorn an seine Lippen, um die Ankunft der Braut zu verkünden. Ich hatte die zeitliche Abfolge auf die Minute genau geplant und ertappte mich dabei, dass ich mehr auf die Uhrzeit achtete als auf das eigentliche Geschehen, das ich so minutiös vorbereitet hatte – jedenfalls bis Amy in Erscheinung trat. Unter dem Vorhang der Sänfte tauchten ihre elfenbeinfarbenen, diamantglitzernden Schuhe auf und berührten den Boden, dann schob ihre Hand den Vorhang zurück. Langsam wurde die ganze Amy sichtbar. Alle im Garten verstummten, und der Priester hörte so abrupt auf, in sein Muschelhorn zu blasen, als wäre mit einem Mal alle Luft aus seiner Lunge gewichen. Ich hatte Amy morgens im Ankleidezimmer gesehen, als ihr die Schwestern gerade die letzten Haarklammern aus der Frisur zogen. Doch in den Stunden, die verstrichen waren, hatte sie eine Verwandlung durchgemacht, und nicht einmal ich war darauf vorbereitet, wie atemberaubend sie an diesem Nachmittag aussah.

Ihre Haut war glatt wie Porzellan, ihr geschminkter Mund granatapfelrot. Schwarzer Kajal umrandete ihre Augen, das eine hinter einem roten Spitzenschleier versteckt. Die Schleppe ihres Kleides war so lang, dass Amy einen breiten Streifen bestickter Seide von der Länge eines ganzen Stoffballens hinter sich herzog, während sie den Gang entlangschritt. Um den Hals trug sie eine zarte, doppelreihige Kette aus cremefarbenen Perlen, zusammengehalten von einer in Gold gefassten Jadebrosche. Ein verfrühtes Hochzeitsgeschenk von Frank und mir. Ich hatte diese Kette selbst ausgesucht und ihr am Vorabend überreicht.

Statt einer chinesischen Teezeremonie tauschten Bohai und Amy nach hawaiianischer Tradition Leis und tranken vor beider Familien aus einem Kelch mit Wein.

Als Bohai seinen Orchideen-Lei um Amys Hals legte, verfing sich eine Blüte in einer Haarnadel. *Ja, ja, so eine Ehe ist nicht leicht*, scherzte der Priester, und das warmherzige Gelächter unserer Gäste hallte wie ein Segensspruch ins Blau des Nachmittagshimmels. Dann legte Amy Bohai ihren Kranz aus Maile-Blättern um den Hals und strich, als sie die Hände zurückzog, sacht daran entlang. Sie fassten sich an den Händen, sie küssten sich, sie wurden Mann und Frau.

Ehe wir uns versahen, war es zwei Uhr, und wir führten Bohai und Amy in ihr Hochzeitszimmer in der Präsidentensuite des Hotels. Sie saßen auf dem Bett, in dem sie ihre erste gemeinsame Nacht verbringen würden, während Frank sich um die beiden Kelche kümmerte, die schon auf dem Tisch standen. Er schlang das traditionelle rote Band darum, gab Bohai das eine und Amy das andere Ende und füllte die Kelche mit Honig und Wein.

Als Mutter der Braut saß Mrs Chan neben ihrem Mann auf einem Stuhl. Sie hatte sich für ein lavendelfarbenes Kleid mit breitem Kragen und schmalem Silbergürtel entschieden. Sie sah entzückend aus, und ihre Augen leuchteten. Die Angst, die am Tag der Anprobe über sie gekommen war, schien in diesem Moment, als Amy und Bohai auf ihr Glück anstießen, wie weggeblasen. Die Kelche waren durch das rote Band verbunden; beider Leben und Schicksal waren somit vereint.

Als Wein und Honig getrunken waren, luden wir unsere Gäste zu einem traditionellen chinesischen Neun-Gänge-Dinner ins Lau Yee Chai Restaurant. Das Restaurant war aufwendig dekoriert: dreißig runde Tische, über den Bankettsaal verteilt, rote Seidentischdecken, goldene Essstäbchen, die weißen Stoffservietten schwarz bestickt. Von den hohen Decken hingen Lüster aus Gold und Kristall, dazwischen zarte Girlanden aus funkelnden Türkisen. Es war genau so, wie ich es mir vorgestellt hatte, absolut perfekt, von den Tischkarten bis zur Temperatur des Tees. Ich hätte nicht zufriedener sein können. Als dann Amy in ihrem zweiten Kleid, einem goldenen Cheongsam mit zarten Silberstickereien, den Bankettsaal betrat, wusste ich, dass sich die Mühe gelohnt hatte; dass die Schönheit dieses Moments durch die Überstürztheit der Hochzeit keinen Augenblick in Gefahr geraten war.

Das Essen wurde in traditioneller Reihenfolge serviert: Auf Haifischflossensuppe folgten Pekingente, kaltes Ingwer-Hühnchen und Hummer mit Schwarze-Bohnen-Sauce. Als die Teller abgeräumt waren, wurden frittierte Austern gebracht, in Chili und Knoblauch gedämpfte Fische, Abalonen mit schwarzen Pilzen, gebratene Täubchen und schließlich Salz-und-Pfeffer-Garnelen. Das Menü hatte ich gemeinsam mit Hong zusammengestellt. Wir hatten zwei Dutzend Gerichte gekostet und uns schließlich auf diese neun geeinigt.

Mr Chan erfüllte als Brautvater freudig seine Pflichten und ging eifrig von Tisch zu Tisch, um den traditionellen Schluck Whisky zu sich zu nehmen. Ich sah, wie Franks Freunde und Geschäftspartner ihm die Hand schüttelten und ihm zum Erfolg seiner Tochter gratulierten. Sie stießen mit ihm an, jubelten ihm zu und kippten sich ihren Schluck Whisky in den Rachen. Als Amys Vater etwa die Hälfte der Tische hinter sich hatte, schloss Frank sich ihm an. Jeder neuen Gruppe verkündete er, dass Mr Chan ein erstklassiger Fotograf sei und – je länger der Abend wurde – sein bester Freund. Bis zur Begrüßung des letzten Gastes hatte sich

Mr Chan eine halbe Flasche Whisky einverleibt und fing an, mit Amy zu tanzen, seine Smokingjacke herrenlos auf einem Stuhl.

Das ist der glücklichste Tag meines Lebens, flüsterte mir Amy ins Ohr, Freudentränen in den Augen. Ihr ganzer Körper funkelte, von den diamantgeschmückten Ohren bis zu den rubinbesetzten Schuhen. Auf Schritt und Tritt erhielt sie Komplimente oder rote Umschläge mit Glücksgeld darin. Im Laufe des Nachmittags, als auch Amy aus ihrer Teetasse Whisky zu trinken begann, sah ich, wie sie ihrer Mutter das Glücksgeld zusteckte. Lächelnd drückte sie ihr die Umschläge in die zitternde Hand. Ich erinnerte mich so gut an dieses Gefühl; wie verblüfft ich bei meiner eigenen Hochzeit war, plötzlich Geld zu haben, mit anderen Worten einen Wert, der wenigstens dem Inhalt des roten Umschlags entsprach. Es war eine der bemerkenswertesten Erfahrungen in meinem Leben. An meinem Hochzeitstag nahm ich meine Mutter zur Seite und zeigte ihr das Geld, das ich bekommen hatte. *Hier, nimm es, für dich*, flüsterte ich. *Du musst es ihm nicht geben*. Natürlich tat sie genau das. Aber es war mir egal; es gab genug Geld für zwei Leben, und ich, die nutzlose Tochter, würde von nun an diese Quelle sein.

Um fünf Uhr, als die Gäste satt waren und die Sonne schon tief am Himmel stand, warteten Frank und ich mit unserer letzten Überraschung auf und ließen am Strand von Waikiki tausend Feuerwerksraketen zünden. Üblicherweise kündete das Feuerwerk vom Beginn einer Hochzeit, doch für mich sollte es der letzte Paukenschlag sein – Symbol der freudigen Erwartung, mit der nun ein neues Leben begann. Zu diesem Zweck war der Strand mit uniformierten Männern übersät, von denen einige über das Ausmaß der Verschwendung erschraken, aber sie erfüllten ihren Auftrag und blickten wie alle zum Himmel hoch, fasziniert von den leuchtenden Funkengarben, die auf den Ozean regneten, vor der gewaltigen Silhouette von Diamond Head. Frank und Mr Chan standen am Wasser, die Smokinghosen bis zu den Knien hochgerollt, die Köpfe in den Nacken gelegt, und tranken abwechselnd aus einer einzigen Whiskyflasche. Hand in Hand mit Bohai, die Füße tief im warmen Sand, sah Amy zu den Lichtbündeln hoch, die den Himmel in allen Rottönen erstrahlen ließen. Und als sich Bohais Hand um ihre Taille legte und sie ihm zärtlich über den Nacken strich, schien es das Paar plötzlich eilig zu haben, entschuldigte sich im Prasseln des Feuerwerks und lief barfuß den Strand entlang, hin zur Honeymoon-Suite, die schon auf die beiden wartete.

SIEBEN

November 1964
Honolulu, Hawaii

Unter den Gästen ist Hong die Einzige, die Lin gehört hat. Ein kurzer Moment der Besinnung, und sie kann den Worten ihrer alten Freundin eine Erinnerung zuordnen. Ja, sie weiß genau, wohin Lins Gedanken geflüchtet sind.

Hong möchte lächeln, doch sie tut es nicht. Sie will sich nicht erklären müssen. Aber sie spürt, wie mit ihrem Blut eine Welle der Dankbarkeit durch ihren Körper fließt, Dankbarkeit dafür, dass Lins Geist zu diesem Abend zurückgekehrt ist; dass in den Schützengräben ihrer Seele eine glückliche Erinnerung den Sieg davongetragen hat.

Lass sie, wo sie ist, denkt Hong. Lass sie die Freude ihres Sohns nachempfinden, den Glückstaumel dieses Wochenendes.

»Bitte?«, fragt der Priester zu Lin Leong hingebeugt. »Was haben Sie gesagt?«

Lin antwortet nicht. Sie schaut dem Mann ins Gesicht, aber ihre Augen blicken durch ihn hindurch. Sie sieht etwas, das weit hinter ihm liegt. Er wendet sich zu Hong, ein stummes Zögern auf den Lippen, ein Blick, eine Frage.

»Es ist zu viel für sie«, sagt Hong so leise, dass nur er sie hören kann. »Lassen wir sie – machen Sie weiter. Sie ist erschöpft.«

»Natürlich«, flüstert der Priester. »Gehen Sie ruhig. Ich setze die Riten fort.«

Nickend klappt Hong ihren Holzkasten zu. Sie klemmt ihn sich unter den linken Arm und legt Lin die rechte Hand auf den Rücken, schiebt sie fort vom Altar.

»Schone deine Kräfte«, flüstert ihr Hong ins Ohr, wohl wissend, dass ihre Worte sie nicht erreichen. »Der Tag ist noch lang.« Sie hört ihre Stimme, ihren Versuch, beruhigend zu wirken. Hört den Klang ihrer eigenen Worte und fragt sich, ob sie nicht in Wahrheit mit sich selbst gesprochen hat.

Gemeinsam gehen sie aus dem großen Salon in die Küche. Aus der Ferne hört Hong die Stimme des Priesters, der wieder im Rhythmus des Gongs zu singen beginnt. Im Geist sieht sie die Sargträger zum Altar treten und mit ihren weißen Handschuhen den Sarg hochstemmen, sieht, wie sie Bohai durch den Weihrauch tragen, der noch in der Luft steht, durch den Gang zwischen den Stuhlreihen zur Tür.

In der Küche lässt Hong Wasser in den Kessel laufen, stellt ihn auf eine der vorderen Heizspiralen und schaltet sie an. Sie nimmt eine Tasse und gibt Teeblätter hinein. Als der erste Dampf aus der kurzen silbernen Tülle quillt, gießt sie heißes Wasser in die Tasse. Sie rührt darin und zählt geduldig bis dreißig, während die Blätter auf den Grund sinken. Dann bläst sie sacht über den heißen Tee und reicht ihn Lin, die an der Küchentür steht und durch das kleine Fenster hinausschaut.

Es ist eine Seitentür. Sie führt zu einem Weg. Der Weg führt zur Garage. Viel ist dort nicht zu sehen, etwas Gras und Beton, ein schütterer rosa Hibiskusstrauch. Sie hat den weißen Vorhang zur Seite geschoben und hält mit spitzen Fingern die heiße Porzellantasse, während sie hinausstarrt.

Hong geht wieder zum Herd, hält eine Handfläche über die Spirale, die sie gerade benutzt hat, berührt sie mit dem

Zeigefinger, überlegt. Dann nimmt sie eine Backform und stülpt sie darüber. Sie stellt den Kessel in die Spüle, lässt kaltes Wasser darüberlaufen.

»Eine Minute«, sagt sie zu Lin. »Ich bin sofort wieder da.« Lin rührt sich nicht, blickt weiter zum Fenster hinaus.

Hong geht leise zu ihr, greift an ihrer Taille vorbei nach dem Türknauf und verriegelt ihn lautlos. Prüfend dreht sie daran, spürt den Widerstand. Dann erst verlässt sie die Küche durch die Tür, durch die sie gekommen sind.

Inzwischen schiebt sich eine Schlange von Trauergästen aus dem großen Salon. Kaipo steht an der Tür, schüttelt Hände, hält eine Schulter bereit für aufmunterndes Klopfen, Drücken oder Reiben. Er sieht leicht ramponiert aus, wie ein Spielzeug, das durch zu viele Hände gegangen ist. Hong will zu ihm, doch da steht Amy mit Theresa vor ihr.

»Was ist passiert?«, fragt Amy. »Es tut mir leid. Du hast es von Anfang an gewusst. Sie hätte nicht kommen sollen.«

»Es ist in Ordnung«, erwidert Hong, ohne zu verraten, was sie weiß. »Sie ist mit einer Tasse Tee in der Küche. Es geht ihr gut.«

»Sie sollte eigentlich mitkommen. Bist du immer noch dafür?«

»Ich glaube, ihr holt sie am besten in der Küche ab. Nehmt die Seitentür. Ich kümmere mich um das Salzwasser.« Mit einem kurzen Nicken dreht sich Hong um und verschwindet im Flur.

»Theresa«, sagt Amy, »geh und sag dem Fahrer, dass er mit dem Wagen zur Hausseite kommen soll. Ich hole Lin und warte dort auf euch.«

»Allein?«, antwortet Theresa, die Lippen noch geöffnet, als das Wort längst verklungen ist. »Mom, zwing mich nicht, da durchzugehen. Bitte. Du weißt doch, wie die Leute mich anglotzen!«

»Theresa«, sagt Amy streng.

»Lass *mich* bei ihr bleiben.«

»Was?«

»Ich bleibe bei ihr, und du holst den Wagen«, schlägt Theresa flehend vor. »Komm schon, Mom, bitte. Ich weiß nicht, ob er hier ist. Ich habe ihn noch nicht gesehen, aber wenn er hier ist, will ich ihm nicht ausgerechnet jetzt über den Weg laufen. Allein.«

Amy hebt eine Hand und drückt mit Daumen und Mittelfinger gegen ihre Schläfen.

»Na gut«, sagt sie, ohne ihre Tochter anzusehen. »Dann geh. Aber schnell, ehe ich's mir noch anders überlege.« Sie gibt Theresa ein Zeichen, doch die ist längst unterwegs.

Amy schafft es ohne Schwierigkeiten durch die Eingangstür nach draußen. Mit gesenktem Kopf und forschem Schritt pariert sie alle durchdringenden Blicke. Sie ist zu schnell, um für bloßes Geplauder angehalten zu werden, ihre Schritte so zielstrebig, dass man sie in Ruhe lässt. Auf dem Weg durch den Garten hebt Amy zwei Mal den Kopf und lässt ihren Blick über die versammelten Gäste schweifen. Sie sucht nach einem jungen Mann unter den gealterten Gesichtern, den dunklen Anzügen derer, die um ihren Mann trauern, doch sie kann ihn nicht sehen. Theresas Unbehagen erinnert Amy daran, dass auch sie ihn den ganzen Vormittag nicht gesehen hat. Noch einmal blickt sie auf, obwohl sie genau weiß, dass er wohl kaum plaudernd im Garten herumsteht, er, der hier nicht einen Menschen kennt.

Das Eisentor ist geöffnet, weit und massiv, bereit für den Leichenzug. Als Amy hindurchgeht, sieht sie die Limousine am Ende der Straße in einem Schattenfleck stehen. Noch ehe sie winken kann, streckt sich ein Arm aus dem Fahrerfenster, und eine Hand öffnet sich. Sofort rollt der Wagen auf sie zu, um vor dem Tor langsam zum Stehen zu kommen.

Der Fahrer steigt aus, will Amy die Tür öffnen, doch das hat sie schon selbst getan. Sie ist schon eingestiegen, hat sich schon auf die lederne Rückbank sinken und die Luft entweichen lassen, die in ihrer Lunge gefangen war.

Im Wageninneren bittet sie den Fahrer, durch das Tor und dann seitlich am Haus entlangzufahren.

»Dort hinten.« Sie deutet am Garten vorbei auf eine Stelle rechts der Garage, eine Betonfläche, auf der Theresa steht, neben ihr Lin, eine Teetasse in der Hand.

Als der Wagen anhält, kommen die beiden Frauen näher, und der Fahrer springt heraus, um ihnen mit dem Öffnen der Tür zuvorzukommen. Theresa steigt als Erste ein, rutscht in die Mitte, gefolgt von Lin, die sich mit einer Hand auf den Arm des Fahrers stützt, in der anderen die Teetasse.

»Hast du ihn gesehen?«, fragt Theresa.

Ihre Mutter schüttelt den Kopf.

»Ich wusste, dass er nicht kommen würde«, murmelt Theresa und blickt zur Wagendecke. *Mistkerl*, flüstert sie.

***

Durch die Windschutzscheibe sieht der Fahrer, dass sich der Leichenzug formiert. Eine alte Frau mit schneeweißem Haar kommt aus dem Haus in den Garten, in einem Arm eine flache Silberschüssel. Sie fordert die Gäste auf, zum Tor zu gehen, und folgt ihnen. Dabei taucht sie immer wieder eine Hand in die Schüssel und versprengt Wasser in alle Richtungen. Salzwasser, weiß der Fahrer, der in seinem Wagen schon etliche chinesische Beerdigungen begleitet hat. Salz reinigt; es vertreibt die Geister aus dem Haus. Bei ihrer Rückkehr wird die Familie das Ritual wiederholen. Sie werden ihre Hände in Salzwasser tauchen, werden sie reinigen für einen sauberen Neuanfang nach dem Tod.

Mit jedem Schritt werden die Bewegungen der weißhaarigen Frau ausholender, schwungvoll verspritzt sie das Wasser, als würde sie damit Hühner füttern. Gebannt schaut ihr der Fahrer zu.

Plötzlich dreht sich die Frau um und blickt ihm durch die Windschutzscheibe direkt ins Gesicht. Der Fahrer zuckt zusammen. Als hätte sie ihn bereits erwartet, bedeutet sie ihm, sich hinter dem Leichenwagen einzureihen. Sie wiederholt ihre auffordernden Gesten, bis er hinter dem Bestattungswagen steht. Dann sieht er sie mit ihrer Silberschüssel in dem Wagen verschwinden, und der Zug setzt sich in Bewegung. Im Kriechtempo rollen sie durch das Tor.

Auf der Straße warten schon die Trauergäste, die Hände voller Papiergeld. Als der Fahrer an ihnen vorbeifährt, werfen sie die Blätter so hoch in die Luft, dass ein gold-weißer Regen auf die Scheiben des Wagens niedergeht. Der Fuß des Fahrers verharrt auf dem Bremspedal; die vielen Leiber um ihn herum, so viele bedeutende Menschen, und die vielen Autos am Straßenrand machen ihn nervös. Er umklammert das Lenkrad und beugt sich weit nach vorn, um den Wagen langsam durch die Menge zu manövrieren.

Am Ende der Straße erreichen sie ein Stoppschild. Der Fahrer öffnet seine Fäuste und spürt, wie das Blut zurückkehrt. Er schüttelt die Hände aus, legt sie wieder aufs Lenkrad. Atmet durch.

Es ist fast Mittag, die Sonne steht genau über ihnen. Der Fahrer stellt die Klimaanlage an, und ein gleichmäßiger, kühler Wind strömt aus den Lüftungsschlitzen. Er lässt den Schweiß auf seiner Haut trocknen, ehe er die Gitter verstellt und die Luft nach hinten lenkt.

Sie lassen Diamond Head hinter sich, fahren nach Norden durchs Tal, Richtung Manoa, als der Fahrer hinter sich eine Bewegung spürt. Er blickt in den Rückspiegel, sieht, dass hinter ihm die alte Frau unruhig auf ihrem Sitz herumrutscht und dabei gegen seine Rückenlehne gestoßen ist. Ihr Gesicht zeigt zum Fenster, und ihre Finger klopfen leise gegen den Rahmen. Nicht so schlimm, denkt er, und schaut wieder auf die Straße.

»Lin«, sagt Amy Leong, und schon klebt sein Blick wieder am Rückspiegel. Er betrachtet das eingefallene Profil der alten Frau. »Wir sind auf dem Weg zum Friedhof. Um Bohai zu begraben.«

Amy Leong greift mit einer Hand über den Bauch ihrer Tochter, um die Frau zu beruhigen, und dem Fahrer stockt der Atem. *Es ist Mrs Leong!*, denkt er. Sie ist wieder da, wo auch immer sie sie versteckt gehalten haben. Lin Leong! Seit Jahren organisieren die öffentlichen Schulen von Kane'ohe jeden Frühling in ihrem Namen, in Anerkennung ihrer Arbeit eine Benefizveranstaltung. Jedes Jahr wird eine Einladung nach Diamond Head geschickt, an Lin persönlich adressiert, und jedes Jahr erscheint Kaipo und nicht sie, entschuldigt sich für ihr Fehlen und wartet anstelle von Erklärungen mit einem Scheck auf. Mehrmals ist der Fahrer im Vorfeld dieser Beerdigung darauf hingewiesen worden, dass die Mutter des verstorbenen Leong nicht teilnehmen wird. Deshalb ging er, als er die alte Frau mit Amy Leongs Tochter neben dem Haus stehen sah, davon aus, dass es jemand anders war. Seit zwanzig Jahren hat sich Lin Leong nicht mehr in der Öffentlichkeit gezeigt.

Der Blick des Fahrers pendelt zwischen Spiegel und Straße. Wieder beugt sich Amy Leong weit über den Bauch ihrer Tochter und hält ihre Schwiegermutter an der Schulter fest, damit sie still sitzt. Lin Leong ist noch eine Antwort schuldig, ihr Atem geht schwer; mit jedem langen, aufgewühlten Zug hebt und senkt sich ihre Brust.

»Sollen wir anhalten?«, fragt die Tochter.

»Ich weiß nicht.« Amys Antwort kommt kopfschüttelnd und schnell.

»Lin!«, sagt sie, und es klingt fast wie ein Befehl. Dann ein zweites Mal, noch eindringlicher. Inzwischen versucht sie die alte Frau mit zwei Händen zu halten, aber Lin Leong kommt nicht zur Ruhe.

Seltsam, wie sich die Frau bewegt, als ahnte sie etwas Schreckliches und könnte beim bloßen Gedanken an das, was sich zusammenbraut, einfach nicht still sitzen. Natürlich ist eine Beerdigung beängstigend, doch es muss noch etwas anderes sein, denkt der Fahrer, und sein Herz beginnt schneller zu schlagen.

Sie erreichen eine Ampel. Sie sind auf der University Avenue, nur noch wenige Minuten bis zum Friedhof. Wäre es nicht so nah, würde er rechts ranfahren. Er sieht ja, dass die Frau frische Luft braucht. Aber sie sind fast am Ziel. Sie sind fast da, und überhaupt, wo eigentlich anhalten? Sie fahren durch ein Villengebiet, weiße Plantagenhäuser, Telefonmasten aus Holz, Backsteinmauern, private Zufahrtswege – aber keine Parkfläche in Sicht. Er dreht die Klimaanlage weiter auf, gibt Gas, schließt die Lücke zum Leichenwagen.

Hinter ihm ein jähes Scheppern, wie wenn etwas zerbricht. Eigentlich eher ein Klirren wie von Scherben.

»Scheiße – Mom!«, schreit die Tochter.

Der Fahrer stemmt sich, die linke Ferse in die Fußmatte gerammt, im Sitz hoch, um von weiter oben in den Spiegel zu sehen. Lin Leong hat die Hand zur Faust geballt, Blut läuft über ihr Handgelenk. *Herrgott!*, sagt Amy, während sie hastig weiße und blaue Porzellanscherben einsammelt.

»Sir!«, ruft sie nach vorn. »Können Sie mir irgendetwas geben? Eine Serviette – irgendetwas?«

Lin Leongs Schoß ist voller Tee und blutbespritzt, doch sie schaut immer noch aus dem Fenster. Wenn überhaupt, ist ihr Gesicht vielleicht etwas näher an die Scheibe gerückt, es berührt beinahe das Glas. Der Fahrer starrt gebannt in den Rückspiegel, es dauert, bis Amys Worte bei ihm ankommen.

»Sir!«, ruft sie wieder.

Jetzt erst greift er über den Beifahrersitz zum Handschuhfach. Schlaff liegen die drei Taschentücher neben dem Handbuch. Er zögert, ist wie vor den Kopf geschlagen. In all seinen Plänen und allem, was er vorherzusehen versucht hat, ist eine Situation wie diese nicht vorgekommen. *Ach du Scheiße*, flüstert er und greift nach dem kleinen Stoffstapel.

»Geht es?«, wagt er zu fragen, als er Amy die Taschentücher gibt, doch er erhält keine Antwort. Sie presst zwei der Tücher auf die Handfläche der alten Frau.

Sie sind so nah am Ziel. Links hinter der Gabelung, am Ende der Straße liegt der Eingang zum Friedhof.

Aber jetzt scheint Lin Leong in Panik zu geraten. Nervös flattern ihre Hände über die Fensterscheibe, die Tür, die Rückseite des Fahrersitzes. Wie eine Blinde, die sich an einem fremden Ort orientieren muss, tastet sie alle Flächen ab. Mit ruckhaften Kopfbewegungen folgt ihr Blick den Händen, aber zwischendurch kehrt er immer wieder zum Fenster zurück und schweift in die Ferne. Der Fahrer hört sie keuchen, ja sie röchelt beinahe vor Anstrengung. Ein Taschentuch klebt noch an ihrer blutigen Hand wie eine weiße Fahne.

»Wir müssen anhalten«, sagt Theresa zu ihrer Mutter. »Sie muss aussteigen.«

Noch dreißig Meter bis zum Friedhofseingang. Zögernd schwebt der Fuß des Fahrers abwechselnd über dem Gas-

und dem Bremspedal, was soll er tun, durch die Einfahrt rasen oder anhalten?

»Halten Sie an!«, schreit Amy, und er senkt hastig den Fuß. Lin Leongs Handflächen schlagen gegen die Scheibe, sie kreischt.

Es ist ein schriller Klagelaut, ein markerschütternder, spitzer Schrei, der an einem schrecklichen Ort seinen Ursprung hat. Ein Gänsehautschrei, der den ganzen Wagen füllt, in sämtliche Ritzen kriecht, rau und mit unerhörter Kraft. Als sich der Fahrer verwirrt umdreht, erschrickt er noch mehr: Begraben unter Lin Leongs Schrei, kauert Amy Leong auf ihrem Sitz und weint. Sie hat die Augen geschlossen, Tränen laufen über ihr Gesicht. Sie flüstert. *Es tut mir leid*, haucht sie. *Es tut mir so leid.*

LIN

1942
Diamond Head, Hawaii

Zwei Tage nach der Hochzeit wird Frank krank. Das kommt vom Trinken, ermahne ich ihn. Er muss aufpassen, er ist nicht mehr jung. Doch er beharrt darauf, dass es der vierte Gang des Menüs war, die Meeresfrüchte. So viel Geld, murrt er, und der Hummer war nicht einmal frisch.

Am ersten Tag hütet er ohne Gegenwehr das Bett. Hong kocht Suppe, misst seine Temperatur. Er hat Fieber. Die Hitze seiner Haut hinterlässt Spuren auf dem Kissen, eingesunken und feucht. Am zweiten Tag finde ich Frank im dunklen Arbeitszimmer, den Kopf in die Hände gestützt. Als ich das Licht anmache, zuckt er zusammen. Raus hier, befehle ich, raus aus dem Arbeitszimmer und ab ins Bett. Er behauptet, es gehe ihm gut, und ich zeige auf das Fläschchen mit den Schmerztabletten, das neben ihm steht, das Stärkste, was mein Mann je an Medikamenten einnimmt, und auch das nur außerordentlich selten. Schließlich gibt er nach, nimmt jedoch einen Stapel Papiere mit ins Bett. Er sträubt sich schon allein aus Prinzip.

Später am Abend – ich stelle mich schlafend – höre ich, wie Frank sich im Badezimmer übergibt. Es geht ihm nicht besser, denke ich. In vierzig Jahren habe ich ihn noch nie so krank erlebt. Ruhe reicht eindeutig nicht aus; es wird Zeit, einen Arzt zu konsultieren. Ich beschließe, am nächsten Morgen Dr. Lum anzurufen.

Doch am nächsten Morgen ist der Platz neben mir leer. Frank ist bereits aufgestanden. Ich suche nach ihm, um ihn auszuschimpfen, und finde ihn in Anzug und Krawatte am Küchentisch sitzend, wo er Toastbrot mit Guavenkonfitüre isst. Er hat ganz offenbar vor, zur Arbeit zu gehen.

»Auf keinen Fall!«, protestiere ich und ziehe ihm das Jackett von den Schultern. »Bist du noch ganz bei Sinnen?«

»Es geht mir bestens«, sagt er lächelnd. »Die Krankheit ist vorbei.«

»Ich rufe jetzt Alan Lum an«, erwidere ich. »Du machst es nur noch ärger.«

Wortlos erhebt sich Frank vom Tisch und marschiert in die Speisekammer. Als er wieder herauskommt, hat er einen Zwanzig-Kilo-Sack Reis geschultert.

»Sieh her, Lin«, sagt er und durchmisst mit langen Schritten die Küche. »Ist ein kranker Mann dazu imstande?«

Er geht in die Hocke, hievt den Sack hoch und stemmt ihn mit ausgestreckten Armen leichthändig in die Höhe.

Ich schüttele den Kopf, aber seltsamerweise sieht Frank wirklich gut aus. Er lächelt, als wäre er gesund, als würde ihm die Anstrengung hervorragend bekommen. Trotz meiner Erleichterung, ihn nach zwei sorgenvollen Tagen so munter zu sehen, ist mir nicht ganz wohl.

»Morgen«, lenke ich ein. »Wenn du dich morgen immer noch gut fühlst, kannst du zum Hafen gehen. Aber du musst dich noch einen Tag schonen – wenigstens noch einen Tag.«

»Gut«, seufzt er und lässt den Reissack auf den Boden fallen. »Aber du wirst dir wünschen, du hättest mich gehen lassen!«

Den restlichen Tag bringt er damit zu, alles zu reparieren, was ihm zwischen die Finger kommt. Mit großem Getöse stellt er die ganze Garage auf den Kopf, unter Einsatz von Werkzeugen, deren Existenz mir nicht einmal bekannt war.

Sieh her, Lin, sagt er und zeigt mir einen Stuhl, dessen ungerade Beine er angeglichen hat. Die gesamte Küche ist von einer feinen Staubschicht bedeckt. Der Frühstückstisch liegt kopfüber auf dem Boden. Ich weiß, er tut es absichtlich, um mir zu zeigen, dass er gesund ist und vor Tatendrang strotzt. Ich muss zugeben, er hat mich schon überzeugt.

Als Frank am nächsten Morgen zum Hafen aufbricht, lege ich keinen Protest ein. Ich denke an die Werkzeuge und das Durcheinander und lasse ihn kampflos gehen.

Vierzig Minuten später, ich stehe an der Spüle und schneide Blumen, kommt Frank zurück. Er will sich durch die Küche ins Haus schleichen und hat mich offenbar nicht gesehen. Ich drehe mich um, als er die Tür öffnet.

»Warum bist du wieder hier?« Ich lasse die Blumen fallen und eile zu ihm. »Warum gehst du so komisch? Frank, was ist los?«

Als ich seinen Arm berühre, wimmert er und zuckt zurück wie vor einer Flamme. Den Arm an seinen Körper gepresst, schleppt er sich weiter.

»Du lieber Himmel, Frank«, flüstere ich und weiche einen Schritt zurück. »Geh ins Bett. Ich rufe auf der Stelle Dr. Lum.«

Anstatt zu handeln, starre ich ihn entsetzt an.

»Es geht mir gut«, stößt Frank hervor, mehr nicht. Mit eiserner Entschlossenheit wankt er an mir vorbei, aber man sieht, wie schwer ihm das Gehen fällt. Als wären seine Beine Zahnstocher, die jeden Moment brechen können. Die Arme hängen schlaff an ihm herab. Mit kleinen, hastigen Schritten durchquert er das Wohnzimmer, und erst als er den Flur erreicht, fällt mir das Telefon ein.

»Ich brauche Sie hier, sofort!«, sage ich zu Dr. Lum. »Frank – mit ihm stimmt etwas nicht. Kommen Sie, so schnell Sie können – bitte, es ist dringend!«

Ich lege den Hörer auf und laufe ins Schlafzimmer. Ein Gefühl sagt mir, dass ich rennen sollte, und das tue ich. Ich hetze durch den Flur, der noch nie so lang war, so eng und so dunkel. Ich ziehe die Schuhe aus, um schneller zu sein.

Endlich erreiche ich das Schlafzimmer, doch das Bett gegenüber der Tür ist leer, völlig unberührt. Ich zögere. In der Dusche höre ich Wasser laufen.

»Frank!«, rufe ich. »Alan ist unterwegs!«

Ich öffne die Tür und trete in eine Wasserlache. Die Dusche ist an, die Kabinentür steht offen, und Frank liegt vollkommen entblößt auf dem Boden. *Frank!*, schreie ich, knie neben ihm nieder. Er öffnet den Mund, und in der Pfütze, die sich um seinen Kopf gesammelt hat, treiben kleine Blasen. Durch das helle Licht und das Wasser sehen seine Narben geschwollen aus, geradezu schaurig. *Das Bett*, flüstert er, und ich lege mühsam seine nassen Arme um meine Schultern. Mit dem Einsatz meiner Knie und all meiner Kraft hieve ich ihn hoch. Er brüllt auf, ein rauer, gebrochener Schrei. Ich merke, dass er mir hilft, so gut er kann, ich höre ihn keuchen. Gemeinsam schleppen wir uns durch die Tür und ich lasse ihn mit dem Gesicht nach unten aufs Bett sinken. Wie Stöcke ragen seine Beine über die Matratze.

Mir ist übel, und ich zittere.

Ich flüchte aus dem Zimmer. Ich muss meine Söhne finden. Schreiend renne ich los.

***

Er ist im Schlafzimmer! Meine Söhne hasten an mir vorbei. Sie sind schneller als ich, sind vor mir bei ihm. Als ich ankomme, sehe ich ihr Entsetzen. Die Narben, dämmert es mir. Sie kennen sie nicht – jedenfalls nicht so. Ich will es erklären, da hallt Dr. Lums Stimme durch den Flur. Aus meinem Mund dringt ein Schrei, ein Name, ich weiß es nicht, aber Dr. Lums Schritte kommen näher, er stürzt zu Frank, hält ihm zwei Finger an den Hals, dann ans Handgelenk. Er atmet scharf ein.

»Rufen Sie einen Krankenwagen!«, befiehlt Dr. Lum. Ich zögere; keiner von uns rührt sich. Er wiederholt es, brüllt es, und schließlich höre ich mich sagen:

»Alan, das können wir nicht.«

Ich weiß, dass meine Söhne genauso denken, aber ich zittere, und das Zittern raubt meinen Worten jede Autorität. Ich höre, wie leer sie klingen, wie dumm.

»Lin, er verliert die Kontrolle über seine Extremitäten! Sehen Sie ihn sich doch an! Es ist mir egal, was *er* will – *ich* will, dass er lebt!« Er funkelt mich an, als wollte ich etwas anderes, und fast bin ich bereit nachzugeben.

»Sie hat recht.« Das ist Kaipos Stimme. »Wir müssen ihn selbst hinbringen. Das müssen wir, wir haben es ihm versprochen – wir alle.«

»Herrgott noch mal«, sagt Dr. Lum. Er schlägt mit der Faust aufs Bett, und ich weiß, dass wir deutlich genug waren. Frank würde lieber sterben, als sich in einem Krankenwagen mit kreischenden Sirenen der Insel zur Schau zu stellen.

»Kaipo«, befiehlt Dr. Lum, »holen Sie irgendeine Unterlage zum Tragen, und zwar schnell! Und Sie, Bohai, decken Sie doch um Himmels willen Ihren Vater zu!«

Bohai hüllt Franks Körper in das Laken, und plötzlich, als wäre ein Schalter umgelegt worden, kommt auch mein Denken wieder in Gang.

»Kaipo!«, schreie ich durch den Flur. »Der Tisch! Nimm die Tischplatte!«

Kurz darauf kommt Kaipo mit der Platte unter dem Arm zurück. Er legt sie auf die Matratze, und zu dritt heben sie

Frank darauf. Er brüllt, wie mit einem Brenneisen traktiert, und es kostet mich alles, was ich noch an Kraft besitze, nicht wegzulaufen.

»Bohai«, sage ich, in meinem Mund der bittere Geschmack von Galle. »Du musst hierbleiben und aufpassen, bis wir ihn im Auto haben. Dr. Lum und Kaipo schaffen das allein. Sobald wir weg sind, holst du Hong und bringst sie ins Queens Hospital. Ich will nicht, dass sie ihn so sieht – verstehst du?«

Er nickt und verlässt mit einem letzten Blick auf seinen Vater das Zimmer. Rasch führe ich den Arzt und Kaipo zum Zufahrtsweg und öffne ihnen die Rücktüren von Dr. Lums Limousine. Sie schieben Frank so hastig auf die Sitzbank, dass die scharfe Kante der Tischplatte das Leder aufreißt. Für mich ist vorne kein Platz mehr, und so kauere ich mich in die schmale Lücke hinter dem Beifahrersitz, neben meinen Mann, das Gesicht dicht an seinem.

Ich bin hier, Frank, flüstere ich. *Ich bin bei dir.*

Sein rechtes Auge öffnet sich einen Spalt, und sein rechter Mundwinkel zuckt, als wollte er lächeln. Ich beiße mir auf die Unterlippe, schmecke Blut.

Das Blut weckt den Gedanken an rote Bänder. Der Kupfergeschmack füllt meinen Mund, und als ich schlucke, scheint eine seltsame Kraft meinen Körper zu durchströmen. Wir sind verbunden, denke ich; wir waren immer verbunden. Und wenn er mir nun zu entgleiten droht, von einer Schicksalshand fortgezogen in eine andere Welt, werde ich hier sein und ihn festhalten. Ich weiß um die Kraft unserer Verbindung und bin mir sicher, dass sie reichen wird, ihn zu halten, hier bei mir.

Sei ganz ruhig, Frank, sage ich. *Wir sind gleich im Krankenhaus – ganz ohne Krankenwagen, hörst du*? Ich zwinge mich zu einem angespannten Lächeln und lecke an meiner aufgesprungenen Lippe; mit dem metallischen Blutgeschmack wächst meine Entschlossenheit. Franks Auge ist wieder geschlossen, und er versucht mit steifem Hals zu nicken. Wir rasen zum Krankenhaus, halten an roten Ampeln nur dann, wenn es nicht anders geht.

Durch die Tür der Notaufnahme eilt Dr. Lum ins Gebäude, kommt mit vier Männern in blauen OP-Kitteln samt fahrbarer Krankentrage zurück. Sie ziehen Frank vom Rücksitz und rollen ihn ins Gebäude. Als sie meinen Mann am Ende des Gangs durch eine Reihe von schweren Doppeltüren schieben, werden Kaipo und ich aufgehalten. Wie ein Fänger hat ein Mann die Arme ausgebreitet.

»Bitte setzen Sie sich«, sagt er, wohl ein Arzt, und deutet auf den Wartebereich. »Sie können schon anfangen, die Papiere auszufüllen, während wir schauen, was los ist.«

Ich bin barfuß und außer Atem. Ich habe das Haus ohne Schuhe verlassen, und der Linoleumboden ist kalt. Ich habe für so etwas keine Zeit.

»Wissen Sie eigentlich, wer ich bin?!«, fahre ich den Arzt an, auf nackten Zehenspitzen in die Höhe gereckt. Im Flur bleiben Menschen stehen und drehen sich um. Noch nie habe ich diese Worte gesagt, doch nun habe ich offenbar keine andere Wahl. Ich muss durch diese Türen, und dafür muss er wissen, wer wir sind. Der Arzt sieht mich verunsichert an; er spürt, dass er es wissen sollte, aber er weiß es nicht.

»Mein Name ist Lin Leong, ich bin die Frau von Frank Leong, dem Mann, der gerade durch diese Tür geschoben wurde«, fauche ich, von Silbe zu Silbe die Stimme senkend. »Wenn ihm etwas geschieht und ich nicht dabei bin –«

Der Arzt gibt schon den Code ein. Die Doppeltür schwingt auf. Er sagt etwas, doch ich höre ihn nicht.

Wir hasten von Tür zu Tür, pressen unsere Gesichter an die kleinen Fenster, bis eine Schwester auf Franks Zimmer zeigt. Das letzte im Gang, sagt sie, die blaue Tür. Als wir hineingehen, steckt Frank bereits in einem Patientenkittel. Sein Oberkörper ist aufgerichtet, das rechte Auge wieder geöffnet. Sie haben ihn schon an diverse Apparate angeschlossen, die in regelmäßigen Abständen piepen. Es ist, als wäre der Raum mit Gelatine gefüllt. Die Luft, wie angedickt, stemmt sich gegen jeden Schritt.

»Alles in Ordnung«, scheint Frank zu sagen. Nur ein Teil seines Mundes hat sich bewegt.

»Mrs Leong.« Der Mann im weißen Kittel dreht sich zu mir um. »Ich bin Dr. Harris. Ihr Mann scheint unter Lähmungserscheinungen im Frühstadium zu leiden. Sein Zustand ist jetzt stabil, und wir hoffen, nach den ersten Untersuchungen mehr zu wissen.«

Ich gebe irgendeine Antwort und kämpfe mich langsam weiter durch den Raum. Hinter mir steht Kaipo, vor mir blickt Dr. Lum konzentriert auf eins der Geräte. Dr. Harris ist ein Haole, blaue Augen, hellbraunes Haar.

»Die bringe ich gleich rüber«, sagt er, drei Blutampullen in der Hand. »In einer Stunde sollten wir mehr wissen.«

Ich nicke, und der Arzt geht. Ich drehe mich zu Kaipo um, dränge ihn, nach seinem Bruder und Hong zu sehen, und bitte Dr. Lum, mit den Papieren anzufangen. Ich will allein mit Frank sein, ihn spüren. Ich muss versuchen, zu verstehen, was mit meinem Mann los ist.

Allein sitze ich auf dem Metallstuhl am Bett. Frank hat die Augen geschlossen, und bis auf das gelegentliche Piepen der Monitore ist es still. Vorsichtig berühre ich sein Handgelenk. Seine Lider sind schlaff und schwer; als wären sie hundert Jahre alt. Als er auf meine Berührung nicht reagiert, lege ich meine Hand flach auf seine. Sie ist warm und geschwollen und fühlt sich an wie die eines Fremden – eines Mannes, der sein Leben lang krank war. Unwillkürlich will ich die Hand zurückziehen, doch stattdessen schließe ich die Augen und warte darauf, dass Frank für mich lebendig wird. Aber er liegt nur da, regungslos, als würde er nichts von mir wahrnehmen. Ich drücke seine Hand, gebe sie frei, drücke sie wieder, mein ganzer Körper verkrampft, doch nichts geschieht. Er weiß nicht, dass ich da bin.

»Frank.« Meine Stimme ist nur noch ein Hauch. Mit einem Mal hebt er unmerklich den Kopf und öffnet langsam die Lippen.

»Alles in Ordnung«, glaube ich zu verstehen. Seine Augen sind noch immer geschlossen.

Bis zu diesem Moment habe ich noch nicht geweint, aber ich weiß, es wird kommen. Mein Blick geht zum Fenster hinaus. Ich schaue in die Sonne, als könnten die Tränen in ihrem Licht verdampfen.

»Frank«, flüstere ich. »Du wirst wieder gesund.«

Es klingt leer, nichtssagend.

»Du musst gesund werden«, beharre ich, »weil –«

Ich weiß nicht, wie ich den Satz zu Ende bringen soll, weiß nicht einmal, ob er mich überhaupt hört. Einen Augenblick lang halte ich inne, den Kopf in den Nacken gelegt. Ich spüre das Gewicht dessen, was dieser Mann für mich bedeutet – was er für mich getan, wie er mein Leben verbessert hat.

»Weil ich nicht weiß, wer ich ohne dich bin.«

Es schnürt mir die Kehle zu, und in diesem Moment geht die Tür auf. Dr. Harris kommt mit einem Klemmbrett herein.

»Mrs Leong«, sagt er und lässt den Arm mit dem Klemmbrett sinken. »Ich habe Neuigkeiten. Ich denke, dass wir doch ein bisschen erleichtert sein dürfen.«

Ich lasse Franks Hand los, stehe auf.

»Was ist es? Wissen Sie, was er hat?« Ich gehe auf den Arzt zu.

»Bei Ihrem Mann wurde ein Guillain-Barré-Syndrom diagnostiziert. Ist Ihnen diese Erkrankung bekannt?«

Ich schüttele den Kopf.

»Das Guillain-Barré-Syndrom ist ein akut auftretendes Leiden, bei dem die Nerven ihren äußeren Schutzmantel verlieren – die Myelinschicht. Das führt zu einer Störung der Nervenfunktionen, etwa bei der Impulsübertragung. Üblicherweise geht diesem Syndrom eine normale Erkältung oder Viruserkrankung voraus. Litt Ihr Mann unter grippeähnlichen Symptomen, bevor diese Nervenschmerzen begannen?«

»Ja«, sage ich mit ungeduldigem Kopfnicken. »Ja, kurz vorher. Einen Tag vorher.«

»Eben«, fährt Dr. Harris fort. »Auch wenn sein Zustand recht bedrohlich wirkt – und unbehandelt auch ernst bleiben könnte –, kommt es bei der überwiegenden Mehrzahl von Fällen innerhalb von einer Woche zu einer vollständigen Genesung. Wir werden ihn mit Antikörpern behandeln, in einigen Tagen sollten sich seine gesamten Körperfunktionen normalisiert haben.«

»Dann wird er wieder gesund?«

»Ja, damit ist zu rechnen.« Dr. Harris lächelt, und ich lächele zurück. Er zieht zwei Blätter von seinem Klemmbrett.

»Die sind für Sie.« Er hält sie mir hin. »Informationen über das Guillain-Barré-Syndrom. Ich empfehle Ihnen die Lektüre, damit Sie über Symptome und Behandlungsmethoden Bescheid wissen. Vielleicht wäre dies auch ein guter Zeitpunkt, zu Ihrer Familie zu gehen und Ihren Verwandten die Neuigkeit mitzuteilen.«

»Ich danke Ihnen«, sage ich wie in Trance. »Sie wissen gar nicht, wie erleichtert sie sein werden.«

Dr. Harris erklärt mir noch, dass er in der Zwischenzeit Franks Atmung kontrollieren wird. Ehe die Ärzte mit der Behandlung beginnen, wollen sie sicherstellen, dass nicht mit einer Lähmung des Zwerchfells zu rechnen ist. Bei stabiler Atmung wollen sie ihm die ersten Antikörper injizieren, und die sollten wahre Wunder bewirken.

Im Flur lese ich die Liste der Symptome. *Schwäche der unteren Extremitäten, Taubheitsgefühle oder Kribbeln, Atembeschwerden, Verlust der Sehnenreflexe, gestörte Augenbewegungen, unsicherer Gang oder Gehunfähigkeit, schwere Rückenschmerzen.* Die Liste setzt sich noch eine halbe Seite fort, und mit jedem weiteren Symptom schwindet meine Zuversicht. Ich kann das nicht zu Ende lesen. Ich lasse das Blatt sinken und mache mich auf die Suche nach dem Wartebereich vor der Notaufnahme.

Als ich die anderen erspäht habe, beginne ich zu laufen, die Papiere flatternd in meiner Hand.

»Er wird wieder gesund!«, verkünde ich. »Der Arzt sagt, dass es ihm wieder gutgehen wird!« Ich ertrinke in den Armen meiner Söhne, den Armen von Hong. Auch Amy ist da, sie steht daneben, die Hände verschränkt, Erleichterung in ihrem Lächeln.

Eine Schwester rät uns, nach Hause zu gehen und uns auszuruhen – wir sollen am nächsten Morgen wiederkommen, aber das will ich nicht. Ich will auf dem Metallstuhl schlafen. Ich bitte sie um ein Paar Schuhe.

An diesem Abend lese ich Frank aus der Zeitung vor. Im Wartebereich habe ich den Wirtschaftsteil gefunden. Zu Hause liest er jeden Morgen Zeitung; bis es ihm bessergeht, werde ich ihm vorlesen.

»Hier, Frank«, sage ich. »Wongs Fleischerei hat gestern wieder aufgemacht. Wenn es dir bessergeht, kannst du Char Siu essen.«

Frank grummelt etwas, und ich bin glücklich. Den Artikel über die steigenden Benzinpreise überspringe ich, lese ihm stattdessen etwas über die neuen Plymouth-Modelle für die Armee vor. »Die werden dir gefallen«, sage ich.

Am nächsten Tag kommt Dr. Harris, um Frank seine Antikörper-Injektion zu verabreichen. Sein Zustand habe sich nicht verbessert, merke ich an. Es geht ihm unverändert schlecht. Dr. Harris versichert mir, dass ich bis zum nächsten Tag ganz gewiss eine Verbesserung feststellen werde. Und so geht das Warten auf dem Metallstuhl weiter. Ich lese Frank vor, bis ich einschlafe.

Am nächsten Morgen erwache ich voller Hoffnung; ich öffne die Fensterläden, Morgenlicht fällt ins Zimmer.

Als ich mich umdrehe, sehe ich etwas Seltsames.

Über Nacht sind Frank Haare ausgefallen, scheußliche graue Büschel, die schlaff auf dem Kissenbezug liegen. Mit spitzen Fingern halte ich ein paar davon ins Licht. Mir stockt der Atem.

Die Haarbälge sind pechschwarz. Franks Gesicht ist bleich, über den Wangen ein hellvioletter Schimmer, ein Ausschlag von der Form eines Seesterns. Sein Körper ist regungslos. Ich stürze zum Herzmonitor, packe den Bildschirm mit beiden Händen. Er piept, und ich versuche, eine Antwort aus ihm herauszuschütteln. Wieder das Piepen, ich renne hinaus, um einen Arzt zu rufen.

Schreiend stehe ich im Flur. Eine Schwester, die einen Metallwagen schiebt, dreht sich um und läuft zu mir. Ich zerre sie ins Zimmer. Zeige ihr meinen Mann. Sie ist zur Tür hinaus, ehe ich ein Wort sagen kann.

Ich gehe im Zimmer auf und ab, blicke abwechselnd von der Uhr zum Monitor und frage mich, wo zum Teufel Dr. Harris bleibt.

»Er kommt, Frank«, sage ich. »Er ist schon fast hier.«

Endlich tritt Dr. Harris durch die Tür, er will etwas sagen, doch als er Frank sieht, hält er inne. Seine Miene erschlafft. Dann stürzt er zum Bett, sieht die Haare, sieht den Ausschlag. Er wirkt so erschrocken, wie es sich für einen Arzt eigentlich nicht gehört.

»Was zum Teufel ist hier los?«, brülle ich ihn an. »Warum fallen ihm die Haare aus?«

»Berliner Blau«, stammelt Dr. Harris und dreht sich zur Schwester um, die in der Tür steht. »Berliner Blau, und zwar schnell!« Jetzt hat auch er gebrüllt. Hastig zieht er sich Handschuhe an, und ich sehe, dass seine Hände zittern.

»Was ist Berliner Blau?«, kreische ich.

»Mrs Leong«, sagt er. »Sie müssen das Zimmer verlassen.«

Frank ringt nach Luft. Er reißt den Mund auf, seine Atemzüge sind kurz und scharf, von bellendem Husten unterbrochen.

»Mrs Leong, verlassen Sie diesen Raum!«

»Herrgott noch mal, tun Sie doch etwas!«, schreie ich.

Anstatt zu antworten, betastet Dr. Harris Franks Hals und massiert ihm den Nacken. Frank beginnt zu würgen.

Mit ausgestrecktem Arm öffnet der Arzt eine Schublade, wühlt darin, ich registriere ein Klirren von Metallinstrumenten.

»Schauen Sie weg!«, schreit er mich an, doch ich kann nicht. Ich schaue hin und sehe, dass er etwas Schmales, Silbernes aus der Schublade zieht. Er legt das Instrument an Franks Hals, und ich begreife, dass es ein Skalpell ist. *Er legt Frank ein Messer an den Hals.*

»Was ... Was zum Teufel tun Sie da?!«

»Schauen Sie weg!«, schreit er wieder.

Das Messer gleitet über Franks Hals. Aus dem Schnitt schießt Blut und aus dem tiefsten, zerbrechlichsten Teil meiner Seele ein gellender Schrei. Mit dem Rücken an die Wand gepresst, sinke ich zu Boden. Ich will die Augen zukneifen, aber ich kann nicht. Der Arzt teilt die Haut mit den Fingern und durchsticht etwas. Meine Hände krallen sich in mein Gesicht, reißen an meinen Haaren, Blut, immer mehr Blut, so viel, dass die Gaze es nicht mehr aufnehmen kann. Das Piepen der Apparate schrillt in meinen Ohren, so laut, dass nur meine Schreie es übertönen können.

Ich höre, wie Frank einen mühsamen, tiefen Atemzug tut. Er atmet, denke ich, ja tatsächlich, er atmet durch das Loch.

Mit gespreizten Fingern, bis zu den Ellbogen in Blut getaucht, hält der Arzt die Öffnung frei.

»Wo zum Teufel bleibt das Berliner Blau?!«, schreit er über mich hinweg. Meine Augen ertrinken in Tränen, der Arzt und mein Mann verschwimmen zu schemenhaften Gestalten.

Jemand stürmt ins Zimmer, die Krankenschwester mit der Arznei: eine Flasche voll dunkelblauer Kapseln. Sie brüllt dem Arzt etwas zu, der packt die Flasche am Hals, schüttet Pillen in ihre Hand, versucht mit Daumen und Zeigefinger eine zu fassen, und in diesem Moment beginnt der Herzmonitor zu stottern, das Piepen wird flacher, und dann, mit einem Mal, nichts mehr, nur noch ein gleichmäßiges, durchdringendes Summen. Das Zimmer, die Welt steht still.

Ich schließe die Augen und höre, wie Glas an einer Wand zerschellt. *Scheiße!*, schreit jemand.

***

Ich weiß nicht, wie lange ich dortbleibe. In diesem Zimmer. Ich weiß nicht, was danach geschieht. Als ich zu mir komme, liege ich in einem Krankenhausbett. Kein Frank.

Da ist eine Schwester. Sie fragt, ob sie mir etwas bringen soll.

»Frank«, sage ich. »Wo ist Frank?«

»Ich hole Ihren Sohn«, sagt sie. »Er ist hier.«

Bohai kommt ins Zimmer, sein Gesicht ist nicht mehr dasselbe.

»Wo ist dein Vater?«, frage ich und richte mich auf.

»Mom.« Er legt mir seine Hand auf den Arm. »Dad ist tot.«

Plötzlich ist alles wieder präsent: das Blut, die Schreie, das Messer.

»Er hat ihn umgebracht«, stammele ich, »der Arzt, er hat ihn umgebracht, oder? Er hat ihm die Kehle aufgeschlitzt! Ich habe es gesehen!«

Bohai holt tief Luft. Er legt die Hände auf meine Bettkante.

»Nicht direkt«, sagt er und hält inne. »Dr. Harris hat eine Fehldiagnose gestellt. Es war nicht das Guillain-Barré-Syndrom. Dad ist vergiftet worden.«

»Vergiftet?« Meine Stimme klingt wie ein aufgeschrecktes Echo. »Das ist doch absurd! Wer sollte deinen Vater vergiften?!«

»Wir wissen es nicht.« Bohais Gesicht ist kreidebleich. Er senkt den Blick.

»Wir wissen nur, dass es Thallium war. Letzte Nacht sind die Ergebnisse der Untersuchung gekommen.«

Plötzlich wird mir bewusst, dass ich atme. Scharf ziehe ich Luft durch die Nase, und der Sauerstoff steigt mir in den Kopf. Mir ist schwindelig.

»Wo ist Kaipo?«

»Er ist nach Hause gefahren. Er geht die Telefonaufzeichnungen durch. Er hat mir gesagt, dass ich dich fragen soll.«

»Was? Was fragen?« Nur die letzten Worte haben mich erreicht.

»Die Akte, die Dad angeblich geführt hat, um alle Drohungen gegen ihn zu dokumentieren, gibt es die wirklich? Weißt du, wo er sie aufbewahrt hat?«

Es ist zu viel. Ich habe keine Ahnung, was er meint. Es ist mir egal. Ich kann nicht weiter denken als bis zur blutgetränkten Gaze, zu Frank, wie er nach Luft schnappt, während das Messer über seinen Hals gleitet und mir das Summen des Herzmonitors unter die Haut kriecht.

»Hol sofort Dr. Harris«, befehle ich, schwinge die Beine aus dem Bett und bin augenblicklich auf den Füßen. »*Sofort*, Bohai.«

Er nickt und geht. Die Tür öffnet sich rasch, Dr. Harris kommt herein, und ich kann mich nicht bremsen. Alles ist wieder da.

Ich schreie ihn auf Kantonesisch an. Belege ihn mit allem, was mir an Schimpfworten in den Sinn kommt, allen Schmähungen, die mir mein Vater je zuteilwerden ließ. *Mein Mann ist tot, sein Körper ist hier, in irgendeinem Zimmer, sein Herz schlägt nicht mehr.* Als die Tränen fließen, sind sie heiß vor Zorn, ich raufe mir die Haare, stoße Verbandschachteln um, werfe mit Metallbechern und Instrumenten um mich, rupfe Papier von der Arztrolle und zerfetze es in der Luft. Ich reiße Schubladen auf, zerstöre, was ich zerstören kann: Nadeln, Handschuhe, Holzstäbchen fliegen gegen die Wand. Dr. Harris steht ruhig vor mir, ohne einzugreifen. Ich reiße ihm das Stethoskop vom Hals und schleudere es zu Boden. Er zuckt zusammen, aber sonst tut er nichts.

»Ich sorge dafür, dass Sie gefeuert werden!«, keuche ich mit hängenden, zitternden Armen und groteskem Akzent. »Ich sorge dafür, dass Ihnen die Approbation entzogen wird und Sie verdammt noch mal nie wieder als Arzt arbeiten werden!« Meine Hand knallt auf den Tisch.

»Sie haben meinen Mann umgebracht! Und jetzt gehen Sie mir aus den Augen!«

***

Am nächsten Morgen die Schlagzeilen. *Millionenschwerer Unternehmer vergiftet.* Ich schicke Hong los mit dem Befehl, Zeitungen zu kaufen, so viele sie finden kann, auf der ganzen Insel. Ich muss den Schaden begrenzen. Ich rufe Mr Lee an, den Anwalt meines Mannes, und mache einen Termin für den nächsten Tag, um die Beisetzung zu besprechen und – vor allem – meine Klage gegen Dr. Harris.

Zu Hause schließe ich mich im Schlafzimmer ein. Ich will niemanden sehen. Weder Hong noch meine Söhne. Ich mumme mich in unsere Decke ein und schlafe, bis ich ein Klopfen höre.

»Mr Lee«, sagt Hong.

Der nächste Tag ist schon da.

Ich binde mein Haar zu einem Haufen verhedderter Strähnen. In Franks schwarzem T-Shirt schlurfe ich durchs Schlafzimmer und öffne die Tür.

Hong umarmt mich. Für einen Augenblick verharren wir so, unsere Körper verbunden in Traurigkeit. Frank, der uns gerettet hat, ist gegangen und hat etwas Totes in uns zurückgelassen. In den Falten seines T-Shirts habe ich einen Rest von Wärme bewahrt, die mich jetzt einhüllt, als Hong mich in die Arme schließt. Ich möchte mich darin verkriechen und weiterschlafen.

Hong legt mir eine Hand auf den Rücken und schiebt mich durch den Flur Richtung Wohnzimmer. Eine Ewigkeit ist vergangen, seit sie damals vor unserer Tür stand.

Jetzt weiß ich, wie sie sich fühlt. Ich weiß, wie es ist, wenn das rote Band, das man am Körper trägt, zerschnitten wird. Wenn man zusehen muss, wie der eigene Mann stirbt.

»Lin«, sagt eine Stimme, als ich aus dem Flur trete. Mr Lee. Bohai und Kaipo sitzen ihm gegenüber auf dem Sofa. Sie sehen erschöpft aus.

»Ich weiß nicht, was ich sagen soll«, fängt er an, während er aufsteht. »Ich bin sehr traurig über Ihren Verlust. Unseren Verlust. Frank war ein ganz besonderer Mensch.«

Ich nicke und nehme zwischen meinen Söhnen Platz.

»Ich will umgehend eine Klage gegen Dr. Harris einreichen«, sage ich mit tonloser Stimme. »Für die Kosten komme ich auf, ganz gleich wie hoch. Ich will, dass der Mann am Boden liegt. Danach kümmern wir uns um die Aufklärung des Giftmordes.«

Mr Lee sieht mich betreten an. Er verzieht das Gesicht in einer Weise, die ich nicht deuten kann.

»Ehe wir uns mit der Klage befassen, gibt es etwas, über das ich mit Ihnen sprechen muss. Vielleicht besser unter vier Augen.« Sein Blick meidet Bohai und Kaipo. Er will, dass sie gehen, aber mir ist egal, was er will.

»Was Sie zu sagen haben, können Sie vor meinen Söhnen sagen. Von nun an kümmern sie sich um die Geschäfte und das Vermögen.«

Die Anspannung in Mr Lees Gesicht ist unübersehbar. Was er mir mitteilen will, kann nichts Gutes sein. Aber was könnte meine Gefühlslage noch verschlimmern? Frank ist tot.

»Lin, ich glaube einfach, dass –«

»Sam«, falle ich ihm ins Wort. »Wir haben genug durchgemacht. Sagen Sie, was Sie zu sagen haben. Wenn wir weniger Geld haben als erwartet, ist das in Ordnung. Geld ist jetzt wirklich meine kleinste Sorge. Ich brauche nur so viel, dass ich und meine Kinder davon leben können. Alles andere ist –«

»Lin, es gibt kein Geld«, sagt er unvermittelt. Ich stutze – etwas so Absurdes kann nicht möglich sein. Ich versuche zu lachen, aber es klingt hohl.

»Das ist doch lächerlich«, sage ich. »Sie wissen so gut wie ich, dass jede Menge Geld da ist.«

Mr Lee zögert, dann holt er tief Luft.

»Lin.« Er sieht mich an, die Augen klein und glänzend, wie Kieselsteine in einem Fluss. »Wussten Sie, dass Frank mit anderen Frauen verheiratet war?«

Ich verstehe ihn nicht. Regungslos sitze ich da.

»1892, da war er neunzehn, hat Frank eine Frau namens Ching Lan geheiratet. Mit ihr hat er zwei Kinder bekommen, die inzwischen natürlich erwachsen sind. Zwei Mädchen.«

Ich lausche mit regungslosem Gesicht, immer noch stumm. Der Name Ching Lan rauscht in meinem Kopf, laut wie das Geräusch eines Motors.

»1894 hat er noch mals geheiratet, eine Frau namens Huan-yue. Mit ihr hat er noch ein Mädchen gezeugt. Während er mit diesen beiden Frauen verheiratet war, ist er ins Reedereigeschäft eingestiegen, das damals einen Boom erlebte. 1899, da war seine älteste Tochter sieben, ist er verschwunden. Da hatte er Sie gefunden, Lin.«

Mr Lee verstummt. Seine Geschichte ist abscheulich, und ich will, dass er geht. Dafür habe ich ihn nicht hergebeten. Die Wärme, die jetzt den Stoff von Franks T-Shirt durchdringt, scheint aus meinen Knochen zu sickern.

Ich rühre mich nicht, zwinge meine Glieder zum Still-halten.

»Soll das ein Witz sein, Sam?«

Mit schweren Lidern schüttelt er den Kopf. »Es tut mir leid«, flüstert er.

»Warum erzählen Sie uns das jetzt? Warum tun Sie das?« Ich frage mich, ob das meine Stimme war, doch es ist Kaipos. Er hält meine Hand, und ich zerschmelze.

»Natürlich«, antwortet Mr Lee und nickt Kaipo zu, »natürlich gibt es einen Grund.«

Das Rauschen in meinem Kopf übertönt alles. Gern würde ich nach der Ursache suchen, doch die Angst, mich zu bewegen, ist größer – die Sorge, dass mir alles, was ich bis hierhin gerettet habe, entgleiten könnte.

»Die meisten Konten Ihres Mannes befinden sich in China. Als ich bei der Bank anrief, um sie auf Ihren Namen umschreiben zu lassen, hieß es, die Gelder seien kurzfristig gesperrt, weil man gerade dabei sei, die Konten auf seine Frau zu übertragen. Aber deshalb rufe ich doch an, sagte ich, und dann stellten wir fest, dass die Namen nicht übereinstimmten. So habe ich von der Existenz seiner beiden ersten Ehefrauen erfahren.«

Zwei Ehefrauen. *Zwei Ehefrauen.* Lautes Rauschen, Verkehr, Hupen. Ich will mir die Hände vor die Ohren halten und tue es doch nicht.

»Juristisch gesehen, können wir tragischerweise nichts tun. Ihr Mann hat den beiden bis zu seinem Tod jeden Monat Geld geschickt. Er hat alle Ausgaben übernommen. Er hat die drei Mädchen auf Privatschulen geschickt, dann aufs College. Es gibt Quittungen, die den Kauf amerikanischer Autos belegen. Als erste Ehefrauen haben sie in China, wo das Geld liegt, Anspruch auf sein gesamtes Vermögen.«

Und das Testament? Kaipo ist aufgestanden, aber ich will nicht hinsehen. Ich schließe die Augen. *Mein Vater hatte ein Testament!*

Das, so höre ich, *ist vielleicht das Tragischste an der ganzen Geschichte. Nach meinem Kenntnisstand hat Ihr Vater kein Testament gemacht – zumindest kein offizielles.*

Mr Lees Worte zerfließen in meinen Ohren.

Er hat das Thema immer umgangen und behauptet, er habe noch ein altes Testament, das erst einmal reichen würde. Ich habe ihm so oft angeboten, mich darum zu kümmern und alles auf den aktuellen Stand zu bringen, aber er hat es immer wieder vertagt. Inzwischen ist mir klargeworden, dass er wahrscheinlich noch nie ein Testament gemacht hat – Sie kennen ja Ihren Vater, er hielt sich für unbesiegbar. Und er wollte nicht, dass ich von den anderen Frauen erfuhr, weshalb ich sein Testament niemals hätte beglaubigen können. Wenn ein Testament existiert, ist es jedenfalls nicht in meinem Besitz. Ich stehe mit leeren Händen vor Ihnen.

Ich öffne die Augen. Schaue auf seine Hände, die tatsächlich leer sind. Ich vergesse, wonach ich eigentlich Ausschau halte. Rechts von mir spüre ich Wind, das ist Kaipo, seine Hände bewegen sich wie die Zweige eines Baums im Sturm. Links von mir ein Echo, das ist Bohai, ein Schatten fällt auf ihn, und dann sehe ich ein Mädchen mit grauen Augen auf dem Boden liegen. Das ist Hailee, und ich schließe die Augen.

Als ich sie wieder aufschlage, ist sie immer noch da, gekrümmt in dem Haufen verpesteter Laken, in dem sie starb. Jetzt schlingt sich ein rotes Band um ihren Hals, und das ist meine Schuld. Ich weiß, wohin es führt. In den Schatten zu Bohai, es verbindet seinen und ihren Hals, windet sich um seine Glieder, schneidet ihm ins Fleisch. Ich sehe Hände, ausgestreckte Hände, und erkenne, dass es meine sind, sie versuchen, die Knoten zu lösen, sie suchen das Ende, aber das Band hat kein Ende. Es setzt sich fort, reicht in den nächsten Schatten hinein, und als ich darin Amys Gesicht erkenne, zerre ich noch verzweifelter an den Knoten, worauf sich die Fesseln des Bandes noch mehr zusammenziehen und ihnen tief, bis aufs Blut ins Fleisch schneiden.

Ich öffne die Hände und schließe die Augen. Ich versuche, ruhig zu atmen.

Wie viel ist noch übrig? Das ist Franks Stimme, er fragt mich, doch die Antwort gibt jemand anders. *Die Beerdigungskosten*, höre ich, *sind das Einzige, was die Frauen übernehmen. Mehr haben sie nicht angeboten.*

Rechts von mir rauschen Zweige in einem Baum, und ich halte mir die Ohren zu. Ich muss an ein Lied denken, zu dem wir früher tanzten. Das Summen kommt aus meinem Bauch, das Summen ist die Musik, und ich wiege mich im Takt.

Sie bekommen siebentausend Dollar, sagt die Stimme. *Das, was noch auf dem Konto ist.*

Im Verkehr entdecke ich Frank. Er trägt denselben Anzug wie immer. Ich versuche, die Autotür zu öffnen, doch sie ist verriegelt. Ich schreie, aber kein Laut dringt nach außen. Um mich herum ein Rauschen und Knacken wie aus einem Radio. Frank rennt, und ich weiß, dass er mich sucht. Hier!, schreie ich, aber es sind Tausende von Autos und alle in Rauch gehüllt, der von unten aufsteigt, jetzt sehe ich Frank husten. Die Hupe, fällt mir ein, ich drücke fest darauf, und er dreht sich um. Mit beiden Fäusten schlage ich gegen die Scheibe, aber nichts bewegt sich.

Darüber hinaus haben Sie Anspruch auf alles, was Sie bereits besitzen – das heißt Ihr Haus, Ihre Autos und die Gelder Ihrer Wohltätigkeitsorganisationen.

Ich zerre an meinem Fuß, aber der hängt in der Wagentür fest, mein Bein auf der einen, mein Fuß auf der anderen Seite. Ich schaue aus dem Fenster und sehe die Blutspur, die unter Autos, über Motorhauben und Reifen führt, Blut, das an Fenstern herabläuft. Blut, das vom Rauch davongetragen wird.

Es tut mir so leid, höre ich.

Nach Norden. Ich muss nach Norden gehen, sagt er, und das weiß ich. Jetzt ist das Blut auch im Wageninneren. Auf dem Boden eine kleine, sich ausbreitende Pfütze.

Sie haben natürlich die Möglichkeit, vor Gericht zu gehen, aber ich fürchte, dass es eine lange, schwierige Auseinandersetzung wäre.

Zweige rascheln, ein Schatten fällt auf den Wagen, plötzlich wird es kalt.

Als das Blut den Sitz erreicht, strecke ich die Arme zur Decke. Meine Finger berühren den weichen Stoff, und ich denke an die Lotosblumen in unserem Garten. Sie brauchen Wasser, sage ich zu Frank. Sie sterben. Er steht draußen vor dem Fenster, aber er macht die Tür nicht auf. Lächelnd sieht er zu, wie sich der Wagen mit Blut füllt.

Ich höre Vögel aus der Küche rufen. Dritte Frau, rufen sie, im Glauben, es sei mein Name. Ein Messer, sagen sie. Nimm das Messer, um bei deinem Mann zu sein.

Wenn er mich hören könnte, würde er die Tür öffnen.

Ich ziehe eine Schublade auf und greife hinein.

ACHT

November 1964
Honolulu, Hawaii

So jäh, wie das Schreien begann, hört es wieder auf – mit dem Öffnen der Fahrertür. In der plötzlichen Stille entscheidet der Fahrer nach kurzem Zögern, trotzdem auszusteigen und der alten Dame zu helfen; ihr etwas frische Luft zu verschaffen.

Als er die hintere Wagentür öffnet, blickt er in drei Gesichter, die alle nach links, alle in seine Richtung gewandt sind. Am weitesten entfernt ist das von Amy Leong, deren Tränen nicht mehr fließen, nur die Haut an Nase und Wangen ist noch rot und etwas geschwollen. Sie atmet tief ein, um sich zu beruhigen, die feuchten Augen wie zum Trocknen zur Decke gerichtet. Daneben das Gesicht der Tochter, verzweifelt und verwirrt, die unerwartete Stille scheint auch sie stutzig zu machen. Lin Leong, die dem Fahrer am nächsten ist, kauert still auf ihrem Sitz und blickt ihn an. Passiv, ruhig.

»Holen Sie Hong«, sagt die Tochter. »Sie müssen Hong holen.«

»Was? Wen?«

»Hong.« Ihre Stimme zittert. »Weiße Haare – fragen Sie einfach nach ihr, bitte!«

Der Fahrer weiß genau, welche der Frauen Hong ist. Er sieht Amy Leong an, und auf ihr Nicken hin dreht er sich abrupt um und rennt los, in seinem besten Anzug, die Straße zum Friedhof entlang. Getrieben vom Adrenalin, hämmern seine Füße auf den Asphalt, in den Ohren noch immer der Schrei, der ihn verfolgt.

Als er den Eingang erreicht, eine rote Pagode mit Jadedach, von zwei fauchenden Steindrachen flankiert, wendet sich der Fahrer nach rechts und läuft den Weg hoch, der sich zwischen Hunderten von Grabstätten emporschlängelt. Die Steigung kostet ihn Kraft. Er folgt den roten Ti-Blättern, die ihm am Wegrand die Richtung weisen, über rissigen Asphalt, aus dessen Ritzen und Spalten hellgrüne Grasbüschel ragen.

Schüttere Bäume, deren Zweige sich leise schaukelnd zum Boden hin neigen, schenken ihm kurze Schattenmomente. Seine langen, ausholenden Schritte reißen an den Hosenbeinen, hoffentlich hält der Stoff, denkt er, doch er rennt weiter. Er rennt, so schnell er kann, mit tiefen, kraftvollen Atemzügen, froh über jeden Schritt, der ihn von seinem Auto wegbringt.

Oben angelangt, sieht er endlich den Beerdigungswagen, geparkt unter einem riesigen Banyanbaum, dessen gewundene Luftwurzeln wie Seile herabhängen. Knotig und verzerrt fallen ihre Schatten auf die Statue eines Kinderbuddhas und zwei Granitpagoden. Unter den glänzenden, ledrigen Blättern des Baums steht die Frau mit dem schneeweißen Haar. Die silberne Schüssel ist verschwunden.

»Hong«, keucht der Fahrer, krumm vor Erschöpfung. »Hong, Sie werden gebraucht. Mrs Leong. Sie schreit. Die haben nach Ihnen gefragt.« Er deutet den langen Friedhofsweg hinab.

Eine sonderbare Stille legt sich über Hongs Gesicht, und ihr kurzes Nicken führt ihm plötzlich die eigene Theatralik vor Augen, das übertriebene Rennen, die atemlose Form seines Rapports. Hong nickt, als hätte sie nichts anderes erwartet, als hätte sie es schon gewusst, lange bevor Lin Leong schreien konnte, lange bevor Amy Leongs Tochter auch nur daran denken konnte, nach ihr zu rufen. Sie nickt, als wäre das alles ganz und gar einleuchtend und normal.

»Gut«, sagt sie und läuft los, die Arme dicht am Körper, die schlaffen Wangen bebend im Takt ihrer Schritte. Nach drei Metern dreht sie sich um: »Kommen Sie«, dazu eine kurze Kinnbewegung, und schon trabt sie weiter den Weg hinab. Der Fahrer spurtet los, folgt ihrem schneeweißen Haar, ihren weißen Kleidern, dankbar für ihre Autorität, erleichtert, wieder hügelabwärts laufen zu können.

Gleichwohl fällt es ihm schwer, sich ihrem Tempo anzupassen, ihren kurzen, eiligen Schritten, ihrem aufrecht wippenden Gang. Er versucht zu traben, ein albernes Gefühl, so hinter der alten Frau auf der Stelle zu hüpfen. Gehen fühlt sich noch seltsamer an, ein gehetztes Hinter-ihr-her-Hasten. Er entscheidet sich schließlich für eine Art strammes Marschieren mit angelegten Armen, und so erreichen sie den Fuß des Hügels.

Als sie nach links abbiegen, sehen sie den Wagen. Amy und ihre Tochter sind ausgestiegen. Unruhig gehen sie vor Lin Leongs geöffneter Tür auf und ab.

»Gott sei Dank«, flüstert Amy, als Hong auf sie zukommt. »Es tut mir so leid, aber sie ist derart in Panik geraten, dass ich mir nicht mehr zu helfen wusste.«

Hong hebt beschwichtigend eine Hand.

»Ist schon in Ordnung.« Drei Mal atmet sie kräftig ein, drei Mal hebt und senkt sich ihre Brust. »Ich bringe sie zum Haus. Und ihr geht zu Bohai.«

Keine der beiden rührt sich, weder um Hongs Aufforderung zu widersprechen noch um ihr Folge zu leisten. Zwei Autos fahren vorbei, während sie weiter am Straßenrand stehen.

***

»Nun geht schon«, wiederholt Hong. »Sie fangen gleich an. Macht euch keine Gedanken. Es ist in Ordnung.«

Unvermittelt streckt Amy die Arme aus, um Hong zu umarmen. Sie schmiegt sich an sie, vergräbt ihr Gesicht in Hongs Schulter und verharrt so. *Danke*, flüstert sie.

Am liebsten wäre sie hier geblieben; oder mitgefahren, zurück ins leere Haus: ein leeres Zimmer, ein Stuhl, ein kühles Getränk. Ihre Muskeln versteifen sich. Es fällt ihr schwer, Hong loszulassen.

Endlich zwingt sich Amy, sie freizugeben. Hong stellt sich vor die offene Wagentür und sucht Lins Blick. Als sie ihn gefunden hat, rutscht Lin wortlos zur Seite, um ihr Platz zu machen; Hong steigt ein und zieht sacht die Tür hinter sich zu.

»Ich komme dann sofort zurück«, sagt der Fahrer zu Amy. »Sobald ich die beiden nach Hause gebracht habe, komme ich und hole Sie ab.«

»Gut«, sagt sie. »Danke.«

Allein stehen Amy und Theresa auf der Straße. Ein kräftiger Wind weht ihnen ins Gesicht, und das hilft, denkt Amy, die Spuren der Verzweiflung zu verwischen.

In langsamem Gleichschritt gehen sie über den buckeligen, aufgeplatzten Asphalt zum Friedhofseingang. Sie sehen sich nicht an.

Am Portal beginnt der Aufstieg. Ihre Blicke klammern sich an alles: die grünen Laubkronen, die Inschriften der Grabsteine, die Opfergaben, die Risse im Asphalt, die platten Grasbüschel, einen Marienkäfer, einen Ast.

Stumm erreichen sie die Hügelkuppe, wo auf einer Mauer zwölf Marmorstatuen Wache halten, weiß und makellos: Die Vertreter des Tierkreises – sie hüten die begehrtesten

Grabstätten, die am höchsten gelegenen, teuersten Parzellen mit Zwei-Meter-Pagoden, dicken, robusten Marmorplatten und goldumrandeten Farbfotografien. Der Wind trägt den Frauen eine Männerstimme zu. Es ist ein Grußwort, die Stimme heiser, schwer von dunklen Vokalen. Die Zeremonie hat begonnen. Der Kahu hat das Wort ergriffen, und Theresa weiß, was jetzt kommt. Auf diesen Moment hat sie gewartet, das einzige Ritual, das zu ihr spricht, der einzige Teil des Tages, der in ihren Augen Sinn ergibt. Der Rauch, die Lichter, das Verbrennen von Papier – die chinesische Zeremonie war für Theresa pure Allegorie: Tradition einer Generation, die nicht die ihre ist. Die hawaiianischen Riten aber, die Vorstellung, mit den Toten zu sprechen, die Hoffnung, noch einmal mit ihrem Vater zu kommunizieren und, ehe er in die Erde hinabgelassen wird, einen letzten Moment der Nähe mit ihm zu teilen – diese Chance will sich Theresa keinesfalls entgehen lassen. In der Geborgenheit dieses heiligen Orts, der Beschaulichkeit dieses sanften Hügels, umgeben von den zarten Klängen und süßen Düften der Insel, die ihren Vater so geprägt haben, glaubt Theresa wahrhaftig, dass er bei ihr ist.

»Was willst du ihm sagen?«, fragt sie ihre Mutter unvermittelt.

»Was?«

»Wenn du zu ihm gehst, was willst du ihm sagen?«

»Sei nicht albern.«

»Wie bitte?« Theresa zögert. »Du willst gar nicht zu ihm gehen?«

»Theresa, warum tust du mir das an?«

»Herrgott, Mom!«, bricht es aus Theresa hervor. »Ist das dein Ernst? Dad ist tot, weil du es nicht auf die Reihe bekommen hast – weil du sechs *lächerliche* Monate lang das Opfer gespielt hast, und jetzt hast du noch eine letzte Chance und machst genauso weiter wie vorher?« Theresa lacht. Sie kann nicht anders. Es ist ein hartes, heiseres Lachen, das sich aus den Tiefen ihrer Kehle unaufhaltsam einen Weg bahnt, mit der ganzen Wucht dessen, was sich den Tag über in ihr angestaut hat.

»Das ist typisch, wirklich. Ich hätte es wissen müssen.« Sie schüttelt den Kopf und verschränkt die Hände ineinander, als könnte sie so die innere Anspannung in Schach halten. Als sie Luft geholt hat, spricht sie weiter, langsam und eindringlich, wie mit einem kleinen Kind.

»Es ist deine letzte Chance – verstehst du das? Wenn du sie vergibst, ist es aus. Dann wirst du nie mit dir im Reinen sein. Mit dir und mit dem, was passiert ist, *nie*. Mit dem, was du Dad angetan hast, denn er wird nicht mehr da sein. Warum?« Theresa geht jetzt schneller, und sie schnappt nach Luft. »Aus Stolz? Oder weil du zu schwach bist? Tut mir leid, aber du hast mir bisher noch nicht mitgeteilt, welche Rolle du heute zu spielen gedenkst.«

»Theresa.«

»Hör zu, Mom, ich werde nichts sagen, niemandem, nie, allein Dad zuliebe, nicht deinetwegen – aber verdammt noch mal, sei du doch bitte einfach ehrlich zu ihm. Mehr hat er doch gar nicht verlangt. Er wollte wissen, was zwischen euch beiden passiert ist, was überhaupt passiert ist. Sag ihm die Wahrheit, sag ihm, dass da nichts war. Deinen Mann solltest du beschützen, Mom, nicht irgendeinen Fremden, irgendeinen miesen, charakterlosen Fremden –«

»*Theresa ...*«

»Ganz kurz noch.« Theresa hebt gebieterisch die Hand. »Ich bin fast fertig.«

Amy nickt, beschämt über diese Worte aus dem Mund ihrer Tochter. Ihre eigene Tochter, schwanger, verstört und gerade mal neunzehn Jahre alt, beweist im Umgang mit einer so schwierigen, erniedrigenden Situation mehr Besonnenheit und Standfestigkeit, als sie jemals besessen hat.

»Lass es einfach gut sein. Außer ihm wird dich niemand hören. Niemand wird schlechter über dich denken, niemand wird wissen, ob du ihm die Wahrheit sagst. Mir ist jetzt erst klargeworden, wie viele Jahre deines Lebens du dich nach etwas anderem gesehnt hast. Du hältst das, was dir passiert ist, für ungerecht? Blödsinn! Er hat dich geliebt. Er hat dich so geliebt, und du machst immer noch genauso weiter wie vorher. Sollte ich irgendwann bei einem Mann landen, der mich auch nur annähernd so liebt, wie Dad dich geliebt hat – was bestimmt nie passieren wird –, dann … *du lieber Himmel, Mom*! Dann kann ich nur hoffen, dass ich diese Liebe nicht so verschenke, wie du sie verschenkt hast.«

Theresa blickt ihrer Mutter direkt in die Augen. Hat sie zu viel gesagt? Es ist ihr egal. Sie dreht sich um, lässt Amy stehen und geht entschlossen weiter zum Grab, zu Kaipo, der mit gesenktem Haupt neben dem Sarg steht, die Hände auf dem hölzernen Deckel. Sie geht um die Menge herum nach vorn. Stellt sich neben den Kahu. Ihre Blicke begegnen sich; sie ist die Nächste. Sie muss die Nächste sein. Unbedingt.

Amy steht wie angewurzelt auf dem Asphalt. Sie denkt über Theresa nach. Versucht, ihr eigenes Herz zu erweichen, damit Theresas Worte Einlass finden, kämpft gegen den Drang, sie einfach abzutun. *Was weiß die schon*, regt sich kampflustig eine Stimme in ihr, *deine Tochter hat doch keine Ahnung*. Aber sie kann es nicht abtun. Diesmal nicht. Es erschüttert sie, dass Theresa so vieles erkannt hat und vielleicht gar nicht weiß, wie richtig sie damit liegt. Wie viele Jahre, fragt sich Amy, wie viele Jahrzehnte hat sie selbst eigentlich damit vergeudet, sich betrogen zu fühlen? Wie konnte sie zulassen, dass die Enttäuschung zu ihrer zweiten Natur wurde?

Amys Gedanken gehen zu Lin. Sie weiß, wann und wo sie die Kontrolle verloren hat. Sie erinnert sich genau an den Tag, an dem sie sich ködern ließ; an dem sie ihre Ausrede fand. Den Köder hat sie nie mehr losgelassen; ihm ist sie gefolgt, den ganzen langen Weg bis hierher, zum heutigen Tag.

AMY

1942
Honolulu, Hawaii

Ich war wieder allein; allein in dem Garten, in dem ich die letzten Tage verbracht und versucht hatte, den Trümmerhaufen zu begreifen, vor dem ich stand. Wie konnte es sein, dass seit der Hochzeit, innerhalb von einer Woche, alles auf so unvorstellbar schreckliche Weise schiefgegangen war?

Wieder war Dr. Lum gekommen, doch diesmal wegen Lin Leong. Bohai hatte es mir gesagt; er hatte nach mir gerufen und mich schließlich in meinem Versteck gefunden, einer kleinen, geschwungenen Felslandschaft im Schatten des Wasserfalls. Sein Gesicht war fahl, er wirkte angeschlagen; geplatzte Äderchen trübten das Weiß seiner Augen, über die er schützend die Hand hielt. Im Licht sah er fürchterlich aus. So bleich und so dünn in seinem zerknitterten Hemd, als könnte ihn die Sonne mit einem einzigen Strahl zum Krüppel machen. Er hockte sich nieder und legte mir eine Hand aufs Knie.

Sie saßen im Wohnzimmer, sagte Bohai. Ein Treffen mit dem Anwalt, bei dem sie Schreckliches erfuhren. Sein Vater hatte in China weitere Ehefrauen unterhalten, zwei an der Zahl, beide mit Kindern. Ein Testament gab es nicht, so Bohai, und das gesamte Vermögen seines Vaters würde in den Besitz der beiden Frauen übergehen.

Wie vom Donner gerührt stand ich auf und wollte ungläubig fragen, ob ich richtig gehört hatte, da erzählte mir

Bohai noch etwas – das Schlimmste vielleicht, doch wer hätte in diesen Zeiten des Unglücks schon sagen können, was noch alles kommen würde. Mitten im Gespräch hatte sich Lin scheinbar ausgeklinkt. Schweigend war sie aufgestanden und in die Küche gegangen. Sie hätten ihr noch hinterher gerufen, sagte Bohai, aber niemand sei ihr gefolgt. Als sie es zehn Minuten später taten, lag sie bewusstlos in einer Blutlache, das Handgelenk an vier Stellen aufgeschlitzt.

Mir fehlten die Worte. Seit Tagen fehlten mir die Worte. Wie von Sinnen hatte ich in diesem Winkel des Gartens, im Schutz des Kraters, um einen Mann zu trauern versucht, dessen Schwarzweißfotos für mich realer waren als der Mensch aus Fleisch und Blut. Als ich am Vortag in den Zeitungsstapeln, die Hong auf der Insel ergattert hatte, sein Bild sah, erfasste mich ein seltsames Gefühl von Nostalgie, das nicht Frank Leongs verflossenem Leben galt, sondern meinem: Jenem Leben, in dem ich sein Bild in der Zeitung mit neugierigem Kribbeln zur Kenntnis nahm oder es, als ich noch kleiner war, einfach ignorieren konnte.

Es fühlte sich falsch an, einfach verkehrt, in dieser Zeit bei Bohai und seiner Familie zu sein. Im Krankenhaus empfand ich mich als Hochstaplerin, als vermeintliches Mitglied einer Familie, die mir völlig fremd war und der ich nichts geben konnte. Ich fand keine Worte des Trosts, hatte nichts beizusteuern, keine Erinnerungen, nichts, das ehrlich genug gewesen wäre, um es in Worte zu fassen.

Und jetzt war es um Lin Leong geschehen. Am Morgen hatte ich sie noch gesehen, war zusammen mit Hong Seite an Seite mit ihr ins Wohnzimmer gegangen, ihr dürrer Körper welk unter dem schwarzen T-Shirt. Als ich sah, wie angegriffen sie war, wie gebrochen und hinfällig, waren mir zum ersten Mal die Tränen gekommen. Und als ich nun wieder an sie dachte, das Blut, die Umnachtung, die Traurigkeit, die wie ein gefaltetes Tuch immer dicker und steifer wurde, vergrub ich meinen Kopf in den Händen und zog die Knie an mein Herz.

Was hatte ich getan? Was für ein Leben hatte ich gewählt?

Ich sah Henrys Gesicht vor mir. Fest schlang ich die Arme um meinen Körper. *Das Vermögen wird in den Besitz seiner Frauen in China übergehen.* Bohais Worte hallten in meinem Kopf wider, es hörte und hörte nicht auf. Ich war machtlos dagegen; selbst nach dieser Tragödie ließ sich der böse Keim, der meine Gedanken vergiftete, nicht ausmerzen.

Ich versuchte, nicht an das Geld zu denken. Wirklich. Ich versuchte es mit aller Kraft. Bohai war ein guter Mensch, und ich konnte glücklich mit ihm werden, redete ich mir gebetsmühlenartig ein. Trotz allem, was seiner Familie zugestoßen war, würden wir es schaffen. Doch als ich ihm nachsah, wie er durch den Garten ging und wieder im Haus verschwand, da wusste ich, dass etwas in mir umgeschlagen war. Ein schrecklicher Widerwille hatte sich Bahn gebrochen. Als hätte sich die Oberfläche eines Sees, glatt und undurchdringlich wie eine Plastikhaut, plötzlich in ein Meer von langsam dahintreibenden Leibern verwandelt. Bohai war einer davon, und die Strömung, das spürte ich, hatte auch mich bereits erfasst. Geiseln, dachte ich, alles Geiseln, und weil Frank Leong, mit dem mich ohnehin nichts verband, nun tot war, ließ ich zu, dass sich die ganze Abneigung auf meinen Ehemann übertrug.

Meinen *Ehemann.* Noch so ein Wort, das mir schreckliche Schmerzen bereitete. Wie hatte ich so dumm sein können? So erbärmlich? Da hatte ich einem Mann, den die eigene Stimme in Furcht versetzte, mein Leben verkauft, einem Mann, der keine Freunde hatte, nichts, nicht mal ein eigenes

Dasein. Ich malte es mir aus, das Leben mit Bohai – seine bedächtigen Worte, sein akkurates Bett, seine Drahtgestellbrille –, und geriet in Panik.

Ich hob den Kopf. Stellte mir vor, wegzulaufen; im Geiste sah ich mich ums Haus rennen, durchs Eisentor und dann quer über die Insel bis zu meinem Bett in Kane'ohe, wo ich sogleich mein Entschuldigungsschreiben an Henry in Angriff nehmen würde. Ich würde ihm sagen, dass ich einen schrecklichen Fehler begangen hätte, dass ich ihn unbedingt zurückhaben wollte, dass ich mich selbst hasste für das, was ich getan hatte. Vielleicht war es noch nicht zu spät. Seit Henrys Abreise waren erst drei Monate vergangen: eine einzige Jahreszeit, zu wenig, um eine Frucht reifen zu sehen, zu wenig, um Veränderungen unumkehrbar werden zu lassen. Erst drei Monate.

Aber dann die Realität: Ich hatte bewiesen, dass ich treulos war. Keine Affären, kein Sich-hinreißen-Lassen zu etwas, das ich nun bereute. Nein, ich war *verheiratet*. Mit einem Mitglied der prominentesten Familie von Oahu, Schlagzeilen in der Presse, Feuerwerk, drei Kleider, neun Gänge – und alles nur zum Schein. Henry müsste mindestens so dumm sein wie ich, um einen Neuanfang auch nur in Erwägung zu ziehen.

Und wenn doch? Die Frage blieb für mich im Raum.

Ich ließ meinen Gedanken freien Lauf, begleitet vom dunklen Schatten meiner Selbstsucht. Das Gewissen tobte in meinem Schädel, dröhnte in meinen Ohren, flehte mich an, doch endlich aufzuhören. Ich hatte es so gewollt, schrie es, und wenn ich nun, da das Geld weg war, gehen wollte, was zum Teufel war ich dann eigentlich für ein Mensch? Wie mies und gewöhnlich musste man sein, an Geld zu denken, wenn gerade der Schwiegervater ermordet worden war? Und die Schwiegermutter bewusstlos in ihrem eigenen Blut lag?

Ich schüttelte den Kopf, lange und kräftig, bis ich meine Haut kaum noch spürte, als könnte ich so das Gift aus mir herausschleudern. Wer sagte eigentlich, dass Henry mich zurückhaben wollte? Wahrscheinlich hasste er mich – wahrscheinlich hatte seine ganze Familie den Tag verdammt, an dem ich in sein Leben getreten war. Im Übrigen hatte mir auch Lin Leong unendlich viel gegeben. Die letzten Wochen waren unglaublich gewesen. Sie hatte mich behandelt wie ihr eigen Fleisch und Blut, als würde ich einfach dazugehören. Wenn ich mit ihr zusammen war, hatte ich nicht zurückgeschaut, nicht ein einziges Mal.

Als ich nun wieder an sie dachte, so gedemütigt durch das letzte Geheimnis ihres Mannes, fragte ich mich, ob sie, wenn sie das alles gewusst hätte, genauso viel für mich getan hätte. Ob ich überhaupt hier wäre, wenn wir gewusst hätten, dass Frank Leong sterben würde, oder ob sie dann andere Entscheidungen getroffen hätte; nicht nur hinsichtlich meiner Person, sondern für ihr eigenes Leben, ob sie vielleicht versucht hätte, den entsetzlichen Qualen, denen sie nun ausgesetzt war, durch Verzicht auf Privilegien zu entrinnen. Es war ein schreckliches, gefährliches Spiel: Was wäre wenn. Da stand ich nun, einundzwanzig Jahre jung, und blickte auf mein Leben zurück, als ob es schon vorbei wäre.

Aber vielleicht, dachte ich plötzlich, den Wasserfall, den fetten Koi und den akkuraten Formschnitt der Bäume vor Augen, vielleicht war es ja, wenn man später auf die guten und schlechten Jahre zurückblicken würde, immer noch besser, eine Leong zu sein als ein Niemand.

Ich dachte an meine Eltern. Ein Leben lang hatten sie sich mit profanen Alltagssorgen herumgeschlagen und würden es, weil die Schicksalswürfel es offenbar nicht gut mit ihnen meinten, weiter tun bis zum Tag ihres Todes, beerdigt unter einer Betonplatte wie alle normalen Leute. Lin Leongs Leben war wenigstens außergewöhnlich, sogar jetzt, da sie unter dem Lügengebäude eines Mannes zusammenbrach, der ein exzessives Leben geführt hatte.

Bohai und ich hatten noch unser ganzes Leben vor uns. Wir konnten lernen, uns zu lieben, und das schwierige Erbe seines Vaters hinter uns lassen. Mit seinem Tod musste der Name der Leongs nicht sterben. Wir konnten ihn wiederherstellen. Es würde Zeit brauchen, aber die Dinge konnten sich zum Guten wenden.

Oder auch nicht. Der Gedanke beschlich mich wieder und wieder, wie eine Plage, die sich nicht ausmerzen ließ, und dann wünschte ich mir Dinge, die zu schrecklich waren, um sie auszusprechen.

Wenn Henry mich wiederhaben wollte, würde ich dann gehen? Die Frage summte mir in den Ohren, erfüllte mich mit Selbsthass und Hoffnung.

***

Lin brauche jetzt erst einmal Ruhe, trug uns Mr Lee auf. Er würde am nächsten Morgen, wenn sie bei klarerem Verstand wäre, wiederkommen, um die anstehenden finanziellen Fragen zu besprechen. Und ich bräuchte frische Luft, erklärte ich Bohai – zum Abendessen wäre ich wieder da, ich müsse nur ein bisschen raus. Er bestand darauf, dass ich sein Auto nahm, was ich mit einem gewissen Unbehagen akzeptierte.

»Nimm dir ruhig Zeit«, sagte er, als er mir den Schlüssel gab. »Und sei vorsichtig. Ich will dich nicht auch noch verlieren.« Zum ersten Mal seit dem Tod seines Vaters lächelte er, und beinahe hätte ich es mir anders überlegt, überwältigt von der Ehrlichkeit seines Gefühls. Doch stattdessen nahm ich den Schlüssel. Ich nahm den Schlüssel und ging.

»Das tue ich«, war meine Antwort. »Mach dir keine Sorgen um mich.«

Henry hatte mir vor seiner Abreise das Autofahren beigebracht. Ich war keine gute Fahrerin, aber es reichte, um den Hügel hinunter und dann durch die Talebene langsam von Diamond Head wegzukommen. Als ich in Kane'ohe eintraf, fuhr ich durch Straßen, die mir hätten vertraut sein müssen, aber das vertraute Gefühl stellte sich nicht ein. Der Trost, auf den ich gehofft hatte, blieb mir verwehrt. Ich hätte doch etwas empfinden müssen, hier, auf der Bühne meines echten Lebens. Ich war enttäuscht, als nichts dergleichen geschah und nur mein Groll und meine Verzweiflung wuchsen.

Auf den belebten Straßen herrschte geschäftiges Treiben, fernab aller Tragödien. Die Tage dieser Menschen würden rasch in Vergessenheit geraten, dachte ich, und mein Herz verengte sich vor Neid. In einem Monat wüssten sie schon nicht mehr, wo sie sich aufgehalten und was sie in diesem Moment getan hatten; nur dass es ein normaler und vielleicht glücklicher Tag gewesen war.

Ich fuhr an unserer Straße vorbei, dachte an meine Eltern, überlegte anzuhalten; ihnen von dem Abgrund zu berichten, der sich an diesem Morgen im Hause Leong aufgetan hatte. Aber was hätte ich damit erreicht? Ich sah jetzt schon ihre Gesichter vor mir, wie sie meine Worte zu verarbeiten suchten, bemüht, mir Trost zu spenden, und dabei nur mit sich selbst beschäftigt. Mein Vater würde verstummen, meine Mutter schluchzende Fragen stellen: *Das ganze Geld? Bist du dir sicher?* Nein. Ich schüttelte den Kopf, die Hände ans Lenkrad geklammert. Sie würden es früh genug erfahren.

Am Steuer des Wagens fühlte ich mich frei – als könnte ich, wenn ich nur schnell oder lange genug fahren würde, alles hinter mir lassen. Doch vermutlich lag genau hier das Problem. Ich wollte keinen Neuanfang, ich wollte das ganze Band zurückspulen; die letzten drei Monate auslöschen und mir – Henry – zeigen, dass ich besser war als die Frau, als die ich mich erwiesen hatte.

Schließlich erreichte ich mein Ziel und fuhr langsamer; für das Ausmaß meiner Hoffnungen in diesem Moment hätte ich wohl kaum eine Erklärung gefunden. Auf dem kleinen Parkplatz angelangt, schloss ich die Augen und betete. Ja, ich wisse genau, was ich verdient hätte, erklärte ich Gott, Glück sei es nicht, aber hoffentlich wenigstens eine Chance auf Wiedergutmachung. Und dann sagte ich ihm, dass ich mich dank meiner Fehler gebessert hätte. Ich sei nicht mehr so selbstsüchtig wie vor drei Monaten.

Das sagte ich und war, den Wagen vor der Apotheke geparkt, drauf und dran, das vielleicht selbstsüchtigste Plädoyer vorzubringen, das mir je in den Sinn gekommen war. Ich schlug die Augen auf und blickte durch das Schiebedach zum Himmel hoch, wohl wissend, dass ich kein Recht hatte, irgendeinen Gott um irgendetwas zu bitten.

Ich senkte den Blick und wollte mich gerade dafür entschuldigen, dass ich Ihm Seine Zeit geraubt hatte, da sah ich, dass jemand vor meinem Auto stand und mich durch die Windschutzscheibe anstarrte.

Ich nestelte am Zündschlüssel und öffnete rasch die Tür. Henrys Bruder Paul rührte sich nicht, sein Blick dunkel und stechend.

»Was zum Teufel machst du hier?«

»Ich …«, stammelte ich und schlug zögernd die Tür hinter mir zu. »Ich weiß nicht. Ich wollte nur sagen –«

»Was, Amy? Was wolltest du sagen?« Er kam näher, sein

Ton jetzt schärfer, und ich presste den Rücken an die Wagentür. »Hat die Post unsere Einladung zur Hochzeit verbummelt?«

Ich würde in Tränen ausbrechen; sie kamen schon, keine Chance, sie aufzuhalten. »Ich weiß nicht«, schluchzte ich, die Karosserie heiß an meinem Rücken. »Ich meine, nein«, stotterte ich. *Bitte, bitte, bitte*, bekniete ich mich selbst, keine Tränen mehr. So hatte ich mir das nicht vorgestellt.

»Du bist erbärmlich«, sagte Paul, drehte den Kopf zur Seite und spuckte auf die Motorhaube von Bohais Wagen. »Und ganz schön dreist, weißt du das? Kommst hier angefahren mit deinem Mercedes, als hätten wir dir irgendwas zu sagen. Schickst uns irgendeine dämliche Entschuldigung, und meinem Bruder sagst du nichts. Du bist eine Frau der schlimmsten Sorte – das ist dir doch wohl klar, oder?«

»Ich habe einen großen Fehler begangen«, sagte ich flehend und spürte die Nässe der Tränen an meinem Hals.

»Na, sieh mal einer an!« Er versetzte dem Vorderreifen einen Fußtritt, und ich fuhr zusammen. »Wo du recht hast, hast du recht.« Er lachte und fixierte mich mit kalten Augen. »Aber weißt du was? Du bist hier nicht mehr erwünscht. Familie bedeutet uns Wongs viel, Amy, verstehst du? Wir haben vielleicht keine mit Autos vollgestopfte Garage und auch keine Villa mit Personal und dem ganzen Scheiß, wegen dem du meinen Bruder verarscht hast. Aber weißt du, was wir haben, Amy?«

Ich schüttelte den Kopf; ich kam mir so töricht vor. Er genoss es ganz offensichtlich, mich weinen zu sehen, mich in meinem eigenen Viertel an den Pranger zu stellen. Warum auch nicht? Hatte ich es nicht verdient? Verschwommen sah ich, wie er auf mich zukam.

»Wir haben eine Seele, Amy. Und ein Gewissen. Wir haben ein *Herz*.«

In eisigem Schweigen standen wir so dicht voreinander, dass ich seinen Atem in meinem Gesicht spürte. Einen Moment lang glaubte ich, dass er mich schlagen würde. Ich sah zu Boden und konzentrierte mich aufs Atmen.

»Wir sind fertig mit dir«, fauchte er. »Scher dich von unserem Grundstück.« Er packte mich an beiden Schultern und drehte mich zum Wagen. Ich ließ es geschehen. Dann wandte er sich ab und verschwand in der Apotheke, wo ich über die Schulter hinweg Henrys Mutter erspähte, die uns durchs Schaufenster beobachtete.

Sie hatte die Hände vor ihrer Schürze gefaltet; ihr Gesicht war genauso wie in meiner Erinnerung, nur vollkommen ausdruckslos. Offenbar hatte sie schon die ganze Zeit dort gestanden – sie hatte alles gesehen und nicht eingegriffen. Mein Herz zerbrach in so winzige Teile, dass ich wusste, ich würde sie nie mehr zusammenfügen. Sie war meine letzte Hoffnung gewesen, aber sie empfand dasselbe. Auch sie wollte, dass ich mich von ihrem Grundstück scherte.

Ich öffnete die Fahrertür und stieg ein; am liebsten wäre ich auf den Rücksitz gerutscht und hätte mich in nichts aufgelöst. Aber die beiden beobachteten mich noch, das wusste und spürte ich. So ließ ich den Motor an und rollte vom Parkplatz, ohne die leiseste Vorstellung, wohin.

Mehr als zwei Stunden fuhr ich durch kleine Seitenstraßen, die mich an mein Zuhause erinnerten, und dann den Highway entlang, wo ich endlich wieder Luft bekam. Ich fuhr, bis der Tank beinahe leer war und mir auffiel, dass ich kein Geld hatte. Kein Geld und keinen Zufluchtsort außer Diamond Head – den Ort, zu dem ich am wenigsten gehörte. Ich ließ mir Zeit, sah zu, wie allmählich der Talboden hinter mir verschwand, und schließlich begriff ich, dass es so und nicht anders war. Kurz vor der Einfahrt zum Anwesen der Leongs brachte ich den Wagen am Straßenrand zum Stehen, ließ den Kopf aufs Lenkrad sinken und ermahnte mich, dass ich, was auch immer geschehen würde, dieses Gefühl niemals vergessen durfte. Bis in alle Ewigkeit würde ich mich an diesen schmerzhaften Moment erinnern; gebrochen und leer, hatte ich keine andere Wahl mehr. Und wenn es mir nicht gelänge, mein Verhalten zu ändern, immer auf der Suche nach etwas Besserem, nie zufrieden mit dem, was ich hatte, dann würde mir bald auch diese letzte Wahl nicht mehr bleiben.

So ist es, so und nicht anders, sagte ich, und meine Stimme hallte zitternd durch den Wagen. Kein Wegrennen mehr, kein Bedauern. Das ist jetzt dein Leben. Sei glücklich.

***

Am nächsten Tag war Lin Leongs Zustand noch immer fragil. Körperlich ging es ihr gut. Die Wunden am Handgelenk begannen zu verkrusten. Ihr Blutdruck war stabil. Psychisch sah es anders aus. Sie hatte Mühe, sich länger als eine oder zwei Minuten zu konzentrieren, und Mr Lee musste seine Schilderung der schrecklichen Ereignisse mehrfach wiederholen, bis sie einen dürren Satz als Antwort gab.

Verkauft das Haus, verkauft alles. Worauf sie die Augen schloss und ging, um weiterzuschlafen. Hong verließ gleich nach ihr den Raum. Es war mir unerträglich, die beiden so zu sehen. Mrs Leong, die wie ein erlöschendes Flämmchen die Augen schloss und sich in sich zurückzog, und daneben Hong, so anders als sonst, Hong, die einfach ging. Beim ersten Anzeichen von Kummer stand sie auf, drehte sich um und war fort. Zum ersten Mal schien sie keine Lösung parat zu haben und außerstande, den Tee zuzubereiten, ihre Hand auf Lin Leongs Rücken zu legen oder einfach nur schweigend neben ihr zu sitzen, wie sie es sonst immer getan hatte.

In den nächsten Tagen einigten sich Bohai und die anderen auf eine öffentliche Versteigerung, nach Auskunft des Anwalts der schmerzfreiste Weg, das Haus loszuwerden. Dem Meistbietenden würden umgehend die Schlüssel ausgehändigt, und wir würden uns eine neue Bleibe suchen, um dort mit Lin zu wohnen. Zwei Tage vor der Auktion besann sich Kaipo jedoch eines anderen. Zunächst sprach er darüber nur mit uns, und wir fanden eine Übereinkunft. Noch am selben Abend klopfte er an die Tür seiner Mutter; wir versammelten uns im Wohnzimmer, wo er mit einem Ernst, den ich so noch nie bei ihm erlebt hatte, das Wort ergriff.

»Ich bin aufgebracht«, fing er heiser an, wie auf der Suche nach seiner eigenen Stimme. »So aufgebracht wie ihr alle. Wütend, dass man uns auf diese Weise zurückgelassen hat, und ich bin mir nicht sicher, ob sich mein Zorn jemals legen wird.«

Er hielt inne und sah seine Mutter an, die mit zwei Fingern über den Saum ihres Oberteils rieb. Ihr Blick war verschwommen, wie entrückt. Sie trug dasselbe schwarze T-Shirt. Ich hatte sie selten gesehen seit dem Tag, als ich sie in der Küche fand, und jedes Mal die Augen abgewandt. Ihr Umgang mit der Trauer war verheerend, und ich empfand es als respektlos meinerseits, sie so verletzlich zu sehen, so anders als die Frau, die ich gekannt hatte.

»Für den Fall aber, dass er sich vielleicht doch irgendwann legt«, fuhr Kaipo fort, »habe ich das Gefühl, dass es ein Fehler wäre, das Haus an eine fremde Person zu verkaufen. Ein Fehler, der sich vielleicht erst abzeichnet, wenn der

Ärger verraucht ist. Was mit der Zeit, so hoffe ich, passieren wird.«

Ich sah Bohai an. Er verzog keine Miene, aber ich wusste, dass er ganz anders fühlte. An dem Abend, als ich mit dem Auto zurückkam, hatten wir zusammen in der Küche gesessen, bis in den frühen Morgen Whisky getrunken und so offen wie nie miteinander gesprochen. Wenn ich wirklich dieses Leben führen sollte, wenn ich lernen sollte, bei meinem Mann zu sein, mussten wir uns auch kennenlernen; denn das hatten wir im Trubel unserer Hochzeit übersehen.

An diesem Abend hatte er mir von seiner leiblichen Mutter erzählt, einer Konkubine, die bei seiner Geburt noch ein halbes Kind und in China gestorben war. Bohai konnte sich nicht an sie erinnern. Es habe immer an ihm genagt, dass er anders war, dass eine Hälfte von ihm zu dieser anderen Frau, diesem verängstigten jungen Mädchen gehörte. Und seit nun auch noch die anderen Ehefrauen aufgetaucht seien, fühle er sich vollkommen isoliert.

»Als wäre ich einer von denen«, erklärte er mir. »Als hätte auch ich eigentlich in China bleiben sollen. Wenn ich kein Junge gewesen wäre, was dann? Es geht mir einfach nicht aus dem Kopf. Dann wäre ich ein verheimlichtes Kind mehr gewesen, eine weitere Leiche im Keller meines Vaters.«

Ich hatte zugehört. Hatte mir solche Mühe gegeben, ihm Gehör zu schenken, mich seiner anzunehmen, darauf zu horchen, was sich für diesen Mann in mir regte. Doch das Einzige, was sich regte, war Mitleid. Alles passte zusammen. Bohai war der älteste, aber nicht der erste Sohn. Was für ein trauriges Leben, dachte ich, was für eine qualvolle Existenz. In allen Winkeln meines Herzens suchte ich nach einem Spänchen Zuneigung oder Zuspruch für diesen Mann, meinen Ehemann, doch ich fand nichts. Was konnte ich ihm anbieten? Was konnte ich ihm sagen, wo doch dieser Schmerz, diese Last nun auch mein Leben war?

Und dann hatte Bohai, wie aus dem Nichts und ohne meine Reaktion abzuwarten, über den Tisch hinweg meine Hand ergriffen. Er beugte sich zu mir hin, als hätte er mir ein Geheimnis anzuvertrauen.

»Aber nicht alles ist tragisch«, sagte er, »denn ich habe ja dich. Ich kann es kaum erwarten, den Rest meines Lebens mit dir zu verbringen. Wir haben die Chance, einfach nur wir selbst zu sein, normale Menschen, unbefleckt von den Lügen, die mein Vater verbreitet hat.«

Er hatte so glücklich ausgesehen, als er das sagte. Hoffnung leuchtete in seinen erschöpften Augen, Hoffnung auf unsere gemeinsame Zukunft, und mit äußerster Kraft hatte ich mir ein Lächeln abgerungen und so getan, als wollte auch ich einfach nur normal sein.

»Ich weiß, warum du hier nicht mehr leben kannst«, fuhr Kaipo fort und sah seine Mutter bekümmert an. »Wirklich. Aber nach einigen schlaflosen Nächten bin ich zu dem Entschluss gelangt, dass ich hierbleiben muss. Dieses Haus ist meine älteste Erinnerung. Hier habe ich meine ersten Schritte getan, hier habe ich Geckos gejagt, hierhin will ich nach langen Reisen zurückkehren. Alles, was in meinem Leben wichtig war, hat hier stattgefunden.« Er holte tief Luft. »Mom, ich will das Haus haben. Nicht weil ich es mit Dad verbinde, sondern weil es für mein Leben bedeutsam ist. Ich will, dass hier meine Kinder aufwachsen. Ich will es an die nächsten Generationen weitergeben.«

Lin sah zu Kaipo auf, und es war dieser Ausdruck, der mich jedes Mal wegschauen ließ: leerer Blick, eingefallene Wangen, wie tot. Sprechen war bei ihr nur noch Flüstern. Lieber aufpassen, lieber argwöhnisch sein, als könnten beim leisesten Gefühlsausbruch ihre mürben Knochen brechen.

»Das Geld«, wisperte sie, ein Geräusch aus den Tiefen ihrer Kehle, jede Silbe ein leiser, sich überschlagender Ton. »Wir brauchen das Geld.«

Ich sah Kaipo an und wusste, wie viel Kraft ihn dieses Gespräch kostete. Noch nie hatte ich bei einem Menschen eine so verstörende Verwandlung erlebt wie bei Lin Leong. Sie aß nicht mehr mit uns. Sie verweigerte die Mahlzeiten. Sie nahm nur noch Dinge aus der Speisekammer zu sich, verbot uns, frische Lebensmittel zu kaufen. Als Hong vor einigen Tagen die Regale aufgefüllt hatte, schalt Lin sie auf Chinesisch und befahl ihr, alles zurückzubringen. Die beiden unterhielten sich jetzt nur noch auf Chinesisch. Ich war die Einzige, die nichts verstand, die Einzige, der diese kollektive Regression auf die Nerven ging, die Einzige, die spürte, wie das Haus in eine andere Welt, eine andere Epoche glitt, die Orientteppiche plötzlich überladen und feudal und das Rot der Tür nicht mehr freundlich oder modern.

Lin aß nur noch getrocknete Erbsen und eingelegten Tintenfisch, direkt aus der Packung, und als auch diese Dinge zu Ende gingen, vertilgte sie kalten Mais und Kidneybohnen aus der Dose. Auch wir nahmen unsere Mahlzeiten nicht mehr gemeinsam bei Tisch ein, weil es sie zu sehr aufregte. Ich glaube, ich war die Einzige, die nicht darunter litt. Fast empfand ich es als Erleichterung, im Schneidersitz auf dem Bett zu sitzen und allein aus einer Schüssel übriggebliebenen Reis essen zu dürfen.

Letzte Woche hatte Kaipo seine Mutter in der Küche dabei überrascht, wie sie kiloweise Fische frittierte, seltsame, flache Fische, die man im Haus noch nie gesehen hatte. Der unangenehme, stechende Geruch sickerte durch die Holzdielen. Wie eine Warnung waberte der Rauch von verbranntem Öl durch die Zimmer. Irgendwann – ich sah es aus den Augenwinkeln – saß Lin auf dem Küchenboden und aß mit bloßen Händen ihren Fisch, und als sie fertig war, sank sie ohnmächtig auf die fettigen Fliesen; an ihren Fingern klebten noch kleine Gräten und Fischstückchen. Jeden Abend schlief sie auf dem Boden des Zimmers ein, in dem sie sich gerade befand, ohne Kissen oder Decken, jede Hilfe von sich weisend. Sie schnitt sich dicke Strähnen aus dem Haar, die sie auf dem Boden des Abfalleimers versteckte; Hong fand sie trotzdem und zeigte sie Kaipo und Bohai.

Lin war durchaus noch imstande, sich allein fortzubewegen, ein Bad zu nehmen und gewisse Fragen zu beantworten. Sie war nicht weggetreten, noch nicht. Doch uns allen war klar, dass sie einen Ortswechsel brauchte, dass sich ihr Zustand in dem Haus, das sie mit ihrem Mann gebaut hatte, rapide verschlechterte.

»Mom«, sagte Kaipo und legte ihr eine Hand aufs Knie. »Wir werden für dich sorgen. Ich werde dieses Haus kaufen, zu dem Preis, den du für angemessen hältst. Von dem Geld werden wir ein neues Zuhause für dich finden. Ganz nach deinen Wünschen, Mom. Was auch immer dich glücklich macht. Du brauchst nur ein Wort zu sagen, und es gehört dir. Mach dir über Geld keine Gedanken. Ich habe jede Menge gespart, und das gilt auch für Bohai. Wir werden uns um dich kümmern.«

Lin fixierte über Kaipos Schulter hinweg eine Zimmerecke. Sie schwieg.

»Wenn du damit einverstanden bist«, fuhr Kaipo behutsam fort, »ziehen Bohai und Amy mit dir in das neue Haus. Dann können sie immer nach dir schauen. Würde dir das gefallen?«

Anstatt zu antworten, begann Lin Leong zu summen. Es war ein energisches, vibrierendes Geräusch, das ihrem

Mund zu entweichen schien, obwohl sie die Lippen fest zusammenpresste. Sie sah Kaipo nicht an; sie sah nichts und niemanden an. Sie schien kaum noch zu wissen, wo sie überhaupt war. Ich befürchtete eine erneute Ohnmacht. Sie hatte noch nicht ein einziges Mal Luft geholt, und das Summen ging weiter, mal lauter, mal leiser, aber unausgesetzt. Wir sahen einander an, doch niemand rührte sich, nicht einmal Hong. Gleichwohl strahlte ihr Summen etwas Befriedigendes aus, etwas Würdevolles, Reinigendes. Ich hoffte, dass es funktionierte. Ich betrachtete sie und öffnete mich dem Geräusch, ließ es durch meinen Körper fließen und bat Gott, Er möge dieser Frau doch *bitte, bitte* etwas Erleichterung bringen.

***

Bohai und ich wurden mit der Aufgabe betraut, das Haus zu suchen, in dem Lin Leong wohnen würde. Bohai hatte sich als Erster angeboten, die Betreuung seiner Mutter zu übernehmen, und ich war einverstanden, denn nun, da alles auseinanderbrach, fühlte ich mich ihr verbundener als zuvor. Es war ein Neuanfang für Bohai, sagte ich mir, und somit auch für mich. Wir würden unser eigenes Zuhause haben und die stete Erinnerung an den Vater aus unserem Leben verdammen.

Wir wussten, dass Lin ein vollkommen anderes Umfeld brauchte – am besten das genaue Gegenteil von Diamond Head. So hielten wir Ausschau nach Villen am Strand und erwogen sogar die Möglichkeit, mit ihr an die ruhige Nordküste zu ziehen, was aber, wie wir letztlich entschieden, doch zu weit war. Sie brauchte die Kraft ihrer ganzen Familie, die Nähe ihrer beiden Kinder und auch Hongs Nähe. Als wir das Haus in Hawaii Kai sahen, den offenen Yachthafen und den geschützten Steg, wussten wir sofort, dass wir fündig geworden waren. Dort würde sie alles haben: die Beschaulichkeit des Meers, die Stille des Stegs, den Abstand zur lebhaften Innenstadt, die Nähe zu Kaipo und Hong. Es war ein schönes Haus, einfacher, als ich mir vorgestellt hatte, aber trotzdem geradezu perfekt. Es erinnerte mich an das alte Hawaii, die moosbedeckten Steinmauern, die Mischung aus niedrigen Sträuchern und schlanken Palmen. Dank seiner Hufeisenform war der Eingang vor Blicken geschützt, was uns Raum zum Atmen gab, während wir alles herrichteten. Ein gusseisernes Tor, leicht und diskret, bewachte das Haus vor der Außenwelt. Wir kauften es sofort mit einem Teil des Geldes, das Kaipo uns für das Haus seines Vaters gegeben hatte, und zogen eine Woche später ein.

Sosehr ich mir meine Familie zurückwünschte – wir alle hatten uns verändert. Die gemeinsamen Tage mit meinem Vater waren vorbei. Seit Frank Leongs Tod hatten sich meine Eltern, ob absichtlich oder nicht, zurückgezogen; jetzt, da es keine Schwiegereltern und kein Geld mehr gab, fühlten sie sich unwohl mit Bohai und mir, mit Hong und Kaipo. Außer zu den polizeilichen Ermittlungen und Frank Leongs Geschäften stellten sie keinerlei Fragen. Als wäre ich eine Bekannte und Frank Leong ihr eigen Fleisch und Blut, das Reedereigeschäft ihr Investment und ich die etwas schrullige Tochter, ein Mädchen, dem sie nur noch mit Mühe in die Augen blicken konnten. Ich vertraute ihnen nicht mehr; Bohai und ich fürchteten, das von Kaipo sorgsam gehütete Geheimnis des Vaters könnte verraten werden. Und so kam es, dass ich bald aufhörte, sie zu vermissen. Nicht Kane'ohe – mein altes Leben vermisste ich Tag für Tag, an meine Eltern jedoch dachte ich immer seltener.

Um die Ermittlungen zum Mord an Frank Leong kümmerte sich Kaipo allein. Es gelang ihm, Telefonate nach Deutschland nachzuweisen, Dutzende von Gesprächen in den letzten Wochen vor dem Tod des Vaters, aber was konnte er damit schon ausrichten? Die Polizei schenkte seinen Erkenntnissen praktisch keine Bedeutung. In Ermangelung eines Drohbriefs oder Geständnisses, eines klaren Motivs oder präziser Informationen zu Frank Leongs Aktivitäten im Ausland hatten die Beamten nichts in der Hand, um der Sache nachzugehen. Kaipo musste die Akte finden. Er brauchte Hilfe, doch die würde er sich nicht außerhalb der Familie suchen; das Risiko, Einblicke in die letzten Transaktionen seines Vaters zu gewähren und möglicherweise den Namen der Familie zu beschmutzen, war ihm zu groß. So gingen die Nachforschungen langsam voran und mündeten unaufhörlich in Sackgassen, aus denen Kaipo den Schluss zog, dass sein Vater in geschäftlichen Dingen offenbar getan und gelassen hatte, was er wollte. Kaipo ließ das bei der Hochzeit eingesetzte Küchenpersonal befragen; er suchte nach Verbindungen zu wissenschaftlichen Laboren, Kammerjägern, Glasproduzenten, um die Spur des Thalliums zurückzuverfolgen. Niemandem ließ sich etwas nachweisen, und Kaipo musste einsehen, dass es ein Ding der Unmöglichkeit war, jeden Bissen oder Schluck, den sein Vater zu sich genommen hatte, zu rekonstruieren und dann auch noch die Herkunft zu ermitteln.

In Sachen Krankenhaus gab es indes kleine Siege zu verzeichnen. Dr. Harris war entlassen worden, seine Approbation wurde derzeit von den Behörden geprüft. Mr Lee führte Verhandlungen zu einem außergerichtlichen Vergleich, denn keine der beiden Parteien wünschte eine Beteiligung der Öffentlichkeit. Bisher war noch keine Einigung erzielt, doch die Sache befand sich laut Mr Lee auf einem guten Weg. Hier saßen wir am längeren Hebel.

Obwohl Kaipo seinen Bruder unzählige Male darauf angesprochen und auf mannigfaltige Weise versucht hatte, ihn zu überreden, stand er auch mit seiner Entscheidung, die Reedereigeschäfte des Vaters fortzuführen, allein. Frank Leongs Ehefrauen hatten keinerlei Interesse an solchen Unternehmungen, und so blieb es Kaipo überlassen, die Arbeit seines Vaters fortzusetzen. Bohai erklärte sich bereit, seinem Bruder zwei Wochen lang zu helfen. Er wies ihn in die Büroarbeit ein, zeigte ihm, wie Schiffsladungen abgefertigt, fakturiert und in den Geschäftsbüchern registriert wurden, und schulte die jungen Buchhalter, die Kaipo eingestellt hatte. Als Bohai fertig war, erzählte er mir etwas, von dem mir lieber gewesen wäre, ich hätte es nie erfahren. Er berichtete mir von den hohen Einnahmen und zeigte sich überzeugt, dass Kaipo die Firma rasch wieder auf Kurs bringen würde – es sei nur eine Frage von ein paar Jahren, doch er, Bohai, wolle nichts mehr damit zu tun haben. Er war erleichtert, fühlte sich von einer Last befreit. Kaipo würde seine Sache gut machen, das Haus behalten und sein Leben fast wie geplant weiterführen. Aller Voraussicht nach wurde Bohai auch in Zukunft nicht mehr gebraucht. Wir waren frei, unser neues Leben zu beginnen.

Bohai fand auf Anhieb eine Stelle an der Punahou, seiner alten Schule, wo er von nun an in den siebten Klassen Mathematik unterrichtete. Nachts stellte er, anstatt zu schlafen, für Wochen im Voraus Unterrichtspläne auf. Er ließ seine Initialen und den Hala-Baum, das Emblem der Schule, auf seine Aktentasche sticken. Unter den Familienmitgliedern war Bohai derjenige, der am entschlossensten begann, sein Leben neu zu gestalten; er begrub die Trauer um seinen Vater, um voller Elan neue Wege zu gehen.

Für mich war das schwieriger. Der fehlende College-Abschluss schränkte meine Möglichkeiten ein, und was die Sache zusätzlich erschwerte, war der Umstand, dass ich noch nie richtig gearbeitet hatte. Wieder mit dem Putzen anzufangen, nun allerdings in der eigenen Nachbarschaft, schien mir unangebracht, und zu meinem Vater wollte ich nicht mehr. So vertraute ich auf das Einzige, was ich sonst noch an Fähigkeiten besaß, und bot den Bekleidungsgeschäften von Waikiki meine Dienste an. Als die erwarteten Absagen kamen, überlegte ich, meine Suche auf die ganze Insel auszudehnen. Doch dann erzählte mir Hong von einem kleinen Laden am Ende einer Wohnsiedlung, in dem sie einmal etwas gekauft hatte. Am nächsten Tag zog ich ein Kleid an, das ich selbst genäht hatte, und ging hin. Es waren drei Frauen – alle mittleren Alters, alle reichlich beleibt vom vielen Sitzen –, und nach kurzer Prüfung meiner Nähkünste und einigen Fragen stellten sie mich vom Fleck weg ein.

Zu meinem Erstaunen empfand ich beim Verlassen des Geschäfts Genugtuung. Ich war beschwingt und seltsam zufrieden mit mir. Nicht, dass ich je davon geträumt hatte, Schneiderin zu werden, aber es war immerhin etwas, das mir in dieser Welt einen realen Wert verlieh. Nach all den Wochen, in denen ich mich als nutzlos empfunden hatte, war es eine angenehme Überraschung, dass ich zumindest imstande war, eine echte Arbeit anzunehmen. Es war nicht viel, doch es zeigte mir, dass ich es irgendwie auch allein schaffen konnte.

Gleich am ersten Arbeitstag wurde mein leiser Stolz allerdings kräftig mit Füßen getreten. Ständig lächelten mir die anderen Frauen zu, stellten mir Fragen und verschwanden zu zweit im Hinterzimmer – nach einigen Stunden hatte ich begriffen, dass sie mich dank der Hochzeitsbilder in der Zeitung erkannt hatten. Sie wussten, dass ich das neueste Mitglied der Familie Leong war. Es lag auf der Hand, dass der Name immer noch eine Faszination auf sie ausübte und sie durch ihre Zeitungslektüre darüber informiert waren, wie die Geschichte ausgegangen war; mit anderen Worten hatten sie mich aus Mitleid und Neugier eingestellt. Aber es war das einzige Geschäft, das mir ein Gehalt angeboten hatte, und so schob ich meinen Stolz oder das, was noch davon übrig war, beiseite und konzentrierte mich aufs Nähen. Ich hatte schlichtweg keine andere Wahl; wenn ich morgens den Laden betrat, rief ich mir jedes Mal in Erinnerung, dass meine Lage doch so schlecht gar nicht war. Alles hätte viel, viel schlimmer sein können: Tod, Krieg, Hunger, Krankheit – um derlei Dinge ließ ich meine Gedanken kreisen, und sie halfen mir, den Tag durchzustehen.

Unbeholfen starteten wir unser neues Leben zu dritt. Um sechs Uhr morgens stand ich auf, um Frühstück zu machen, und sobald die Teller frisch gespült im Geschirrkorb standen, brachen Bohai und ich auf, um ab acht unserem neuen Broterwerb nachzugehen.

Lin Leong ließen wir tagsüber allein und ermunterten sie, alles zu tun, wozu sie Lust hatte. Wir schlugen ihr vor, am Steg die Ruhe zu genießen, im nahegelegenen Park spazieren zu gehen oder sich den ganzen Tag auszuruhen, wenn es das war, was sie brauchte. Wir nahmen an, dass Hong sie häufig besuchen würde. Gaben ihr einen Schlüssel. Doch wenn wir abends heimkamen, war es immer dasselbe: Lin saß aufrecht auf einem Stuhl, einem Hocker oder gar auf dem Boden, und wir wussten, dass sie seit Stunden so dasaß, gefangen in der Stille, die ihren Geist befallen hatte. Es war, als könnte sie nicht begreifen, dass sich ihre Umgebung verändert hatte; dass sie umgezogen war, dass sie nun bei uns lebte und alles anders war. Lin schlief weiter auf dem Boden; warme Mahlzeiten lehnte sie nach wie vor ab, und auch ihr Flüstern stellte sie nicht ein. Selbst für Hong war es zu viel, was ich durchaus verstand.

Dessen ungeachtet sprachen wir uns gegenseitig Mut zu. Aber Lin ging es nicht besser, ganz und gar nicht. Unser Haus war ein trauriger Ort, unsere vier Wände ein Sarg, in dem wir sie dahinschwinden sahen, der langsame Sog des Todes allgegenwärtig. Dabei war sie gar nicht im Begriff zu sterben, jedenfalls nicht körperlich. Was wir erlebten, war der Tod einer Seele. Als ihr Mann verschied, war Lin schon sechzig und zu alt, um noch in die Zukunft zu blicken und sich ein anderes Leben vorzustellen. Sie hatte zu viel erlebt, um noch an einen Neuanfang zu glauben. Aber konnte ich von mir nicht dasselbe behaupten? Wer sich gehen ließ, wurde bestraft, das hatte ich nun tagtäglich vor Augen. Es passierte im Kopf; irgendwann war eine Grenze überschritten. Es schien, als hätte meine Schwiegermutter die Stille gewählt, um sich selbst für etwas zu bestrafen, Schuld, Verschwendung, Dummheit. War ich nicht auch im Begriff, mich zu bestrafen? Warum blieb ich bei Bohai? Die Antwort ließ nicht auf sich warten. Ich hatte mir zu viel genommen, war gierig gewesen, egoistisch, und nun sah ich keinen Weg, das alles jemals zurückzugeben.

An einem Samstag im Mai fand ich sie in Zeitungspapier gehüllt auf dem Küchenfußboden. Ich hatte einen langen Tag im Geschäft hinter mir, war länger geblieben, um bei einer Bestellung von einem Dutzend Muumuus auszuhelfen, und nun zog es mich nach Hause. Als ich die Tür öffnete, kam ein Rascheln aus der Küche, und ich ging hin, um meine Schwiegermutter zu begrüßen. Zitternd saß sie auf dem Boden, die Zeitungsseiten wie Tücher um ihre Schultern gelegt, in einem Chaos aus Maiskörnern, trockenem, rohem Reis und aufgerissenen Verpackungen. Sie fror.

»Sag meinem Mann, er soll die Heizung anstellen«, flüsterte sie mir zu, pickte ein Reiskorn von ihrem Oberschenkel und steckte es sich in den Mund.

»Ja«, erwiderte ich und hielt ihr behutsam eine Hand hin. »Ich sage es ihm sofort. Aber erst legst du dich in die warme Wanne. Das wird dir guttun.«

Sie schlug meine Hand weg und holte Luft, langsam und tief. »Nein!«, jammerte sie. »Sag einfach Frank Bescheid – er weiß, was zu tun ist. Der Reis schmeckt scheußlich.« Sie spuckte das Korn auf den Boden.

Ich suchte Halt an der Küchentheke und nahm meine ganze Kraft zusammen, um nicht zu weinen. Auch den aufsteigenden Groll trieb ich energisch in meine Brust zurück, und trotzdem kamen die Tränen; ich spürte, wie sie heiß und zornig von hinten gegen meine Augen drückten. Ich betrachtete Lin, wartend auf meinem Küchenfußboden, wartend auf ihren Mann, auf Rettung, immer noch wartend. Auf einen Mann, der sie belogen und enttäuscht und sich dann in den Tod geflüchtet hatte, ohne Rücksicht auf die Zeit, die noch vor ihr lag. Ich wollte jetzt nicht an ihn denken, es würde alles nur schlimmer machen, nur Zorn und Feindseligkeit heraufbeschwören. Und doch kam ich nicht umhin, mich zu fragen, was für ein Gefühl das war; so hartnäckig zu lieben, dass die ganze Welt einstürzen, dass sich alles Geglaubte als Lüge erweisen konnte, und trotzdem hörte man nicht auf zu warten. Voller Hoffnung wartete und wartete man auf jemanden, der niemals kommen würde.

Zwei Mal versuchte ich noch, meiner Schwiegermutter hochzuhelfen, und jedes Mal weigerte sie sich. Also kniete ich nieder, setzte mich neben sie auf den feuchten, besudelten Boden und erzählte ihr, dass Frank unterwegs sei. Dass er bald hier sein würde, um die Heizung anzustellen. Etwas anderes fiel mir nicht ein.

Ich gab vor, zu frieren wie sie, und legte mir Zeitungspapier auf die Schultern, obwohl es nicht kalt war. Dann tat ich, als müsste ich zur Toilette gehen, und rief Bohai in der Schule an. Meine Stimme überschlug sich, als ich ihn bat, rasch nach Hause zu kommen und auch seinen Bruder anzurufen. Mit seiner Mutter sei etwas Schreckliches passiert.

***

Als Bohai heimkam und fünf Minuten später dann auch Kaipo und Hong erschienen, konnte sich Lin an keine Namen erinnern. Sie sprach Kaipo mit Frank an und schalt ihn wegen der Kälte im Haus. Als sich später am Abend Dr. Lum in Begleitung eines Spezialisten einfand, war sie nicht in der Lage, ihm das aktuelle Kalenderjahr zu nennen. Genauso wenig konnte sie ihm sagen, was sie an diesem oder irgendeinem Tag der Woche getan hatte. Sie erzählte, sie sei mit Frank beim Angeln gewesen und sie hätten einen goldenen Mahimahi gefangen. Der Facharzt schlug eine kleine Klinik an der Nordküste vor, Waialua, dort sei man auf Altersdemenz spezialisiert. Eine sehr persönlich geführte Einrichtung, beteuerte er. Sie wäre dort rund um die Uhr betreut und ihre Privatsphäre vor der Presse geschützt.

Waialua. Mein Herz stockte, als er den Namen aussprach. Nicht nur mein Herz, alles. Natürlich musste es Waialua sein. Die Nordküste war von Dutzenden ruhigen Städten gesäumt, doch nur in dieser hatte ich Henry kennengelernt. Nur hier lagen meine Erinnerungen im Sand verscharrt, nur hier trieben meine Tränen im Ozean. So würde ich nun also dorthin zurückkehren, dachte ich voller Abscheu und musste ein bitteres Lachen unterdrücken. Was für ein Schicksal. Was für ein beschissenes Schicksal.

Bohai weigerte sich zunächst, und ich dachte, gut. Er wollte seine Mutter nicht fortschicken. Er sagte, er werde seine Stelle aufgeben und sich selbst um sie kümmern. Aber nach dem Kauf des neuen Hauses konnten Bohai und ich nicht von meinem Gehalt allein leben, und auf Kaipos Einkünfte zurückzugreifen kam für ihn nicht in Frage. Sein Blick ging zu Hong; er bat sie um Hilfe.

»Ich weiß, es ist nicht an dir, diese Last zu tragen, aber meine Mutter vertraut dir mehr als jedem anderen, sie liebt dich. Du könntest hier wohnen, wir haben jede Menge Platz. Du hättest alles, was du brauchst, alles, was du willst.«

Hong blickte gequält zu Boden, während wir sie, auf ihr Urteil harrend, unverwandt ansahen.

»Sie ist krank«, sagte sie schließlich, den Blick weiter gesenkt, die Hände leise zitternd. Ihre Stimme klang heiser, schwer unter ihrem Akzent. »Ich bin kein Arzt. Ich weiß nicht, wie ich für sie sorgen soll. Suppe, Tee …« Sie hielt inne. »Ich kann das nicht in Ordnung bringen.«

Sie hatte noch nicht zu Ende gesprochen, da rutschte sie schon auf ihrem Stuhl nach vorn, stand schwerfällig auf und verließ, sich den Schweiß von der Stirn wischend, mit gebeugtem Oberkörper den Raum. Wir sahen uns an und wussten, was zu tun war, denn wenn nun sogar Hong die Hoffnung verloren hatte, wie lächerlich war dann die Vorstellung, wir könnten unsere aufrechterhalten.

***

Am darauffolgenden Samstag beluden wir zwei Autos und fuhren Lin nach Waialua.

Alles war noch genauso.

Die Erde noch rot, die Straßen noch eng, alles noch da, die alte Zuckermühle im wuchernden Gras, der verrostete Silo, die Wai'anae Mountains, in Nebel gehüllt. Es tat so weh, das zu sehen, ein Schmerz wie Zigarettenglut auf der Haut, immer und immer wieder. Die ganze Zeit kam ich mir heimtückisch vor, doch wem gegenüber genau, vermochte ich nicht zu sagen. Henry wusste nicht, dass ich hier war. Bohai wusste nicht, was dieser Ort mir bedeutete. Und ich behielt alles für mich, schlang die Eindrücke stumm in mich hinein wie eine Fresssüchtige. Ich saß auf dem Beifahrersitz neben Bohai, die aufgerissenen Augen hinter dunklen Gläsern versteckt, die ganze Fahrt über voller Angst, etwas durchsickern zu lassen, Angst, dass die Gläser nicht alles verbergen konnten, was ich empfand.

Wir parkten vor einem gelben Haus mit einer Holzveranda, welche die ganze Front umkleidete. Drinnen begrüßte uns eine Filipina, die uns Guavensaft in Dosen anbot und uns durch den Flur zur letzten Tür rechts führte. An den Wänden Bilder mit beschaulichen Motiven: Sonnenaufgänge, Hügel voller Blumen und ein Weidenkorb mit einem Wurf goldgelber Welpen.

Wir zeigten Lin ihr neues Zimmer, zu viert um ihr schmales Bett gedrängt, und verloren kein Wort darüber, wie klein der Raum war; dass sich das Fenster nicht öffnen ließ; wie unglaublich bedrückend wir dieses sterile Wohnklo fanden und wie erschreckend die Tatsache, dass die letzten Erfahrungen uns alle so mitgenommen hatten, dass wir keine andere Lösung finden und der Matriarchin unseres illustren Hauses dieses Los nicht ersparen konnten.

Der Entschluss, Lin fortzuschicken, führte angesichts der gewaltigen Rechnung, die nun monatlich zu zahlen war, letztlich auch dazu, dass im Rechtsstreit mit dem Krankenhaus eine Übereinkunft erzielt wurde. Bohai und Kaipo, die aus dem Tod ihres Vaters keinesfalls Profit ziehen wollten, forderten das Krankenhaus auf, die Behandlungskosten für ihre Mutter zu übernehmen. Für alles, was sie brauchte, sämtliche Ausgaben im Zusammenhang mit ihrer Krankheit und ihrem allgemeinen Wohlbefinden würde das Krankenhaus so lange wie nötig uneingeschränkt aufkommen. Ein Leben genommen, ein Leben gegeben, so hatten wir es uns zurechtgelegt, obwohl wir genau wussten, dass wir andere Forderungen hätten stellen können. Uns mit dem Geld selbst um sie hätten kümmern und einen Weg hätten finden können, sie näher bei uns zu haben. Doch darüber verlor niemand ein Wort, weder Bohai noch Kaipo noch Hong.

Als ich mich bei den anderen entschuldigte und das Zimmer verließ, nahm ich mir vor – nein, schwor ich mir bei allem, was mir lieb und teuer war –, dass ich diese Frau einmal im Monat besuchen und dass mein Eid erst mit dem Tag ihres Todes erlöschen würde. Leise zog ich die Tür hinter mir zu und hockte mich auf den Boden, den Rücken an die Wand des engen Flurs gelehnt, den Kopf in den Händen vergraben, die Ellbogen schwankend auf meine zitterigen Knie gestützt.

Es erfüllte mich mit Hass, dass Frank Leong über seinen Tod hinaus so viel Macht besaß. Dass ich, dass wir alle immer noch von ihm beherrscht wurden. Dass wir leiden und uns den Kopf darüber zerbrechen mussten, womit zum Teufel wir das verdient hatten.

Was war das für ein *Gefühl*, fragte ich mich wieder, jemanden so bedingungslos zu lieben, obgleich diese Liebe ein verhängnisvoller Fehler war? War das Schicksal? Oder war es die Strafe dafür, sich ihm entzogen zu haben? War es etwas, von dem sich Menschen, je weiter ihr Leben zur Neige ging, wünschten, es möge Schicksal sein? Je mehr sie versuchten, mit den begangenen Fehlern ins Reine zu kommen, den unbeachteten Hinweisen, die ihnen jetzt ins Auge sprangen?

Nein, das hier war kein Schicksal, befand ich; es war alles, nur nicht Schicksal. Dieser Schmerz war ein viel zu intimer Schmerz, zutiefst und unerträglich persönlich, und als ich in diesem Flur mit geschlossenen Augen an der Wand hockte, da wusste ich, dass alles hausgemacht war. Dieser Filz von einer Generation zur nächsten, diese Fehler und Lügen, weitergegeben von der Mutter zur Tochter, vom Vater zum Sohn – wie konnte man so etwas als Schicksal bezeichnen? Auf diese Dinge hatten wir Einfluss, sie waren uns nicht ins Fleisch geschrieben, jeder von uns, jeder Einzelne hatte daran mitgewirkt.

NEUN

November 1964
Honolulu, Hawaii

Theresa legt die Hände auf den Sarg ihres Vaters. Sie schließt die Augen, will anfangen und weiß nicht, wie. *Es tut mir leid.* Das ist das Erste, was ihr einfällt, die Worte, die ihr schon so oft in den Sinn gekommen sind, fast jedes Mal, wenn sie an ihren Vater gedacht hat. Aber mit der Entschuldigung ist es nicht so leicht; die Dinge sind komplizierter. Es tut ihr leid, dass sie schwanger geworden ist, natürlich. Es tut ihr leid, dass sie ihn enttäuscht hat. Auch der Egoismus ihrer Mutter tut ihr leid und erst recht der Brief; noch immer ist ihr die Verantwortung dafür eine schwere, unerträgliche Last. Aber es tut ihr auch leid, dass ihr Vater der Situation nicht gewachsen war. Es tut ihr leid, dass sie sich nicht besser verteidigen konnte und dass sie ihm in seiner Verunsicherung nicht besser helfen konnte – helfen weiterzuleben.

Nein, denkt Theresa und beruhigt sich. Sie wird nicht sagen, dass es ihr leidtut; es werden nicht die ersten Worte sein, die ihr Vater aus ihrem Mund hört.

Ich liebe dich, denkt sie, aber selbst das klingt merkwürdig. Liebe, das war kein Wort, das sie und ihr Vater häufig benutzten, nicht weil sie sich nicht liebten, sondern weil zwischen ihnen generell nicht viel gesprochen wurde. Liebe, das schien als Wort zu ernst, zu fordernd für den täglichen Gebrauch. Aber jetzt wünscht sich Theresa, sie hätte es häufiger gesagt. Sie schämt sich aus so vielen Gründen, doch es gibt einen, der sie am meisten quält. Sie hat ihren Vater nie gekannt, jedenfalls nicht wirklich. Seit seinem Tod hat sie viel erfahren, viele herzzerreißende, großartige Details aus seinem Leben, als er schon ihr Vater war und Theresa noch nichts von diesen Dingen wusste. Sie hat nie daran gedacht, zu fragen.

Auch jetzt steht irgendetwas zwischen ihnen, eine Barriere, die Theresa verstummen lässt. Jedes Mal, wenn sie etwas sagen will, denkt sie an ihre Mutter. In Abwesenheit ihrer Mutter gibt es wenig zu sagen, wenig, das von Bedeutung ist.

Ohne ihre Mutter ist Theresas Last gewaltig. Sie glaubt, ihrem Vater zusprechen zu müssen, ihm Dinge sagen zu müssen, die ihm eigentlich seine Frau sagen sollte, aber es nicht tut, weil sie nicht da ist. Weil sie feige ist, denkt Theresa, weil sie immer noch auf dem Friedhofsweg steht, immer noch um sich selbst trauert, immer noch ihre Geschichte ummodelt, damit sie ihrem eigenen Trugbild entspricht.

Ohne ihre Mutter muss Theresa einen Weg finden, es selbst zu sagen.

»Sie hat mir alles erzählt«, fängt sie plötzlich an und neigt sich, wie von Magneten gezogen, zu ihrem Vater hin. »Seit du gegangen bist, hat sie mir alles erzählt, was sie über dich weiß. Über deine leibliche Mutter. Über meine Großmutter.

Sie weiß viel über dich, Dad. Okay, das spielt jetzt keine große Rolle mehr, aber es ist so. Sie erinnert sich an alles; sie weiß noch so viel – über dich und eure gemeinsame Zeit, mehr als über jeden anderen Menschen. Und das ist die Wahrheit. Du warst ihr Leben – du und ich.

Ich verstehe nicht, was vor über zwanzig Jahren geschehen ist, und werde es wohl nie verstehen. In den letzten sechs Monaten hat sie sich verändert, da war sie nicht mehr normal. Ihr Verhalten hat sich verändert – aber nicht ihre Gefühle für dich. Auch jetzt ist sie immer noch nicht die Alte; sie benimmt sich immer noch genauso dämlich, und ich kann nur vermuten, dass sie durcheinander ist und … dass sie dich vermisst.«

Theresa hält inne. Sie horcht auf ihre innere Stimme, die ihr sagt, wie sie weitermachen soll.

»Weißt du, was mir am meisten zu schaffen macht?«, flüstert sie. »Nicht Mom, nicht der Brief, nicht die Art und Weise, wie du gegangen bist. Was mich am meisten fertigmacht, was mir einfach nicht aus dem Kopf geht, ist, wie gut ich dich jetzt, wo du weg bist, kenne und verstehe. Die ganzen Sachen, die mir Mom erzählt hat, dein Mut und das, was du gegen alle Schwierigkeiten geschafft hast – du bist ein *außergewöhnlicher* Mensch, Dad. Du bist der stärkste Mensch, den ich kenne, und das weiß ich erst jetzt, seit dieser Woche. Mein ganzes Leben lang habe ich im Grunde nicht begriffen, wie gut du dich um uns gekümmert hast und dass deine Stärke uns drei zusammengehalten hat. Du hast dich entschieden zu gehen. Ich habe es jetzt begriffen und mache dir keinen Vorwurf daraus. Wir haben dich weggestoßen, Mom und ich, wir waren deiner nicht würdig. Es ist dein gutes Recht, diese Entscheidung zu treffen, davon bin ich wirklich überzeugt.«

Theresa holt Luft. Sie zieht die Lippen ein, spürt die Präsenz ihres Vaters, wünscht sich, er könnte antworten, und weiß, dass er es nicht tun wird.

»Aber trotzdem wünschte ich mir, du wärest nicht gegangen. Für den Rest meines Lebens, Dad, werde ich mir immer wünschen, du wärest geblieben.«

Theresa legt ihre Stirn auf den Sarg, schließt die Augen, spürt ihren warmen Atem auf dem Holz. Es gibt so viel zu sagen, einen Berg von Ängsten, die sie ihrem Vater anvertrauen möchte. Sie will, dass er von ihrer Panik weiß, ihrer schrecklichen Angst davor, Mutter und Ehefrau zu sein. Will ihm erzählen, wie sehr sie seine Abwesenheit fühlt, jede Minute, auf Schritt und Tritt. Sie spürt, dass sie jeden Moment zu stolpern droht, dass sie seine Hand braucht, um Halt zu finden und weiterzugehen. Sie hat nie gelernt, sich selbst zu helfen, und davor, das weiß sie, hat sie die größte Angst.

Die Sonne brennt ihr ins Genick. Sie überlegt, einfach am Grab stehen zu bleiben, nicht mehr die Augen zu öffnen, sich irgendwann wegtragen zu lassen. Sie denkt an ihren Vater im Sarg; erinnert sich an ihn an seinem letzten Tag, so dürr und schmal in seinem Patientenhemd, und endlich weiß sie, was sie zu sagen hat. Sie sieht ihn, wie er mit seinem Koffer zur Tür hinausgeht, und in diesem Moment weiß sie es: das Einzige, was jetzt noch wichtig ist, das Einzige, was nie ausgesprochen wurde.

»Sie hat dich geliebt«, sagt Theresa entschlossen und meint es so. »Sie hat dich geliebt, Dad. Das glaube ich wirklich.« Theresa holt tief Luft und atmet langsam aus. Sie hebt den Kopf und macht die Augen auf.

Vor ihr, auf der anderen Seite des Sargs, steht ihre Mutter. Sie blinzelt in der Nachmittagssonne. Ihre Augen sind feucht, die unteren Lidränder glänzen nass und reflektieren das Licht. Theresa sieht ihre Mutter an und empfindet zum ersten Mal an diesem Tag Erleichterung. Wie ein Luftballon schwillt das Gefühl in ihr an, eine Leichtigkeit, von der sie schon nicht mehr wusste, dass es sie gibt. Fest legt sie eine Hand auf den Sarg und holt noch einmal Luft; sie verabschiedet sich von ihrem Vater; gewährt den Eltern diesen letzten gemeinsamen Moment.

THERESA

1943–1964
Honolulu, Hawaii

Bohais Liebe zu meiner Mutter ist die aufrichtigste Liebe, die ich je erlebt habe. Ich weiß, dass er sich jeden Morgen, wenn er neben ihr aufwachte, wie beseelt fühlte, glücklich über die Schönheit an seiner Seite. Er wusste alles über sie, erinnerte sich an jedes Detail. Auf Moms Schminktisch, an dem sie sich morgens zurechtmacht, steht noch immer die Vase, in der früher die Paradiesvogelblumen standen. So weit ich zurückdenken kann, hat mein Vater jede Woche neue gekauft. Er spülte die Vase, schnitt die Stiele schräg an und stellte den frischen Strauß hinein.

Als wir uns nur ein Auto leisten konnten, bekam es meine Mutter. In diesem Jahr ging Bohai zu Fuß zur Arbeit; die Bewegung tue ihm gut, behauptete er. Sie hatten einen Tisch im Pacific Broiler, dem Lieblingsrestaurant meiner Mutter, wo sie jeden Freitag zu Abend aßen. Als sie längst Stammgäste waren und die Tischreservierung somit überflüssig, rief mein Vater trotzdem jedes Mal an. Er bat die Wirtin, eine Crème Brûlée zur Seite zu stellen; ließ sich bestätigen, dass es Krabbenküchlein gab. An Wochenenden spazierte ich mit meinen Eltern in die Stadt, dann zeigte Mom auf ein Schaufenster. *Wie hübsch*, sagte sie, das reichte schon. Innerhalb einer Woche, wenn nicht schneller, lag ein Geschenkpaket auf der Küchentheke. Daneben eine Karte, auf die er ihren Namen schrieb, als hätten wir sonst gedacht, das Geschenk sei für jemand anders bestimmt. Die Karte war immer dabei, eine liebevolle, altmodische Geste, die er nie vergaß.

Meine Mutter wurde dreißig, und Bohai reiste mit ihr nach Paris, um den Champagner an dessen Geburtsort zu trinken, wie er sagte, während Mom noch stumm auf die Flugtickets blickte. Ich wäre nie auf die Idee gekommen, dass sich meine Eltern nicht liebten. Meine Mutter war, so dachte ich, zurückhaltend und vielleicht etwas gehemmt. Die Tatsache, dass sich die beiden nie umarmten oder küssten, niemals Händchen hielten, störte mich nicht. Diese Dinge sind mir erst in letzter Zeit bewusst geworden.

Nach zehn Monaten Ehe, lange vor meiner Geburt, wollte meine Mutter Bohai verlassen. Das hat sie mir in der Woche nach seinem Tod erzählt, und ich denke, es war ein wohlüberlegtes Geständnis. Sie wollte mir klarmachen, wie lange, wie viele Jahre sie im Unglück gelebt hatte.

An jenem Tag, so berichtete sie mir, habe sie Tante B und zwei ihrer Freundinnen mittags ins Restaurant eingeladen. Als alle bestellt hatten, ergriff sie das Wort.

Sie sei unglücklich, verkündete sie. Sie sei unglücklich und wolle sich scheiden lassen.

Mom hatte geglaubt, ihre Freudinnen würden sie bestärken, ihr raten, dieser hoffnungslosen Ehe zu entfliehen – das unbehagliche Schweigen, auf das ihre Ankündigung stieß, traf sie unvorbereitet.

»Was?«, fragte sie, nacheinander in drei betretene Gesichter blickend. »Was? Seht ihr das anders?«

Selbstverständlich sahen sie es anders. Was mich, wenn ich an meine Mutter und ihr angenehmes Leben dachte und mir dann meine Tante und die beiden Freundinnen vorstellte, ganz und gar nicht erstaunte. Sah sie denn die Kluft nicht? Hörte sie denn nicht die Arroganz, die aus ihrer Ankündigung sprach? Ich verbiss mir diese Fragen und beschränkte mich aufs Zuhören, denn die Antwort lag für mich auf der Hand. Auch nach zehn Monaten Ehe war meine Mutter überhaupt noch nicht in ihrem neuen Leben angekommen. Sie lebte so sehr in ihrer Gedankenwelt, dass sie den realen Veränderungen vom Kopf her nicht zu folgen vermochte. Sie war noch keine Leong; dort, wo sie lebte – in ihren Gedanken –, gab es noch Hoffnung auf etwas Anderes, Besseres.

Bohai war seit drei Tagen tot, und ich empfand so viel Groll, so viel Wut auf meine Mutter, dass nur Gemeinheiten aus meinem Mund gekommen wären. So hatte mein Schweigen vor allem egoistische Gründe. Ich hatte keine Kraft für noch einen Streit, und vor allem wollte ich, dass sie weiterredete. Ihre plötzliche Zurückhaltung ließ eigentlich nur einen Schluss zu, aber ich wollte es genau wissen.

»Was haben sie denn gesagt?«, hakte ich nach. »Deine Freundinnen, sie müssen doch etwas gesagt haben.«

Jetzt saß meine Mutter in der Falle, das merkte ich ihr an. Sie wusste, dass sie die Geschichte nicht einfach so enden lassen konnte und dass sie, anders als geplant, nichts damit erreicht hatte. Langsam atmete sie durch die Nase ein und blickte auf die Hände in ihrem Schoß.

»Es war deine Tante B«, antwortete sie schließlich zögernd. »Sie hat gesagt, ich würde einen Fehler machen. Sie hat mir gesagt, ich würde einen Fehler machen, wenn ich glaubte, dass es irgendwo da draußen etwas Besseres gäbe. *Sei nicht dumm* – das hat sie gesagt.«

Die Worte ihrer Schwester. Meine Mutter hatte sie verdrängt, aber nie vergessen. Und dann erzählte sie weiter, die ganze Geschichte, entschlossen und in einem Rutsch, ein Teil ihrer Erinnerung, seit Jahrzehnten zum Schweigen gebracht.

An jenem Tag hatte meine Mutter ihren Jugendfreundinnen nacheinander in die Gesichter geblickt und das nervöse Flattern in ihren Augen gesehen, das Zögern, denn alle drei fanden nichts dabei, dass ihr Mann ein Reinfall war, ihre Ehe auf wackeligen Füßen stand und sie nicht mehr das größte Anwesen von Oahu bewohnte. Diese Frauen, deren Vergangenheit meine Mutter teilte, waren alle noch ledig, lebten alle noch im Haus der Eltern, hatten alle noch Jobs, die Uniformen, Namensschilder und Flaschen mit Allzweckreiniger erforderten. Sie alle wünschten sich, verheiratet zu sein und ein Haus in Hawaii Kai zu besitzen, mit einem Mann, der sie abends ins Restaurant ausführte, wie gehemmt oder seltsam oder was auch immer er sein mochte. Es war egal. Sie waren zusammen aufgewachsen – umschwänzelt von den gleichen aufgeblasenen Moke-Kerlen, die irgendwann im Gefängnis landeten oder einem ein Kind andrehten und das Weite suchten. Meine Mutter hatte Kane'ohe hinter sich gelassen, war diesem Schicksal entronnen, und die anderen staunten über ihr Glück. Sie neideten ihr dieses Leben.

»Ist es denn wirklich so schlimm?«, fragte ihre Schwester. Meine Mutter sah Tante B an und dachte über ihre Frage nach. Ohne jeden Zweifel würde Beverly früher oder später ihren Immer-mal-wieder-Freund heiraten und ihre Kinder in irgendeiner Sozialbausiedlung großziehen. Sie würde niemals ein College besuchen, weder sie noch eins ihrer Kinder. Ihr Freund war bereits im Gefängnis gewesen – zwei Mal. Die Straße, auf der sie unterwegs war, hatte nur sehr wenige Ausfahrten.

Als Mom mir ihre Geschichte erzählte, hörte ich die schreckliche Niederlage dieses Nachmittags deutlich aus ihrer Stimme heraus, selbst jetzt noch, nach so vielen Jahren. Ich weiß, wenn es nach ihr gegangen wäre, hätte sie diesem Gespräch einen anderen Verlauf gegeben, dann hätten ihre Freundinnen anders reagiert oder sie hätte andere Freundinnen gehabt – Mädchen, die den Gipfel von Diamond Head oder den Pali kannten und wie meine Mutter einmal von dort oben auf die kleine, zerbrechliche Welt hinabgeschaut hatten. Mädchen, die wie sie für etwas Außergewöhnliches leben wollten.

Aber das ging ja nicht, und am Ende hatte meine Mutter auf weitere Erklärungen verzichtet.

***

Stattdessen verschrieb sie sich kleinlaut, in einem gewaltigen Kraftakt der seltsamen Aufgabe, zu versuchen, ihren Mann zu lieben und glücklich mit ihm zu sein. An diesem Abend ging sie nach Hause und begann, Listen zu schreiben, in denen sie sämtliche guten Eigenschaften aufzählte, die sie an Bohai bewunderte. Er sei verantwortungsvoll, stand da als Allererstes und gleich darunter: großzügig, freundlich, geduldig. Ihre Listen waren lang und umfangreich, die wichtigsten Charaktereigenschaften dutzendfach unterstrichen. Sie kam zu dem Schluss, dass sie seinen Geruch mochte, wenn er aus der Dusche stieg – den holzigen Eukalyptusduft an seinen Schultern. Sie mochte seine Art, Wein zu bestellen, die Autorität des Kenners, der den ersten Schluck im Mund hin und her bewegt und tatsächlich weiß, was er da kostet. Und schließlich mochte sie auch den befreiten Ausdruck in seinem Blick, wenn er abends heimkam und sie auf dem Sofa sitzen sah, beim Nähen oder Fernsehen – so dankbar, dass sie noch da war. Doch ich vermute, all das reichte meiner Mutter nicht. Es würde nie reichen. Die Listen, der Eukalyptusduft und das ständige Vernarrtsein summierten sich nicht zu einer glücklichen Ehe.

Manchmal sage ich scherzhaft, dass ich ein Missgeschick war, doch jetzt weiß ich, wie falsch ich damit liege. Alles, was meine Geburt betraf, war geplant – mein Leben, mein Zweck, alles war in den Jahren vor meiner Zeugung überdacht worden. Ich war der letzte Versuch, meine Mutter zu retten, ihr Leben und ihre Ehe für richtig zu erklären, und jetzt erst erkenne ich, wie schrecklich ich darin gescheitert bin.

Meine Mutter brauchte zwei Ehejahre, zwei Jahre der Leere und geistigen Isolation, um sich dazu durchzuringen, dass sie bereit war, ein Kind zu bekommen. Bohai fragte sie regelmäßig und versuchte, ihr die Ängste auszureden, doch ihre Gespräche drehten sich im Kreis, da meine Mutter die Gründe für ihren Widerstand nicht preisgeben konnte. Aber Bohai wünschte sich so sehnlichst ein Kind, und als das zweite Ehejahr zu Ende ging, fielen ihr keine Gründe mehr ein, es ihm zu verwehren. Am folgenden Freitag, bei Krabbenküchlein und Crème Brûlée, willigte Mom ein. Sie ließ Bohai wissen, dass sie bereit sei – endlich bereit, Mutter zu werden.

Im Februar 1945 kam ich zur Welt, wo mich ein Aufmarsch von Gratulanten erwartete. Mein Onkel Kaipo war frisch verheiratet, aber noch kinderlos. Ich war die erste Vertreterin der nächsten Generation; ein Neubeginn, ein unberührtes Leben.

Angeblich war ich ein hübsches Baby. Sieben Pfund, zweiundfünfzig Zentimeter und ein voller Haarschopf. Ich kam dreizehn Tage zu spät, per Notkaiserschnitt. Ich lächelte, als ich herauskam, und meine Mutter lächelte zurück, die Augen glänzend vor Tränen, Äther und froher Erwartung. Es sei, so sagte sie, die größte Freude gewesen, die sie je empfunden habe. Am Tag, an dem sie mich zum ersten Mal sah, sei sie überzeugt gewesen, dass sie sich bessern und einen Weg finden würde, glücklich zu sein. Der Name Theresa bedeutet Ernte, Lohn harter Arbeit. Mom war die Gärtnerin und ich ihr Ertrag. Schon während der Schwangerschaft glaubte sie an die Kraft des Schweißes. Sie musste sich nur genug Mühe geben, aufmerksam genug sein, dann würde ihre Tochter wachsen und gedeihen. Letztlich vertraute meine Mutter darauf, dass all das Gute, das sie gepflanzt hatte, mit der Zeit Früchte tragen würde.

Vom Kindergarten bis in die zwölfte Klasse schickten sie mich auf die Punahou, die beste Privatschule von Oahu. Ich war eine Lebenslängliche und somit eine Rarität – eins der wohlhabenden Kinder, die von Anfang an die Punahou besuchten.

Inzwischen ist mir bewusst, dass Schule in Hawaii anders funktioniert als an vielen Orten dieser Welt. Privatschulen spielen hier eine enorme Rolle. Wer sich die öffentlichen Schulen ansieht, muss kein Superhirn sein, um zu begreifen, dass der Weg zum College in Hawaii durch die goldenen Pforten der Punahou führt, aber dafür braucht es Geld, dreizehn Jahre Geld – so viel, dass davon vier Kinder aufs College gehen könnten.

Schon als Schüler sprachen wir darüber. Wir wussten, wie sehr sich unsere Schule von den anderen unterschied, den rostigen Maschendrahtzäunen, den traurigen braunen Grasflecken, den Tetherball-Stangen mit nur einem Seil, den Basketballkörben ohne Netz. Zum Gottesdienst gingen wir in eine Kapelle, in die das Licht durch bunte Glasfenster fiel. Bei uns gab es Karneval mit Spielen und Hula-Livemusik, mit Mangochutney-Malasadas und einem Mann, der mit Feuer jonglierte.

Wenn sich Eltern scheiden ließen oder ein Vater seine Stelle verlor, passierte es, dass Klassenkameraden auf eine staatliche Schule wechseln mussten, die näher an der neuen

Eigentumswohnung des Vaters lag, auf der Windseite der Insel, auf dem Land. Es war normal, es passierte jedes Jahr, aber ich fürchtete nie, dass es auch mir passieren könnte. Nicht, weil Bohai an meiner Schule unterrichtete. Meine Eltern waren Planer; das hatte ich frühzeitig begriffen. Frühstück wurde abends vorbereitet, Cerealien und eine Banane neben das leere Schüsselchen gelegt, Serviette und Löffel dazu. Sämtliche Ablageflächen im ganzen Haus waren mit Zetteln bedeckt: Listen der zu erledigenden Einkäufe, Besorgungen und häuslichen Pflichten. Zweimal pro Woche wurde gewaschen, mittwochs Kleidung, sonntags Handtücher und Bettwäsche. Der Gedanke an Scheidung lag mir fern. Für eine Scheidung brauchte es Streit und auch eine gewisse Spontaneität, aber in unserem Haus spürte ich die ruhige Gewissheit, dass unsere Tage unverändert ihren Lauf nehmen würden. Unser Leben würde sich nach Plan abspulen. Meine Eltern hatten dreizehn Jahre Punahou vorgesehen, die beste Ausbildung, die sie mir kaufen konnten – und da ich unvorhersehbare Katastrophen ausschloss, wusste ich, dass sich alles so vollziehen würde wie von ihnen geplant.

Meine Mutter arbeitete weiter als Schneiderin. Vom Kindergarten bis in die fünfte Klasse nähte sie meine Kleider selbst, nahm meine Maße, ließ mich selbst Stoff und Schnittmuster auswählen, kürzte auf Anfrage Säume, fügte Ärmel hinzu. In der Schule dachte ich ständig an die bevorstehenden Stunden mit ihr. Ich konnte es kaum erwarten, Mom auf dem Parkplatz stehen zu sehen und gemeinsam mit ihr zu entscheiden, was wir mit dem restlichen Tag anfangen würden. Ich flog ihr in die Arme, rannte schon, wenn meine Mitschüler noch in den Fluren verweilten; meine Begeisterung, sie zu sehen, war jedes Mal ungebrochen. Dass meine Mutter imstande war, alles zu nähen, was ich wollte, faszinierte mich; was auch immer ich in einem Schaufenster oder einer Zeitschrift entdeckte, gehörte mir. Es bedurfte nur eines kurzen Ausflugs ins Textilgeschäft – meinen Lieblingsort, wo die Stoffballen laut und energisch nach mir riefen und mein Glaube an die geschickten Hände meiner Mutter grenzenlos war.

Zu Hause dann ihr Fuß auf dem Pedal, das stete Auf und Ab ihrer Ferse, das Surren der Maschine; dieses Geräusch, das gleichmäßige Summen mütterlichen Fleißes, hat heute eine andere Färbung für mich. Keins dieser Kleider hat meine Mutter weggegeben. Gesagt hat sie mir das nie, aber irgendwann habe ich sie gefunden – in unbeschrifteten Kartons, als schämte sich Mom, diese Beweisstücke zu verwahren. Es gab eine Zeit, da war unser Zusammensein alles für uns.

Die ganze Grundschule hindurch, fünf Jahre, zwanzig Jahreszeiten, trugen wir dieselben Kleider, sie und ich. Baumwoll-Muumuus mit Häkelkragen, leuchtende Blumen-Holokus, papayafarbene Hemdkleider und einmal eine absurde Overall-Kreation aus geblümtem Samt. Hunderte von Wochenenden saßen wir in ihrem Nähzimmer, hörten Radio und aßen Kakimochi-Reiscracker mit Nori und Sesam und saurem Li-Hing-Pulver dazu – beste und einzige Freundinnen. Abgesehen von Tante B hatte meine Mutter keine Freundinnen, was mir lange völlig normal schien, denn bei mir war es nicht anders. Heute frage ich mich, ob sie mich extra so an sich band – ob sie so händeringend eine Gefährtin brauchte. Aber das stimmt nicht. Wir lebten mit- und füreinander, schenkten uns gegenseitig Schutz, Anerkennung und Verständnis. Ich war ein linkisches, unbeholfenes Kind, wahrscheinlich nicht von Natur aus, sondern weil mir Kontakte zu Gleichaltrigen fehlten. Ich redete in einem fort von Luftmaschen, Hebemaschen und Knopflöchern, und wenn mich die Kinder in der Schule voller Befremden ansahen, verlor ich mich in detaillierten Erklärungen. Irgendwann fingen sie an, mich zu hänseln, und irgendwann wurde ich mürbe. Die Bemerkungen und Urteile von Mädchen, die Kleider mit Etiketten, Markenschildchen und Logos trugen, Kleider, die man in keinem Stoffladen kaufen konnte, führten plötzlich dazu, dass sich Risse in meiner Welt zeigten.

Irgendwann nach meinem zwölften Geburtstag kam der Tag, an dem mir klarwurde, dass niemand außer mir in handgenähten Kleidern herumlief, die genau zu denen der Mama passten. Meine Mutter wartete wie immer auf dem Parkplatz, als ich wie eine Furie an ihr vorbeigestürmt kam, tief gedemütigt durch unser seegrünes Kleid, dessen kleinere Kinderversion mit zerrissenem Ausschnitt in einem Mülleimer gelandet war, nachdem ich es mir wie von Sinnen vom Leib gerissen hatte. Ich war außer mir vor Zorn und fühlte mich verraten, denn sie hatte mich zum Gespött gemacht, hatte zugelassen, dass ich mich mit tränenüberströmtem, rotzverschmiertem Gesicht im Krankenzimmer wiederfand und flehend um Turnsachen bat. Es war das erste Mal, dass ich böse auf sie war, ein schwindel- und ekelerregendes Gefühl. Der Zusammenprall meiner Lebenswelten traf mich so plötzlich, dass alles aus dem Ruder lief. Die Fragen der beliebten Mädchen waren wie aus dem Nichts gekommen, wie Schnellfeuer prasselten sie auf mich ein. Sieben Jahre lang hatten wir dieselbe Schule besucht. Ihre Mütter kannten meinen Namen und auch den meiner Mutter – ich war auf ihren Geburtstagsfesten gewesen, hatte in ihren Swimmingpools geplanscht. An diesem Tag setzten sie sich mittags zu mir und zwei anderen Mitschülerinnen an den Tisch. Der Angriff überrumpelte mich.

Theresa, näht dir deine Mutter wirklich alles selbst?

Ja.

Wirklich? Sogar die Unterwäsche? Können wir mal sehen?

Nein!

Darfst du überhaupt normale Sachen kaufen?

Ja. Ich meine, ich glaube schon.

So stellten sie ihre Fragen, immer mehr, Fragen über Fragen – heute erschreckt es mich, dass ich alle beantwortet habe, anstatt auszuweichen oder zu lügen. Sie bombardierten mich, bis ich, von ihren Hieben getroffen, aufsprang und weglief, als die Tränen kamen. Mein Name, ihr Gelächter, der verschwommene Flur, durch den ich raste, an älteren Schülern und hell zuckenden Eingängen vorbei, es war schrecklich.

Auch für meine Mutter. Das weiß ich, weil sie sofort einlenkte. Als ich darauf bestand, zu Liberty House zu gehen und neue Anziehsachen zu kaufen, willigte sie, wenn auch widerstrebend, ein und gab dort dreimal so viel Geld aus für Markennamen und industriell gefertigten Mist, den alle trugen. In der Umkleidekabine schäumte ich vor Wut, als sie mir erklärte, dass sie genau dieselben Kleider mit Leichtigkeit selbst hätte nähen können. Ich sagte, sie sei arm. Sagte, sie käme vom Land und würde mich niemals verstehen. Es sei ihre Schuld, dass ich keine Freundinnen hätte. Sie sei egoistisch. Sie sei nicht normal. Solche schrecklichen Dinge gab ich von mir, und ich weiß sie noch alle, denn als ich sie aussprach, tat ich mir selbst damit weh. Ich wusste nicht, ob es der Wahrheit entsprach. Ich wusste nicht, ob sie wirklich der Grund dafür war, dass ich mich an diesem Tag hasste, aber ich hatte ja nur sie, und es gab eins, das ich sehr wohl wusste: Wie unmöglich ich mich auch benahm, nie würde sie mich so ansehen wie diese Mädchen. In diesem Gefühl aalte ich mich; in ihrer Geborgenheit wusch ich mich rein.

Der Moment, als ich durch die mit Synthetikstoffen vollgehängten Ständer marschierte und nach Sachen griff, von deren Preisschildern ich wusste, dass sie jedes vernünftige

Maß überstiegen, ist der Schlüsselmoment für das, was damals schiefgegangen ist – mit mir, meiner Mutter, uns beiden. An diesem Tag bat ich darum, gleichgemacht zu werden. Ich bat sie, mich wie die anderen sein zu lassen, mir zu helfen, den schönen Besonderheiten, die das Band zwischen uns bildeten, den Garaus zu machen – und sie widersprach mir nicht. Das konnte sie nicht. Sie konnte nicht nein sagen, und das wusste ich.

Von da an änderten sich die Dinge; ich änderte mich. Ich wollte Freundinnen haben. Ich war wie besessen von der Frage, wie man es anstellte, gemocht zu werden, beneidet und gefeit vor dem brennenden Schmerz der Demütigung. An dem Tag, an dem ich das seegrüne Kleid trug, hatte der Name meiner Familie einen Klang bekommen, den ich bis dahin noch nie gehört hatte. *Bist du wirklich eine Leong? Warum näht dir deine Mutter dann deine Kleider? Seid ihr nicht reich? Wohnt ihr nicht in Diamond Head?* Die beliebten Mädchen sagten es in einer Weise, als wunderten sie sich schon länger darüber, wie kleine Erwachsene, deren überhebliche Fragen ein Geheimnis durchblicken ließen. Mein Familienname schien mich gleichermaßen zu schützen und bloßzustellen. Zum ersten Mal ahnte ich, was meine Person wichtig und interessant machte, zum ersten Mal dachte ich mit glühenden Wangen über unsere Familie nach. Ich dachte an das seltsame Ritual, das wir jedes Jahr vollzogen, wenn wir von Bohais zu Moms Verwandtschaft fuhren, von Diamond Head nach Kane'ohe. Zwei Tage, die sich von allen anderen unterschieden, eine klar umrissene Zeitspanne, in der meine Eltern plötzlich selbst Eltern besaßen und wir Chinesen waren und ich eine Familie hatte, so groß und so gegensätzlich, dass ich sie noch nie zusammen gesehen hatte.

Ich dachte an das Haus meines Onkels in Diamond Head und begann mit meinen zwölf Jahren zu verstehen, dass meine Familie irgendwie ziemlich seltsam war. Dass es Dinge gab, die der Aufmerksamkeit der Welt nicht entgehen durften, Dinge, die von außen zu bewundern waren, und Dinge, die besser im Dunkeln blieben, in der Geborgenheit des mütterlichen Nähzimmers. Doch mit zwölf Jahren, in völliger Unkenntnis meiner Familiengeschichte, warf ich diese Dinge durcheinander.

***

Dass die besagten zwei Tage näher rückten, spürte ich im Voraus. Eine Woche vorher schwirrte meine Mutter mit flinken Händen durchs ganze Haus, die Zimmer makellos, sämtliche Näharbeiten Variationen von Rot. Wir ließen uns die Haare schneiden, alle drei, bekamen neue Zahnbürsten, neue Handtücher, neue Strümpfe.

Am Tag des Neujahrsfests standen wir früh auf. In der Stadt, in Chinatown, quollen die Geschäfte von weißen Papierschachteln über, in denen, wenn man sie schüttelte, das flache braune, in glänzende Vierecke geschnittene Reisgebäck rasselte. Aus Bergen von Mandarin-Orangen wählten wir die dicksten und schwersten aus, indem wir sie einzeln in der Hand wogen. Der Blumenladen, wo Bohai die alte Dame mit den langen, schrumpeligen Fingern auf Chinesisch ansprach, zauberte aus Pflaumenblüten und Narzissen ein silberglänzendes Bouquet mit purpurroten und aprikosenfarbenen Tupfern zwischen dem Weiß der Blüten.

Jedes Jahr klagte Mom über die Schwierigkeit, Geschenke für Bohais Familie zu finden. Die Delikatessen, die in Chinatown verkauft wurden, bereitete Hong von eigener Hand zu. Und von den roten Papierlaternen, die haufenweise in den Eingängen der Geschäfte hingen, stellte Onkel Kaipo jedes Jahrs selbst einige her, nur dass seine aus

Seide waren, mit goldenen Schriftzeichen bemalt. Die einfachen, aus Papier, Klebstoff, Plastikkonfetti und ein paar Schnüren gefertigten Dinge kauften wir für Moms Familie, für Grandpa und Grandma Chan. Meine Mutter kaufte sie ohne Umschweife, ohne sie auf Qualität, Gewicht oder fehlerhafte Stellen zu überprüfen. Wir bekamen es kaum mit, so rasch hatte sie eine Handvoll roter Umschläge oder Krachmacher aus dem Eimer geklaubt und bezahlt, ohne uns je nach unserer Meinung zu fragen. Diese Dinge landeten in einer separaten Tüte.

Ab meinem zwölften Geburtstag war das chinesische Neujahr die einzige Zeit des Jahres, in der ich Mom erlaubte, mir ein Kleid zu nähen. Ich sah, wie wichtig ihr das war, wie eifrig sie an jedem unserer Kleidungsstücke arbeitete, wie kompliziert die Schnittmuster und wie schwierig die Stoffe waren: ein Hemd für Bohai aus dunkler karmesinroter Seide, von senkrechten Silberstreifen durchzogen, die Knöpfe aus Koa-Holz; ein rubinrotes Kleid für mich, mit kurzem, in üppige Falten gelegten Rock und einem breiten goldenen Reißverschluss auf dem Rücken; ein Etuikleid für meine Mutter, lang, schmal und seitlich geschlitzt in tiefem Scharlachrot. Zu Hause standen wir vor dem Spiegel, ein prachtvolles, in allen Rottönen schimmerndes Dreiergespann, im Grunde lächerlich, zumal die Kulisse unseres Hauses ganz und gar unpassend war. Aber ich wusste, sobald wir durch das Tor von Diamond Head gelangt wären, würden uns diese schillernden, fließenden Kleider helfen, in eine Abendgesellschaft hineinzufinden, die einer völlig anderen Welt entsprungen schien.

In dem Jahr, in dem ich aufhörte, die Kleider meiner Mutter zu tragen, zählte ich ungeduldig die Tage bis zur Feier meines Onkels. Mein Plan stand fest: Die sechste Klasse würde mit einem Triumph enden. Ich würde alle Details aufsaugen, Dinge, die mir noch nie bedeutungsvoll erschienen waren, und mir alles merken. Wir waren reich, dessen war ich mir sicher, doch ich brauchte Beweise. Das Haus am Diamond Head sah jedes Jahr anders aus, weshalb ich Mühe hatte, es den Mädchen in der Schule zu beschreiben. Es klang so, als würde ich schwindeln: In einem Jahr säumten dunkle Holzpferde den Gartenweg, im nächsten waren es Schlangen, die aus den beleuchteten Teichen auftauchten, die Schuppen blaugrün und violett schillernd. Ich kam mir so dumm vor, als Mom mir später die Erklärung lieferte. Es waren die Zeichen des Tierkreises, kombiniert mit den jeweiligen Elementen des Jahres. Pferd und Holz. Schlange und Wasser. Solche Dinge lernten wir in der Schule; hätte ich diese Erklärung an jenem Tag in der Cafeteria parat gehabt, so hätte man mir vielleicht geglaubt. Wäre mir das Schicksal an jenem Tag gnädig gewesen, hätte ich die nächsten Jahre vielleicht nicht damit verschwendet, atemlos meinem Selbstwertgefühl hinterherzurennen.

Als wir durch das riesige Eisentor fuhren, dachte ich darüber nach, wie sich das anfühlte: als würde man von dem Vulkan verschluckt, und wenn das Tor erst einmal zugefallen war, war auch der Blick nach draußen versperrt. Am Silvesterabend – auch das lernten wir in der Schule – aß man normalerweise Fisch. Man zeigte uns Bilder von chinesischen Familien aus aller Welt, versammelt um eine einfache Tafel mit gedünstetem Fisch, Klößchen und Reiswein. Hier und da war vielleicht noch eine ausgehöhlte Melone abgebildet, doch die war nichts im Vergleich zu den fünf Laternen, die den Garten meines Onkels beleuchteten, Laternen in Form von Affen, in deren offenen Augenhöhlen und Mündern die Flammen der Kerzen züngelten. Über unseren Köpfen wölbten sich rote, seidig glänzende Baldachine, die das Kerzenlicht reflektierten und auf die dunklen Oberflächen der Teiche warfen. Zwischen den seidenen Dächern blickte ich zu den Kämmen des Vulkans hoch, dessen Wände uns umringten, von den vielen Lichtern wie in ein goldenes Flammenmeer getaucht. Es war ein überwältigender Anblick. Musik hallte aus unsichtbaren Lautsprechern, von Onkel Kaipos Stimme übertönt, als er uns beim Namen rief, meinen Vater, meine Mutter und schließlich auch mich.

»Bohai! Jedes Jahr denke ich, bestimmt sagt er mir ab, aber da bist du ja! Ich freue mich riesig, dich zu sehen.«

»Dieses Jahr hast du dich wirklich selbst übertroffen«, sagte Bohai und umarmte seinen Bruder. »Ich erkenne das Haus ja kaum wieder.«

»Wie auch? Ihr kommt uns ja nie besuchen!«

Onkel Kaipo umarmte meine Mutter und beugte sich dann zu mir herab. »Tut mir leid, ich hab immer noch keine Kinder«, scherzte er; jedes Mal versuchte er es, und jedes Mal wirkte es unnatürlich, irgendwie aufgesetzt. »Kinder gibt's hier wirklich nicht viele – aber dafür ist Hong schon ganz aus dem Häuschen, dich zu sehen.«

Jedes Jahr nichts als Erwachsene: Männer im Smoking mit Frauen am Arm, die roten Kleider rückenfrei, in den Händen schwankende Champagnerflöten. Doch im Gegensatz zu den Vorjahren war es mir egal.

»Wo ist eure Mom?« Meine Mutter strich sich das Kleid glatt.

»Hinten.« Kaipo machte eine Kopfbewegung. »Auf der Glasveranda. Ich glaube, sie mag die goldenen Flammen, sie starrt schon den ganzen Tag drauf.« Er schmunzelte, er sah so gut aus, so anders als Bohai. Ich weiß noch, wie frustrierend ich den Gedanken fand.

»Es ist schön, dich zu sehen, Kaipo.« Bohai klopfte ihm auf den Rücken. »Wir holen uns drinnen etwas zu trinken, und dann begrüßen wir Mom.«

Meine Großmutter, dachte ich. Sie sprach nie mit mir; nur meiner Mutter gab sie Antwort. Jedes Jahr sagte ihr Mom meinen Namen, ganz langsam, als machte sie uns zum ersten Mal miteinander bekannt. In manchen Jahren sah mich meine Großmutter an und blickte mir stumm, aber direkt in die Augen, doch in anderen Jahren schien sie nichts zu hören, mich gar nicht zu sehen, obwohl ich direkt vor ihr stand. Dieses Mal hatte ich mir vorgenommen, so lange wie möglich bei ihr zu bleiben, doch in ihrem Gesicht war etwas, ein Ausdruck, den ich nicht ertragen konnte, wie eine stille Wunde. Ihre Gegenwart war mir unangenehm. Ich begrüßte sie und wandte mich ab.

Glücklicherweise tauchte in diesem Moment Hong auf, die mein Unbehagen wie immer durch Wände und Partylärm hindurch zu spüren schien. Hastig kam sie herein und umarmte mich, immer mich als Erste, selbst als ich älter wurde und sie dafür nicht mehr in die Knie gehen musste. Hong war die Einzige, zu der ich verwandtschaftliche Gefühle hegte oder das, was ich mir darunter vorstellte. Eine Tante, die du nur einmal im Jahr triffst, ein Mensch, den du kaum kennst und der sich trotzdem unglaublich freut, dich zu sehen. Der, sobald du etwas brauchst, weiß, dass du es brauchst, der genau spürt, wann er dich retten muss, und dich im Handumdrehen in die Küche befördert, um dort Teigtaschen mit dir zu falten und Süßigkeiten in Porzellankästchen zu füllen.

Die langen, schmalen Tische bogen sich unter silbernen Servierplatten, die mit Fisch beladen und mit Blumen, Früchten und Lavendelzweigen dekoriert waren. Der Geruch nach Chiliöl und Essig war mir sofort wieder vertraut, genauso wie die riesigen Küchenfenster, die Kupferkannen, die über dem Herd hingen, der viele Platz, sauber und auf Hochglanz poliert, die Heerscharen uniformierter Männer, die mit leeren Tabletts herein- und mit vollen hinauseilten, vor allem aber Hong, die tütenweise getrocknete Kokosnüsse, Lotoswurzeln und Melonenkerne anschleppte, die ich in Dutzende von Porzellandöschen verteilte, für jeden Gast eins.

Um Mitternacht ertönte ein donnernder Gong, und wir eilten gemeinsam in den Garten, wo die Erwachsenen zusammenstanden und in den Himmel schauten. Im Hintergrund meine Mutter und Bohai, neben ihnen meine Großmutter auf einem Stuhl, und sogar in der Dunkelheit sah ich, dass ihre Wangen gerötet waren. Von den goldenen Vulkankämmen stiegen zischend und knallend bunte Raketen in den nächtlichen Himmel, unter dem Jubel der Erwachsenen, die ihre Gläser hoben und mit Beifall das neue Jahr begrüßten.

Am nächsten Morgen schliefen wir aus. Nach dem Aufstehen zogen wir unsere normalen Sachen an, die wir auch bei der Arbeit oder in der Schule trugen, meine Mutter nahm die in Chinatown gefüllte Plastiktüte und wir fuhren nach Kane'ohe, um ihre Familie zu besuchen.

Damals wusste ich über die Kindheit meiner Mutter nur eines: Das Haus, das wir jedes Jahr besuchten, dieses kleine, weiß getünchte Gebäude mit den Rostflecken an der Fassade, hatte anders ausgesehen, als meine Mutter jünger war. Sie war im Untergeschoss aufgewachsen, das ich nie betreten hatte, denn inzwischen wohnte die Familie ein Stockwerk höher. In dem Jahr, in dem meine Eltern heirateten, kauften meine Großeltern das ganze Haus.

Im Vorgarten wimmelte es von Kindern – meinen Cousinen und Cousins, wie meine Mutter sie nannte, ohne mir unsere verwandtschaftlichen Beziehungen je genauer zu erklären. An diesem Tag war ich hundemüde. Ich hatte kein Interesse daran, nach Kane'ohe zu fahren. Als ich aufwachte, jammerte ich und erklärte meinen Eltern, ich sei krank, doch sie schleppten mich trotzdem mit.

Die Rasensprenger liefen, und meine Cousins und sogar einige der Cousinen rannten mit nackten Oberkörpern durch die Wasserfontänen, die Füße wie eingepackt in rote Erde, Hula-Hoop-Reifen aus Plastik im Schlepptau, der Boden mit halbvollen Tellern übersät. Vom Rauch des Grills umweht, saßen Grandma und Grandpa Chan auf Klappstühlen, die Arme vor der Brust verschränkt.

»Sehe ich richtig?«, rief mir meine Großmutter zu und hob eine Hand, um ihre Augen vor der Sonne zu schützen. »Ist das meine Theresa?« Sie stand auf, während wir näher kamen. Ich wartete darauf, dass sie mir sagte, wie groß ich geworden sei, und das tat sie dann auch.

»Das muss ja ein Fest gewesen sein gestern! Ich glaube, wir konnten von hier aus das Feuerwerk sehen. Hat Kaipo euch gesagt, dass wir ihn letzten Monat zufällig getroffen haben? Ich dachte, er würde uns einladen, aber egal. Wir sind ja auch alte Leutchen. Zu alt für eine Party. Nichts zum Anziehen.«

»Hallo, Mom.« So hielt es meine Mutter mit meinen Großeltern. Sie beantwortete ihre Fragen nicht, ging einfach darüber hinweg. »Hier: Lei Si für die Kinder.« Sie gab ihr die Plastiktüte und sagte den chinesischen Neujahrsgruß. *»Kung Hei Fat Choi.«*

»Ich hoffe, gestern Abend hattest du aber etwas anderes an! Wobei du dich, wenn du zu uns kommst, ruhig auch ein bisschen schick machen könntest – nein, nein, du siehst toll aus. Das war nur ein Scherz. Ich habe eine Bluse gesehen, die war genauso wie die von Sears.«

»Ist B schon hier?«

»Drinnen.«

Tante B hatte sechs Kinder. Sie zwang sie jedes Jahr, mit

mir zu spielen, mich mit einzubeziehen. Genauso sagte sie das: Spielt mit Theresa. Bezieht sie mit ein. Früher hatte es mich nicht gestört. Ich weiß noch, dass ich eigentlich gern mit ihnen zusammen war, weil ich es lustig fand, mit Stöcken im schlammigen Bach zu stochern, den wilden Schweinen nachzujagen, die hinten über die Felder rannten, und heimlich von den warmen Bierresten ihrer Eltern zu trinken. Doch in diesem Jahr empfand ich die Anweisung meiner Tante als Beleidigung, als Unterstellung, dass ich keine Freunde hatte, und so versuchte ich, meine Cousinen und Cousins mit Geschichten aus Diamond Head zu beeindrucken. Es führte lediglich dazu, dass sie mich hassten. Heute verstehe ich, warum. Ich kann mich regelrecht hören, wie ich mit meiner Kinderstimme *Silberplatten* sage. *Personal.* Als sie Jahre später dahinterkamen, dass ich schwanger war und es nicht mal einen Freund gab, war das sicher für alle eine gewisse Genugtuung. Ironischerweise hätte ich umgekehrt mit den Geschichten aus Kane'ohe – den abgefeuerten Flaschenraketen, die in den Büschen der Nachbarn explodierten, den Fallen, die wir den Hühnern und Hausschweinen stellten, oder den Chamäleons, die wir an ihren glatten Schwänzen packten und die dann schwanzlos Reißaus nahmen – in einer Schule wie der Punahou wunderbar punkten können.

Grandpa Chan mied mich genauso, wie ich meine Großmutter mied. Ein Klaps auf den Rücken und ein gebrummtes *Theresa, braves Mädchen*, mehr bekam ich von ihm nicht. Ich hatte begriffen, dass sein Verhältnis zu meiner Mutter angespannt war. Er wollte etwas von ihr und Bohai: eine Liste mit Kontakten, die ihm mein Großvater versprochen hatte, bevor er starb. Grandpa Chan wollte die Namen unbedingt haben, um diese Leute zu fotografieren, aber das wollten meine Eltern anscheinend nicht.

Wir aßen mit den Tellern im Schoß, auf Klappstühlen mit geflochtenen Nylonsitzen. Huli-Huli-Hähnchen, Makkaroni-Salat, hawaiianisches Reishühnchen. Alles war heiß und fettig und vermischte sich auf meinem Plastikteller. Hühnerknochen wurden auf den Boden geworfen, für die Hunde, die in der Hoffnung auf mehr unsere Beine beschnüffelten.

Wir brachen vor Sonnenuntergang auf; im Wagen sank meine Mutter auf den Beifahrersitz und atmete lange und hörbar aus, wie ein Ballon, dem langsam die Luft entweicht.

»Einmal im Jahr«, flüsterte sie Bohai zu.

»Einmal im Jahr«, wiederholte er.

***

Mein Plan ging langsam auf. Im folgenden Jahr erarbeitete ich mir nach und nach einen Platz im Kreise der Mädchen, die mich zum Weinen gebracht hatten. Ich lernte, so zu reden wie sie, sowohl über andere als auch über mich selbst. Ich etablierte mich als eine Leong – einzige Erbin eines Vermögens, über das ich nicht das Geringste wusste. Man nahm es als gegeben hin, dass ich über unvorstellbare, unergründliche Reichtümer verfügte. Ich erfand Ausreden für Bohais unauffällige Erscheinung. Behauptete, er würde sich nur in der Schule so kleiden, um wenigstens so zu tun, als wäre er ein ganz normaler Lehrer. Der Name unserer Familie hatte ein solches Gewicht, dass die Vorstellung, wir müssten uns über Geld Gedanken machen, absurd schien, auch wenn unsere Wirklichkeit anders aussah.

Das Geld, das Bohai, als er noch für meinen Großvater arbeitete, verdient und dann mit dem Verkauf des Hauses an Onkel Kaipo vermehrt hatte, lag hoch verzinst auf einem Bankkonto; den gesamten Lebensunterhalt, alle Wünsche und Bedürfnisse bestritten meine Eltern ausschließlich, Cent für Cent, von ihren bescheidenen Gehältern. Die Geschenke für meine Mutter und die Restaurantbesuche am Yachthafen sparte sich Bohai vom Mund ab. Für jede Weinflasche, jedes Flugticket, jede einzelne Paradiesvogelblume hatte er im Klassenzimmer gestanden und Mathematik unterrichtet. Das Geld, das sich auf dem Bankkonto angehäuft hatte, war allein für mich. Privatschule, Sommerferien, Hula-Kurse, ein Fahrrad, ein Auto, alles, was ich haben wollte. Es schien, als hätten sie jahrelang gespart, geplant und darauf gewartet, ja zu sagen.

Als ich auf die Highschool kam, gewann ich allmählich gewisse Einblicke in meine Familiengeschichte. Nicht dank meiner Eltern, die mir so gut wie nichts erzählten, mich weiter mit vagen Erklärungen abspeisten und sich gegenseitig unterstützten, als ich Fragen zu stellen begann. Sie behaupteten, Grandpa Chan sei ein Trinker, Großmutter Chan mitverantwortlich dafür und Onkel Kaipo zu beschäftigt, um sich mit uns abzugeben. Da sie wussten, dass ich vor meiner Großmutter ohnehin Angst hatte, verzichteten sie in ihrem Fall auf derlei Ausreden, doch es war allgemeiner Konsens, dass es uns ohne diese Leute besser ging. Wobei mir schon auffiel, dass es Onkel Kaipo war, der einmal im Monat anrief, um sich mit Bohai zum Essen zu verabreden, ihn dann bei uns abholte und sich jedes Mal zu freuen schien, wenn ich ihm die Tür aufmachte. Es war das gemeinsame Bestreben meiner Eltern, beide Familien zu meiden und mich sowohl von Diamond Head als auch von Kane'ohe fernzuhalten. Und irgendwie funktionierte es. Bis in die Teenagerjahre hinein wuchs ich mit der Vorstellung auf, dass es normal war, mit Verwandten auf einer Insel zu leben, die man trotzdem nur einmal im Jahr sah.

Erst durch meine Freundinnen und ihr Gerede riss die Nebelwand meiner Eltern auf. Es war ein überwältigender

Moment, der mich quasi über Nacht veränderte. Ich fand es unfassbar, wie bedeutend wir waren, wie berühmt. Mein Großvater hatte diese Stadt praktisch erbaut; etliche Wohltätigkeitsorganisationen waren nach meiner Großmutter benannt; und mein Onkel Kaipo galt als begehrtester Junggeselle von ganz Oahu. In dieser Zeit wurde ich ein unangenehmes Kind, aber ich war beliebt. Ich nahm so oft und so gern den Namen meines Großvaters in den Mund, als hätte ich ihn persönlich gekannt, als wäre er nicht lange vor meiner Geburt gestorben.

Meine Mutter ließ nicht zu, dass mein schlechtes Benehmen ihre Pläne im Hinblick auf meine Person durchkreuzte. Unbeirrt verfolgte sie ein klares Ziel: mir auch in Teenagerzeiten nah sein, immer im Gespräch bleiben, die Tür zwischen uns nie zuschlagen. Sie weigerte sich, mir vorzuschreiben, was ich tun, was ich fühlen und wen ich mögen sollte oder nicht. Ich sollte mich frei entfalten können und sie versuchte weder, mich zu beeinflussen, noch projizierte sie ihre eigenen, unerreichten Ziele auf mich – heute sehe ich das so. Sie freute sich über die Möglichkeiten, die sie mir bieten konnte, ohne eine davon zu bevorzugen; sie war einfach nur froh, dass durch ihr Zutun alles so lief, wie es lief. Ich war beliebt. Ich war glücklich. Sie hatte ihrer Tochter ein besseres Leben geschenkt, und das schien zu reichen.

Jeden Sommer machten wir Urlaub auf Maui, in einem kleinen Strandhaus in Lahaina, wo ich ein eigenes Zimmer hatte. Ich durfte Freundinnen mitbringen, so viele ich wollte. Auf seinem Hibachi grillte Bohai Steaks, fuhr mit uns Eisschnee kaufen und überließ uns, als wir älter wurden, den Autoschlüssel. Wir marschierten mit sandigen Füßen durchs ganze Haus, ließen unsere Teller auf dem Tisch stehen und unsere Handtücher auf dem Boden liegen. Meine Mutter sagte keinen Ton. Sie wischte hinter uns her, räumte den Tisch ab, wusch die Handtücher. »Räum bitte den Tisch ab«, hieß es manchmal, und ich erwiderte, dass ich es später machen würde. Aber später war es bereits getan.

Meine Eltern hielten alle Schwierigkeiten von mir fern, indem sie entweder mit Geld eine Lösung kauften oder herbeigeeilt kamen, um die Sache selbst ins Reine zu bringen. Ich weiß noch, wie mich Mom in der neunten Klasse, als die beliebten Mädchen ihre Schulbücher in Pan-Am-Taschen herumtrugen, zum Flughafen fuhr, um mir zu einem vermutlich schwindelerregenden Preis ebenfalls eine zu kaufen. Ich weiß noch, wie sie mit dem Direktor der Fluggesellschaft sprach und ihm erklärte, dass sie für diesen Tag keine Flugreise geplant habe, er jedoch seinen Unterlagen entnehmen könne, wie häufig die Leongs schon mit Pan America geflogen seien, immer in der ersten Klasse, Flüge im Wert von mindestens einem Dutzend dieser Taschen, für die sie selbstverständlich zu zahlen bereit sei.

Ob ich mich bei ihr bedankt habe, weiß ich nicht mehr. Ich erinnere mich nicht daran, Dankbarkeit empfunden zu haben. Für mich ist es das größte Rätsel des Elternseins, wie meine Mutter dies zulassen und mir so lange so viel geben konnte. Ist diese eigensinnige, unbesonnene Liebe zu einem Kind etwas, das in der Natur der Sache liegt? Werde ich in der Lage sein, mein Kind oder überhaupt einen Menschen so zu lieben? Warum konnte Mom diese Liebe nicht Bohai schenken, der sie von uns beiden viel mehr verdient hatte?

Zum Glück für alle Beteiligten verbesserte sich die Situation in der elften Klasse, als ich in einer Klassenarbeit aus heiterem Himmel eine Eins schrieb und feststellte, dass mir Bohai etwas vererbt hatte – ich war gut in Mathe. In den letzten beiden Jahren vor meiner Schwangerschaft begann ich mich zu verändern. Zum ersten Mal in meinem Leben merkte ich, dass ich etwas gut konnte. Zahlen bereiteten mir keine Mühe: Gleichung lernen, Problem lösen, ganz einfach. Und genau das tat ich und sammelte dabei nicht nur Einsen, sondern auch Einblicke in mein Innenleben, mein wahres Ich.

Bohai, mein größter Unterstützer, versuchte, mit Hilfe seines mathematischen Denkens auch das meine zu entfachen. Er schrieb unfertige Gleichungen auf eine Karteikarte und legte sie mir vor die Zimmertür oder in der Schule in meinen Spind, um zu sehen, ob ich die Lösung fand. Die Aufgaben wurden immer schwieriger, von einfacher Algebra hin zu Statistik und komplizierten Wahrscheinlichkeitsrechnungen – meinen Lieblingsrechenspielen. Er gab sich wirklich Mühe, solche Fragen auch für mein Leben relevant zu machen, mir Spaß an der Mathematik zu vermitteln.

Du fährst nach Sandy Beach, wo dreißig Autos auf dem Parkplatz stehen. Zehn Fords, zwölf Chryslers und acht Cadillacs (Serie 62, die magst Du doch so). Im Vergleich zu den anderen Wagen ist die Wahrscheinlichkeit, dass ein Ford als Erster wegfährt, dreimal so groß; finde heraus, wie groß die Wahrscheinlichkeit ist, dass ein Chrysler als Erster wegfährt.

So augenzwinkernd machte er das, brachte mich trickreich zum Lernen, drangsalierte mich nicht, sondern wartete geduldig, bis die Karte vor seiner Tür oder in der Schule auf seinem Schreibtisch lag. Ich tat es nicht für Bohai. Ich wollte es selbst. Es war das erste Mal in meinem Leben, dass mein Geist Verwendung für etwas fand, das nicht dumm war. In diesem Frühling trat ich dem Mathe-Club bei; meine Freundinnen ließ ich glauben, ich wäre in meiner Hula-Halau.

Zwischen den anderen Mathe-Nerds und mir herrschte ein gewisses Einvernehmen darüber, dass ich eigentlich nicht zu ihnen gehörte. Im Club hatten sie endlich einmal Ruhe vor Leuten wie mir – Schülern, die seit der Mittelschule nichts als Spott für sie übrighatten. Sie vermuteten, dass ich wegen Bohai kam, was mich nicht störte. Es war lustig, Glockenkurven zu zeichnen oder Standardabweichungen zu ermitteln und als einzige Jugendliche im Raum Designerklamotten zu tragen. Bald wurden die anderen mit mir warm, denn sie merkten, was in mir steckte und dass ich sie in Mathe alle ausstechen konnte. Sie respektierten mich, nicht wegen meines Namens, sondern wegen meiner Fähigkeiten, und das war, wie ich zugeben muss, ein verdammt gutes Gefühl.

In diesem Frühling passierte etwas mit mir, von dem ich aus heutiger Sicht fürchte, dass man es nur einmal erlebt. In diesem Frühling begann sich die Welt um mich herum aufzutun; mit einem Mal spürte ich das Gewicht, die Bedeutung meines Lebens und die unzähligen Möglichkeiten, die vor mir lagen. Wenn ich mich jetzt wieder im Mathematikraum sitzen sehe, so tüchtig und kompetent, dann weiß ich, dass ich mir das, was später geschah, vielleicht niemals verzeihen werde.

Mein letztes Jahr auf der Punahou war ein voller Erfolg. Ich wurde zur Ballkönigin gewählt und hatte so gute Noten, dass ich ein Vollstipendium für die University of Hawaii bekam. Ich glaube, sogar die Beziehung meiner Eltern verbesserte sich in diesem Jahr – ihre verwöhnte Tochter zeigte endlich echtes Potential.

Im Sommer vor meinem Eintritt ins College schickten mich meine Eltern gemeinsam mit einer Freundin, für die sie ebenfalls finanziell aufkamen, nach Europa. Eigentlich sollten wir drei Länder bereisen, doch aus Italien bekam mich keiner mehr weg. Als ich in Rom aus dem Flugzeug stieg, war ich sofort fasziniert von der Architektur. Alles schien wie ein mathematisches Spiel: die Symmetrie der Kathedralen, die Proportionen der Säulen, die Geometrie der Stadt. In Pisa saß ich mit Notizblock und Stift drei Stunden auf einer Bank, fixierte den schiefen Turm, notierte mir Zahlen aus meinem Reiseführer, stellte Berechnungen an und versuchte, diesem Phänomen einen mathematischen Sinn zu verleihen. Italien war – und ist – der älteste Ort, den ich je gesehen habe; seine Geschichte ließ mich innehalten und über Dinge nachdenken, die mir noch nie in den Sinn gekommen waren. Etwa darüber, dass Hunderte von Jahren vor meiner Geburt, als Hawaii allenfalls auf den Landkarten eingezeichnet war, in Italien bereits Mathematik betrieben wurde. Diese Leute errichteten virtuose Gebäude, die tausend Jahre lang wankten und schwankten, ohne je umzufallen. Als Captain Cook 1778 zufällig auf Big Island stieß, hatten die Römer bereits den Petersdom erbaut. Während ich über solche Dinge nachgrübelte, beschlich mich noch ein anderes, genauso ungewohntes Gefühl: Bedeutungslosigkeit. Die Italiener scherten sich einen Dreck darum, dass mein Großvater vor drei Jahrzehnten Waren von China nach Hawaii verschifft hatte, und keiner interessierte sich dafür, dass der Name meiner Familie regelmäßig im *Honolulu Star Bulletin* erwähnt wurde. Rückblickend wünschte ich mir, dieser Augenblick, in dem sich meine enge Weltsicht zu weiten begann, hätte länger gedauert. So lange, bis sich der neue Blick justiert und gefestigt hätte. Doch die Wochen verflogen, und mit ihnen dieser besondere Moment, wenn er mich auch, wie ich glaubte, ausreichend inspiriert hatte, um aus dem Zentrum des Universums zu treten und mir eine gewisse Demut gegenüber den Dingen anzueignen. Als der Monat um war, fühlte ich mich bereit, wieder nach Hause zu fahren. Nicht weil ich Italien verlassen wollte, sondern weil ich bereit war, mein Leben in Angriff zu nehmen – mir selbst meine virtuosen Gebäude zu bauen. Ich war fest davon überzeugt, dass ich irgendwann nach Italien zurückkehren würde; ich warf tausend Lire in den Trevi-Brunnen.

Es wäre gelogen, wenn ich behaupten würde, dass mir das College leichtfiel. Die Mathematik war einfach, das College nicht. Im College war ich nicht mehr gefragt. Niemand wusste, wer ich war; niemand hielt mich für schlau. In Mathe war ich gut, doch ansonsten unterschied ich mich nicht von den anderen. Alles war ganz anders als auf der Punahou. Jetzt war ich kein Lehrerkind mehr; niemand interessierte sich besonders für mich. Ich arbeitete hart, das tat ich wirklich, aber wenn man auf einer Insel lebt, schrumpfen die Perspektiven. Davon bin ich immer noch überzeugt, auch wenn ich nur einmal außer Landes war. *Du hast hier alles, was du brauchst – warum also weggehen?* Es ist leicht, sich die Insel als ganze Welt vorzustellen. Zweifel schleichen sich ein: *Warum weggehen, warum etwas anderes suchen, wo hier doch das Paradies ist?* Man fängt an, das Festland mit Isolation und Einsamkeit gleichzusetzen, die Insel dagegen mit Geborgenheit und Stabilität, Schönheit und Glück. Und so verblassten auch bei mir die Erinnerungen an Italien, während ich wieder in alte Muster verfiel. Ich wollte einen Freund. Ich wollte jammern und schimpfen, über die Arbeitsbelastung, die unfairen Lehrer, ihre Voreingenommenheit bei der Notengebung. Meine Perspektiven schrumpften und schrumpften, bis kaum noch etwas übrig war. Bis ich wieder in meinem alten Ich steckte – dem eines Inselmädchens, das sich nicht mehr vom Leben erhoffte als dies: Gegenstand törichter Eifersucht zu sein.

Als dann letztes Jahr der Frühling kam, hatten sich meine Noten bereits verschlechtert. Sie waren nicht miserabel – ich hätte das Blatt noch wenden können. Es hätte einer letzten Anstrengung bedurft – eine Woche Lernen, und ich hätte die Abschlussprüfungen mit links geschafft, doch mir fehlte der Wille. Ich lechzte nach einer Auszeit, und da die Universität wie jedes Jahr einen Tanzabend organisierte, hatte ich nur noch Augen und Ohren dafür. Wochenlang harrten meine Bücher in ihrer Pan-Am-Tasche aus, deren nutzloses Gewicht ich von Klassenraum zu Klassenraum schleppte und dabei nur eins im Kopf hatte: diese gottverdammte Party.

Ich hatte keinen Tanzpartner. Trotz aller Bemühungen um Beliebtheit hatte mich niemand gefragt, und die guten Wahlmöglichkeiten waren zusehends im Begriff, ihr weibliches Pendant zu finden. Wie sie dann in den Fluren mit verschämtem Lächeln aufeinander warteten, das machte mich wahnsinnig. Ich flehte meine Freundin an, mich ihrem Bruder vorzustellen, der in Kalifornien aufs College ging und gerade Heimurlaub hatte. Sein Name war Roy. Er sei einundzwanzig, mit eigenem Wagen, erzählte sie mir, und als er dem Date zustimmte, war ich außer mir vor Freude. Die Vorstellung, dass er älter war und noch dazu von auswärts kam, wurde zu einer regelrechten Obsession. Er hatte die Iolani besucht, Punahous direkte Konkurrentin, und nachdem ich nun zwölf Jahre lang immer dieselben Gesichter um mich gehabt hatte, berauschte mich der Gedanke, dass wir uns nicht kannten.

Unverzüglich nahm ich den Kleiderkauf in Angriff. Meine Mutter bat mich, mitkommen zu dürfen, und bot mir sogar an, zu bezahlen, was ein echtes Opfer ihrerseits war, und das wusste ich; sie würde also nicht vorschlagen, selbst etwas zu nähen. Ich erspähte das Kleid sofort im Schaufenster von Liberty House. Kurz und schwarz, die Träger so dünn wie Federstriche, eigentlich kein Frühlingskleid, sondern eher ein Négligé. Aber ich wollte unbedingt etwas, in dem ich sexy und erfahren aussah, und meine Mutter schien nichts dagegen zu haben. Sie zahlte klaglos. Sie hatte meine Noten noch nicht gesehen.

Am Abend der Tanzveranstaltung holte mich Roy in einem Cadillac der Serie 62 ab, und ich wäre beinahe in Ohnmacht gefallen. Er war genau der Richtige für diese Party – genau die Person, von der ich geträumt hatte, als ich im Unterricht, anstatt aufzupassen, meine Gedanken schweifen ließ. Roy war schlank und muskulös, das schwarze Haar dick und gewellt. Seine Zähne strahlten in perfektem Weiß, seine Haut war goldbraun. Ich schwöre bei Gott, dass seine Augen funkelten. Er begrüßte Bohai und meine Mutter, schüttelte ihnen die Hand und bedankte sich, ihre Tochter auf die Tanzveranstaltung begleiten zu dürfen. Seine Stimme klang selbstbewusst, und er überragte die beiden um Haupteslänge. Er brachte Bohai zum Lachen, als er ihn fragte, ob er nicht ein paar Strippen ziehen und ihm einen Platz in der Punahou beschaffen könne. Meine Mutter lächelte beifällig und machte ihm ein Kompliment für sein gutes Aussehen.

Roy hielt mir die Wagentür auf, und beim Einsteigen streichelte das weiche schwarze Leder meine Haut. Während meine Schenkel wohlig im Sitz versanken, berauschte ich mich an dem Gefühl, sexy und glamourös zu sein. Bohai hatte einen Kombi, Chevy Corvair, olivgrün, ein praktisches Auto in einer praktischen Farbe.

»Der Wagen gefällt dir, was?«

»Das merkt man mir an, oder?« Ich kicherte und nickte; mein Lächeln war außer Kontrolle geraten. Ich war wie im Rausch, wild entschlossen, ja, wie besessen von meinem Ziel, diesen Abend nicht zu vermasseln. Ich würde Roys Hoffnungen erfüllen, würde so umwerfend sein wie mein verheißungsvoller Familienname – die sensationelle Ballkönigin, die man ihm versprochen hatte. Dieser Junge sollte mich mindestens genauso begehren wie ich ihn.

Roy fuhr schnell, jedes Mal, wenn er schaltete, um vor einer grünen Ampel zu beschleunigen, traten an seinem Unterarm die Muskeln hervor. Er warf mir Seitenblicke zu, und ich registrierte seinen muskulösen Hals im Kragen des weißen, frisch gebügelten Hemdes. Es war nicht schwer, ihn dazu zu bringen, dass er mich wollte. In meinem schwarzen Kleid, die Lippen in sündigem Rot geschminkt, die Augen dank Eyeliner dunkel und verrucht, war ich genau die verführerische Version meiner selbst, die mir vorgeschwebt hatte – ich sah es daran, wie er mich anglotzte. Noch nie hatte mich ein Mann so angesehen, wie ein reizvolles Objekt, und sein glasiger Blick war so durchdringend, dass ich die Augen abwandte. Stolz, Eitelkeit und schamloses Entzücken verzerrten mein Lächeln. Wie einfach das ist, dachte ich und fühlte mich stark, als würde die Tatsache, dass ich an diesem Abend schön war, alles lindern, die Noten, mein Selbstwertgefühl, die sich verschärfende Realität meines Lebens.

Vor dem Festsaal angekommen, stieg Roy aus, ging um den Wagen, öffnete mir wieder die Tür und stieß einen Pfiff aus, als ich auf dem Parkplatz stand.

»Lass mich dich anschauen.« Ich genoss es, wie er mich anstarrte. Er hob meine Hand und wirbelte mich wie einen Kreisel herum. Ich konnte nicht genug davon bekommen. Mein ganzer Körper war wie entflammt, so erregt, so voller Erwartung. Er legte mir eine Hand auf den unteren Teil meines Rückens und führte mich in den Tanzsaal, der Druck seiner Finger durch die Seide spürbar, die Hitze seiner Berührung auf meiner Haut.

Alle – und damit meine ich wirklich *alle* – waren gekommen. Ich erkannte so viele Gesichter, so viele hübsche Mädchen, die ich auf dem Campus schon einmal gesehen hatte, und alle schauten zu mir oder eigentlich zu meinem Tanzpartner. Er war umwerfend, klar, aber irgendwie schienen ihn diese Mädchen zu *kennen*.

»Hi, Roy«, flüsterten sie im Vorbeigehen, meine Person dabei völlig ignorierend. »Wie ist es in Kalifornien?«

»Viele Blondinen«, antwortete er. »Hier gefällt's mir deutlich besser.« Worauf er mir den Arm eng um die Taille legte und lächelte. Die Mädchen stießen ein gekünsteltes Lachen aus und gingen. Ich hätte glücklich sterben können, hier und jetzt, in der Glut meines eigenen Scheinwerferlichts.

Ich bat um etwas zu trinken, Roy brachte es mir bereitwillig. Je mehr eifersüchtige Blicke ich auf mich zog, desto mehr trank ich, desto glücklicher wurde ich, desto näher ließ ich Roy an mich heran, desto sicherer war ich mir, dass dies die wunderbarste Nacht meines Lebens sein würde. Ich war es nicht gewohnt, Alkohol zu trinken, und der Wodka war stark. In meinem Kopf begann sich alles zu drehen, und plötzlich konnte ich mich nur noch an Roy halten, lächeln, mit ihm anstoßen und mich zur Musik bewegen, wenn er tanzen wollte. Als das letzte Lied vorbei war, nahm er meine Hand und führte mich aus dem Festsaal über den Parkplatz zum Auto. Er öffnete die Beifahrertür und ich stieg ein. Es war so angenehm, wieder zu sitzen. Ich weiß noch, dass ich mir die Schuhe auszog und die schmerzenden Füße aneinanderrieb. Ich war überzeugt davon, dass er mich nach Hause fahren würde. Die Route stimmte, er fuhr Richtung Yachthafen, aber dann bremste er abrupt und hielt auf einem kleinen Parkplatz oberhalb der Bucht an.

»Was machen wir hier?«, fragte ich, während ich meinen Körper noch tiefer in den Sitz sinken ließ. Ich hatte diesen Ausblick schon tausendmal gesehen, aber in dieser Nacht war er spektakulär. Das Wasser still und glatt, die an den Liegeplätzen vertäuten Boote abgedeckt, wie eingemummt für die Nacht. Die Lichter einer Handvoll Häuser, die noch wach waren, spiegelten sich leise in der dunklen Stille. In der Ferne ragte Koko Head aus dem Wasser, die schroffe Silhouette tiefschwarz vor dem mitternächtlichen Himmel.

»Ich liebe diesen Ort«, antwortete er, schaltete das Radio an, suchte, entschied sich für ein Lied. »Manchmal komme ich hierhin, um nachzudenken. Da bekommt man wirklich einen klaren Kopf.« Skeeter Davis, dachte ich. *The End of the World.*

Ich weiß noch, wie sehr ich mir, während ich auf das Lied lauschte, wünschte, auch mein Kopf wäre klar. Ich wollte den Augenblick mit Roy genießen, aber der Nebel in meinem Hirn machte es schwer, auch nur einen greifbaren Gedanken zu fassen. Meine Lider waren bleiern und müde vom Alkohol. Skeeter Davis' Stimme, ihr lieblicher, nasaler Singsang driftete durch meine Blutbahnen. Ich wusste, dass ich zu viel getrunken und sich damit vielleicht schon alles erledigt hatte, und just in diesem Moment beugte sich Roy abrupt zu mir hin und küsste mich.

Heiß und kalt – das war das Einzige, was ich empfand. Seine Lippen auf meinen waren warm und bliesen mir heißen Atem in den Mund, während sie auf- und zugingen. Seine Hände auf meinen nackten Oberschenkeln waren kalt und erwärmten sich, je länger sie hin und her rutschten. Er zog meine Arme hoch, und schon war mein Kleid weg. Es war kalt, sehr kalt, bis sein Körper auf mir lag und mich wärmte – heiß. Er zog an meiner Unterwäsche. Ich ließ ihn. Er küsste meinen Hals. Unter dem Gewicht unserer Körper wurde auch das Leder unter mir heiß, so heiß. Ich wollte mehr Kälte. Und dann spürte ich ihn, den Schmerz meines ersten Mals, gedämpft durch den Wodka, der durch meinen Körper schwappte. Steif lag ich da, versuchte, mich zu entspannen und zu genießen, was hier geschah. Meine Hände krallten sich in das weiche Leder unter dem Sitz. Er atmete mir ins Ohr. Begann zu keuchen, immer lauter, bis ich ihn lange und kräftig ausatmen hörte. War es vorbei? Das Gewicht seines Körpers sank schwer auf mich, seine Haut klebrig vor Schweiß.

Ich schlief ein. Irgendwann zog er mich hoch, fuhr mich nach Hause, und als wir vor unserer Einfahrt standen, küsste er mich auf die Stirn.

»Du bist eingeschlafen, Prinzessin. Du bist zu Hause. Soll ich dich noch zur Tür begleiten?«

Ich sah zu ihm hoch, in ein Gesicht, das zu erkennen mir schwerfiel. Ich musste weg; ich musste allein sein.

»Nein, nein«, antwortete ich. »Ist schon okay. Gute Nacht.« Als ich aus dem Wagen stieg, empfand ich Leere und Ekel.

»Ich rufe dich an«, sagte er noch, während er schon zurücksetzte. Ich schwieg.

Ich schloss die Eingangstür auf und ging dicht an den Flurwänden entlang in mein Badezimmer. Mein Anblick im Spiegel ließ mich erstarren; ich beugte mich nach vorn, um zu prüfen, ob es wirklich mein Gesicht war. Der schwarze Kajal war zu großen, dunklen Flecken verschmiert, aus denen mich gespenstisch zwei gerötete Augen anglotzten. Mein Lippenstift, mein perfekter Mund, alles weg, nur noch verwischte, rissige Konturen. Ich griff mir ins Haar, das mir in verfilzten Strähnen an den Schläfen klebte, und genau in diesem Moment spürte ich, dass zwischen meinen Beinen etwas aus mir herauslief. Weinend brach ich auf der Toilette zusammen. Dann stieg ich in die Dusche und wusch mich wie eine Besessene. Ich hasste ihn. Ich hasste mich.

***

In den folgenden Wochen rief Roy einige Male an, doch ich ignorierte seine Nachrichten. Meine Mutter konnte gar nicht verstehen, warum ich einen so attraktiven Jungen mit so guten Umgangsformen verschmähte. Ich konnte es ihr nicht erklären. Ich sagte ihr, er sei ein Idiot.

Drei Wochen lang ging ich nicht vor die Tür und versuchte, mir das, was ich getan hatte, meine eigene Dummheit zu verzeihen. Ich bekam Schlafstörungen; jedes Mal, wenn ich die Augen schloss, spürte ich das Gewicht seines Körpers und bekam keine Luft. Ich hielt Abstand zu meinen College-Freundinnen, die wissen wollten, wie es mit Roy ausgegangen war. Ich hasste ihn und war fassungslos, dass es Männer gab, die so etwas taten. Ich konnte es ihm nicht verzeihen. Konnte es mir nicht verzeihen. Ich musste mein Leben, mein ganzes Denken von ihm reinigen, und genau das versuchte ich.

Aber dann waren fünf Wochen ins Land gegangen, und immer noch keine Periode in Sicht. Am Dienstag der sechsten Woche rannte ich panisch ins Badezimmer und hielt mir dabei vor Übelkeit den Bauch. Ich übergab mich in die Toilettenschüssel. Wie konnte das sein, dachte ich; ich war neunzehn, gerade erst geworden. Solche Sachen passierten doch nicht gleich beim ersten Mal. Es gab Leute, die Jahre brauchten, um ein Kind zu bekommen, hundert Versuche ohne eine einzige Schwangerschaft. Ich hob den Kopf und holte Luft, die Säure des Erbrochenen brennend in meinem Hals. Meine an den Rand der Toilette geklammerten Hände begannen zu zittern, während die Tränen kamen. Nein, es konnte nicht sein, kein Gott würde so etwas zulassen.

Es klopfte an der Tür, dann die Stimme meiner Mutter.

»Theresa, mein Gott! Ist alles in Ordnung?«

Ich blickte sie an, als sie ins Badezimmer kam. Ich sah ihre Sorge, ihre Ahnungslosigkeit, und schloss die Augen, wandte den Kopf wieder zur Toilette, atmete tief durch. Ich zählte bis fünf, dann noch einmal bis drei.

»Ich habe dich bis in die Küche gehört«, sagte sie. »Was ist los? Ich wusste nicht, dass du krank bist.«

Sie kniete sich neben mich und legte mir eine Hand auf den Rücken. Fast im selben Moment gab ich ihrer Berührung nach. Aufgelöst kauerte ich mich in ihren Schoß und ließ meine Tränen fließen. Ich konnte gar nicht mehr aufhören zu weinen. Ich musste mit jemandem sprechen, aber doch nicht mit ihr. Ihr konnte ich es nicht sagen.

»Hast du etwas Verdorbenes gegessen?« Sie strich mir mit der Hand über den Rücken, streichelte meinen bebenden Körper, versuchte, mich zu beruhigen. »Alles wird gut. Erzähl mir einfach, was los ist.«

Ich konnte es nicht länger zurückhalten. Wenn nicht meiner Mom, wem sollte ich es dann erzählen? Bohai? Die Vorstellung, meinem Vater zu sagen, dass ich schwanger war – ich konnte den Gedanken nicht zu Ende denken. Ich zog mich an der Toilette hoch und übergab mich abermals.

»Theresa, sag es mir«, flehte meine Mutter; ihre Hand streichelte weiter über meinen Rücken.

Ich holte tief Luft und richtete mich auf, um ihr in die Augen zu sehen. Mit der Handfläche wischte ich mir über den Mund. »Mom«, flüsterte ich. »Bitte, hass mich nicht.«

»Dich hassen, warum sollte ich –«

»Ich glaube, ich bin schwanger.«

Die Hand meiner Mutter erstarrte. Sie sank auf ihr Gesäß und rutschte rückwärts bis an die Badezimmerwand, als suchte sie dort Halt.

»Aber das ist doch lächerlich«, stammelte sie. »Wie soll das passiert sein? Du hast keinen Freund, du hast das Haus seit Wochen nicht –« Sie hielt abrupt inne, die Antwort hatte sie mitten im Satz ereilt. »Oh mein Gott«, flüsterte sie.

»Mom«, wimmerte ich und kroch auf sie zu. »Es tut mir so leid. Es tut mir so schrecklich leid.«

Ich streckte eine Hand aus, aber sie presste den Rücken nur noch fester an die Wand. Ihre Augen waren schmal geworden. Sie sah so bleich aus, wie ich mich fühlte.

»Es tut dir *leid*?« Ihre Stimme war eisig. Sie fing an zu lachen, und dabei liefen ihr Tränen aus den Augen. Die Hände hinter sich an die Wand gedrückt, kam sie langsam vom Boden hoch, mit zitternden Armen.

»Oh, Theresa.« Sie lachte wieder, ein schrilles, fast wildes Lachen. »Das Wort *leidtun* hat nichts, aber auch nicht das Geringste mit dem zu tun, was du durchmachen wirst. Es tut mir leid – das sagen Kinder, die ihre Fehler wiedergutmachen können, aber *das*, Theresa! *Das* wird dich den Rest deines Lebens begleiten! Du wirst verstehen, dass dein Leidtun nichts, aber auch gar nichts ausrichten kann. *Verdammt*, Theresa, ich hab's versucht. Ich hab's wirklich versucht. Ich habe dir alles gegeben, was ich konnte – absolut alles! Und jetzt sieh, was du getan hast!«

Sie schüttelte den Kopf und ging, ließ mich türenschlagend allein auf dem Badezimmerboden zurück. Stumm saß ich da, verzweifelt; meine Tränen wollten nicht mehr fließen. Dann rollte ich mich auf der Badematte zusammen und schloss die Augen. Ich betete, zum ersten Mal in meinem Leben, und zwar richtig. Lass es einen Irrtum sein, flehte ich.

***

Das war vor acht Monaten.

Drei Tage später erzählte es meine Mutter Bohai, nachdem vier Schwangerschaftstests den eindeutigen Beweis erbracht hatten. Drei Tage hielten wir es vor ihm geheim, in der Hoffnung, uns getäuscht zu haben.

Als sie es ihm gesagt hatte, riefen mich die beiden ins Wohnzimmer, und der Kummer in Bohais Gesicht, sein schwermütiger Blick, der gebrochene Zug um seinen Mund, das alles raubt mir noch heute regelmäßig den Schlaf.

Er sagte nichts, als ich mich setzte, doch ich spürte, dass er die Zähne zusammenbiss.

Mom übernahm das Reden.

»Du hast uns beide enttäuscht«, sagte sie. »Du hast es uns gegenüber an Respekt fehlen lassen.«

Ich nickte. Und auch gegenüber *mir selbst*, dachte ich.

»Mittlerweile solltest du wissen, dass deine Entscheidung ernste Konsequenzen hat.«

»Ja«, sagte ich und glaubte zu verstehen, was sie meinte.

Sie hielt inne und sah mir kopfschüttelnd in die Augen, als wollte sie damit ihrem Ernst, ihrer ganzen Strenge Ausdruck verleihen. Als wollte sie sagen, *ich werde nicht hinter dir herputzen, Theresa: dieses Mal nicht*. Acht Monate ist das her. Es war das erste Mal, dass ich diesen Gesichtsausdruck bei ihr sah.

»Du willst erwachsen sein, Theresa? Du willst Entscheidungen treffen wie eine Erwachsene? Schön.«

Schön?, dachte ich. Es war das letzte Wort, das ich benutzt hätte, um das zu beschreiben, was hier los war. *Schön* war das Gegenteil von dem, was ich in den Gesichtern meiner Eltern sah.

»Du wirst ihn heiraten«, sagte sie in entschlossenem Ton, ohne den Blick von mir zu wenden. »Ich habe mit seiner Mutter gesprochen, und sie ist einverstanden.«

»Was?«, rief ich aus. Ich war aufgesprungen.

»Was?«, gab meine Mutter zurück. »Glaubst du, du kannst ohne Vater ein Kind großziehen? Oder hast du gedacht, dein Vater und ich würden es für dich großziehen? Ist es das? Es gibt Dinge, die haben Konsequenzen, Theresa! Diese Entscheidung hast *du* getroffen, niemand anders als du!«

Moms Gesicht war gerötet vor Zorn und Anstrengung. Sie meinte das, was sie sagte; doch wie sie es sagte, erschreckte mich.

»Dad?« Flehend sah ich ihn an, zum ersten Mal direkt ihn. »Dad, bitte, du kannst das unmöglich für richtig halten. Er ist schrecklich – er hat sich mir aufgedrängt, er hat mich gezwungen!«

»Genug!«, rief er und hob abwehrend die Hand. »Genug.«

Ich verstummte. Das Unbehagen zwischen uns machte jedes Gespräch unmöglich. Es gab so viel Unausgesprochenes, so vieles, das wir uns noch nie gesagt hatten. Uns niemals sagen würden, das wusste ich. So war das in unserer Familie. Bei uns wurde über Mathematik gesprochen, über Essen, solche Dinge.

»Was ich denke, spielt keine Rolle«, sagte Bohai. »Ich stehe an der Seite deiner Mutter. Du hast deine Wahl getroffen, Theresa, und du hast falsch gewählt. Jetzt liegt es nicht mehr in unserer Hand.«

»Ich kann es allein schaffen«, flehte ich und sah meine Mutter und meinen Vater abwechselnd an. »Ich werde es allein schaffen, ich kann das. Ich weiß, dass ich es kann. Lasst es mich allein machen, ich kann … ich kann ihn nicht heiraten.«

»Darüber diskutieren wir nicht, Theresa.«

Ich starrte meine Mutter an. Es war schwer zu glauben, dass sie so redete, dass es wirklich ihre Stimme war, die diese Worte aussprach, das Gesicht streng und verschlossen. Meine Mom, die meine Bitten um Designerklamotten, Tennisschläger und Reisen um die Welt so gut wie immer erhört hatte – die mir, seit ich fünfzehn war, ihren Wagen komplett zur Verfügung stellte. Jetzt hatte ich eine Grenze überschritten; die Erkenntnis traf mich wie ein Schlag.

Ich hatte sie in einer Weise verletzt, die ich nicht ungeschehen machen konnte.

»Was hast du Roys Mutter gesagt?«, fragte ich, ein bloßer Versuch, meine Ängste umzulenken. »Sie hat es ihm nicht gesagt, oder? Mein Gott, Mom – hat sie es ihm gesagt?«

Die Schmach war so groß und ich so verzweifelt, dass ich hoffte, sie hätte es Roy gesagt. Ich hoffte, dass er sich in diesem Moment in Grund und Boden schämte, dass er zerknirscht und reumütig darüber nachdachte, was für ein Mistkerl er war, was für einen Riesenscheiß er angerichtet hatte.

»Ich habe ihr mitgeteilt, was passiert ist, Theresa, und sie versucht jetzt – genauso wie wir –, damit umzugehen. So gut sie kann. Sie ist Witwe, wusstest du das? Nein, wusstest du natürlich nicht. Sie hat vor zwei Jahren ihren Mann verloren. Roy ist ihr Ältester. Sie hat noch vier Kinder, alles Mädchen ... Und … ja, ich nehme an, dass er es weiß«, fügte sie hinzu. »Wir wollen, dass die Hochzeit stattfindet, solange man noch nichts sieht.«

»Das ist nicht wahr«, flüsterte ich. »Das kann nicht wahr sein.«

»Nur eine kleine Zeremonie. Wir machen es hier bei uns, hinten im Garten. Nichts Besonderes.«

»Mom, *bitte.*«

»Und wir werden kein Wort über diese Sache verlieren, Theresa«, sagte sie, die Augen schmal, wie eine Warnung, eine Kampfansage an mich. »Niemand darf von deinem Zustand erfahren.«

»Herrgott, Mom!«, brach es aus mir hervor. »Mein *Zustand*!«

»Ja, dein *Zustand*, deine *Situation* – tut mir leid, Theresa, ich hatte noch nie einen schwangeren Teenager als Tochter! Wie soll ich es denn sonst nennen, wie hättest du's denn gern?«

»Schön.«

»Was soll das heißen, schön?«

»Schön, alles toll, super!«, schrie ich wild gestikulierend und war dabei wütend aufgesprungen. Jetzt gab es kein Halten mehr. »*Schön*, dass ich den Mistkerl heiraten darf, der mir meine Unschuld gestohlen hat, als ich betrunken war – ja, genau so war es! Das hat er getan, und ich hatte keine Ahnung, was überhaupt los war, und ich hasse mich dafür, und jetzt könnt ihr beide mich dann ja wohl auch hassen. *Schön*, dass ich den Rest meines Lebens mit einem Fremden verbringen darf. *Schön*, dass ich die Hoffnung aufgeben darf, einen echten Freund zu finden, einen echten Ehemann, und dafür mit *Roy* zusammen sein darf, dem Mann, den ich am meisten auf der ganzen Welt hasse, dem dreckigsten Kerl, dem ich je begegnet bin und dem ich leider am dümmsten Abend meines Lebens begegnet bin, woran ich ständig, in einem fort denke. Und wollt ihr wissen, was das Schlimmste daran ist? Wollt ihr es wissen? Das Schlimmste ist, dass ich mich kaum noch an den Abend erinnern kann. Ja, ich kann mich kaum noch an den Moment erinnern, der mein ganzes Leben zerstört hat! Glaubt ihr nicht, ich würde es ungeschehen machen, wenn ich könnte? Glaubt ihr nicht, dass es mir leidtut? Dass ich begreife, was ich getan habe? Ich habe mir schon so oft vorgestellt, wie ich alles anders mache, wie ich vor diesem Auto wegrenne, mich die restliche College-Zeit von allem fernhalte und nur noch studiere, um die Frau zu sein, von der wir uns alle wünschen, ich wäre es, nur kann ich das jetzt leider nicht mehr. Ich kann nichts machen, weil ich jetzt schwanger bin und heirate und alles einfach nur scheiß*schön* ist.«

Tränenüberströmt sah ich meine Eltern an und wartete atemlos auf eine Reaktion. Bestimmt würden sie es zurücknehmen, dachte ich, das mussten sie. Sie mussten doch wissen, wie falsch ihre Entscheidung war und dass das, was sie von mir verlangten, lächerlich und abscheulich war.

Aber so durchdringend ich sie auch anblickte, so aufgelöst ich auch vor ihnen stand, keiner von beiden sagte ein Wort. Bohai hätte gern etwas gesagt, das wusste ich, aber er konnte nicht. Mein Leben lang hatte er mir jeden Wunsch erfüllt, was es auch war – es sei denn, Mom war dagegen. Sie war ihm immer das Wichtigste gewesen, hatte immer das letzte Wort gehabt.

»Dad«, versuchte ich es trotzdem. »Bitte. Was ist mit den roten Bändern? Was ist mit meinem Lebensglück – meinem *Schicksalsgefährten*?« Verzweifelt sprudelten die Worte aus meinem Mund. »Roy ist ein Knoten, Dad, er ist ein Fehler. Und du willst mich für den Rest meines Lebens an ihn binden.«

Unsere Blicke verschmolzen, wenn auch nur für einen kurzen Moment; dann sah er weg. Kopfschüttelnd wandte er sich zu meiner Mutter.

Anschließend stand er auf und verließ das Zimmer.

***

Die Hochzeit wurde für Ende Juni anberaumt, was uns einen Monat ließ, um das Haus und uns auf alles Kommende vorzubereiten. Meine Eltern trafen sich mit Roys Mutter, Mrs Lo, aber ich hatte immer noch nicht mit Roy gesprochen. Er rief nicht an, und mir war es nur recht so. Je weniger ich von ihm hörte, je weniger ich an ihn dachte, desto einfacher war es, die Hochzeit auszublenden. So zu tun, als hätten meine Eltern und Mrs Lo alles abgeblasen, weil sie eingesehen hatten, wie absurd es war, uns für den Rest unseres Lebens aneinanderzuketten.

Doch ob mit oder ohne Roy – die Hochzeitsvorbereitungen waren eindeutig in vollem Gang. In der ersten Woche traf ein Karton weißer Servietten bei uns ein, dann eine Kiste Champagnergläser und fünfzig Klappstühle, die übereinandergestapelt auf der Veranda ausharrten. In der zweiten Woche füllten kleine rote Umschläge unseren Briefkasten, Tag für Tag, die Antwortschreiben unserer fünfzig Gäste. Ich weigerte mich, den Briefkasten zu leeren, weil ich wusste, dass die Kärtchen dann unweigerlich in tausend Fetzen zerrissen als Fischfutter im Yachthafen geendet hätten.

Ich sollte das Hochzeitskleid meiner Mutter tragen, das silberbestickte Cheongsam, das sie bei ihrem Bankett angehabt hatte. Das weiße Kleid bot sie mir nicht an, und ich fragte auch nicht danach. Weiß war für Jungfrauen, nicht für schwangere Teenagerbräute, deren Mussehe auf Lügen gebaut war. Das brauchte sie mir nicht zu sagen; darüber war ich mir völlig im Klaren. Fast täglich bat mich Mom jedoch, das Cheongsam anzuprobieren. Es würde nicht passen, sagte sie, wir müssten es bis zur Hochzeit umändern. Doch auch das verweigerte ich ihr. Ich würde das Kleid so tragen, wie es war: für jemand anderen gemacht. Ich wollte nicht schön aussehen, weder für Roy noch für die anderen, die an dieser Farce teilnahmen.

In der dritten Woche jedoch hörte meine Mutter auf zu fragen. Sie hörte auf, mir Besteck und Fotos von Torten zu zeigen oder mich zu bedrängen, mit Roy zu reden. Zunächst empfand ich es als Erleichterung, als kleinen Sieg. Endlich hatte sie begriffen, dass ich mich niemals für die Details dieser Hochzeit interessieren würde, dass es mir schnurzegal war, ob meine Schuhe zu meinem Kleid passten, *ihrem Kleid*. Aber auf einmal war da auch eine Distanz zwischen uns, etwas Seltsames, Beunruhigendes, das ich mir erst nicht eingestehen wollte. Allmählich wurde mir klar, dass dies etwas war, das über die Hochzeit hinausging; ihre Abwesenheit, ihre emotionale und körperliche Distanz trat nun überall zutage. Zu Hause gab es nichts mehr zu essen, keine saubere Wäsche, keine Begrüßungen, keine Abschiedsworte – nicht einmal für Bohai. Dies war das deutlichste Alarmsignal. Selbst in schwierigen Zeiten war meine Mutter, seit ich denken konnte, immer eine pflichtbewusste, fürsorgliche Ehefrau gewesen. Wenn sie nicht gekocht hatte, wärmte sie im Ofen Reste auf. Wenn sie das Haus verließ, legte sie einen Zettel bereit. Spätestens in der vierten Woche – wenige Tage vor der drohenden Hochzeit – wusste ich, dass sich etwas geändert hatte, dass etwas nicht stimmte.

Sobald Bohai weg war, schloss Mom sich stundenlang im gemeinsamen Schlafzimmer ein. Es war ein ständiges Hin und Her: Sie verschwand im Zimmer, schloss die Tür hinter sich ab, tauchte nach einer halben Stunde wieder auf, ging ihren normalen Geschäften nach, schloss sich eine Stunde später wieder ein, kam wieder heraus und so weiter, von morgens bis abends. Drei Tage lang. Bohai machte Besorgungen, brach zur Schule auf, um Arbeiten zu korrigieren, ging Joggen, und jedes Mal schloss sich meine Mutter im Schlafzimmer ein. Normalerweise hätte ich sie darauf angesprochen. Die Frage wäre einfach gewesen: Was machst du da drin? Doch in den letzten Wochen war unser Verhältnis so kompliziert, so schwierig, so angespannt, dass ich nur noch mit ihr redete, wenn es sich nicht vermeiden ließ. Antworten beschränkten sich auf ein Ja oder Nein. Für beiläufige Fragen und Gespräche war kein Platz mehr in unserer Beziehung. Ich verbrachte jede Minute in meinem Zimmer. Dafür war Mom nicht der Typ; ganz gleich, in welcher Stimmung, konnte sie nicht stillsitzen, musste immer etwas zu tun haben. Umso beunruhigender war die verschlossene Schlafzimmertür.

Immer, wenn Bohai zu Hause war, war Mom weg; vielleicht war das der Punkt, den ich am alarmierendsten fand. Einmal ging sie los, um sich etwas zum Anziehen zu kaufen. Kam dann mit neuer Frisur und pechschwarz gefärbtem Haar zurück, Letzteres zum ersten Mal in ihrem Leben. Zuerst dachte ich, es sei wegen der Hochzeit. Vielleicht wollte sie sich für unsere Gäste hübsch machen – aber was tat sie im Schlafzimmer? Ging sie Bohai aus dem Weg?

Ich konnte nicht anders; jetzt, so kurz vor der Hochzeit, musste ich es wissen. War mein Vater vielleicht dagegen? Hatten sie Streit, weil er doch noch versuchte, alles abzublasen? Am nächsten Tag passte ich den Moment ab, als sie im Schlafzimmer verschwand, und ging rasch durch die Haustür, am Haus entlang bis zu ihrem Fenster. Die Vorhänge waren zugezogen, aber in der linken unteren Ecke klaffte ein kleiner Spalt. Ich bückte mich, kniff ein Auge zu und spähte hinein.

Meine Mutter saß am Schminktisch, ich sah sie im Profil. Gerade schob sie die Schublade zu, in der sie ihren Schmuck verwahrte, und schloss sie ab. Als sie zum Bett ging, sah ich ein gefaltetes Blatt Papier in ihrer Hand. Sie hielt es vorsichtig, mit spitzen Fingern, als könnte es jeden Moment zerbröseln. Sie setzte sich aufs Bett, faltete es behutsam auseinander, betrachtete es.

Zwanzig Minuten lang starrte sie auf das Papier.

Ständig schaute ich auf die Uhr, erstaunt, dass sie immer noch las, immer noch auf dieses eine Blatt Papier blickte. Derweil nahm ich den Schminktisch in Augenschein, suchte nach Hinweisen, inspizierte ihre Bürste, ihre Cremedöschen, ihre Parfums. Plötzlich fiel mir auf, wie durcheinander alles war, Tuben, Fläschchen, Lippenstifthülsen, alles in totalem Chaos auf der verspiegelten Oberfläche verstreut, die Vase mit den Paradiesvogelblumen in gefährlicher Nähe zur Tischkante. Mom war ein ordnungsliebender Mensch, alles hatte bei ihr seinen festen Platz, noch nie hatte ich ihre Sachen in solch einem Zustand gesehen. Mein Blick wanderte wieder zu ihr, so regungslos vertieft, dass ich mich bestürzt fragte, ob sie überhaupt noch atmete. Ob sie dieses Chaos wirklich selbst angerichtet hatte?

Ohne jede Vorankündigung stand sie plötzlich auf. Ich sah, wie sie das Blatt wieder faltete, zu ihrem Schminktisch ging, die Schublade aufschloss und es sorgsam hineinlegte. Dann schloss sie die Schublade erneut ab und ging aus dem Zimmer, der kleine Schlüssel sicher in ihrer Hosentasche verwahrt.

Da stand ich nun in gebückter, verkrampfter Haltung vor ihrem Fenster, und tausend Fragen schwirrten mir durch den Kopf; nur eins wusste ich mit Gewissheit: Ich musste lesen, was auf diesem Blatt stand. Es war die einzige Hoffnung, die ich noch hatte. Vielleicht, dachte ich, ganz vielleicht war es ja der Beweis, dass die Hochzeit tatsächlich abgesagt worden war, dass all die Planungen nur dazu dienten, mir Angst einzujagen, mir den Kopf zurechtzurücken.

Von nun an lauerte ich unablässig auf eine Gelegenheit, mir Klarheit zu verschaffen. Mein Plan war einfacher umzusetzen, als ich gedacht hatte; die Zwanghaftigkeit meiner Mutter spielte mir in die Hände. An diesem Abend nahm sie das Blatt wieder einmal aus der Schublade. Ich sah, wie sie es in ihre Handtasche steckte, und konnte es, als die Tasche kurze Zeit später auf der Küchentheke stand, unbemerkt herausholen. Sie würde jetzt gehen, hatte sie mir mitgeteilt, ohne auch nur in meine Richtung zu schauen – *raus*, mehr sagte sie nicht. Aber dann klingelte das Telefon, und sie verschwand, um den Anruf entgegenzunehmen. Ich griff nach dem Blatt, huschte ins angrenzende Wohnzimmer und versteckte es zwischen den Sofakissen, im Spalt neben der Armlehne. Dann lauschte ich, wie sie den Hörer auflegte. Ich trat ans Fenster und sah sie, die Handtasche über der rechten Schulter, ins Auto steigen und davonfahren.

Sofort stürzte ich zum Sofa und fischte das Blatt heraus. Es war eng beschrieben, ein Brief, die Schrift klobig, aber klein. Oben rechts stand ein Datum: 13. Juni, das war vor einer Woche. Meine Augen flogen über die Zeilen, so viele Zeilen, so viele Wörter. Ich verschlang alles im Stehen.

Liebste Amy,
ich weiß, dass Dich dieser Brief überraschen wird, und ich schäme mich, dass ich nach so vielen Jahren auf diese Weise Kontakt zu Dir aufnehme. Es ist wohl ein Versuch, mich zu entschuldigen, ungefähr zwanzig Jahre zu spät, aber ich war nicht in der Lage, es früher zu tun. Ich habe Deine Adresse im Verzeichnis der Punahou gefunden. Ich stelle Dir nicht nach, wirklich nicht, das verspreche ich. Aber es gibt etwas, das ich loswerden muss. Ich muss es Dir sagen, jetzt, bevor ich wieder den Mut verliere.
Ich war in Palermo, als ich erfuhr, dass Du Dich mit Bohai Leong verlobt hattest. Mein Bruder hatte mir einen Brief geschrieben. Darin schickte er mir auch den Zeitungsartikel, außer sich vor Wut. Amy, ich bin durchgedreht, als ich diesen Brief las. Ich hatte Dich doch gerade erst gefunden, und jetzt warst Du schon wieder weg – hattest Dich an einen anderen Mann gebunden. Ich war wütend auf mich selbst. Ich hätte nicht gehen dürfen, als alles noch so unsicher war. Ich hätte Dir häufiger schreiben, Dir einen besseren Ring schenken sollen. Ich fing an zu trinken.
Vernachlässigte meine Pflichten. Spielte sogar mit dem

Gedanken, ganz Schluss zu machen. Einfach Schluss mit dem ganzen Elend.
Aber dann traf ich die egoistische Entscheidung, Dir weh zu tun. Und das war gar nicht so einfach, Amy, das musst Du mir glauben. Ich habe Dich mehr geliebt als alles auf der Welt und wollte unbedingt, dass Du begreifst, was für einen schweren Fehler du begangen hattest.
Die Briefe, die mein Bruder und ich uns schrieben, machten alles noch schlimmer, trieben mich immer mehr in Verzweiflung und Wut. Paul wusste, was ich für Dich empfand. Er wusste es, seit wir Kinder waren, und irgendwie fühlte auch er sich betrogen. Es war ein beschissenes Jahr für die ganze Familie gewesen, Paul ging es schlecht, er steckte in einem tiefen, richtig tiefen Loch, und ich … ich habe mich einfach mit hineinziehen lassen.
Ich wusste, dass Du es auf das Geld abgesehen hattest. Ich kann es Dir nicht verübeln, Du hast die Entscheidung getroffen, die Du treffen musstest, aber die Vorstellung, heimzukommen und mit ansehen zu müssen, wie du in einem Mercedes herumfährst und in Diamond Head mit einem anderen Mann zusammenlebst … damit kam ich nicht klar. Es war ein unerträglicher Gedanke. Also tat ich etwas Dummes, etwas Abscheuliches, das in einer Katastrophe endete. Am Tag Eurer Hochzeit war Paul dabei. Es war so einfach für ihn. Schwarzes Hemd, schwarze Hose, und schon konnte ihn keiner mehr vom restlichen Personal unterscheiden. Es sei eine wilde Party gewesen, schrieb er mir, und kinderleicht: ein paar Tröpfchen Thallium, eine Teetasse, das war's. Er sollte nur krank werden – um Dein Vertrauen zu erschüttern,

in der Hoffnung, dass Du dann vielleicht Deine ganze Zukunft in Frage stellst.
Aber dann war es doch zu viel. Alles ging schief, Amy. Mein Bruder schwor, dass wir nicht schuld daran seien, es müsse etwas anderes gewesen sein, aber in den Zeitungen kam die Bestätigung. Sie sagten, es sei Gift gewesen, Mord, und ich habe mich noch nie so vor mir selbst geekelt, nicht einmal im Krieg. Amy, Du musst mir glauben, dass ich mich gehasst habe, als mir klarwurde, was wir getan hatten.
Ich rechnete fest damit, dass sie uns schnappen würden – ich hoffte es beinahe. Wochenlang wartete jeder von uns auf das Klopfen an seiner Tür. Aber nichts geschah. Irgendwann wurden die Untersuchungen eingestellt. Ich war sprachlos, konnte unser Glück nicht fassen, aber dann erfuhr ich, was aus Dir geworden war.
Einen Monat nach meiner Rückkehr bin ich in der Bar auf der Kawa Street zufällig Deinem Vater begegnet. Er war betrunken und schrie gerade den Barkeeper an, als er mich erkannte. Sofort sprach er mich an. Keine Ahnung, sagte er, als ich mich nach Dir erkundigte. Er habe Dich lange nicht mehr gesehen, und er war so betrunken, so aufgewühlt und wütend, und ich saß da, Amy, ließ ihn reden und hörte mir an, was ich getan hatte.
Wenn ich von den anderen Frauen Deines Schwiegervaters gewusst hätte, hätte ich es niemals zugelassen – es wäre zu gefährlich gewesen. Glaub mir, wenn ich gewusst hätte, wie sehr Du leiden würdest, hätte ich Dich gehen lassen. Ich wollte doch keinen Mord, nur ein kleines Unglück, als Zeichen für Dich, einen Denkzettel, einen Grund, doch noch zu mir zurückzukehren.

Aber das hast du nicht getan, Amy. Du bist bei Deinem Mann geblieben, und so habe ich dieses Geheimnis zweiundzwanzig Jahre für mich behalten.
Bestimmt verabscheust Du mich jetzt, und mir ist auch klar, dass mich dieser Brief für Jahre ins Gefängnis bringen kann – die Strafe kann mich jederzeit ereilen. Mein Bruder ist vor sechs Jahren nach Vancouver gezogen; er hielt es hier nicht mehr aus. Alles ging bergab, die Schuldgefühle nagten an ihm. Bei mir ist es nicht anders, Amy. Ich denke ständig daran, morgens und abends, und ich denke auch an Dich. Um Dir jetzt auch diese Wahrheit zu sagen: Ich bin ebenfalls verheiratet, seit acht Jahren. Ich brauchte zwölf Jahre, bis ich mit einer anderen Frau zusammen sein konnte, und es fühlt sich immer noch an wie Heuchelei. Sie ist eine wunderbare Frau, aber ich war nicht fair zu ihr. Zu niemandem, und schon gar nicht zu Dir.
Ich erwarte keine Antwort. Ich kann nur hoffen, dass sich die Dinge irgendwann richten, in diesem Leben oder im Jenseits. Ich liebe Dich immer noch. Ich denke immer noch an Dich. Bitte vergib mir.
Henry.

Beim Lesen war mir, als hielte mir jemand den Kopf unter Wasser. Als ich fertig war, tauchte ich auf, keuchend und orientierungslos. *Wer zum Teufel war Henry?* Er hatte meinen Großvater umgebracht, so viel war klar, und er liebte meine Mutter. Er war mit ihr verlobt gewesen. Mit meiner Mutter, die diesen Brief täglich etliche Male las, ihn mitnahm, wohin sie auch ging, sich das Haar schwarz färbte und plötzlich nicht mehr über meine Hochzeit sprach. *Was zum Teufel war hier los?*

Doch dann, just in diesem Moment, als hätte Gott darauf gewartet, mich bestrafen zu können, kam Bohai vom nachmittäglichen Joggen zurück und spazierte geradewegs ins Wohnzimmer.

Ich reagierte sofort. Hechtete aufs Sofa, zerknüllte dabei den Brief und setzte mich drauf. Bohai hatte mich im schlimmstmöglichen Augenblick überrascht: Die Lawine der Erkenntnis war losgetreten, doch sie rollte noch. Ich fing gerade erst an, zu begreifen, und meine Hände hielten mit meinen Gedanken nicht Schritt; ich war zu langsam. Bohai sah, wie ich den Brief versteckte, wollte wissen, was es war. Sein neuer Argwohn mir gegenüber bestärkte ihn.

Ich wand mich, *nein, nichts, da ist doch gar nichts*, hob die leeren Hände, eine dumme, alberne Geste. Etwas anderes hätte mir einfallen müssen, aber dafür war keine Zeit. Ich saß in der Falle. Mit ausgestreckter Hand stand er vor mir, drohend. *Theresa*, sagte er, *her damit*. Ich musste ihm den Brief geben; ich fand keinen Ausweg.

Er nahm ihn. Ich wandte keinen Blick von ihm, während er las. In der bleiernen Stille zitterte die verknitterte Seite sacht in seinen Händen. Stumm schrie ich Gott an. Warum zum Teufel hast du Bohai gerade jetzt geschickt? Wozu? Was hast du dir verdammt noch mal dabei gedacht?

»Wo hast du den gefunden?«, fragte Bohai, als er zum ersten Mal aufblickte. Seine Fingerknöchel waren weiß; alles an ihm war weiß, ernst, verstört. Sein Gesichtsausdruck war verheerend. Ich hätte den Brief zerreißen, ein Streichholz daran halten sollen – irgendetwas, ganz gleich was, um den Schaden abzuwenden, den ich nun vor Augen hatte, unumkehrbar und unverzeihlich.

»Dad«, flüsterte ich bang, ohne seine Frage zu beantworten. »Es tut mir leid. Ich hatte keine Ahnung.«

Bohai nickte mir zu, ein einziges Mal, als bliebe ihm nur

noch das. Er legte den Brief auf den Couchtisch und ging durch die Eingangstür, durch die er gerade gekommen war, wieder hinaus.

***

Die Hochzeit wurde verschoben. Nicht abgesagt, wie Mom immer wieder betonte; nur verschoben. Unseren Gästen erklärten wir, Bohai sei erkrankt. Ich konnte nicht fassen, dass wir ausgerechnet dies als Entschuldigung anführten. Bohai, ausgerechnet er, sollte krank sein?

Am Ende war es dann wohl doch keine Lüge.

In den ersten Tagen, nachdem Bohai meine Mutter zur Rede gestellt hatte, begann sich sein Blick auf sie zu verändern. Es war nur ein Hauch von Veränderung, doch mir fiel die Distanz, die Strenge in seinen Augen sofort auf. Kein Streit, kein noch so lautes Geschrei hätte derart verstörend sein können. Mein Vater, dessen Liebe zu meiner Mutter jeden Liebesfilm und alle romantischen Klischees übertraf, brachte es nicht mehr über sich, sie anzusehen.

An diesem Freitag gingen sie nicht ins Restaurant, und auch nicht an einem der folgenden Freitage. Die Paradiesvogelblumen welkten dahin; niemand brachte frische.

So verging ein Monat. Meine Eltern kamen und gingen, als wären sie sich vollkommen fremd; sie sprachen nur miteinander, wenn es sich gar nicht vermeiden ließ. Bohais Kissen lag dauerhaft auf dem Sofa, auf den Armlehnen seine gefaltete Decke. Die gestapelten Klappstühle blieben auf der Veranda, und auch der Serviettenkarton stand weiterhin auf dem Tisch. Wenn das Telefon klingelte, ging niemand ran.

Dann kam der Streit. Drei Monate Streit, in denen sich mein Bauch zu wölben begann, die Schwangerschaft unübersehbar wurde. Meine Mutter schrie, meine Mutter weinte. Die Schuldgefühle fraßen sie bei lebendigem Leib auf; ich sah es und konnte nichts sagen. Ich konnte ihr nicht helfen – es war zu viel. Die ganze Geschichte war so unglaublich, so bodenlos, dass sie mein Verständnis überstieg. So viel Wut, Verbitterung, Eifersucht, vergraben lange vor meiner Geburt.

Warum hätte ich es dir sagen sollen? Es hätte doch sowieso keine Rolle gespielt! Den Verteidigungstiraden meiner Mutter fehlte jedes Mitgefühl, jeder Anflug von Reue.

Es hätte eine Rolle gespielt. Bohai, den ich noch nie so ernst gesehen hatte, hob die Stimme. *Du weißt, dass es eine Rolle gespielt hätte.*

Es war genau das, was ich am wenigsten fassen konnte: Bei all ihren Auseinandersetzungen, allem Geschrei wurde mein Großvater oder sein Tod nicht ein einziges Mal auch nur erwähnt. Dass ihn Mom nicht zur Sprache brachte, war nachvollziehbar, schließlich war sie verstrickt in dieses in ihrem Namen begangene Verbrechen. Aber Bohais Verzweiflung hatte, wie mir allmählich klarwurde, nichts mit seinem Vater zu tun, nur mit meiner Mutter, seiner Ehefrau, seinem Ein und Alles. Er wartete auf eine Erklärung von ihr, wollte hören, dass sie ihn am meisten liebte, dass Henry nicht mehr war als ein Mann aus ihrer Vergangenheit und sein Verbrechen unbegründet. Doch das sagte sie nicht. Sie zog sich zurück, verbarrikadierte sich in ihrer Abwehrhaltung. Jahrelang hatte Bohai geglaubt, das Schicksal hätte ihn und Mom zusammengeführt; er war fest davon überzeugt gewesen, dass sie ihn genauso leidenschaftlich liebte wie er sie. Doch nun war das Glas zersprungen, und ich zumindest hatte begriffen, dass für ihn nichts wieder so werden konnte wie vorher. Langsam ging das Fenster zu; als aus den Wochen Monate wurden und immer noch keine Lösung, keine Erklärung in Sicht, wurde es zunehmend schwierig für ihn, ihr zu verzeihen.

Fünf Monate vergingen, und ich machte mich alleine auf, mir neue, passende Kleider zu kaufen. Mom bot sich nicht an; die Scham dieses öffentlichen Kleiderkaufs, ein schwangeres junges Mädchen und ganz allein, ersparte sie mir nicht. Nur als ich zum Arzt ging, begleitete sie mich bis ins Wartezimmer, und auch dabei sprachen wir kaum. Ich hasste sie, und sie hasste mich. Sie wollte das Geschlecht des Babys wissen, Dr. Hos Voraussage, doch ich verriet es ihr nicht. Ihr diese Information vorzuenthalten war meine Strafe; ich würde es ihr sagen, verkündete ich, wenn sie aufhörte, so ein Arschloch zu sein, wenn sie einen Weg gefunden hätte, sich bei Bohai zu entschuldigen. Gegenseitig gaben wir uns für alles die Schuld, für Bohai, meine Schwangerschaft, die Hochzeit, die einsame Verzweiflung, in der wir uns selbst verzehrten.

Und dann begannen Bohai die Haare auszufallen. Sie sammelten sich im Abfluss des Gästebads wie traurige Spinnweben. In den letzten zwei Monaten hatte er Gewicht verloren, fast vierzig Pfund. Er kaufte sich keine neuen Anziehsachen; stattdessen kündigte er in der Schule. Vor meinen Augen schien er von Tag zu Tag schwächer zu werden; er verlor sich in seinem Schweigen und in dem dunklen Schatten, der sich über seine Erinnerungen gelegt hatte. Wir aßen getrennt. Zu dieser Zeit hatte ich schon begonnen, mit meinem Baby zu sprechen. In aller Stille hatte ich ihm einen Namen gegeben. Dank der Schwangerschaft fühlte ich mich nicht ganz so einsam. Wenn ich aß, wusste ich, dass ich auch dem Baby Essen gab. Wenn ich schlief, war das Baby bei mir. Ich erzählte ihm, wie mein Tag gewesen war, las ihm laut vor. Erzählte ihm, wenn mir bange war; erzählte ihm von meiner schrecklichen Angst, dass Bohai sterben würde.

Der Gedanke war so fürchterlich, dass ich ihn nicht mehr loswurde; er begleitete mich ständig. Ich war mir sicher, dass mein Vater sterben würde. Irgendwie schien es unausweichlich, dass er das Jahr nicht überstehen würde. Es war ein entsetzlicher, zerstörerischer Gedanke, doch wenn ich Bohai so dahinschwinden sah, jeder Tag ein erbitterter, unerträglicher Kampf, sah ich einfach keinen anderen Ausweg. Ich fand keine Lösung für ihn, meinen Vater, den Meister des Lösungfindens, den Fels in der Brandung.

Und so musste ich zuschauen, wie Bohai langsam alles verlor, was ihn ausmachte: sein Haar, seinen Appetit, seine Stimme, die Farbe seiner Haut, sein Lächeln, seine Arbeit, seine Brille, seine Liebe zu Büchern, seine Handbewegungen, den Ausdruck in seinen Augen, die einfachsten, kleinsten Freuden, alles.

Und dann, nach sechs Monaten, sechs langen, herzzerreißenden Monaten voller Geschrei und betäubendem Schweigen, beschloss Bohai, nicht länger zu bleiben. Er lieferte sich selbst ins Krankenhaus ein. Natürlich begleiteten wir ihn, aber es war nicht unsere Idee. Wir hasteten durch die Haustür hinter ihm her, ohne zu wissen, was eigentlich los war und wohin er mit seinem Koffer wollte.

Zwei Tage später war er tot. Einfach so, als hätte er den Zeitplan selbst festgelegt, als hätte er vor seinem Abgang die Gleichung seines Todes durchgerechnet und wenigstens sie gelöst.

Ich war gerade hinten im Flur, um Kaffee zu holen. Dort fand mich der Arzt und führte mich ins Zimmer, wo Bohai in seinem Patientenkittel lag, die Augen geschlossen, sein Gesicht so bleich und schmal wie zuvor.

Herzinsuffizienz, *ein schwaches Herz* – das war die Diagnose des Arztes, seine ersten Worte, und erst in diesem Moment begriff ich, was wir getan hatten.

ZEHN

November 1964
Honolulu, Hawaii

Im Rückspiegel beobachtet der Fahrer alles. Bestürzt sieht er, was er angerichtet hat.

Hinten sitzt Hong, regungslos und stumm, grübelnd. Ihr Blick ist nach innen gekehrt, als suchte sie etwas. Lautlos, fast unmerklich bewegen sich ihre Lippen, als riefen sie nach der Stimme, die auf sich warten lässt.

Der Fahrer kann sich die Wirkung seiner Worte nicht erklären, das seltsame Unbehagen, das sie ausgelöst haben; wie kann ein einziger Satz, eine einzige, mit Bedacht zitierte Lebensweisheit solch eine Reaktion hervorrufen?

Er hat es aus Gewohnheit gesagt, wie schon so oft in dreißig Jahren. Es ist das Lieblingssprichwort seiner Mutter, er mag es, weil es so schlicht ist, so unaufdringlich und doch berührend. Als er vom Friedhof wegfuhr, auf dem Rücksitz die beiden Frauen, war es ihm über die Lippen gekommen. *Was das Schicksal dir zugedacht hat, wird sich immer zeigen.* Zuversichtlich hat er es gesagt, ein mutiges Angebot seinerseits, und sich dabei sogar umgedreht. Seit er den Hügel hinaufgerannt ist, um Hong zu holen und bei Mrs Leong abzuliefern, hat er sich der Bedeutung dieses Tages endlich ein bisschen gewachsen gefühlt. Hat für einen kurzen Moment die Wichtigkeit seiner Person gespürt, die Notwendigkeit seiner Präsenz.

Hong hat sofort aufgeblickt. Prüfend, mit langen, langsamen Atemzügen hat sie ihn angesehen und damit sein Selbstvertrauen sofort wieder erschüttert. Sie hat die Stirn gerunzelt.

»Tut mir leid«, hat sich der Fahrer hastig entschuldigt und den rechten Fuß gesenkt, als er vor einer Ampel bremsen musste. Weil ihm nichts anderes einfiel, hat er seine Entschuldigung wiederholt. Er wusste sofort, dass er irgendeinen schrecklichen, wunden Punkt berührt hatte.

Die Ampel springt auf Grün; hinter ihm hupt ein Auto, und der Fahrer dreht sich wieder nach vorn. Vom Verkehr mitgezogen, spürt er, dass sein Haar feucht an den Schläfen klebt.

Dass es Hong ist, macht die Sache sehr viel schlimmer. Ausgerechnet sie, die weißhaarige Dame, so souverän, so gewandt und von einer so mühelosen Eleganz. Sie ist die ruhige Hand, die immer die Lösung kennt, auf sie vertrauen die anderen – und nun ist dem Fahrer das gelungen, was die Strapazen des Tages nicht geschafft haben. Im Rückspiegel sieht er sie zum ersten Mal an diesem Tag zögern; Hong ist tatsächlich dabei, die Fassung zu verlieren.

Sie dreht den Kopf zu Mrs Leong, öffnet den Mund und wendet sich stumm wieder ab.

Zweimal tut sie das, und dann, als sie Manoa schon hinter sich lassen, ein drittes Mal. Jedes Mal wird ihr Verhalten merkwürdiger. Sie atmet schwer, ihre Lippen zucken, die ineinander verschlungenen Finger verkrampfen sich. Etwas liegt ihr auf der Zunge, sie will raus damit und hält es dennoch zurück.

Neben Hong wartet Mrs Leong. Sie wendet ihrer Freundin das Gesicht zu: Sie ist bereit.

Hong streckt ihre faltigen Finger und atmet aus.

»Manchmal«, sagt sie, die Stirn konzentriert in Falten gelegt, »werden wir durchs Schicksal abgelenkt. So sehr, dass wir die Gelegenheit verpassen, unserer Bestimmung zu folgen.«

Der Fahrer blinzelt. Es ist das Letzte, womit er gerechnet hat.

»Das Auto hier …«, unterbricht Hong seine Gedanken und blickt zur Decke. »Schicksal, das kann so sein wie das Auto hier: blitzblank, neu und innen schön weich gepolstert. Manche Menschen kommen in Autos wie diesem zur Welt, das ist ihr Schicksal. Deine Kinder, Bohai und Kaipo, sind in solchen Autos zur Welt gekommen. Nagelneu, komfortabel, sicher.«

Hongs Blick wandert von der Wagendecke zu Mrs Leong.

»Andere«, sagt sie, »kommen in rostigen Autos zur Welt. Autos, deren Motoren nicht anspringen. Sie verlangen Aufmerksamkeit. Frank, Amy, du und ich, unsere Autos hatten keine Ledersitze. Unsere Autos hatten keine Fahrer, kein Radio, keine Heizung für kalte Tage. Das ist unser Schicksal. Das haben wir bekommen. Es lässt sich nicht für ein anderes Auto eintauschen.«

Hongs Stimme ist ruhig; frei von Wut oder Verbitterung.

»Aber Schicksal und Bestimmung haben nur wenig miteinander zu tun. Wenn das Auto Schicksal ist, dann ist die Straße, die wir nehmen, unsere Bestimmung. Gas geben, bremsen, abbiegen, das tun *wir*. Wir entscheiden, wann wir anhalten oder weiterfahren. Das ist unsere Bestimmung. Ganz gleich, in welchem Auto wir unterwegs sind, alle Straßen stehen uns offen. Die Chance, das zu tun, wozu wir imstande sind, haben wir alle. Welches Auto oder Schicksal wir auch haben, den Weg wählen wir.«

Mrs Leong hört regungslos, doch aufmerksam zu. Ein feiner Schweißfilm glänzt auf ihrer Stirn.

»Aber genau das habe ich vergessen«, fährt Hong fort. »Ich habe die beiden miteinander verwechselt. Ich habe zu sehr aufs Schicksal gesetzt und nicht genug auf die Bestimmung, die schwierige Aufgabe, sich zu entscheiden. Dass ihr mich bei euch aufgenommen habt, dass wir nach Hawaii gekommen sind, dass wir dich nach Waialua gebracht haben – das hat nichts mit Schicksal zu tun. Das sind Entscheidungen, die wir selbst getroffen haben. Dinge, die uns unserer Bestimmung näher bringen. Weil solche Entscheidungen mit Ängsten einhergehen, glauben wir immer, es wäre Schicksal, aber das stimmt nicht. Sie sind unsere Bestimmung. Es sind Dinge, die wir beeinflussen können, die wir zum Guten oder zum Schlechten wenden können.«

Im Wagen ist es warm; irgendwie scheint er geschrumpft zu sein. Mit ruhiger Entschlossenheit, wie eine Flutwelle, die sich lautlos in der Ferne aufbaut und an Kraft gewinnt, während sie auf die Küste zurollt, strebt Hongs Stimme ihrem Ziel entgegen.

»Ich wusste es«, bricht es aus ihr heraus. Sie beißt sich auf die Lippen, während ihr Tränen in die Augen schießen. »Ich wusste über Frank Bescheid. Ich wusste es, bevor ich dich kennengelernt habe, Lin, und ich habe es dir nie gesagt.«

Hongs Stimme klingt rau, sie stockt, hält sich eine Hand vor den Mund, ringt um Fassung. Durchdringend blickt sie Mrs Leong an.

Sekunden verstreichen.

Außer den Fahrgeräuschen ist nichts mehr zu hören; nur noch die Gangschaltung und das leise Brummen des Motors. Sie fahren jetzt hügelan Richtung Diamond Head, die Sonne steht schon tief am Himmel. Ihre Strahlen fallen schräg durch die Fenster in Hongs tränenfeuchte Augen, und sie senkt den Blick.

»Frank hat mit mir darüber gesprochen«, flüstert sie. »In der Woche, in der ihr mich aufgenommen habt. Shen hatte Bescheid gewusst, deshalb hatte Frank Angst. Ich habe ihm versprochen, dass ich nichts sagen würde. Er sagte, es sei besser für alle. Er würde sich um alles kümmern, und ich sah keinen anderen Weg, Lin. Damals kannte ich dich noch gar nicht. Ich konnte mir nicht vorstellen, dass wir uns einmal so nah sein würden wie Schwestern und wie schwer diese Last für mich sein würde. Als er starb, redete ich mir ein, es sei Schicksal. So plötzlich, wie alles aus den Fugen geriet. Da war nichts zu machen, redete ich mir ein.« Hong schüttelt den Kopf. »Ich konnte dir nicht ins Gesicht sehen. Und so ließ ich zu, dass sie dich wegbrachten. Wieder eine Entscheidung, und wieder habe ich das Falsche getan.«

Eine Träne ist der erste Hinweis darauf, dass Mrs Leong sie verstanden hat. Der Fahrer hält den Fuß fest auf dem Gaspedal, sein Körper erschöpft und zugleich wie unter Strom, während er im Rückspiegel alles verfolgt. Verstehen tut er es nicht. Er denkt an den Morgen zurück, gerade mal ein paar Stunden ist es her, an seine erste Fahrt zum Krater, und fragt sich, ob wirklich er dieser ehrfürchtige, sensationslustige Mann gewesen ist. Nichts von diesen Gefühlen ist geblieben.

»Ich vermisse dich«, sagt Hong und greift nach Mrs Leongs Hand. »Jeden Tag. Jeden Tag wünsche ich mir, du wärest hier, bei mir. Ich wünsche mir, ich hätte es dir gesagt. Ich denke an dich und daran, dass du allein bist, allein an einem fremden Ort, und es tut mir so leid«, flüstert sie, nun beide Hände fest um Mrs Leongs Hand gelegt. »Jeden Tag, Lin, bereue ich es.«

Die Frauen sehen sich an. Dieselbe Traurigkeit. Wie ein kühler, dunkler Schatten kommt die Einsicht und mit ihr die Erleichterung. Unwillkürlich richtet der Fahrer den Blick auf die Straße und holt tief Luft.

»Ich habe Vorkehrungen getroffen«, hört er. »Ich habe ein Zimmer gefunden, in Strandnähe, fünf Minuten von dir. Das Haus gehört einer Schwester, die in der Klinik arbeitet.«

Vor ihnen taucht das große Tor auf. Die Steinlöwen auf ihren mächtigen Pfeilern werfen lange, schräge Schatten auf die leere Straße. Im zuckenden Licht fährt der Wagen hindurch.

»Es tut mir leid«, sagt Hong. »Es tut mir leid, dass ich so lange gebraucht habe.«

***

Theresa hört ihren Namen. Sie dreht sich noch einmal zum Sarg um und sieht ihre Mutter. Theresa blinzelt im Licht der untergehenden Sonne.

»Theresa«, sagt Amy, ihre Stimme leiser als beabsichtigt. »Bleib hier.« Es klingt trotzdem wie ein Befehl; rasch korrigiert sie sich: »Bitte, Theresa, bleib doch.«

Amy hat sich entschieden. Sie versucht es. Sammelt sich. »Bitte.« Es ist ein Kampf gegen die widerstreitenden Gefühle ihrer Tochter. »Du sollst es auch hören, es steht dir zu.«

Theresas Gesichtsausdruck hat sich nicht verändert. Ihre Miene verrät kein Mitgefühl; sie hat nicht vor, es ihrer Mutter leichtzumachen. Hinzu kommt die Angst, dabei zu sein. Nicht auszuschließen, dass Amy wieder versagt … Theresa fürchtet sich vor ihrer eigenen Reaktion. »Gut, dann fang an.« Sie nickt ihrer Mutter zu. »Ich höre.«

Amy hat das Gefühl, dass sie kurz davor ist, sich zu übergeben. Die Blicke der Schaulustigen, die Verachtung ihrer Tochter, der Leichnam ihres Mannes, die letzte Chance, das Richtige zu tun. Sie fürchtet, dass der Mut sie wieder verlässt.

Amy schließt die Augen.

Sieht sich an ihrem dreißigsten Geburtstag. Sieht die Paradiesvogelblumen, die dicken, glänzenden Stängel, die orangeroten Blüten. Auf ihrem verspiegelten Schminktisch, neben der Vase, die Karte. *Herzlichen Glückwunsch zum Geburtstag* steht darauf. *Komm zu uns in die Küche.* Das tut sie, und da sind die beiden, in Frühstücksvorbereitungen vertieft. Bohai hat sich eine Schürze umgebunden; Theresa leckt an einem Löffel. *Weggucken!*, sagt Theresa. *Du bist zu früh aufgewacht!* Amy sieht, wie sie zu dritt auf dem Steg sitzen, Pfannkuchen und Obstsalat essen, nackte Füße, Morgensonne. Sie redet mit Theresa über Mangos, wie man sie um den widerspenstigen Kern herum aufschneidet. Bohai trägt eine Baseballkappe; auf die Unterarme gestützt, hat er sich zurückgelehnt. Es ist ein perfekter Tag; so hat sie es in Erinnerung. Abends haben sie zu dritt am Yachthafen gegessen, draußen auf der Terrasse bei den Booten. Theresa hatte Fragen zum Wasser, zu den Booten, und Bohai hatte die Antworten. Amy sieht ihren Mann lächeln, sieht, wie er ihre Tochter neckt. Sie hört seine Stimme. *Das heißt Bihini, Theresa, nicht Bikini.* Sie sieht die Gesichter der beiden über der Geburtstagstorte, zwischen ihnen eine einzige Kerze, in deren Licht ihre Zähne weiß leuchten.

Unter Amys Augenlidern liegt der Beweis ihres Glücks. Ein Schimmer dessen, wie es hätte sein können.

Sie hält die Augen geschlossen; kann sie nicht öffnen, noch nicht.

»Bohai«, sagt sie, die Hände flach auf den Sarg gelegt, ihre Stimme ein Flüstern. Dem Klang seines Namens auf ihren Lippen folgt ein Schweigen, in dem sie die Gegenwart ihres Mannes spürt.

»Es ist schwer zu erklären, wie du mein Leben verändert hast. Du bist zu einem verrückten Zeitpunkt darin aufgetaucht, als alles in Bewegung war. Die ganze Welt war dabei, sich zu verändern, und ich auch. Damals fing ich überhaupt erst an, zu begreifen, wer ich war, wo ich herkam und was es bedeutete, nichts zu haben. Die Vorstellung, dort zu enden, wo ich geboren war, machte mir unglaubliche Angst. Ich wollte nur eins: es besser haben als meine Eltern. Sie waren so unglücklich, so zerbrochen an ihrem eigenen Leben – und von alldem habe ich dir nie erzählt.« Amy hält inne. Ihre Hände auf dem Sargdeckel zittern leicht. »Zweiundzwanzig Jahre waren wir verheiratet, zweiundzwanzig Jahre, in denen du mir alles erzählt hast und ich dir nichts. Du hast mich gefragt, immer wieder, und ich habe dich jedes Mal auflaufen lassen. Ich wollte nicht zugeben, wie sehr ich dir unterlegen war, wie sehr mich das Zusammensein mit dir verwandelt hat. Und das hat es.

Bevor ich im Haus deiner Familie lebte, habe ich in Häusern wie eurem geputzt. Es war erst wenige Monate her, dass ich die gleichen Gummihandschuhe trug wie die Frauen, die zum Putzen zu euch kamen, und jetzt, Bohai, war plötzlich alles anders. Jetzt lebte ich plötzlich selbst in so einem Haus. Und diese Frauen machten *mein* Bett. Wuschen *meine* Wäsche. Ich kann dir gar nicht sagen, wie sehr das an mir genagt hat. Wir waren verheiratet, und ich habe dir nie von diesen Gefühlen erzählt. Du hattest keine Ahnung, wer ich eigentlich war. Und dann starb dein Vater, und ich kam mir noch wertloser vor und vollkommen fehl am Platz.

Ich glaube, in den ersten zwei Jahren, als Theresa noch nicht da war, habe ich gewartet. Ich habe darauf gewartet, dass dir endlich auffällt, was für ein Etikettenschwindel ich war und dass ich aus einer völlig anderen Welt kam. Ich dachte, irgendwann würdest du mir sagen, dass es nicht funktioniert. Aber das hast du nicht, und schließlich beschlossen wir, Theresa zu bekommen, und ich war mir sicher, dass das Gefühl verschwinden und ich abgeklärter werden würde. Aber auch da hatte ich mich getäuscht.

Irgendwie war es meine zweite Natur geworden, diesen Teil meiner selbst vor dir zu verstecken, Bohai. Ich tat es schon so lange und dachte, jetzt wäre es zu spät. Was würdest du von mir denken? Ich wusste, was du denken würdest. Ich war überzeugt davon, dass du mich mit anderen Augen sehen und ein schlechtes Bild von mir haben würdest.

So kam es, dass ich dir nie erlaubt habe, ein echter Teil meines Lebens zu werden. Und mir selbst habe ich nie erlaubt, dich so zu lieben, wie ich dich hätte lieben sollen. Das Absurdeste daran ist, dass du wahrscheinlich ohnehin alles gewusst hast. Bestimmt hat dir deine Mutter erzählt, dass wir in einem Kellergeschoss gehaust haben, wo meine Geschwister herumrannten wie Tiere, während meine Eltern sich hassten. Wahrscheinlich hast du es gewusst. Aber das wollte ich nicht glauben. Du hast mir allen Grund gegeben, dir zu vertrauen, mich dir zu öffnen, und ich habe es trotzdem nicht getan. Stattdessen bin ich in Deckung gegangen, habe abgewartet. Ich habe uns alle im Stich gelassen und damit unsere ganze Familie, alles, wofür wir uns angestrengt haben, aufs Spiel gesetzt.

In meinem Schrank ist eine Spardose versteckt, Bohai. Fast tausend Dollar sind da drin. So verblendet war ich, so ungerecht zu dir. Nach all den Jahren hatte ich immer noch Angst, du könntest eines Tages aufwachen und uns verlassen. Nach Diamond Head zurückkehren. Weil du mich durchschaut hättest. Als dann …«

Amy zögert; die eigenen Worte schnüren ihr die Kehle zu. »Als dann plötzlich dieser Brief kam, waren alle Gefühle, die ich so lange verdrängt hatte, auf einen Schlag wieder da. Ich hatte für Geld geheiratet. Ich hatte Menschenleben zerstört, war schuld an einem *Mord*. Ich war genauso egoistisch und hinterhältig, wie ich immer befürchtet hatte, und das war … das war einfach zu viel. Ich weiß immer noch nicht, wo ich stehe. Weiß immer noch nicht, ob ich überhaupt dazu imstande bin, ehrlich zu sein, das Richtige zu tun, ob ich die Mutter sein kann, die ich sein sollte.«

Amy atmet tief ein und aus. Als sie die Augen öffnet, begegnet ihr Theresas Blick. Theresa schaut ihrer Mutter in die Augen, ihr Blick ist klar und direkt. Ihre zusammengepressten Lippen deuten ein Lächeln an. Amy widersteht dem plötzlichen Drang, die Arme nach ihrer Tochter auszustrecken, sie an sich zu drücken, sich zu entschuldigen für alles, was sie nicht sagen konnte, und zurückzunehmen, was sie stattdessen gesagt hat. Sie geht in sich, sucht und findet dort Kraft.

»Noch etwas«, flüstert Amy. »Das Wichtigste. Die schwerste Last.« Sie wendet den Blick von ihrer Tochter, schaut zum Himmel.

»Bohai, du warst die große Liebe meines Lebens. Das bist du immer gewesen. Du bist der wunderbarste Mann, den ich je gekannt habe, der Einzige, der mich nie im Stich gelassen hat, der mich bedingungslos geliebt und mir nie einen Grund gegeben hat, daran zu zweifeln. Du bist der Mann, der mir gezeigt hat, wie man liebt, der mir gezeigt hat, was Liebe eigentlich ist, und dafür werde ich dich immer lieben. Trotz all meiner Schwächen werde ich mich immer glücklich schätzen, deine Frau gewesen zu sein.«

***

Über den Sarg hinweg ergreift Theresa die Hände ihrer Mutter und hält sie fest. Von hinten fällt die tiefstehende Sonne auf Amys Gestalt, und ihr bewegtes Gesicht liegt im Schatten. An die Rundung des Sargs gelehnt, spürt Theresa, dass sich etwas in ihr löst.

Jenseits des Tals, hinter den Ko'olau Mountains, unter dem glutroten Himmel, wird es dunkel um den stattlichen Vulkan. Eine schlafende Silhouette.

Und unter Theresas Herz streckt ihr Sohn seine Glieder.